Aquele Meu Ousado Romance

AIONE SIMÕES

Aquele Meu Ousado Romance

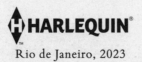

Rio de Janeiro, 2023

Copyright © 2023 by Aione Simões.

Todos os direitos desta publicação são reservados à Editora HR Ltda. Nenhuma parte desta obra pode ser apropriada e estocada em sistema de banco de dados ou processo similar, em qualquer forma ou meio, seja eletrônico, de fotocópia, gravação etc., sem a permissão dos detentores do copyright.

Todos os personagens neste livro são fictícios. Qualquer semelhança com pessoas vivas ou mortas é mera coincidência.

Contatos: Rua da Quitanda, 86, sala 218 — Centro — 20091-005
Rio de Janeiro — RJ
Tel.: (21) 3175-1030

Diretora editorial: *Raquel Cozer*

Editora: *Julia Barreto*

Assistente editorial: *Marcela Sayuri*

Copidesque: *Laura Folgueira*

Revisão: *Lorrane Fortunato e IBP Serviços Editoriais*

Design e ilustração de capa: *Renata Nolasco*

Diagramação: *Abreu's System*

CIP-Brasil. Catalogação na Publicação
Sindicato Nacional dos Editores de Livros, RJ

S612a

Simões, Aione
    Aquele meu ousado romance / Aione Simões. – 1. ed. – Rio de Janeiro : Harlequin, 2023.
    384 p. ; 21 cm.

ISBN 978-65-5970-237-4

1. Romance. brasileiro. I. Título.

23-82225
CDD: 869.3
CDU: 82-31(81)

Meri Gleice Rodrigues de Souza – Bibliotecária – CRB-7/6439

A todas as pessoas que não acreditam merecer amar e ser amadas.

E ao Rafa, por me mostrar que eu também mereço.

There's only now, there's only here
Give in to love or live in fear
No other path, no other way
No day but today

"Another Day", Rent

Vejo a vida passar num instante
Será tempo o bastante que tenho pra viver?
Não sei, não posso saber
Quem segura o dia de amanhã na mão?
Não há quem possa acrescentar um milímetro a cada estação
Então, será tudo em vão? Banal? Sem razão?
Seria, sim, seria, se não fosse o amor

"Principia", Emicida ft.
Pastor Henrique Vieira,
Fabiana Cozza, Pastoras do Rosário

Prólogo

A

— Só pode ser brincadeira — Aimée disse ao olhar para baixo e se deparar com o celular dando os últimos sinais de vida na calçada.

Um segundo antes, ele estava inteiro, com poucos meses de uso, e agora sua tela microscopicamente rachada exibia espasmos de luz.

Devia ter dado ouvidos ao bom senso. Aimée tinha *acabado* de pensar que o bolso largo e frontal da camiseta não era confiável, mas preferiu caminhar sem o aparelho nas mãos.

Ao vê-lo deslizar em direção à rua, achou que a queda seria inofensiva, como em outras vezes em que pegava o celular do chão rindo de nervoso, agradecendo à própria sorte. Naquele dia, não. Ela deveria saber que nenhum desastre chega desacompanhado. O desfalque em sua conta bancária proporcionado pelo acidente seria só o golpe de misericórdia em um dia que já não tinha começado bem.

Como ela odiava imprevistos!

Agachou para pegar o celular moribundo, mas sentiu doer o joelho que a levara ao ortopedista de onde tinha acabado de sair e a visão embaçar. Em um instante, estava de cócoras. No seguinte, imitava o aparelho jazendo no concreto — com a diferença de que o smartphone, com a tela piscando, ao menos tinha algum brilho próprio.

Sem celular nem dignidade e com o quadril torto — porque, surpresa, o joelho não era em si um problema, e sim um resultado das pernas que estavam com um desnível que lhe exigiria, além de fisioterapia, calços corretivos nos sapatos por alguns meses —, Aimée cedeu.

Chorar em público era o ideal? Não. Mas quem poderia culpá-la? Talvez, se o coração não estivesse partido, pudesse resistir um pouco mais. Contudo, sentada na calçada e se sentindo tão quebrada quanto o celular ao seu lado, não teve forças. Pensou em enviar uma mensagem de desabafo para Taís, como mandava a cartilha entre melhores amigas, mas nem aquilo era possível. Estava incomunicável.

Ai meu Deus, as mensagens, Aimée se deu conta.

Não sabia se tinha feito backup delas, o que significava perder todo o histórico do aparelho. Abraçou os joelhos contra o corpo e, escondendo o rosto, permitiu-se chorar com ainda mais vontade. Não estava muito preocupada com contatos profissionais, porque costumava usar o e-mail para isso. O que a angustiava eram os contatos pessoais.

O contato.

Em breve ela mesma teria apagado a conversa, mas gostaria de ter tido esse poder de decisão. Perder o histórico daquela forma era arrancar, de uma ferida ainda aberta, um esparadrapo colado com Super Bonder.

Na noite anterior, estivera emocionalmente esgotada demais para tirar os prints e enviar para Taís ao contar sobre o término. Tinha imaginado fazer aquilo em casa, depois da consulta médica — e seus planos, mais uma vez, estavam sendo frustrados.

Queria gritar de frustração.

Ela tinha se protegido. Tinha ido com calma, analisado cuidadosamente cada sinal recebido, temendo reviver o que sempre acontecia em suas relações: ser enganada ou subitamente deixada de lado. Entender que podia aproveitar os bons momentos havia exigido um esforço hercúleo, porque estava calejada demais para esquecer que gato escaldado tem medo de água fria. Mas Aimée tinha conseguido relaxar. E se permitir.

Só para *ele* mudar de comportamento da noite para o dia.

Seus alertas tinham disparado e a levado para um lugar de dúvidas onde odiava estar. Sem os termos da relação definidos, Aimée tinha o direito de perguntar alguma coisa? Isso não faria dela uma ficante pegajosa, cobrando o que não cabia cobrar? Ou essa ideia era apenas um estereótipo de mulher desesperada enfiado goela abaixo para facilitar a manipulação? Tudo o que ela queria era honestidade sobre em que pé estavam. Mudar de ideia era um direito dele, mas ela merecia ser informada.

Quando Aimée perguntou, ele não teve coragem de assumir que tinha mudado. Era mais fácil fingir e continuar se afastando. Mais fácil fazer dela a pessoa a tomar a atitude, como, no fim, aconteceu.

Ela quis morrer quando ouviu que havia interpretado errado o que tinham. Aimée ainda tentava entender que outro significado havia em "você me dá um frio na barriga que há muito tempo eu não sentia...". Deveria se culpar por deixá-lo com gases, talvez?

Não. Ela não interpretara nada errado. E saber que tinha sido capaz de estabelecer os próprios limites restaurou um pouco de sua dignidade, ainda que estivesse sentada em uma calçada com o celular quebrado, um encaminhamento para a fisioterapia e a maquiagem borrada por lágrimas.

Respirou fundo.

Verdade, a vida já não estava tão ruim, mas era frustrante que, mais uma vez, estivesse desandando. Quando é que ficaria tudo bem?

Pegou o aparelho e, colocando-se de pé, seguiu rumo ao metrô.

Porque seguir era só o que ela podia fazer.

Capítulo 1

Aimée não esperava se apaixonar naquele dia, mas o sorriso em seu rosto e o turu-turu em seu peito não podiam significar outra coisa.

Encantada pelas palavras saltando pela tela, ela sentia o frisson de expectativa percorrer o corpo. Queria mandar uma mensagem para Taís e Gabriel, seus sócios, mas não conseguia de jeito nenhum interromper a leitura, que a deixava dividida em um misto de prazer e agonia. *Precisava* continuar, saber o que aconteceria. Naquele ponto, a junção de letras deixara havia muito de formar vocábulos e passara a criar magia.

Céus, ela amava o que fazia.

Ao menos na maior parte do tempo.

O manuscrito de Tábata Garcia, autora da Entrelinhas, agência literária fundada por Aimée com os dois amigos, prometia, embora precisasse de ajustes. Com sua bagagem nada admirável de relacionamentos desastrosos, Aimée pressentia uma construção problemática do mocinho, já que a linha entre "atormentado" e "embuste" era tênue. Se Tábata terminasse em breve e alguma editora se interessasse, será que teriam tempo de lançar na Bienal do Livro do Rio de Janeiro, em sete meses?

Aimée mal percebeu a quietude que invadira o escritório em sua casa. Se prestasse atenção, ela ouviria o elevador atravessando o edifício ou os passos no andar de cima, ônus de se morar em apartamentos de paredes finas. Sabia, para seu desprazer, que o casal do apartamento em frente ao seu tinha uma preferência um tanto quanto peculiar por transar às terças e sábados — e só nesses dias.

Mas o som do aplicativo para ajudar com a concentração estava silenciado. Sempre que o celular desligava o barulho de chuva na mata, tão verdadeiro quanto a bolsa que sua irmã jurava ser Prada, era porque o ciclo de trinta minutos de trabalho sem pausas tinha acabado, dando direito a um intervalo para se alongar e checar as notificações.

Animada pelo texto promissor e por sua produtividade, Aimée salvou o documento e pegou o celular, formulando na mente o áudio empolgado que mandaria para Tábata.

Fora uma mensagem da mãe que gritava "fake news", cinco chamadas perdidas a encaravam.

Suspirou, a animação sendo substituída pelo cansaço de ter que bloquear mais aqueles números de telemarketing — afinal, ninguém mais fazia ligações em pleno 2019. Mas bastou desbloquear a tela para ver que eram chamadas de Iolanda, o que explicava as coisas.

Com quase 70 anos, a agente literária responsável por grandes sucessos nacionais era reticente em abandonar os métodos tradicionais de comunicação. Prova daquilo era que Aimée recebia dela, todos os anos, um cartão de Natal pelo correio — o último, de algumas semanas antes, ainda estava na escrivaninha.

Quando conheceu Iolanda em um evento da Novelo, editora onde Aimée havia trabalhado por mais de dez anos, pensou na Meryl Streep em O *diabo veste Prada*. Aimée era estagiária e ficou um pouco intimidada ao se aproximar da imponente mulher de cabelo branco e um conjuntinho elegante — mas um minuto na presença de Iolanda foi o suficiente para a associação se desfazer. Enquanto Miranda mal sorria para as pessoas, Iolanda gargalhou pedindo desculpas depois de quase derrubar uma estante com os últimos lançamentos, atraindo a atenção de todo um setor.

Aimée respirou fundo antes de retornar a chamada. Odiava com todas as forças conversar por telefone com quem quer que fosse, mas sabia que, ainda que enviasse uma mensagem, Iolanda com certeza ligaria em seguida.

— Atrapalhei você, querida? — perguntou Iolanda ao atender, a voz marcada pelo inconfundível pigarro de uma fumante inveterada.

— Não, estou no meu intervalo. Aconteceu alguma coisa?

— Acho que não tem um jeito fácil de dizer isso.

A pausa foi o suficiente para que um calor subisse pelo rosto de Aimée.

Puta que pariu, o que ela tinha feito de errado? Seria alguma briga entre agenciados? Ou então Aimée tinha postado alguma bobagem nas redes? Não deveria ter entrado na onda do Twitter. Postar tudo o que passava em sua cabeça com certeza só podia dar merda. Ou talvez fosse algo ainda mais grave, percebeu ao mesmo tempo que seu coração deu indícios de estar prestes a disparar, todos os pensamentos e reações físicas acontecendo em frações de segundos. Iolanda estava doente. Algo terminal, e morreria em pouco tempo. Não, pior. Ela demoraria para morrer e agonizaria até lá. Não que Aimée desejasse nada daquilo, mas, entre uma morte rápida e o sofrimento prolongado por uma doença terminal, o que seria melhor?

— Estou me aposentando.

Ou poderia ser só aquilo.

Aimée respirou fundo, aliviada, mas logo a melancolia se instaurou. Era ótimo que Iolanda estivesse com a saúde em dia e que Aimée não estivesse prestes a ser cancelada, mas era triste o meio editorial perder uma profissional daquele porte.

Aimée se deu conta de que não sabia o motivo da aposentadoria. A doença ainda era uma possibilidade.

— Você está bem?

— Estou ótima, Aimée! E é por isso que vou parar de trabalhar. Quero aproveitar a vida que me resta, sair em uma lua de mel da terceira idade com a Camila, porque, cá entre nós, não estamos ficando mais jovens. Você sabe o quanto amo o que faço, mas não tenho mais essa sua energia dos 30 e poucos anos.

Aimée suspirou.

— Você está certa. Como vai fazer com seus autores?

Iolanda trabalhava sozinha e, sem ela, a agência deixava de existir.

— Por isso te liguei. Quero repassar meus clientes, e a Entrelinhas era a primeira da lista, já que vocês também fazem orientação de texto. Gostaria que você avaliasse quem tem a ver com o catálogo de vocês antes de eu entrar em contato com outras agências.

— Caramba, Iolanda, não sei nem o que dizer.

Elétrica com a oportunidade, Aimée se levantou em um pulo, batendo a canela, óbvio. A falta de espaço em casa e seu jeito levemente estabanado eram grandes responsáveis por viver com roxos nas pernas.

Tide, gata cujo nome verdadeiro era Astride Maria, apareceu na porta, mas não entrou no aposento. Como sempre, sentou-se na soleira, encarando Aimée. Em sua cabeça felina, aquele era território proibido, e ela não gostava de ser pega desobedecendo as regras — quando estava sozinha, no entanto, era outra história. Aimée tinha perdido as contas de quantas vezes havia encontrado seus papéis espalhados no chão ou a gata dormindo um sono ferrado dentro das gavetas, que aprendera a abrir.

— "Iolanda, você é a melhor" seria um começo.

— Iolanda, você é a melhor, mesmo.

Seria ótimo trabalhar com quem já tinha sido publicado e iniciar um contato com editoras que até então não tinham sido receptivas à Entrelinhas. A agência era relativamente nova, com pouco mais de dois anos no mercado.

— Eu sei. — Iolanda riu sem falsa modéstia, fazendo Aimée rir também. — Vou mandar tudo por e-mail. Mas queria pedir uma coisa.

— Depois dessa, o que você quiser.

— Fique à vontade para selecionar ou rejeitar qualquer um da minha lista, e eu vou recomendar para os autores pelos quais você e seus sócios se interessarem que assinem com a Entrelinhas. Mas gostaria que você ficasse com o Ricardo Rios. E que ele fosse orientado especificamente por você.

Aimée levou uns instantes para absorver a notícia.

Ricardo Rios. O Ricardo Rios?

Ricardo era um dos autores nacionais mais conceituados da literatura fantástica, tinha feito um sucesso estrondoso com a trilogia Horizontes — uma das favoritas de Aimée. Ela se lembrava de ter devorado o último livro madrugada adentro em um frenesi que nem toda leitura proporcionava. Ao virar a última página, sentada na cama com os olhos embaçados, sentira-se incapaz de dormir, embora precisasse trabalhar poucas horas depois. Mesmo que os romances seguintes dele, uma fantasia urbana e dois policiais, não tivessem vendido tão bem, Ricardo continuava respeitado no meio.

Aimée lamentava o fato de não o ter conhecido pessoalmente. Ele havia se mudado para os Estados Unidos para fazer um curso e tentar carreira internacional, e, antes disso, não tinham se esbarrado em eventos. Mas agora teria a chance não só de conhecê-lo como também de orientar sua escrita?

— Caramba, seria uma honra — respondeu ela quando conseguiu articular algo minimamente inteligível. Assim que a ideia se assentou, porém, estranhou o pedido. — Mas por que eu?

— Informação sigilosa, então agradeço se mantiver apenas entre você e seus sócios. — Iolanda fez uma pausa dramática. — Ricardo está de volta ao Brasil e quer recomeçar em um gênero novo. — Algo no tom de Iolanda lhe deu a impressão de que ela não estava totalmente de acordo com a ideia. — Não costumo ignorar minha intuição, afinal, veja só até onde ela me trouxe, e ela me diz que você será a melhor pessoa para orientá-lo.

— Bom, se a base dessa comparação for uma criança semialfabetizada, aí, concordo com você.

— Não venha se diminuir para mim, Aimée.

A mulher mais velha a conhecia bem demais. Se não fosse por ela, Aimée talvez não tivesse tido a coragem de propor a criação da agência. Quando a ideia surgiu, era um risco grande, ainda que parecesse o certo. O trabalho na Novelo vinha perdendo cada vez mais o sentido, como muito na vida de Aimée, o que aumentava a angústia diária de ter que ir para a editora. Os horários a cumprir a sufocavam. As tarefas tinham se tornado mecânicas e sem sentido. Não havia perspectiva de melhora, as crises de ansiedade eram diárias e a depressão, já diagnosticada, exigia um esforço enorme até mesmo para executar tarefas corriqueiras como tomar banho. Aimée perdeu as contas de quantas vezes sentiu o aperto no peito e a respiração ofegante antes mesmo de abrir os olhos pela manhã — isso quando conseguia dormir.

Não podia continuar daquele jeito, mas também não sabia o que fazer para melhorar. Adoraria que dependesse simplesmente de sua boa vontade, como sua família parecia acreditar. Na época, já estava medicada e fazia terapia, mas, embora estivesse um pouco melhor, ainda não era como se ela se sentisse, de fato, viva.

O estalo veio certo dia, quando Iolanda chegou para uma reunião. Seu jeito livre e espontâneo fez Aimée perceber que queria se sentir da mesma maneira, o que seria impossível seguindo aquele roteiro mecânico diário. Enfim, entendeu: o trabalho não fazia mais sentido porque ela já não desejava as mesmas coisas de quando começara.

Lembrava-se de, durante todo o tempo em que Iolanda esteve em reunião, ter batido os pés incessantemente e aberto inúmeras abas no navegador, a cada momento lembrando-se de algo diferente que precisava consultar, a ponto de não conseguir mais ler o título de nenhuma. Quando as portas se abriram, Aimée se levantou antes que mudasse de ideia e convidou Iolanda para o café que mudaria sua vida. Depois de ouvir todos os prós e contras de trabalhar por conta própria, foi invadida por algo que havia muito não tinha: perspectiva.

E dera o primeiro sorriso tranquilo em tempos.

Olhando para trás, sabia ter tomado a melhor decisão, mesmo que, nos últimos meses, a empolgação inicial tivesse perdido um pouco do brilho e a levasse a desejar alguma virada do destino. Ela parecia ter sido atendida, afinal: o que Iolanda estava lhe oferecendo era mais do que uma excelente oportunidade profissional. Era uma espécie de renovação de ânimos.

Aimée decidiu dar mais espaço à curiosidade, dando um chega pra lá em suas inseguranças.

— Que gênero ele quer escrever?

— Romance.

Aimée ficou confusa. Ricardo já escrevia romances, nunca tinha publicado poesia, contos ou qualquer outro gênero...

Ela arregalou os olhos ao perceber o próprio equívoco.

Seria muito mais fácil se o português tivesse palavras distintas para as diferentes acepções de "romance", ainda mais porque uma delas não fazia o menor sentido no contexto da conversa.

— Romance? *Romance romântico?* Histórias de amor? — perguntou para ter certeza.

— Exatamente.

Nem se a mãe ligasse dizendo ter se arrependido do voto na eleição presidencial passada Aimée ficaria tão chocada. Contudo, para além do assombro, havia ali a empolgação de que tanto vinha precisando. Afinal, se ela normalmente gostava do que fazia, seria uma honra — e um prazer — trabalhar no gênero que amava com um autor que tanto admirava.

Capítulo 2

Ricardo não acreditava em sua sorte.

Ou melhor, em seu azar, já que acabara de perder a última revisão do novo romance, com o notebook travando antes de ele salvar o arquivo.

Se estivesse escrevendo aquela cena, certamente receberia da editora o apontamento de que era incoerente. Aos quase 35 anos e com cerca de cem mil exemplares vendidos em um país tão desigual e com índices tão baixos de leitura, um feito admirável, não dava para cometer um erro de principiante daqueles.

Mas, bom, para alguém dizer algo ele precisaria ainda ter uma editora.

Deu um suspiro profundo e esfregou o rosto antes de tentar abrir o documento de novo, torcendo para desta vez aparecer milagrosamente um arquivo de recuperação.

Nada. A revisão já era.

Era possível que Ricardo tivesse gastado toda sua cota de sorte aos 27 anos, quando lançou *Valente*, o que justificaria, agora, menos de oito anos depois, ele não conseguir nem revisar uma história sem perder o arquivo. E, considerando o fracasso de sua vida pessoal durante a escrita de seus livros pós-Horizontes, o azar não era puramente profissional.

Ele podia deixar o trabalho para o dia seguinte, mas, cedo ou tarde, teria que encará-lo. Que começasse o quanto antes, então.

Resolvera antes pedir um novo café — expresso duplo — quando viu, na tela de seu celular, a foto do pai. Rejeitou a chamada. Se já não vinha tendo paciência para ele nos últimos tempos, naquele instante era que não teria.

Ergueu o braço, fazendo um sinal para o garçom, que pareceu sobressaltado ao ser chamado. Não era a primeira vez que o jovem tinha uma reação como aquela.

O Café Coado era seu segundo lar desde que voltara dos Estados Unidos. Ele gostava de trabalhar fora de casa para arejar os pensamentos, e encontrara ali um refúgio: próximo de seu apartamento, não era muito movimentado e, sobretudo, razoavelmente barato — ao menos para os padrões paulistanos.

Meu Deus. Tinha chegado ao ponto de se preocupar com o preço do café.

Ainda se lembrava da expectativa ao enviar *Valente*, primeiro volume de sua famosa trilogia, para diversas editoras, e também da decepção por não ter recebido sequer uma recusa: fora solenemente ignorado. Decidido a não desistir, procurou outros meios. A primeira edição de *Valente* foi uma produção independente, paga com suas economias. E foi com aquela edição que, em uma Bienal do Livro de São Paulo, ele abordou Iolanda Alves, que viria a se tornar sua agente. Com o intermédio de Iolanda, não levou mais que um mês para receber a primeira proposta de uma grande editora.

—Hum — o garçom murmurou ao se aproximar timidamente. — Você por acaso é o autor da série Horizontes?

Ricardo assentiu, sabendo o que estava por vir.

— Nossa, que demais! Li seus livros quando era menino, sou fanzaço! Posso tirar uma foto? Fiquei com vergonha de pedir nos outros dias em que vi o senhor aqui.

Ricardo aceitou, porque situações como aquela costumavam deixá-lo feliz; mas havia erros demais no pedido para que ele se regozijasse por completo, e temia que o sorriso amarelo fosse óbvio na selfie que o garçom já compartilhava no Instagram. Primeiro, o jovem deveria ter cerca de 20 anos, não era tão mais novo a ponto de transformar Ricardo em senhor. Segundo, ele tinha escrito outras coisas, oras!

Mas aquela era sua realidade. Apesar do sucesso no passado, os exemplares restantes da enorme tiragem de seus livros fracassados se acumulavam em pilhas poeirentas; a tentativa de carreira fora do país se mostrara uma piada de mau gosto, assim como o fim do namoro; a editora não quis fechar com ele o contrato para o próximo livro; e, pior, Iolanda estava se aposentando.

Ricardo não ficaria desamparado, mas o problema não era a falta de alguém para agenciá-lo, era a falta de *Iolanda*. Ela nunca deixou de acreditar nele. Apoiava suas decisões, mas não dizia "amém" para tudo, pensando sempre no melhor para Ricardo.

— Mas por que mudar o gênero de escrita? — perguntara, em um tom que o fazia nitidamente ouvir "essa foi a ideia mais idiota que escutei na última década", quando ele expressou o desejo de abandonar a fantasia para escrever thrillers policiais.

Ele dera de ombros.

— É o que está em alta.

Era verdade, mas apenas em parte. Ele não admitia para ninguém, mas temia que sua criatividade fantástica tivesse se esgotado.

O universo de Horizontes era tão bem resolvido por ser um trabalho de anos, construído desde a adolescência de Ricardo. Ainda que o romance fosse seu primeiro livro finalizado, ele tinha passado a vida escrevendo, fossem contos ou histórias que jamais terminaria. Sua mente era tomada com frequência por mundos fantasiosos, que resultavam em anotações frenéticas e detalhes minuciosos — que ele aproveitou quando se sentiu pronto para escrever a obra que mudaria sua vida.

Quando chegou a hora de escrever *Cidade da névoa*, a fantasia urbana que publicou depois da trilogia, Ricardo já estava sem ideias e precisou começar do zero.

O resultado pífio em vendas era um indicativo de quão bem-sucedido havia sido.

Ele precisaria de tempo para produzir algo tão complexo quanto o universo de Horizontes; tempo do qual não dispunha.

Seu contrato previa um lançamento por ano.

O mercado ficava cada vez mais concorrido.

Os thrillers vinham ganhando cada vez mais espaço nas estantes dos leitores.

Ele precisava do dinheiro — e não podia arriscar falhar mais uma vez. Se escrevesse outra fantasia e ela também fracassasse, Ricardo questionaria tudo o que sabia sobre sua capacidade dentro do gênero.

Rastros era seu maior fiasco, mas ele não desistiu. *A garota partida*, a segunda tentativa, fora um pouco melhor, mas Ricardo suspeitava que o resultado tinha mais a ver com a onda gigantesca de thrillers com "Garota" no título do que com mérito próprio.

Ele confiava em sua narrativa, mas sabia que não bastava. Havia muita coisa envolvida na venda de um livro, e o fato de ser um autor brasileiro em um mercado que consumia majoritariamente obras traduzidas do inglês não ajudava. Era surpreendente que, quando estreante, tivesse estourado. Ricardo tinha trabalhado bastante na divulgação de *Valente*, mas algum fator desconhecido havia feito do livro um sucesso. Talvez sorte, talvez o momento da publicação, talvez uma combinação de todas as técnicas de marketing aliadas a essas duas coisas.

Quanto mais as possibilidades de receber em dólar se esvaíam, mais ele pensava em novas maneiras de continuar trabalhando com o que o fazia feliz. Entre escrever uma coisa que não era exatamente o que amava e não escrever nada, ficava com a primeira opção.

A primeira decisão foi retornar ao Brasil. Com o final de seu curso de escrita e sem nem se aproximar de alguma nova perspectiva profissional, ele não tinha motivos para permanecer lá. Sua reserva financeira, em boa parte fruto dos royalties, não era mais suficiente para que continuasse a viver com tranquilidade — especialmente porque ganhava em reais, a cada seis meses, e, nos Estados Unidos, pagava em dólares. Mensalmente.

Ele precisaria de novas abordagens. Elaborou cursos on-line de escrita e vinha se oferecendo com regularidade para palestras literárias desde que voltara ao Brasil, porém a receita era inconstante. Além disso, falar sobre escrever não era o mesmo que sentir os dedos voando pelo teclado, maravilhar-se ao ver as palavras se transformando em frases em que nem parecia ter pensado conscientemente. Ele podia, sim, controlar os caminhos gerais de uma narrativa, saber o início e o fim, mas como cada coisa aconteceria e, principalmente, a forma de contar eram sempre um mistério decifrado apenas quando a pele encontrava as teclas. A escrita era quase um exercício mágico, algo que o encantava como nada mais seria capaz.

Ao pesquisar alternativas, Ricardo leu sobre a Cadabra, plataforma on-line na qual escritores vinham publicando e sendo pagos por isso. Encontrou títulos de profissionais renomados até ilustres desconhecidos. A maravilha daquele formato, pelo visto, era justamente que qualquer um podia publicar o que desejasse — o que, para ele, era também o maior problema. Ao mesmo tempo que havia trabalhos excelentes, ele se deparou com horrores que o fizeram ter pesadelos por dias.

Mas o que realmente chamou a atenção de Ricardo foi o sucesso de inúmeros escritores, ou, em um português mais claro, como era possível ganhar bem ali. Leu relatos sobre o faturamento de autoras de romances românticos que o deixaram chocado — era muito superior, mensalmente, ao que ele vinha recebendo por semestre, que só diminuía quanto mais tempo se passava do último lançamento, havia mais de um ano.

Foi então que teve a ideia: levar sua escrita para a plataforma e arriscar uma nova área, o que possibilitaria tanto encontrar novos leitores como ganhar dinheiro. Além do mais, ele gostava de desafios.

Era verdade que nunca se interessara em ler livros românticos ou assistir a filmes assim. Mas, já tendo criado um universo fantástico e desenvolvido complexos casos de *serial killers*, contar uma história de amor seria fichinha.

E agora Ricardo se dava conta não só de como mal conseguia escrever, mas de como fora arrogante ao supor que poderia fazer aquilo sem preparo.

Talvez perder a revisão fosse um sinal de que não deveria continuar... Mas nunca tinha sido supersticioso.

Não, escrever uma história de amor era a coisa certa.

Decidido, abriu novamente o arquivo e dedicou as próximas horas a finalizar os primeiros capítulos do manuscrito. Ao terminar, não correu o mesmo risco: salvou o documento e, sem pensar duas vezes, encaminhou para Iolanda, pedindo que ela o enviasse para a possível nova agente.

Trecho de Melodia Ousada

— Você sente a música? — perguntou com a voz rouca, sem interromper a melodia ~~dedilhada~~.

Dalila balançou a cabeça em confirmação, assustada demais para dizer alguma coisa.

— Em você? — ele continuou.

Ela assentiu.

O homem tatuado cantando e tocando guitarra ~~a sua frente~~ parecia saber exatamente onde as notas ressoavam no corpo de Dalila. Porque ~~a~~ **aquela** reação ~~no corpo dela~~ não ~~estava sendo~~ **era** comum. Ela sempre sentia a música, mas as sensações costumavam ser na parte superior ~~de seu corpo~~ **do tronco**. Era a música ou o olhar daquele roqueiro ~~sarado~~ que havia deslocado as sensações?

E o que eram aquelas fisgadas? O calor que parecia tê-la envolvido? Coisas a que ela não estava habituada.*

Então ele interrompeu a canção e, ~~ao~~ após colocar o instrumento no suporte próximo ao pedestal do microfone, caminhou em direção a Dalila. Parando exatamente ao lado dela, disse ~~em~~ com uma voz sedutora:

— E onde você sente? — Uma pergunta ~~que~~ para a qual, ela tinha certeza, ele sabia a resposta.

Dalila soltou o ar que não tinha percebido que segurava** e respondeu ~~em um tom~~ indignad~~o~~**a**:

— Como você ousa?

Ele deixou escapar uma risada grave e irônica, que ~~carregava~~ transmitia uma confiança que ela jamais tinha sentido.

— Ah, querida. Você nem imagina de quantas maneiras diferentes eu posso ousar.***

Comentários
* Ela nunca sentiu tesão na vida?
** Essa frase... Não.
*** Esse diálogo... Não mesmo.

Capítulo 3

— Numa escala de morte a férias no Caribe, qual é o nível da tragédia? — Taís perguntou na reunião semanal.

Ela, Gabriel e Aimée alugavam uma sala pequena como quartel-general da Entrelinhas, uma opção para quando precisassem trabalhar fora de casa ou fazer reuniões.

— Uma morte lenta e dolorosa. Sabe a cena do abate em *Jantar secreto*? — Taís e Gabriel se contorceram ao lembrar do thriller de Raphael Montes. — Esse tipo de morte. Ao menos, eu preferia estar morta depois de terminar.

Taís fez uma careta, o que pareceu ter exigido um enorme esforço, dado seu ar visivelmente cansado. A pele clara normalmente rosada estava pálida, destacando as olheiras. Luísa, a filha de 1 ano, não deixava os pais dormirem direito desde antes de nascer.

— Ou seja, Ioiô jogou uma bomba no nosso colo e você vai ter que sorrir e acenar, fingindo gratidão — Gabriel complementou no tom calmo e objetivo de costume.

— Mais ou menos isso. — Aimée suspirou.

Não parecia que, pouco mais de uma semana antes, ela estivera tão empolgada para atender o pedido de Iolanda. Tinha sentido um arrepio de expectativa ao encontrar os primeiros capítulos de *Melodia ousada* em seu e-mail e precisou conter a curiosidade para não iniciar a leitura no mesmo instante. Sabia que seria um momento especial e queria estar preparada.

Como fazia com tudo de que gostava — Aimée comia o sabor preferido de pizza, por exemplo, só depois de devorar os outros —, ela deixou a tarefa por último. Passou o dia tentando não pensar em como Ricardo teria desenvolvido a história da jovem violinista clássica que mudaria radicalmente ao conhecer o guitarrista tatuado e *bad boy* e procurou terminar o mais rápido possível os afazeres para se dedicar à leitura. Quando enfim acabou, pegou uma taça de vinho e voltou para sua mesa, mais do que pronta. Evitava beber durante o trabalho, mas abria exceções em ocasiões especiais.

Só não foi a maior decepção dos últimos tempos porque ela já tinha comido sobremesas de padaria o suficiente na vida para conhecer, literalmente, o sabor da frustração. Aliás, deveria ter usado a experiência de lição: quanto mais bonita a cara do doce, pior o gosto. Claro que aquela oportunidade teria seus problemas.

E "ter seus problemas" era um jeito otimista de encarar as coisas. O texto de Ricardo era tão diferente que nem parecia escrito por ele. Aimée admitia que a narrativa até era fluida, apesar das repetições de vocabulário, o que demonstrava uma habilidade apenas ligeiramente maior que a média da sociedade, em que um post de Facebook semicoerente era ouro.

Todo o resto soava errado.

O problema não era a premissa ser batida, mas sim as frases estereotipadas, como se saídas de um roteiro ruim cujos diálogos nem faziam sentido. Era até difícil falar de "construção de personagem" quando, evidentemente, não havia nada construído ali, só figuras desempenhando papéis caricatos. A protagonista, Dalila, era o clichê virginal da mulher pura e inocente. Até o nome significava isso — Aimée tinha se dado ao trabalho de confirmar numa pesquisa! — e antecipava a rebeldia que viria na trama. O tal roqueiro só não devia ter sido nomeado Sansão porque, além de não ser um nome comum no Brasil, com certeza traria a associação com um coelhinho azul em vez do personagem bíblico. De qualquer maneira, o problema não era a virgindade de Dalila, mas, pelo amor de Deus, como ela não teria noção alguma sobre sexo tendo acesso à internet? Consumindo filmes, séries e livros que viviam representando relações sexuais, inclusive em novelas da TV aberta? Pior ainda, será que ela não sabia absolutamente nada sobre o próprio corpo e suas sensações? Em uma sociedade que fala sobre essas questões o tempo todo?

Ao terminar, Aimée teve a impressão não de que Ricardo não tinha talento para histórias de amor, mas de que ele *não queria* escrevê-las. Ela quase sentia pena dele. Só *quase*, afinal, tinha sido Ricardo o responsável por aquela coisa existir no mundo e ela ter tido o desprazer de lê-la.

Valentina era tão real e emblemática que Aimée ainda pensava na protagonista da saga Horizontes como uma amiga. Tudo na série, aliás, era encantador. O texto tinha alma.

Já o novo romance só tinha mesmo um espírito de porco.

Sem poder dizer nada daquilo para Iolanda, Aimée se permitiu desabafar com Taís e Gabriel. Sendo justa, Iolanda tinha avisado que Ricardo estava com dificuldade de acertar o tom da narrativa, mas aquilo não chegava perto de abranger tudo de errado que havia no manuscrito.

— Portanto — Gabriel ajeitou os óculos, a armação escura discreta contra a pele retinta, e cruzou as mãos sobre a mesa onde ele e Taís estavam sentados, observando Aimée andar de um lado para o outro —, além de passar nervoso orientando o cara, a gente ainda corre o risco de ficar com ele empacado. Só que — continuou, sensato como sempre — ele ainda é *o* Ricardo Rios. Se for aberto a sugestões, dá para melhorar a coisa e evitar que ele acabe de vez com a própria carreira. Já pensou se tudo que ele escreve é uma bomba e era a Ioiô o gênio por trás do sucesso?

— Não. Ele publicou *Valente* primeiro de forma independente. Eu tenho a primeira edição. Sinto dizer, mas ele é bom. Ou era — Taís complementou, com a voz vacilante sob o olhar de fúria de Aimée, que teve a impressão de ver a amiga lacrimejar, apesar de não ter dito nada que pudesse magoá-la.

Enquanto o silêncio se instalava, Aimée enfim se sentou e colocou a cabeça entre as mãos. Era irracional ficar incomodada daquele jeito, mas, para quem gostava tanto de ler, uma história mal desenvolvida ou mal contada — ou, naquele caso, as duas coisas — era como chegar em casa depois de um dia longo de trabalho e descobrir que alguém havia comido a marmita separada para a janta. Era como se quem escreveu não tivesse tratado aquele livro com respeito. Em consequência, não tivesse se importado com quem leria. Era uma violação do pacto entre autor e leitor.

Além do mais, tudo aquilo fora um banho de água fria. Ela realmente tinha encarado aquela oportunidade como um sinal de que a vida estava voltando a entrar nos eixos. Quando dera uma reviravolta em sua vida se tornando agente, Aimée acreditou que nada mais a abalaria, mas o fato de não sentir mais todo aquele ânimo inicial demonstrava o oposto.

— A gente não pode educadamente recusar, né? — Taís tentou.

— Não. É um favor pessoal para a Iolanda.

— Então — ela continuou —, desculpa, Mê, mas você vai ter que fazer uma daquelas cirurgias exploratórias no livro para identificar todos os problemas.

— Não entendo — respondeu Aimée. — Não é como se ele não conhecesse técnicas de escrita e de desenvolvimento de romances, sabe? Ricardo não é iniciante. Cacete, ele fez um curso fora do país sobre isso! Ele *dá* cursos sobre isso. Onde ele enfiou todo esse conhecimento?

— Quer mesmo que eu responda? — Gabriel perguntou, provocando risadas e quebrando a tensão.

Em seguida, Aimée continuou:

— Vou pensar melhor em como lidar com a situação, já que não tenho para onde correr.

— Se precisar desabafar, acione a gente — Taís ofereceu.

— Próxima pauta, então? — disse, ansiosa, colocando uma mecha loira atrás das orelhas e ticando a lista em seu tablet.

— Sim — Aimée respondeu, desanimada.

— Qual o próximo tópico? — Gabriel quis saber. — Alguma editora respondeu sobre o manuscrito da Tábata?

Às vezes, aquela vida ainda parecia surreal para Aimée. Quando constatava que tinham criado uma empresa e, apesar das dificuldades, caminhavam com cada vez mais conquistas, o orgulho florescia. Se um dia tivessem dito aos três que trabalhariam juntos, teriam rido da possibilidade. Taís era professora de literatura e redação, embora o mercado editorial fizesse seus olhos brilharem desde a época da graduação em Letras, cursada com Aimée. Gabriel não tinha formação literária. Graduado em TI e leitor apaixonado, ele tinha um blog de resenhas por meio do qual conheceu Aimée. Com o tempo, passou a fazer pareceres de livros estrangeiros para editoras, facilitando o processo de aquisição dos títulos. Era engraçado pensar em como as escolhas dos três os levaram até ali.

— Nada ainda. — Taís continuou com os olhos no tablet, ficando em silêncio e deixando Aimée e Gabriel na expectativa de que ela continuasse. Respirou fundo e, quando os encarou, sua exaustão ficou mais evidente. — O próximo tópico não é sobre nossos autores. A gente vai ter que redividir as tarefas de novo daqui a uns meses.

No mesmo instante, Ricardo sumiu da mente de Aimée.

Não muito tempo antes, ela e Taís tinham assumido parte dos trabalhos de Gabriel. Diagnosticado como bipolar, ele teve de dar uma pausa para se cuidar depois que a instabilidade da vida como agente e freelancer cobrou seu preço. As sessões de terapia aumentaram, a psiquiatra ajustou a dose da medicação e, aos poucos, ele voltou a ficar estável.

Por isso, não tinha como Aimée não ficar preocupada com a declaração de Taís. Tudo bem que, na última vez que Taís pedira para redividirem as tarefas, fora porque estava grávida e...

De repente, o cansaço e o humor abalado fizeram muito mais sentido.

— Ai, meu Deus, você está grávida de novo? — Aimée se levantou, sabendo a resposta.

Antes que pudesse abraçar a amiga, Taís caiu no choro.

— Desculpa, são esses hormônios dos infernos. Hoje de manhã chorei porque a banana tinha acabado, e eu nem gosto tanto assim de banana, só ia comer porque é prático — disse Taís.

Aimée pensou em responder que comer uma maçã seria igualmente prático, mas mudou de ideia ao se lembrar do emocional instável da amiga.

— Mas você está feliz com a notícia... né? — Gabriel soou tão firme quanto a qualidade do manuscrito de Ricardo.

— Estou. Quer dizer, acho que estou. Ah, não sei. — Taís estava à beira de mais lágrimas. — A gente não tinha planejado. Antes da Luísa, a gente falava sobre ter pelo menos duas crianças, mas depois que ela nasceu.... Amo minha filha, mas cuidar de um bebê não é fácil. Nem barato. E se acho isso de alguém por quem fiquei de pernas para cima para garantir que engravidaria... — Aimée tentou afastar da mente a imagem desnecessária. Gabriel, a julgar por sua careta, não teve muito sucesso. — Como vai ser agora, que nem estava nos planos?

Aimée sorriu, compreensiva. Conhecia muito bem o pânico diante da percepção de não ter controle sobre boa parte da vida.

— No seu lugar, eu também estaria surtando, Tá. Deve ser assustador. — Era o máximo de conforto que Aimée conseguia expressar. — Se te ajuda — continuou, com cuidado para não invalidar a preocupação da amiga —, lá no fundo a gente nunca sabe como vai ser, né? Com a Luísa também não saiu tudo como você tinha previsto e ficou tudo bem. Você e o Diego são pais maravilhosos!

— Você tem razão. É que... — Ela fez uma pausa, acariciando a barriga. — Não me entendam mal, porque eu nem conheço essa criança aqui e já considero pacas, mas senti que não tive escolha. A gente se cuidou e, mesmo assim, engravidei. Isso me abalou.

— Com razão. Você precisa de tempo, Tá, para assimilar a nova realidade — Gabriel se pronunciou.

Taís olhou com gratidão para os amigos e suspirou, relaxando os ombros.

— Você precisa de algo? Um copo d'água? Uns dias de folga?

— Água — respondendo de imediato, o que fez Gabriel se dirigir à cozinha prontamente. — Se eu parar de trabalhar, vou surtar. Mais — disse, rindo.

Depois de virar o copo, continuou:

— Obrigada, só de falar me sinto mais leve! Agora vamos colocar a mão na massa, que esse pão — ela bateu com as duas mãos na barriga — sai do forninho daqui uns sete meses e temos muito a fazer até lá. Que outros autores da Iolanda vamos aceitar?

— Vai querer do quê, menina? O de sempre?

— Isso, seu Geraldo, um de queijo com um caldo de cana bem geladinho.

— Com limão, né?

— Sem ele, não desce. Muito doce!

Aimée ajeitou a bolsa no colo e passou um guardanapo no balcão, tirando as migalhas de pastel. Adorava quando as reuniões da Entrelinhas calhavam de ser em dia de feira. Só que, de manhã cedinho ou na hora do almoço, nem sempre dava sorte de conseguir se sentar, porque o Pastel do Geraldão era uma das barracas mais requisitadas. Adorava correr no parque perto dali para começar o dia bem-disposta e, depois, reabastecer as energias com um pastel quentinho. Por sorte, o problema no quadril não a impedia de correr, só precisava do tênis com o calço.

Aimée pegou o celular da bolsa e inspirou como se o ar estivesse prestes a acabar. Precisava mandar o e-mail sobre Ricardo para Iolanda. Como não estava nem um pouco animada para aquilo, jogou o aparelho de volta. Não conseguia evitar a sensação de que estava errada em seu parecer, de que Iolanda se irritaria... A eterna sensação de que, caso as pessoas ainda não desgostassem dela, passariam a não gostar a qualquer momento.

— Dia difícil? — perguntou seu Geraldo ao entregar o copo descartável, que amassou ligeiramente quando Aimée o segurou, o frescor da bebida gelando seus dedos.

— Mais ou menos. Preciso falar de um assunto delicado com uma amiga.

— Vixe, ela pisou na bola contigo, é?

Aimée arregalou os olhos e negou com a cabeça, a bebida a impedindo de dizer algo além de um "uhm-hum", que não tinha certeza de ser audível em meio ao barulho da feira.

— É trabalho, seu Geraldo — respondeu ao conseguir engolir a garapa.

— Então deixa para se preocupar depois, minha filha, que a hora de comer é sagrada — falou ele, colocando dois pastéis para fritar, o óleo quente chiando ao entrar em contato com a massa crua.

Seu Geraldo tinha razão. Aimée vivia atropelando os próprios horários e tarefas. Tomava banho pensando em responder e-mails, respondia e-mails lembrando dos textos que precisava orientar, orientava os textos fazendo uma anotação mental de que precisava comprar areia para Tide. Não era à toa que, de vez em quando, aconteciam coisas como passar xampu no cabelo três vezes por já não saber se tinha passado uma ou duas.

Observou seu Geraldo mexer a escumadeira com habilidade, um pano de prato jogado no ombro, ocultando a manga da camiseta dobrada. Depois que sofreu um acidente, ele tinha precisado amputar o braço esquerdo na altura do meio do bíceps.

Distraída, ela mal percebeu a notificação com uma mensagem da mãe.

Você já reagendou a fisioterapia?, queria saber.

Sim, tenho consulta amanhã, respondeu Aimée.

Ótimo, porque é muito importante você fazer e não dá para ficar sem.

Aimée revirou os olhos. Como se ela não soubesse. O quadril torto era dela, afinal.

— Prontinho.

Seu Geraldo entregou o pastel fumegando, o que fez Aimée salivar.

— Cadê o Oliver? — perguntou ao quebrar a ponta do pastel, assoprando com cuidado para o ar quente não sair em seu rosto.

Oliver era o vira-lata caramelo mascote do Pastel do Geraldão, que ficava na coleira do lado de fora da barraca para evitar problemas com a Vigilância Sanitária.

Oliver era um dos cachorros mais dóceis e inteligentes que Aimée conhecia. Seu Geraldo contava para quem quisesse ouvir que Oliver, uma vez, obedecera aos comandos em alemão de um casal de turistas gringos que tinha ido conhecer uma típica feira brasileira.

— Pode falar com ele em qualquer língua que ele entende — Aimée ouvira o dono dizer, cheio de orgulho, numa de suas visitas pós-corrida matinal, o que a fez começar o dia humilhada por um cão.

Bem, pelo menos era um cachorro, que aceitaria o elogio com graça e movimentos frenéticos do rabo. Se fosse Tide, olharia com desprezo como se dissesse "chegar a essa conclusão só agora constata o quanto vocês, humanos, são incapazes".

— Hoje ficou em casa. Com esse calorão de janeiro, o asfalto fica muito quente e ele pode queimar as patinhas. Que nem você, queimando a boca com o recheio — complementou ele, rindo ao ver a careta de dor de Aimée. — Vai querer mais um?

Ela pensou em aceitar, mas, com o calor e o nervoso de ter que falar com Iolanda, não estava com fome o suficiente.

— Vou ficar nesse por hoje, seu Geraldo.

— Tá certo, menina. Mas, ó, não esquenta a cabeça com isso aí, não, seja lá o que for.

Suspirando, ela tentou se convencer de que ele estava certo. Era o trabalho dela apontar problemas nos textos alheios. Iolanda também fazia isso. Ricardo, com certeza, estaria aberto às críticas, como um bom profissional.

Deixou a neura de lado e se concentrou na delícia em forma de pastel que agora tinha na boca.

Capítulo 4

Havia situações de fato decisivas na carreira de um escritor. Ricardo não sabia muito bem como, mas tinha certeza de que aquela era uma delas.

— Ok, deixa eu ver se entendi — falou, cruzando as mãos sobre a mesa do café, encarando os olhos sorridentes de Iolanda, que não combinavam em nada com a notícia que a ex-agente tinha acabado de dar. Não era à toa que ele se via confuso. — Essa agente, Aimée Machado, teve uma visão deveras… crítica sobre os capítulos iniciais do meu manuscrito, mas quer trabalhar comigo?

"Uma não afinidade" era o termo que, segundo Iolanda, Aimée utilizara. Ricardo intuía que ela, na verdade, tinha achado o texto uma digníssima merda.

O sorriso de Iolanda continuou inabalado.

— Isso.

Ricardo coçou a nuca. Quis um mate gelado, mas, como estava pensando no sabor da bebida preparada no café perto de casa, não fazia sentido pedir ali só para se decepcionar.

— E por que ela não rejeitou o trabalho?

— Porque ela acredita no seu potencial e acha que pode contribuir com apontamentos válidos. E eu concordo. Aimée é ótima, ainda mais com ficção romântica.

— Quem é ela mesmo?

— Uma mulher extremamente competente, com experiência na área apesar de ser jovem — falou Iolanda, sem dar margem para questionamentos.

Ricardo não conhecia aquela Aimée, mas, se Iolanda confiava nela, também devia confiar. Mesmo assim, estava decepcionado. Lá no fundo, Ricardo vinha torcendo para sua insegurança de escritor em fase de criação estar falando alto e o manuscrito, na verdade, ter potencial para concorrer ao Jabuti.

Não que ficção como a que ele escrevia, romântica ou não, fosse indicada a esse tipo de prêmio.

Então, junto da decepção, veio outro sentimento: a vergonha. Alguém no mundo, além dele mesmo, vira sua pior versão como escritor. Se rejeitasse a indicação de Iolanda, precisaria se submeter àquela situação com mais uma pessoa.

— Você me passa o contato dela?

Quem diria, pensou melancólico, que a última tarefa de Iolanda como sua agente seria encaminhá-lo a outra profissional que, aparentemente, achava o texto dele uma merda.

"Você deve ouvir muito isso, mas realmente acredito que você pode se interessar por meu livro", lembrava-se de dizer depois de ter corrido quase uma maratona para não a perder de vista por entre os corredores lotados do pavilhão daquela Bienal.

Ela o olhara com surpresa, e Ricardo não sabia se era por ter sido abordada do nada ou se por ele estar prestes a desmaiar por falta de ar. Depois, ela confidenciaria não ter sido nem uma coisa, nem outra. Ricardo a conquistou com a determinação em seu olhar e palavras, que, por muito pouco, não beiraram a arrogância. Era grato até hoje por não ter dito: "Escrevi o próximo Harry Potter!", mesmo que a ideia tivesse passado por sua cabeça — mas jamais admitiria aquilo em voz alta.

Quase uma década depois, encerravam um ciclo.

— Deixa comigo — Iolanda respondeu satisfeita, encaminhando o número de Aimée no mesmo instante.

Ao longo da vida, colecionamos uma série de escolhas — algumas certamente menos sábias do que outras. Comprar um apartamento no auge de sua carreira havia sido uma das mais acertadas de Ricardo. Ele era bastante organizado com as finanças, então tinha economias desde que começara a trabalhar. O fato de seus pais terem lhe oferecido uma vida confortável, de modo que o dinheiro de Ricardo jamais precisasse ser usado com algo além dele mesmo, havia ajudado bastante. Então, com o sucesso de Horizontes — e, ok, uma ajudinha dos pais —, ele conseguiu dar uma boa entrada no imóvel. Com a perspectiva promissora de sua carreira, não havia por que não fazer o investimento.

Agora, sentado em seu sofá, olhava para as paredes com um misto de orgulho e receio. Muitas coisas poderiam dar errado em sua vida, mas ele costumava sentir que, ao menos, tinha aquela garantia. O apartamento era pequeno? Era. Antigo? Bastante. Porém era seu. Ou ao menos seria, dali a poucos anos, quando terminassem as prestações.

Na época da compra, ele estava certo de que, mantendo o sucesso com as publicações futuras, conseguiria renegociar as parcelas, mas as coisas não saíram como o planejado. Durante seu ano nos Estados Unidos, alugara o imóvel com um aperto no peito, e no momento conseguia se manter em dia com os pagamentos — o que por si só era uma vitória —, mas não quitar as prestações.

Na pior das hipóteses, se não recebesse absolutamente nada em breve, suas economias dariam para mais alguns meses, mas não queria chegar àquele ponto. Em uma carreira incerta como a dele, ter uma poupança era crucial. Sabia que não ficaria desamparado, que podia recorrer aos pais, mas... Seu orgulho era grande demais para sequer cogitar a hipótese. Não só se julgava incapaz de admitir um fracasso desses, como não queria a ajuda do pai. Não depois do que ele fizera com a mãe de Ricardo.

Havia não muito tempo, ele se descobrira parte da típica família tradicional brasileira: quase quarenta anos de casamento jogados no lixo quando a mãe ficou sabendo que o marido tinha um caso com uma mulher não muito mais velha do que Ricardo.

Ele chegou a cogitar cancelar a viagem para os Estados Unidos, que coincidiu com o momento conturbado da separação, mas a mãe foi categórica: ela se culparia por estragar os planos do filho, então, ele faria um bem maior se seguisse com o que vinha planejando havia meses. No fundo, Ricardo ficou aliviado, mesmo que não admitisse em voz alta. Não só estava empolgado com a perspectiva de uma nova vida, como a confusão toda estava sendo muito desgastante. Seria bom respirar ares diferentes.

Talvez por isso agora se encontrasse naquela situação, com o dinheiro contado, sem perspectivas de novas propostas e com sua última ideia à beira do fracasso. Se tivesse sido uma pessoa melhor, menos egoísta, quem sabe não estivesse sendo castigado.

Se bem que seus livros já não vinham vendendo antes. E seu pai, o cafajeste da história, continuava com as contas em dia.

Como era difícil fugir da culpa católica, embutida durante seu crescimento, mesmo que jamais tivesse sido religioso. Ricardo nem sabia se acreditava em Deus. O que, provavelmente, não era muito inteligente àquela altura do campeonato. Duvidar da existência divina poderia ser uma afronta, e ele não estava em condições de arriscar.

O toque do interfone o retirou de seus devaneios. Ele levou as mãos ao rosto.

— Ah, não.

Àquela hora da noite, só uma pessoa poderia estar interfonando. Ricardo não entendia por que ela não mandara uma mensagem.

Ruth era a vizinha do andar de cima com quem ele andava tendo encontros casuais. Só que ele não estava no clima, só queria se esparramar no sofá e ver um filme ou, quem sabe, jogar Xbox.

Ricardo também desconfiava que ela estivesse começando a nutrir um interesse maior por ele, mesmo depois do acordo para manter a relação sem compromisso, exigência dele desde a última experiência.

Avaliando se seria melhor continuar ouvindo o toque inconveniente do interfone ou encarar Ruth, levantou-se a contragosto.

— Você não me respondeu, quis ver se nosso combinado ainda estava de pé — ela disse depois de cumprimentá-lo.

Droga, ele havia esquecido completamente que a encontraria naquela noite. Se não estivesse tentando evitar o mundo exterior, poderia ter arranjado uma desculpa e cancelado aquilo do conforto do sofá. Que ficasse o aprendizado para tirar o celular do silencioso de uma vez por todas.

— Ah, não vi que você tinha mandado algo.

— Mas ainda vai rolar? Não estava a fim de dormir sozinha. — A voz de Ruth soou baixa, aveludada, indo direto para os ouvidos dele como se ela estivesse ali, sussurrando.

Ricardo cerrou os olhos, segurando um suspiro.

Sabia muito bem como ela era quando incorporava a sedutora, e, mesmo que não estivesse interessado aquela noite, não era de ferro.

— Desculpa, hoje não vai dar. Esqueci que tinha um negócio para fazer — respondeu, sabendo que a resposta era vaga.

Talvez, se fosse mais jovem, não tivesse resistido, não por causa de hormônios aflorados, mas porque antes acreditava mesmo que, sendo homem, tinha que estar disposto para o sexo o tempo todo. O amadurecimento, em muitos aspectos, era uma dádiva, e Ricardo adorava a liberdade de ser sincero com ele próprio.

— É — o tom sensual de Ruth havia dado lugar a um desânimo conformado e, talvez, um pouco irritado —, estou vendo que não vou dar mesmo.

Ele não aguentou e deixou escapar uma risada. Ruth pareceu sorrir do outro lado.

— Foi um dia cansativo — explicou ele.

— Eu poderia dizer que seria bem eficiente em te ajudar a relaxar, mas, se você já está convencido, nem adianta tentar.

— Bela tentativa.

— Droga.

Apesar de tudo, a conversa tinha injetado certo ânimo em Ricardo. Era agradável conversar com Ruth.

— Outro dia, tá?

— Tá bom. Se mudar de ideia, ou mesmo se quiser trocar umas mensagens — o tom sensual havia retornado para enfatizar a última palavra —, conta comigo.

Ricardo desejou um boa-noite e desligou. Ela não desistiria se ele continuasse dando corda.

Aproveitando que estava na cozinha, colocou para esquentar no micro-ondas o que encontrou de sobras na geladeira, abriu uma cerveja e se preparou para atirar em muitos inimigos.

Capítulo 5

𝒜

ℳal eram dez da manhã de um domingo, e, saindo do elevador, Aimée pingava tanto suor que estava em dúvida se devia correr primeiro para o chuveiro ou para o filtro. Só tinha certeza de que seu corpo precisava de água. Abriu a porta e a atravessou, mas sentiu um tranco. O cós dos shorts tinha prendido na maçaneta. Bufando, ela se virou para desenroscar. Aquilo acontecia com tanta frequência que Aimée até perdera algumas peças, desfiadas.

Enfim livre, outro obstáculo a impediu de seguir.

— Não, Tide, agora não!

Tentou usar um tom imperativo, mas a voz saiu tremida, mal resistindo ao charme da gata, que odiava ficar sozinha e sempre recepcionava a dona se esfregando em suas pernas.

Aimée pulou por cima de Tide depois de acariciá-la e saiu em direção à cozinha de um jeito totalmente desengonçado, com medo de pisar na bichana, que continuava caminhando com toda tranquilidade entre suas pernas.

— Sinto muito — falou olhando para o rosto peludo tigrado, cujos olhos amarelos observavam com ar desconfiado a dona virar o copo de água gelada —, mas você vai ter que ficar mais um pouco sozinha. Hoje tem almoço na sua avó. Eu sei — acrescentou quando a gata se levantou e virou as costas, parecendo ter entendido tudo —, também não quero ir. Mas, se eu não for, vai ser pior.

A corrida era primordial em dias de almoço familiar, já que a endorfina ajudava a diminuir o estresse — porém seria inútil se Aimée se atrasasse e precisasse, ironicamente, correr contra o tempo.

Ela passou uma água no copo, colocou-o no escorredor e disparou para o banheiro sob o olhar de desaprovação de Tide.

— Certeza que não quer mais? Vai sobrar muito. — Telma enfiava a forma com os restos de frango assado no rosto de Hugo, o filho caçula, ofendida pela recusa.

Aimée estava a ponto de abrir o botão da calça, a pochetinha ainda mais saliente. Todo mundo já tinha comido além da conta, tradição dos almoços de domingo.

— Certeza, mãe. Mais um pedaço e vai ser K.O.

— Vai ser o quê?!

— "Nocaute", mamãe. É uma expressão em inglês, usada no box. Vem da palavra *knockout* — Amara, irmã mais velha, respondeu por Hugo em uma de suas clássicas intervenções.

Ela costumava discursar sozinha sobre qualquer assunto, enquanto Aimée e Hugo comiam entediados, trocando olhares de deboche, e os pais fingiam interesse para não pesar o clima.

Além disso, embora Amara estivesse certa, Aimée tinha certeza de que a referência de Hugo viera da Pabllo.

Para evitar qualquer comentário, Aimée se levantou e recolheu os pratos.

Os almoços em família aconteciam no quintal. Em dias de sol como aquele, a mesa dobrável que ficava guardada no quartinho de tranqueiras da lavanderia era montada numa área que o pai cobrira anos atrás para fazer uma churrasqueira.

— Pode deixar.

Horácio pegou a pilha de louças da mão da filha para levar à cozinha, onde Telma colocava as sobras em potes que distribuiria entre os filhos. No caminho, desviou dos netos, que corriam rumo à grama.

Antonieta, de 5 anos, era uma versão em miniatura da mãe. Naquela idade, Amara também era esguia e vivia com o cabelão castanho-acobreado formando ondas nas costas — e alguns eventuais nós, impossíveis de se imaginar em Antonieta. Theo, de 7, se parecia mais com o tio do que com o próprio pai, especialmente quando tentava imitar o topete de Hugo.

Aimée perdeu alguns segundos admirando a inocência pueril das crianças, de certa forma invejando a facilidade com que conseguiam se divertir, bastando a companhia uma da outra e...

— Eca, mãe, o Theo peidou fedido que nem o papai!

— Antonieta, isso não se fala!

Aimée não sabia se a repreensão era pelo palavreado ou pela informação sobre as flatulências de Felipe. Pelo menos Amara tinha ido sozinha com as crianças, o que poupou o marido de um constrangimento.

— O que aconteceu? — Telma perguntou ao retornar da cozinha com uma travessa de pudim de leite condensado.

— Meus filhos provavelmente têm ficado tempo demais no tablet.

— É, porque "peidar" é um termo que quase ninguém usa — Hugo comentou, sarcástico.

— Na minha casa, não usamos — Amara rebateu —, e eu agradeceria se você não reforçasse na frente deles.

Hugo ensaiou uma resposta, mas desistiu ao ver o olhar de Aimée dizendo para deixar para lá. Se alguém afirmasse que ela estava defendendo a irmã, negaria até a morte, mas a mãe das crianças era Amara. Não importava o que achavam da criação dos filhos dela.

Mas aquela era a dinâmica entre os irmãos. A tensão era tanta que bastava Amara respirar um pouco mais alto para os outros dois revirarem os olhos. E a recíproca era verdadeira.

O assunto foi rapidamente deixado para lá quando Horácio chegou com os potes e talheres de sobremesa. Em um segundo, esqueceram que instantes antes mal podiam pensar em comida. Quem resistia a um pudim caseiro furadinho que derretia na boca?

— E como é que vai a Taís, Mê? Vi no Face que ela está grávida. Deus abençoe!

— Bem, mãe. Assustada, a gravidez não foi planejada, mas bem.

— Não entendo esse negócio de "não planejada". É só se cuidar, ué.

Aimée reprimiu a vontade de revirar os olhos, mas era incapaz de ficar indiferente ao típico tom condenatório.

— Bom, o único método cem por cento eficaz contra a gravidez é não transar — falou, com uma calma que deixaria a psicóloga orgulhosa.

— Olha o palavreado, Aimée — o pai repreendeu.

— Sim, meus filhos não conhecem esse tipo de vocabulário — Amara reclamou.

— E a agência, Mê? — Hugo perguntou, apaziguador.

— Vai bem também — ela respondeu, tentando relaxar. — Estamos com uma boa perspectiva para este ano.

— Que bom, quem sabe logo você está bem, em um apartamento seu — a mãe comentou.

Não era como se Aimée não escutasse a preocupação maternal implícita, mas a visão de que sua vida era um fracasso sobressaía, encontrando eco nas inseguranças que cresceram com ela naquela casa. Era incrível como a mãe sempre conseguia colocá-la para baixo.

A decisão de sair da casa dos pais, no ano anterior, tinha vindo não apenas pelo desejo de independência, mas sobretudo por necessidade. A distância era imprescindível para a convivência seguir pacífica. Embora tivesse passado trinta anos morando com os pais — a última dos irmãos a sair de casa — e os amasse, não eram próximos. As crises de ansiedade de Aimée existiam muito tempo antes de ela procurar ajuda psiquiátrica, e os pais nem sequer faziam ideia. Era, e continuava sendo, muito difícil recorrer a eles quando precisava, porque não tinham o costume de compartilhar as coisas. Era como se recebessem um *Aimée News*, pontuando os fatos da vida dela objetivamente — "Abri uma empresa com meus amigos" —, o que era muito diferente de acompanhar o processo e as angústias da tomada de decisões. Não conversavam sobre nada, e as discordâncias se avolumavam como ressentimento sob a carapaça das regras de etiqueta.

Não importava que Aimée estivesse morando sozinha em uma das cidades mais caras do país e gerindo a própria empresa, que abriu, sob uma chuva de críticas, em detrimento de um emprego estável. Para a mãe, não era o suficiente.

Fora isso, ela era um fracasso por ser solteira, sem filhos, sem casa própria e sem perspectiva de mudar aquele status — basicamente, ela não era Amara. Era como se Aimée ainda não tivesse chegado "lá", um lugar de sucesso que ela não sabia definir qual era, muito menos se queria estar nele.

— Eu já estou bem, mãe, obrigada.

Os olhos esbugalhados de Telma demonstraram surpresa e ressentimento com a rispidez de Aimée.

— Sei que você está bem, filha, é só que você pode melhorar.

Aimée mordeu a bochecha por dentro, com dificuldade de reconhecer o tom apaziguador da mãe. Seria mais fácil ignorar as críticas não fosse todo o ressentimento reprimido.

Ela era incapaz. Era insuficiente.

Não era Amara.

Esses ecos a acompanhavam por quase toda a vida.

Quando o pai perdeu o emprego, Aimée tinha 6 anos, e a mãe assumiu as contas da casa, trabalhando ainda mais. Isso em si estaria longe de ser um problema, se não fosse a escolha de Telma de não se aproximar nas oportunidades que tinha perto dos filhos. Em casa, era como se não estivesse ali — ao menos, não para Aimée, a mais amorosa da família, que gostava de abraços e carinhos. Nem Horácio nem Telma eram dados àquele tipo de afeto. Aimée perdeu as contas de quantas vezes procurou aconchego no colo dos pais no sofá e eles esbravejaram para que ela se afastasse.

Horácio se dava abertamente melhor com Amara. Compartilhavam dos mesmos interesses, e ela era a garota de ouro. As notas de Aimée também eram boas, mas não brilhantes o bastante. Mesmo quando se destacava, não era nada demais. Amara havia feito tudo primeiro.

Não era à toa que Aimée vivesse correndo atrás da irmã, gostando de tudo aquilo que ela dizia gostar também. Mas, em vez de impressioná-la, só a aborrecia. E, se ficava à sombra da irmã, também não recebia atenção como Hugo, que, espevitado e arteiro, vivia fazendo com que os pais fossem chamados na escola. Entre louvar Amara e cuidar de Hugo, não sobrava muito tempo para Aimée, que aprendeu cedo a se virar sozinha e a não causar mais problemas para não sobrecarregar os pais, sempre exaustos. Aimée assimilou, muito nova, que não podia incomodar.

Que, se não incomodasse, talvez, só talvez, alguém olhasse para ela.

O que significou também ter assimilado nunca ser o bastante, porque continuou sem ser reconhecida.

Ela só foi se aproximar de Hugo uns anos antes, quando ele se assumiu. Os pais não aceitaram muito bem. Na realidade, Horácio surtou, e Telma... era difícil saber com exatidão, já que pela primeira vez a mãe preferiu não se manifestar para não causar mais problemas. Aimée se recusava a ver aquilo como sabedoria. Para ela, era pura covardia, e foi a única a dar apoio ao irmão. Amara, mesmo reconhecendo o preconceito, conseguia entender o porquê de aquilo ser difícil para eles, "nascidos em outros tempos".

Ali estava a maior diferença entre elas. Aimée jamais compreenderia.

Foi naquele momento que, de fato, sua vida adulta começou: quando enxergou a família sem os filtros coloridos da infância, que insistia em aplicar para não admitir a mágoa. Ali, o pai e a mãe viraram Horácio e Telma, homem e mulher que nem sempre tinham razão, que nem sempre faziam a coisa certa, que nem sempre sabiam o que estavam fazendo. E Amara deixou de ser seu grande modelo. Apesar de aquelas constatações serem tristes, eram também libertadoras. De repente, a opinião da família passou a ser menos importante do que a dela própria.

O visor do celular acendeu, revelando uma mensagem de um número desconhecido. Aimée apertou os olhos e, mesmo sem ler o texto completo, ficou surpresa ao entender que era Ricardo Rios. Iolanda avisara que tinha passado o número dela, mas Aimée não imaginava que ele entraria em contato em pleno domingo.

Fins de semana eram sagrados. Com o home office, os limites entre as horas de lazer e trabalho eram tênues, então era preciso disciplina para não extrapolar — e Aimée sabia bem o quanto os momentos de distração eram importantes. Evitava até mesmo interagir no grupo da agência aos fins de semana, mesmo que as mensagens não fossem necessariamente profissionais.

Pensou em só abrir a mensagem na segunda-feira, mas estava no limite com sua família. Nem sabia qual era o assunto, mas qualquer palavra saindo da boca de Amara ou dos pais soava errada. Era para o almoço ser um descanso, não um campo minado.

Quando deu por si, estava pedindo licença, avisando que recebera uma mensagem de trabalho, e saiu da mesa para responder um autor cuja história Aimée nem sabia se tinha salvação.

Capítulo 6

Ricardo não esperava ver uma notificação de Aimée se sobrepondo à chamada de vídeo com a mãe. Apesar de ter enviado uma mensagem pouco antes, sabia que as chances de resposta eram baixas, por ser domingo.

— Precisa desligar, filho?

Ricardo achava que havia desviado o olhar da conversa por menos de um segundo, mas, talvez, tivesse perdido o rumo sem ter se dado conta.

Com a caçula, Suellen, cursando o último ano da graduação em outra cidade, o divórcio e a ida de Ricardo para o exterior, a mãe se mudara para a casa do pai dela, no interior do estado, e tinham adotado aquele meio de comunicação para encurtar a distância.

— Não, é que me distraí com uma mensagem. Mas com certeza a Su está bem, ela sabe se cuidar.

Lorena tinha convocado a filha, mas Suellen respondera apenas que não conseguiria atender. Ricardo chutava que a irmã devia ter curtido o sábado até tarde e ainda estava de ressaca, mas Lorena sempre se preocupava além da conta.

Suellen, ao contrário de Ricardo, não foi planejada — e por isso nasceu quando o irmão tinha quase 10 anos —, o que gerou sentimentos controversos em Lorena ao descobrir a gravidez e uma necessidade posterior de demonstrar que a filha era desejada. Ricardo se lembrava de passar em frente ao quarto da mãe e ouvi-la conversando com a barriga, desculpando-se por ter duvidado dos próprios sentimentos. Até onde sabia, Lorena nunca nem imaginou que ele presenciara a cena.

Por uma complicação na gravidez, Suellen nasceu com um tipo de paralisia cerebral que resultou em uma hemiplegia: a metade esquerda do seu corpo era comprometida. A consequência mais visível era no braço e na mão, cujos músculos contraídos limitavam os movimentos — mas a irmã afirmava a quem quisesse ouvir que não se sentia limitada em nada, aquela era sua realidade. A perna, mesmo que a fizesse caminhar de forma mais lenta, era menos afetada, e os anos de fisioterapia tinham garantido uma boa qualidade de vida.

Suellen tinha sido a grande inspiração para a maior obra de Ricardo, embora ele nunca tivesse admitido. Tinha receio de transformar a irmã em um exemplo de superação, odiava quando faziam aquilo com ela. Suellen não superara nada: ela só convivia com uma deficiência, e tinha um propósito de vida, que certamente não era existir para fazer os outros se sentirem bem em relação a si mesmos. Entretanto, o fato de ter próximo de si uma PcD o tornara mais atento. Ele se incomodava com como, quando criança, Suellen ficava triste por ser isolada pelos amigos e por não ter bonecas parecidas com ela; ou com a dificuldade de sair para determinados lugares, não preparados para atender suas necessidades. Era revoltante que, diferentemente dele, Suellen precisasse, por exemplo, de companhia em alguns restaurantes self-service porque não havia um balcão onde pudesse apoiar o prato para se servir sozinha.

Daquelas percepções e incômodos nascera a trilogia Horizontes, na qual todos os personagens eram pessoas com deficiência — e, exatamente por isso, não eram chamadas assim. Ricardo colocou no papel seus anos refletindo como seria uma sociedade desenvolvida pensando na acessibilidade. Quando mostrou o primeiro rascunho para Suellen, receoso da opinião da irmã — sua primeira leitora sensível, ainda que ninguém conhecesse o termo na época —, teve certeza de que estava no caminho certo ao ver seus olhos brilhantes de expectativa.

Não por coincidência, Valentina, a protagonista da saga, tinha o mesmo espírito audacioso de Suellen, assim como profundos olhos cor de mel e o braço direito completamente paralisado. Suellen nunca precisou de uma scooter, já que conseguia se locomover sem ela, mas a de Valentina havia sido pensada dentro do universo fantástico, sendo inclusive capaz de voar e submergir.

Mas, no fim, Lorena era mãe. Ela ficaria ansiosa independentemente das condições da filha.

— Você sabe como sou, sua época de faculdade também não foi fácil. Bastava saber de alguma festa para eu ficar inquieta até ter certeza de que você estava bem.

Ricardo, como a irmã, estudara fora de São Paulo. À época do curso de Administração, não imaginava que um dia deixaria o diploma de lado para viver da escrita, que até então era apenas um hobby.

— E aí você voltava a se preocupar por qualquer outro motivo — brincou ele, em tom carinhoso.

Lorena riu, dando de ombros. Contra fatos, não havia argumentos.

— Tem falado com seu pai? — perguntou, a reprimenda aguardando ao fundo, dependendo da resposta do filho.

Lorena odiava ver o quanto a separação havia afetado a relação de Ricardo e Suellen com Dalton e era quem mais incentivava os dois a não tomarem as dores dela.

Talvez eles achassem mais fácil perdoar o pai se Dalton não insistisse em negar o erro. Suellen e Ricardo não eram crianças, sabiam que relacionamentos eram complicados e que nem sempre as pessoas tomavam as melhores decisões. Podiam discordar e se ressentir, mas não julgavam o pai pela traição, e sim pelo comportamento vitimizado durante e após o divórcio, que gerou ainda mais dores para os envolvidos.

— Falei esta semana — respondeu, meio a contragosto e sem detalhes.

Ricardo não podia negar que Dalton até se esforçava para manter contato, e assumia a responsabilidade pela atual distância na relação. Mas não conseguia ser diferente; bastava Dalton começar a reclamar da vida para que Ricardo o interrompesse, irritado.

Ele não duvidava que a vida do pai estivesse difícil, nenhum divórcio era fácil. Mas quem havia escolhido aquele caminho? Não era Ricardo quem colocava obstáculo atrás de obstáculo no processo porque prezava o próprio dinheiro acima de tudo, ou quem havia ressignificado uma vida inteira com a mulher que o ajudara a construir tudo o que tinha chamando-a de sanguessuga e outros nomes ainda piores só para justificar a própria traição.

Então, não, Ricardo não tinha paciência.

Ao terminar a videochamada, ele ficou na dúvida entre responder a Aimée naquele instante ou esperar a segunda-feira.

Olhou para o relógio.

Passava pouco das duas, e seus planos para as próximas horas envolviam… nada.

Por que não?

Aimée devia tê-lo adicionado na agenda, porque sua foto estava visível. Era a primeira vez que Ricardo tinha uma ideia de como era a aparência dela — e estava surpreso.

Não havia pintado nenhuma imagem mental de Aimée, nem sequer havia pensado a respeito. Mas, como sua referência de agente era Iolanda, a diferença entre as duas provocou espanto. Ricardo não havia cogitado que Aimée fosse… não havia cogitado que ela era jovem. Inclusive mais jovem que ele.

Parecia estar no final da casa dos 20, começo dos 30. Na imagem, o cabelo ondulado abaixo das orelhas era a primeira coisa que chamava atenção, o cobre tingido combinando com o batom rosa-queimado nos lábios. O olhar, em uma selfie meio de perfil que deixava o nariz levemente arrebitado à mostra, era ao mesmo tempo divertido e misterioso, a ponto de Ricardo ampliar a foto. A íris era tão escura que quase não se distinguia a pupila, mas talvez fosse apenas efeito da luz.

Parecia bonita. Pelo menos, na foto do perfil, o que, ele sabia, não necessariamente representava a realidade. E "Aimée", por algum motivo, combinava com ela. Soava simpático.

Embora ele quisesse resolver aquela situação, não estava muito animado para o encontro. Não sabia se alguém jovem como ela seria tão competente quanto Iolanda.

Aimée havia proposto uma reunião para quinta-feira, véspera de feriado.

Ele aceitou o encontro. Era melhor arrancar o curativo de uma vez.

Ricardo conferiu as horas no celular ao deixar a estação de metrô e constatou que, como sempre, estava adiantado, mesmo considerando os dez minutos a pé até o escritório da Entrelinhas, de acordo com o GPS. Não tolerava atrasos.

Chegou ao número do endereço enviado por Aimée com gotas de suor emoldurando o rosto. Ficou surpreso ao se deparar com uma porta estreita, que parecia dar acesso a um galpão. Estava tão habituado ao grande prédio comercial onde estava a sede de sua editora que não parou para pensar que poderia não ser o caso da Entrelinhas, embora a rua relativamente tranquila fosse um indício do que encontraria.

Como faltava um pouco para o horário combinado, Ricardo preferiu mandar uma mensagem para Aimée em vez de tocar a campainha. Sonhava com um copo de água e esperava que o escritório estivesse mais fresco.

O barulho da chave virando na porta lhe causou um sobressalto.

A porta estreita se abriu, revelando os primeiros contornos daquela que, ao final da tarde, poderia virar sua agente.

Aimée olhava para o chão, atenta ao pequeno desnível entre a calçada e a soleira. Ao levantar os olhos para ele, deu um sorriso.

A foto não havia mentido.

O ar de mistério que ele intuíra continuava presente, e Ricardo não fazia ideia de se Aimée estava empolgada por encontrá-lo. Era comum que as pessoas do meio editorial o encontrassem com uma ansiedade evidente, mas havia algo contido em Aimée, o que fez com que Ricardo ficasse... *intrigado*, decidiu após uma breve deliberação.

Os olhos que o encaravam indecifráveis pareciam de um castanho um pouco mais claro sob o efeito do sol e contornados pelo lápis preto, mas ainda eram mais escuros que os dele.

— É um prazer finalmente te conhecer, Ricardo! Entre, por favor, e fique... Mas que inferno!

Ricardo estava preparado para retribuir a saudação, não para ouvir Aimée praguejar. Reparou que ela brigava com a maçaneta da porta, onde o fio de sua saia parecia ter enroscado.

— Hã, é um prazer te conhecer também. Você precisa de ajuda?

— Não, tudo sob controle... eu acho. Isso sempre acontece. — Ela fez mais um movimento e, então, estava livre. — Sinto muito, juro que sou melhor agente do que recepcionista.

Sorriu com simpatia, mas também encabulada, as bochechas mais rosadas do que antes.

Ricardo aceitou a mão que Aimée estendeu em cumprimento quando passou por ela. Eram quase da mesma altura: ela, de sapatos de salto baixinho, era um pouco mais alta do que a média das brasileiras; ele, um pouco mais baixo que o padrão para os homens.

Quando ela se virou em direção ao interior do imóvel, formado por quatro salas no térreo, e começou a subir as escadas para o próximo andar, Ricardo não pôde deixar de reparar no esparadrapo transparente colado no calcanhar de Aimée e na diferença de tamanho dos dois saltos. Erguendo um pouco os olhos, encontrou panturrilhas supreendentemente firmes.

Não que esperasse algo das panturrilhas dela. Só não esperava que fossem *daquele* jeito.

— Você corre?

O maldito calor tornava seus reflexos mais lentos. Em condições normais, Ricardo teria parado um segundo antes de dizer aquilo para avaliar se seria adequado seguir com a pergunta. Desnecessário dizer que teria concluído que não.

— Corro. — A resposta dela, quando parou em uma das portas do primeiro andar, trazia quase uma entonação de pergunta, que combinava com o cenho ligeiramente franzido.

— Reparei no esparadrapo — respondeu ele, apontando os tornozelos de Aimée, agradecendo por ter conseguido pensar em algo. Sabia que o comentário era um pouco grosseiro, mas era isso ou assumir que as batatas da perna dela tinham chamado sua atenção. Também jamais perguntaria sobre o calço. Supunha algum problema ortopédico, e crescer com Suellen fez com que tivesse noção do quanto era indelicado fazer perguntas sem saber se aquilo causaria desconforto. — Me questionei se não seriam bolhas de corrida. Eu ficava cheio delas quando corria.

— Ah. — Ela torceu o tronco para olhar para o próprio calcanhar. — Não, são por causa do sapato. Vive machucando meu pé.

— Então por que você usa?

Qual era o problema dele?

— Sou adepta do sadomasoquismo — disse ela, e deu de ombros com tanta naturalidade que não deixou outra opção a Ricardo a não ser gargalhar, um pouco nervoso. — Aceita uma água? — ofereceu sorridente, assim que fechou a porta atrás dele.

— Por favor.

Ricardo não sabia se estava agradecido por enfim poder matar a sede ou por poder ficar uns instantes em silêncio, evitando mais perguntas impróprias. Aimée havia se retirado para uma cozinha minúscula acoplada à sala, composta de uma mesa de reuniões, onde ele havia se sentado sem aguardar convite, uma estante modesta com alguns livros e um gaveteiro de ferro.

Agradeceu quando ela lhe entregou o copo suado, indicando que a água estava tão gelada quanto ele queria.

Enquanto ele sorvia a água com avidez, Aimée se virou em direção ao gaveteiro, tirando de lá papéis que Ricardo supôs serem seu manuscrito. Ela havia tido o cuidado de não o deixar em cima da mesa antes que ele chegasse.

Ao se sentar em frente a Ricardo, Aimée começou a ajeitar os papéis e abriu a bolsa que estava pendurada em sua cadeira em busca de... alguma coisa. Talvez fosse mera impressão, mas Ricardo teve a sensação de que ela estava enrolando.

— Uma pena nunca ter te encontrado em eventos — ela começou ainda sem encará-lo, organizando papéis e canetas que não pareciam precisar de organização. — Sou uma grande fã da Valentina, mas você deve ouvir isso de muita gente.

Ricardo assentiu em agradecimento. Nunca sabia muito bem o que dizer naquelas situações. Assumir que ele, de fato, ouvia bastante aquilo soaria um tanto quanto arrogante, ainda que fosse verdade, mas também não era dado a falsas modéstias.

— Você é agente há muito tempo?

— Pouco mais de dois anos, mas estou no meio há mais de dez. Comecei na Novelo como estagiária, fui efetivada como assistente editorial e promovida a editora depois de um tempo.

— Você é formada em Editoração?

— Letras. O currículo completo você encontra no meu Lattes e no LinkedIn, envio os links depois. — Aimée fez uma pausa, remexendo mais uma vez nos papéis. Então, ela levantou o olhar e o encarou. — Era brincadeira. A parte de te enviar, digo.

Ricardo sorriu. Estava gostando do humor dela.

— Eu devolveria a pergunta sobre sua formação — ela prosseguiu —, mas li entrevistas suas o suficiente para saber o básico.

— Revelei em alguma delas que sou muito exigente com meu café?

— Em várias.

Deram risada, antes de Aimée assumir uma postura mais séria.

— Estou adorando o papo, mas você se importa se começarmos?

— Não, vamos em frente.

Capítulo 7

— Suponho que Iolanda tenha adiantado o assunto da nossa reunião, certo?

Estava tão quente que até Aimée, fã do verão, estava incomodada. Tentava aparentar normalidade, mas a gota de suor escorrendo pelas costas e se alojando no vão das nádegas dificultava um pouco as coisas. E isso nem era o pior. Não queria nem pensar nas vergonhosas marcas que deviam estar aparentes na camisa. Ela não podia arriscar não ser levada a sério com as marcas sob as tetas suadas praticamente gritando "olhem para mim".

Talvez fosse mais uma de suas paranoias. Afinal, com o ar-condicionado quebrado em pleno janeiro em uma sala pequena, não era a única derretendo.

Ainda era difícil assimilar que era ele mesmo sentado à sua frente. Foram tantos anos acompanhando apenas imagens virtuais daquele homem que Aimée tinha criado uma ideia quase mítica dele. Mesmo que soubesse como era a aparência de Ricardo — o cabelo escuro, curto e cheio, que parecia não bagunçar mesmo quando ele passava as mãos por ele, ou os olhos de um castanho-claro, quase mel —, vê-lo tinha sido uma experiência à parte. Mais baixo do que ela supunha, ele ainda assim tinha uma presença difícil de explicar, como se portasse a segurança de se ter plena noção de ser quem era. Não sabia dizer se era a postura altiva ou a barba bem aparada que davam a ela aquela impressão, ou se transparecia nele uma personalidade autoconfiante que Aimée desconfiava existir. Se observasse melhor, conseguia perceber nele uma tranquilidade desconhecida para ela, como se Ricardo fosse inabalável. Fosse o que fosse, Aimée parecia incapaz de desviar a atenção dele, reparando inclusive em sua olhada fugaz para as janelas, como se ele não conseguisse assimilar que estavam escancaradas.

Ela suspeitava que estaria com calor mesmo se estivesse fazendo vinte graus. Além de ter tido literalmente pesadelos com aquela reunião — em um deles, Ricardo ria enquanto ela explicava os problemas com o texto e, após fazer uma ligação, Valentina entrava pela porta e atirava uma adaga em Aimée —, o jeito de o autor se portar não ajudava em nada.

Que comentários tinham sido aqueles dele? Nem se nascesse de novo Aimée teria aquela confiança de se sentir no direito de comentar o que quisesse sobre o outro. E, cacete, saber que ele tinha reparado no esparadrapo no calcanhar dela traria uma nova preocupação *todas* as vezes que resolvesse usar o sapato dali em diante. Ela não precisava de mais um motivo para se sentir inadequada.

Ao menos ele não tinha reparado no calço. Ou teve semancol o bastante para não perguntar.

— Certo — Ricardo respondeu. — Ela disse que houve, hã, uma não afinidade sua com a leitura, mas que você tem interesse no agenciamento.

Aimée deu um daqueles sorrisos constrangidos, forçados, que não mostram os dentes. "Não afinidade" era um jeito bastante simpático de encarar a catástrofe.

Seu coração acelerado ganhou mais ritmo.

Ela respirou fundo, forçando-se a relaxar os ombros. Repetiu para si mesma que era boa no que fazia e sabia que o texto de Ricardo não estava bom.

— Gostaria, primeiro, que você me explicasse o que quer com esse projeto.

Ricardo se remexeu e, franzindo a testa em um gesto que ressaltava as leves marcas de expressão no canto das pálpebras, coçou a barba de forma quase inconsciente.

— Como você sabe, é um gênero novo para mim. — Sua voz firme era quase surpreendente, dada a sutil inquietação que ele acabara de demonstrar. "Quase" porque, afinal, toda a forma de Ricardo se portar desde a chegada gritava "confiança". — Minha intenção é publicar na Cadabra.

Aimée assentiu, tentando não demonstrar irritação. Aquela resposta corroborava sua ideia de que ele estava escrevendo pensando só em ganhar dinheiro. Não que ele não tivesse o direito de lucrar — ela inclusive torcia para que isso acontecesse. Não apenas era o mínimo em termos de valorização do trabalho de quem escreve, ela, como agente, só era remunerada quando seus autores recebiam os royalties. O problema ali era que Ricardo subestimava o leitor, encarando com muita superioridade um gênero que ele obviamente não conhecia, tentando reproduzir fórmulas sem o menor empenho, como se a ficção romântica não fosse digna de um trabalho melhor.

— Entendo, mas isso, na verdade, não responde a minha pergunta. — A voz saiu mais calma e segura do que ela se sentia. — O que você deseja com esse livro?

Ricardo abriu e fechou a boca, parecendo confuso.

Ora, talvez ele não fosse assim tão inabalável.

— É um romance. Uma história de amor, no caso.

— Saber que é uma história de amor é um bom ponto de partida. — Ela torceu para não ter soado tão irônica quanto estava sendo. — Mas não é o suficiente.

— Aimée — Ricardo se inclinou sobre a mesa —, me desculpa, mas você poderia explicitar melhor o que está querendo saber? Realmente não estou compreendendo.

Óbvio que não. Se ele tivesse parado para pensar por dois minutos sobre o que desejava para a história, saberia exatamente a que ela se referia.

Mas não foi o que Aimée respondeu — apesar de querer muito.

— Sem problemas. — Foi a vez dela de se inclinar. — Por exemplo: *Como eu era antes de você* é uma história de amor. Mas, além disso, é a história de uma mulher em uma jornada de autodescoberta, percebendo como estava vivendo sua vida no piloto automático. Ela não se apaixona simplesmente porque Will é bonito, rico, inteligente, mas porque ele a desafia a sair da zona de conforto. Ele faz com que ela se enxergue com outros olhos, com possibilidades, algo que ela havia deixado de ter.

Quando terminou, Ricardo a encarava como se Aimée tivesse falado em grego.

— Você não conhece *Como eu era antes de você*? Nem o filme? — emendou ao vê-lo negar com a cabeça. — Tudo bem. *Orgulho e preconceito*. — Uma sombra de reconhecimento cruzou o olhar de Ricardo. — Jane Austen? Lizzie Bennet e Mr. Darcy?

— Minha irmã gosta muito do filme, mas confesso que não cheguei a assistir. Não é muito meu tipo.

— Ricardo. — Aimée mordeu a parte interna da bochecha e encarou suas anotações, a irritação crescendo. — Quais livros ou filmes de romance você leu ou viu?

— *Titanic* — ele disse de pronto. — E... Ah, eu vi alguns outros. Mas, como falei, não é muito meu tipo.

— Com todo o respeito, Ricardo, então por que você está escrevendo um romance?

— Porque seria desafiador. E eu vi que vende. E preciso do dinheiro.

Ele deu de ombros, sem a menor vergonha na cara!

Aimée se reclinou na cadeira e colocou uma mecha atrás da orelha, medindo as palavras para não falar besteira.

Do lado oposto da mesa, Ricardo entrelaçava os dedos, as mãos curiosamente maiores do que Aimée esperaria de alguém não tão alto, seu olhar inocentemente questionador só aumentando a ira dela. Ele não tinha a *menor noção* de onde estava o problema.

Era uma total falta de respeito com quem o leria, e ia além disso para Aimée, apaixonada por esse tipo de história. Como leitora na adolescência, como estudante de Letras, como profissional no mercado editorial, Aimée era geralmente vista com desdém. Afinal, "romance romântico" era sinônimo de futilidade.

"Gênero de mulherzinha."

Como se existisse, para começo de conversa, um gênero literário assumidamente masculino. Como se só mulheres pudessem gostar daquilo. Como se todas as mulheres gostassem da mesma coisa.

Ricardo não era obrigado a gostar de romances. Mas desprezá-los por puro preconceito? E, pior ainda, achar que podia escrever um sem o mínimo de conhecimento a respeito? Aimée não sabia se aquela arrogância toda era burrice, mau-caratismo ou uma autoconfiança que ela, com certeza, jamais teria.

— Foi o que pensei — enfim respondeu, ciente de que um pouco de amargura era audível —, e é aí que está o problema do livro.

— Eu querer vender?

— Você escrever tendo a venda como objetivo. Você está fazendo a história funcionar por uma razão externa a ela, então ela perde a lógica interna. As personagens estão tipificadas, porque não tem construção de personas. Elas agem e falam de forma superficial e vazia, impossibilitam a conexão real com quem lê. Se não há conflitos convincentes a serem trabalhados, o enredo não se desenrola de verdade. Li um amontoado de cenas que não prendem nem parecem verossímeis. E não parecem caminhar para lugar algum. Reconheci, sim — acrescentou ao ver a tentativa de Ricardo de responder —, o esqueleto da jornada do herói para nortear os eventos. Mas você sabe, Ricardo, que um esqueleto sem músculos, tecidos, órgãos e sistemas é só um amontoado de ossos, não um corpo. E um corpo sem alma não é uma vida.

O silêncio que surgiu na sala quando ela terminou era carregado. Ricardo a encarava, pela primeira vez, como se enxergasse alguma coisa.

Ensaiou falar, mas mudou de ideia. O movimento dos lábios fez Aimée reparar neles. Eram cheios. Não grossos, como se tivesse feito um procedimento estético, mas macios, compondo uma boca larga e rosada, de um tom próximo ao da pele de Ricardo.

— E, ainda assim, você tem interesse em me agenciar?

— Só se você estiver disposto a construir um bom romance. O que vai exigir, para começo de conversa, pesquisa.

— "Escreva sobre o que você conhece" — Ricardo recitou o mantra ensinado a praticamente todo escritor iniciante.

Aimée teve vontade de responder um "Pois é, seu jumento", mas apenas assentiu em concordância.

Ele tamborilou os dedos, torcendo a boca em um bico lateral, sem deixar de a encarar. E a encarava tão profundamente quanto se estivesse decifrando um poema complexo.

Aimée sentiu um frio na barriga, mas a sensação logo passou.

Enfim, Ricardo quebrou o silêncio.

— Onde assino?

Capítulo 8

Se um dia dissessem a Ricardo que ele contribuiria para Nora Roberts ser uma das autoras mais vendidas do mundo, ele gargalharia e responderia que não era possível em hipótese alguma.

Aquele era ele em um passado não tão distante. Agora, a um clique de ter os e-books em seu dispositivo de leitura, já munido de vários outros títulos de ficção romântica, ele percebia, envergonhado, como tinha sido limitado.

— Você precisa estudar os livros, Ricardo — Aimée dissera mais cedo na reunião ao montar com ele uma lista de indicações que o deixaria bem próximo de desenvolver diabetes. — Se não gostar de algo, procure identificar o problema e evite fazer o mesmo. Veja também o que funciona em cada livro.

Ricardo esteve muito próximo de recusar o agenciamento com a Entrelinhas. Quando Aimée começou a bombardeá-lo de perguntas, foi invadido por um desconforto ao qual não estava acostumado. Era como se tivesse voltado à infância, sendo repreendido pela mãe — ainda que algo nele não gostasse de associar a imagem de Aimée à de Lorena. Parecia errado, provavelmente pela diferença de idade entre elas.

A questão era que, quando entendeu o que a agente insinuava, Ricardo se sentiu injustiçado. Ok, parte da culpa era dele, afinal, que admitiu que queria escrever uma história de amor porque vendia bem. Mas isso não significava diminuir o gênero — exceto, talvez, pelos livros açucarados em excesso. O desinteresse por aquele tipo de história era por não corresponder à visão de mundo dele.

Ao menos, foi o que ele dissera para si mesmo.

Porque diminuir o gênero era exatamente o que fazia.

A raiva contida nos olhos dela, que os escurecera ainda mais, fez com que ele questionasse, aos poucos, se tinha pisado na bola. Mais ainda, fez com que enxergasse outra coisa: paixão. Aimée amava romances e tinha pressuposto — corretamente — que ele era mais um que os desprezava.

Bufou, frustrado consigo mesmo. Bastava conviver no meio para ouvir os comentários preconceituosos. Seus livros mesmo tinham recebido críticas semelhantes, ainda que não tão duras, só por terem vendido bem. Ficção comercial não pode ser boa: esse tem sido o pressuposto desde sempre na perspectiva da ficção literária renomada. Até Charles Dickens sofrera com aquilo.

Não que estivesse se comparando ao famoso autor britânico.

De qualquer maneira, Ricardo ficou inclinado a recusar o agenciamento, receoso de que Aimée estaria disposta a implicar com ele por causa daquele deslize. Uma coisa era o manuscrito pedir por melhorias; outra, era ela ser tão inflexível como tinha sido.

Mas algo na maneira como Aimée continuou a falar dissipou aos poucos sua revolta. Não, não era aquela paixão óbvia que fazia os olhos dela reluzirem como cetim preto mesmo na claridade do dia, embora ajudasse. Era o conhecimento de causa, dando firmeza a cada uma das sílabas que saíam daqueles lábios bem delineados. Ela falou com propriedade, o que deixou Ricardo mais seguro de que era a pessoa certa para orientá-lo.

Sabia que o trabalho não seria só reescrever algumas cenas — o que já não era simples. Pelo contrário, Ricardo passaria um bom tempo lendo coisas totalmente fora da sua zona de conforto antes de voltar a mexer em seu projeto. Aimée tinha sido categórica: gostaria que Ricardo primeiro apresentasse a ela as ideias — resumo, temas abordados e conflitos dos personagens — antes de voltar a escrever. Com um sorriso no rosto, dissera que estava aberta a ajudá-lo em um brainstorming, se fosse o caso, o que ele entendeu como "você só vai sentar a bunda na cadeira para digitar quando eu disser que você pode fazer isso".

Resignado, Ricardo enfim deu o clique final, fechando os olhos antes de abrir e ver a confirmação do pagamento na tela do site. Tinha acabado de deixar Nora Roberts um pouco mais rica, enquanto ele mesmo estava ligeiramente mais pobre, após todas aquelas compras.

Levou as mãos ao rosto, esfregando os olhos com cansaço. Precisava o quanto antes restabelecer suas finanças e não podia mais contar com o livro no qual vinha depositando esperanças. Ler todos os e-books, repensar a história, reescrever os capítulos iniciais e finalizar o restante levaria sabe-se lá quanto tempo. Depois, o romance ainda passaria pelas etapas de preparação de texto, diagramação, revisão, produção de capa e registro para só então ser publicado — serviços que também teriam um custo considerável para um lançamento independente como o que ele pretendia. E, até onde sabia, o primeiro pagamento de royalties pela Cadabra só aconteceria sessenta dias depois do mês de lançamento.

Não tinha economias o suficiente para muitos meses, então a corrida contra o tempo precisava começar naquele instante.

Só que Ricardo não estava com cabeça para embarcar em uma leitura na qual não tinha interesse. Ainda assim, não queria ficar com a impressão de que estava desperdiçando um segundo sequer. Não ia ler, mas nada o impedia de assistir a um filme. Eram mais rápidos e poderiam também ser um estudo.

Pensou em pedir uma recomendação para Aimée, mas já havia passado do horário comercial e seria indelicado. Poderia pedir a ajuda de Ruth. Poderia, inclusive, convidá-la a assistir com ele. Assim, analisaria não só o filme, mas as reações dela. Seria interessante estudar como cada cena ou diálogo impactavam o público.

Ruth respondeu com duas figurinhas assim que Ricardo enviou a mensagem fazendo o convite.

A primeira era formada apenas pelas palavras "Quer ver Netflix?".

A segunda, por sua vez, trazia o desenho de um casal assistindo à TV. Só que transando enquanto olhava para a tela.

Ricardo riu, apesar de não ser muito adepto àquela nova moda. Nem emojis ele usava, preferindo, no máximo, recriá-los à moda antiga, usando os símbolos de pontuação.

Ele não culpava Ruth pela interpretação da mensagem. Já havia a convidado para um "filme" antes — e ela também.

Desta vez, digitou, é um filme de verdade. Preciso ver uns romances para trabalhar num projeto.

Tá bem. Vou tomar um banho e desço. Não quer pedir uma pizza? Levo o vinho.

Ricardo concordou, temendo que Ruth não tivesse acreditado nele.

Se ela não acreditou, não demonstrou nada. Cumprimentou Ricardo com um selinho ao passar pela porta e foi logo pegando taças no armário. Ao servir os dois, ajudou Ricardo a escolher o filme enquanto a pizza não chegava.

— Que tipo de romance você quer? Mais dramático, comédia romântica?

— Um que você adore.

Ela rodou o catálogo com o cenho franzido, empenhada em encontrar o melhor disponível. Vez ou outra, soltava gritinhos empolgados, comentando sobre as possibilidades.

Ricardo até ouvira falar de algum dos títulos, mas não havia assistido a nenhum. Outros eram totalmente desconhecidos.

— Fala sério, como assim você nunca viu *Ghost*? — perguntou ela, em choque.

Ele balançou a cabeça.

— Sei que é um clássico, mas nunca chamou minha atenção.

Ruth o olhava como Molly, personagem de Demi Moore, encararia Oda Mae ao ouvir que Sam estava tentando entrar em contato, ainda que Ricardo não tivesse como saber disso naquele instante.

Ela decidiu que começariam ali, comentário que fez Ricardo sentir uma pontada de incômodo. Começar? Ruth esperava outros filmes além daquele? Será que ela tinha interpretado errado o convite, achando que o convite para um filme romântico poderia significar algum interesse maior da parte dele?

Felizmente, o toque do interfone foi a desculpa perfeita para fugir daqueles pensamentos. Enquanto Ruth pegava pratos e talheres na cozinha, ele desceu para buscar o pedido.

Retornou um pouco mais quieto, fingindo estar absorto em cortar as fatias para servi-los.

Quando o filme começou, Ricardo relaxou. Estavam concentrados em comer e assistir, então não havia espaço para conjecturas.

Ficou surpreso logo nos primeiros minutos. Não sabia que era possível sensualizar com um jarro de argila ao som de "Unchained Melody". Ruth o encarava com um ar divertido, inconformada por ele nunca ter visto a cena que, segundo ela, era uma das mais clássicas do cinema.

— Como assim ele morre no começo? — Ricardo perguntou instantes depois, após a cena do assalto de Sam.

— Por que você acha que o nome é "*Ghost*"? — ela respondeu com os olhos marejados.

Sério que ele teria que ver um filme de amor de um fantasma? Estava ali o motivo para não gostar daquelas histórias. *Eram todas muito fantasiosas*, pensou o autor de fantasia.

Conforme as cenas foram se desenrolando, Ricardo percebeu que estava entretido. Quando o filme acabou, tinha que admitir que havia gostado mais do que esperava e que, mais uma vez, havia feito um julgamento prévio sobre romances. Continuava soando fantasioso demais — uma parte sua resistia a ceder por completo —, mas tinha algo de belo. A impossibilidade do amor obviamente tornava tudo mais trágico, porém reforçava a ideia de se valorizar o sentimento quando ele era concreto.

Lembrou-se das palavras de Aimée sobre o outro livro, o tal do *Você antes de mim* ou qualquer coisa do tipo. Segundo ela, não era apenas uma história de amor, mas uma jornada de crescimento da mocinha, e ele enxergava isso em Sam também.

— Você está tão pensativo. — Ruth o fez despertar. Ela ainda estava com o rosto avermelhado.

— Só ponderando minhas impressões.

Ela sorriu de um jeito... carinhoso. Mais do que o normal. O incômodo de antes voltou a assolá-lo. Ele não queria aquilo. Mas também não era o momento para aquela conversa.

Ela inclinou o corpo de maneira sensual, engatinhando até ele em uma óbvia intenção de beijá-lo.

Ricardo reclinou o corpo, sem conseguir disfarçar o susto.

— Calma — Ruth disse em um sorriso confuso. — É só um beijo.

— É que não sei se é a melhor hora... — falou ele apontando para a TV, sem conseguir dizer o que pensava. Ainda assim, ela parecia ter entendido.

— Ah, você ficou emocionado, foi? — Aquilo era deboche no tom dela? — Relaxa, Ricardo. Não é como se a gente não tivesse feito isso várias outras vezes, não é?

Quando ele começou a reconsiderar a ideia, ela ficou de pé, dissipando qualquer possível clima, fosse de constrangimento, fosse de sensualidade.

— Vou te deixar descansar. Obrigada pelo filme!

E saiu como se a rejeição não tivesse feito a menor diferença em sua noite.

Capítulo 9

*A*imée só se deu conta de como estava exausta quando enfim se jogou no sofá, com Tide pulando em sua barriga na mesma hora. Felizmente, era véspera de feriado.

A reunião a deixou tão tensa que, depois que Ricardo foi embora, ficou vários minutos sentada, sem energia para nada — inclusive contar para os sócios que tinham fechado contrato. Não se tratava apenas de se acalmar: era como se desligassem seu cérebro e ela se tornasse incapaz de assimilar qualquer coisa. Captava as informações, mas elas não faziam sentido, pois não eram processadas — o que a cansava ainda mais, porque exigia dela o dobro de energia para voltar a funcionar.

Ela sabia que, se não se mexesse, continuaria sentada olhando para o nada, sentindo-se engolida pelo universo. Então, respirou fundo, pegou o celular, deu a notícia aos sócios e entrou no modo automático, preparada para fazer o que ainda precisava sem pensar a respeito — foi interrompida apenas pela ligação de Taís, que precisava expressar seu surto.

Só quando desligou a chamada foi que reparou na chave de Ricardo em cima da mesa. Como ele havia saído quase quinze minutos antes, precisou fazer o que detestava: ligar para ele. Não queria arriscar mandar uma mensagem e ele não ver. Por sorte, ele tinha parado em uma padaria e pôde retornar.

Aimée chegou em casa duas horas depois ainda no automático, trocou a areia de Tide, enviou um parecer para uma editora, esquentou o jantar e tomou banho.

Parar era bom. Mas era também assustador.

Sua mente demorava a entender que podia descansar, ficava procurando o que fazer. Na maioria das vezes, encontrava, e o resultado quase nunca era positivo. Se houvesse qualquer preocupação a que pudesse se apegar, ela se apegaria.

Antes que aquilo acontecesse, Aimée ligou a TV, zapeando pelos filmes na Netflix, na dúvida entre assistir a algo inédito ou recorrer a um de seus confortos.

Deu play em *Ghost*, porque queria aconchego.

Achava incrível como uma cena fazendo uma jarra de argila podia ser tão intensa. O toque das mãos, o soar das notas musicais, o movimento de moldar o vaso... Havia conexão entre os personagens e a relação entre eles era exposta desde os primeiros instantes.

Talvez fosse uma boa recomendar para Ricardo alguns filmes, além dos livros. A linguagem não era a mesma, mas, para quem tinha zero conhecimento de ficção romântica, toda ajuda seria útil.

Quando Sam enfim disse amar Molly, Tide encarou a dona, assustada pelos soluços audíveis mesmo por cima da música sentimental que rolava na tela. Aimée chorava tanto que não sabia mais se as lágrimas eram pelo filme ou se por ela mesma. Algum dia viveria algo como aquilo?

Quer dizer, ela realmente esperava não se apaixonar para ver o futuro namorado morrer em um assalto e depois voltar como fantasma para dizer que a amava. Mas queria, sim, viver algo tão intenso que fizesse a pessoa desejar voltar, caso fosse obrigada a partir.

Quanto mais o tempo passava, mais sentia que viver um romance não era para ela, o que era ainda mais doloroso para quem sempre acreditou no amor. Quando criança, era péssima na brincadeira de dança da cadeira, e talvez com o amor fosse a mesma coisa: a quantidade disponível era menor do que o número de participantes, e Aimée não fora rápida o bastante para garantir seu lugar.

Não vinha conseguindo nem sentar por aí, dados seus encontros furados.

Talvez por isso a situação com Ricardo a tivesse irritado tanto. Parte dela ficou ofendida em nível pessoal. Ele, sem saber, diminuiu algo que Aimée tinha em alta conta, e ela se sentiu ridícula, como se estivesse sendo criticada. Afinal, não fosse a carência, talvez não tivesse entrado em seu pior relacionamento.

Provavelmente não cometeria o mesmo erro de novo...

Talvez. Provavelmente.

Advérbios de dúvida.

Dúvidas que a rodeavam como uma mosquinha de banana, infectando tudo o que ela sabia sobre si.

Sua vida era ótima e não deveria parecer errado querer dividi-la com alguém. Mas e se o desejo fosse um meio de preencher um vazio? E se o desejo fosse simplesmente... carência outra vez?

E se Aimée fosse uma mulher patética, sem amor-próprio?

Uma lágrima escorreu até pingar no peito apertado.

De repente, não estava mais na sala de seu apartamento, e sim na dos pais, com decoração típica dos anos 1990. De onde estava, deitada no sofá coberto com uma manta de crochê, via a TV de tubo desligada, silenciosa como o resto da casa escura.

Devia ter cerca de 6 anos, lembrava-se exatamente daquela noite.

A avó, com quem não tivera muito contato, havia falecido pouco tempo antes. Como ela e Telma não se davam bem, nunca ouvia nada de bom sobre a avó, o que fazia Aimée sentir que não podia gostar dela.

Mas vovó sempre tinha sido boa com ela, o que a deixava confusa.

Quando morreu, os pais acharam que Aimée era pequena demais para ir ao velório, então ela não se despediu. Nem sequer teve a chance de descobrir o que sentia pela avó — e a percepção de que jamais descobriria a abalou.

Essa noção era da Aimée adulta, a criança não tinha como processar o luto. Só o que sabia era que tinha acordado triste, no meio da noite, e, para não despertar os irmãos com quem dividia o quarto — uma Amara de menos de 10 anos e um Hugo bebê —, foi para a sala.

Lembrava-se de ficar ali em um choro sentido, doloroso e confuso, até a mãe aparecer.

— O que aconteceu, filha? — escutou a voz sonolenta.

Bastou ouvir a pergunta para se sentir reconfortada. Mamãe tinha aparecido para dar colo.

— Tô triste — respondeu entre soluços. — Por causa da vovó.

Não conseguia explicar nada além daquilo.

— Ah, Aimée, pelo amor de Deus.

Telma revirou os olhos e respirou fundo. A tristeza se avolumou no peito de Aimée. Então, a mãe a envolveu em um abraço, passando as mãos nas costinhas da filha.

— Não precisa ficar assim. — A tentativa de conforto não encobria que estava contrariada. — A vovó está bem, no lugar para onde as pessoas que morrem vão. Amanhã te dou uma foto dela para você a ter sempre perto de você, que acha?

Aimée concordou, um pouco mais calma.

— Vamos. — Telma a pegou pelas mãos. — Eu te levo até o quarto. A mamãe precisa dormir, tá bom?

Mas, quando Aimée se deitou, havia uma camada enorme de culpa acrescida aos seus sentimentos.

Culpa por estar triste por alguém de quem ela nem deveria gostar. Culpa por ter acordado a mãe, sempre exausta pelo trabalho.

Aimée era um incômodo, era muito sensível e continuava sendo, incapaz de controlar as próprias emoções, sempre muito frágil, carente, vulnerável, sempre precisando de atenção, de que alguém a confortasse, mas nem sempre haveria alguém por perto, ela tinha que aprender a se controlar melhor, senão poderia acabar de novo em...

Merda.

Sua mente, mais uma vez, tinha encontrado o que fazer: deixar Aimée deprimida.

Seria sempre daquele jeito?

Ela fechou os olhos com força e respirou fundo, lutando para afastar os pensamentos intrusivos e contra a vontade de permanecer inerte. Se não reagisse, seria dominada.

Tirou Tide com cuidado da barriga e a colocou no sofá antes de se levantar. Por instinto, foi à lavanderia buscar a toalha que pendurara pouco antes. Tomar banho costumava ajudar.

Ao passar pela cozinha, teve uma ideia. Taís era adepta dos banhos de ervas, e Aimée poderia fazer um, potencializar as boas energias. Procurou no Google alguma receita e abriu a primeira que encontrou.

Botou água para ferver enquanto ia ao quarto colocar um roupão. Ao retornar, procurou as ervas que tinha no armário: camomila, manjericão, cravo e louro. Infelizmente, ficaria devendo a arruda e o alecrim, mas tinha canela... Lembrava-se de Taís mencionar que fazia bem. Não sabia a quantidade e não queria incomodar a amiga, já que passava das dez, então abriu o saquinho da canela para despejar o pó no recipiente com as ervas em infusão, confiando no olhômetro.

Bem naquele momento, Tide, que tinha se levantado silenciosamente, anunciou sua presença passando pelas pernas de Aimée, fazendo-a derramar mais canela do que pretendia.

Bem, se era para atrair a sorte, que fosse com estilo!

Tapou o recipiente e voltou à sala, levando Tide junto.

Depois de Aimée coar a água que jogaria no corpo quando terminasse a chuveirada, a gata a observou do sofá quando ela passou devagar rumo ao banheiro segurando a bacia quente e equilibrando o celular na axila, com medo de que caísse no líquido.

Enquanto os pingos caíam pelas costas, Aimée permitiu-se relaxar, envolvida pelo calor da água.

Quando terminou, fechou o registro e agachou, testando a temperatura dentro da bacia. Então, levantou-se, fechou os olhos e despejou a infusão aos poucos pelo corpo, mentalizando coisas positivas, completamente envolvida em uma atmosfera de paz.

Devia fazer daqueles banhos uma rotina mensal. Comprar uns incensos, para deixar a experiência ainda melhor, e colocar uma *playlist* zen.

Abriu os olhos, sorrindo. Estava muito mais leve!

Mas então olhou para baixo.

A primeira coisa que notou foi o piso do box marrom e, mesmo sabendo que era da canela, franziu o nariz de nojo. Enquanto ligava novamente o registro para lavar o chão, reparou em um vergão na barriga. Um vergão que subia — e se expandia — para os seios, nos lugares onde se molhara com a infusão.

Com o coração aos saltos, ela passou a toalha no corpo e saiu do box direto para a frente do espelho.

— Puta que pariu! — exclamou Aimée ao ver o torso queimado, como se tivesse tomado o sol do meio-dia sem protetor solar. Virou-se de costas, olhando por cima do ombro, e viu o desenho vermelho exato dos filetes de água que tinham escorrido.

Na mesma hora, pegou o celular sobre a pia e pesquisou "canela" no Google. Pelo visto, devia ter usado canela *em pau*, não em pó. Ao que tudo indicava, era um alimento altamente reativo, então eram grandes as chances de deixar a pele irritada.

Mas não tanto quanto ela estava com a própria estupidez.

Onde é que estava com a cabeça para jogar algo no corpo sem ter procurado antes? Mas, para além da irritação, sentiu o pânico querendo tomá-la.

E se aquilo fizesse mal? E se ela acabasse, sei lá, morrendo?

O coração parecia imitar uma bateria de escola de samba e Aimée foi obrigada a apoiar as mãos na pia, fechando os olhos para respirar profundamente e se acalmar.

Aguardou uns instantes e, mais uma vez, encarou o corpo no espelho.

Os vergões ainda estavam lá.

Incapaz de ficar parada, andou pela casa pensando no que fazer, sem nem se incomodar em se vestir. Não fazia ideia de se as cortinas estavam fechadas, mas pouco se importava em ser a vizinha pelada. Não seria a primeira vez.

Devia ir ao pronto-socorro? Esperar? As pessoas não tinham que agir rápido em uma reação alérgica? Aquilo era uma reação alérgica?

A garganta estava apertada e Aimée ofegava, mas tanto podiam ser sinais de ansiedade quanto da reação. Mais uma vez, tentou se acalmar e entender o próprio corpo.

Ansiedade, decidiu. Os sintomas eram os mesmos de outras crises.

Ela caminhou até o quarto e parou em frente ao espelho. Podia estar só sugestionada, mas teve a impressão de que a pele estava um pouco menos vermelha. De qualquer maneira, abriu a gaveta da mesa de cabeceira procurando o calmante. Tanto a psiquiatra quanto a psicóloga concordavam que Aimée não precisava mais de medicação, mas haviam recomendado um fitoterápico para momentos de crise, e ela tinha gostado do resultado.

O problema era que o seu tinha acabado e ela se esquecera de comprar um novo.

Voltou à sala praguejando e pegou o celular, abrindo as últimas ligações para falar com Taís. Odiava incomodá-la àquela hora, mas era uma emergência. Precisava ser tranquilizada.

— Alô?

Aimée franziu a testa ao ouvir a voz grave e surpresa, que definitivamente não era de Taís. Embora soubesse que também não era a voz do marido da amiga, perguntou:

— Diego?

— Hum, não, Aimée. É o Ricardo.

Era óbvio que tinha ligado errado. A situação sempre podia piorar.

— Mil desculpas, não acredito que fiz isso! Fui ligar para a Taís, sabe, a outra sócia de que te falei na reunião, e devo ter clicado no seu número por engano.

— Vou supor que você não conhece ninguém de nome com S.

Do que ele estava falando?

— Quê?

— R, S, T... Ricardo, Taís... Estou pensando na sua agenda telefônica.

— Ah. — Ela nunca entenderia os comentários daquele homem. — Não, fui pelos últimos registros. Desculpa incomodar, abri aqui no susto e cliquei errado.

Merda, agora era ela quem dava informações demais.

— Está tudo bem?

Ela pensou em mentir, mas o tom preocupado foi suficiente para fazer seus olhos se encherem de lágrimas. Naquele momento, tinha zero controle emocional.

Não sabia o que cada pessoa considerava que era uma boa noite de quinta-feira, véspera de feriado, mas ela definitivamente não colocaria na lista estar cheia de vergões, chorosa, pelada no sofá enquanto conversava com um cara — seu agenciado! — por quem nem ao menos nutria simpatia.

Bom, podia ser pior. Ela podia ter feito uma chamada de vídeo por engano.

— Foi só um susto — respondeu, sem conseguir evitar se sentir patética. — Você por acaso sabe se alguém pode morrer por excesso de canela na pele?

— Isso é uma daquelas pesquisas estranhas para livros?

— Se eu disser que sim você vai considerar esta ligação menos bizarra?

— Acho que não. De qualquer forma, não tenho conhecimentos o bastante para te responder. Talvez se a pessoa tiver alergia? Ou se for uma quantidade deveras absurda?

"Deveras absurda"? Alguém falava aquilo fora de um livro de época?

— É. Foi o que pensei.

— Deve ser um livro bem interessante para te manter trabalhando tão tarde numa véspera de feriadão.

Ela não sabia o que era pior: concordar e deixá-lo achando que sua vida era tão patética que ela ainda estava trabalhando ou dizer a verdade e mostrar que de fato *era* patética pela cagada que tinha feito.

Não que se importasse com o que ele pensava.

Sem saber o que dizer, simplesmente respondeu com um "uhum".

— Comprei os livros — ele emendou, deixando-a surpresa por ele continuar a conversa.

— Eles devem ter parecido bem interessantes para te fazer querer falar de trabalho tão tarde numa véspera de feriadão.

— *Touché*. — Talvez fosse impressão, mas ela conseguia ouvir um sorriso na resposta.

— Espero que você faça boas leituras, então!

— Também espero. Pensei em discutir os livros com você. Acho que compartilhar minhas anotações com alguém que também conheça as obras pode ajudar. Mas não pretendo te atrapalhar.

— Não, tudo bem — ela se viu respondendo. — Pode enviar quando quiser. Se eu estiver ocupada, respondo quando der.

Na verdade, seria divertido ter aquele tipo de discussão sobre livros que ela adorava. Era quase como alguém a convidando para um cinema com direito a pipoca e ainda pagando a conta.

— Combinado, então.
— Certo — disse ela, porque não sabia mais o que dizer.
— Boa noite, Aimée.
— Boa noite, Ricardo.

Quando desligou, a respiração tinha voltado ao normal. Assim como a pele, constatou ao se dirigir ao espelho mais próximo. Parecia que nada tinha acontecido.

Nunca mais faria um desses banhos.

Capítulo 10

𝓡

Passava das nove da noite de domingo quando Ricardo desligou a tela de seu dispositivo de leitura, depois de encarar a última página de *Persuasão* por alguns minutos.

Uau.

Não imaginava que teria aquela sensação estranha no peito que tanto o aquecia como o levava para um distante lugar de deslumbramento.

Agora entendia melhor o encanto de Aimée por Jane Austen.

Quando abriu o e-book, tinha sido sem grandes pretensões. Um romance de costumes do século XIX cuja trama giraria ao redor da temática do casamento não era o que ele costumava chamar de "premissa empolgante".

Entretanto, bastou começar para se envolver. O tom irônico de Austen agradou a Ricardo, e era impossível não sentir compaixão pela heroína Anne. Sua passividade era construída com tanta maestria que criava uma contradição possível só a alguém de muita habilidade com as palavras: uma passividade que, no fundo, abrigava a força e o poder de decisão de uma mulher ciente das próprias escolhas, ainda que lamentando as tristes consequências.

E havia o romance, a parte principal a que Ricardo supostamente deveria prestar atenção — o que fez. Não havia como não fazer. *Persuasão* era uma história sobre segundas chances, sobre um sentimento capaz de vencer as adversidades do tempo e os erros do passado. Era verdade, por mais absurda que a ideia parecesse: Ricardo passara dois dias fazendo uma leitura na expectativa de um "e viveram felizes para sempre". E adorou a experiência. A princípio, ele estranhou quando viu na lista de recomendações de Aimée um título de Austen que não *Orgulho e preconceito*, já que ela o mencionara. Mas então a agente explicou que *Persuasão* era o mais maduro dos romances da consagrada escritora britânica, apesar de não ser tão comentado. E que era seu favorito.

— Não vou fazer comentários para não influenciar as suas impressões. Lê e depois me conta.

Era exatamente o que Ricardo queria fazer. Naquele momento.

Se não fosse tarde. E domingo. Ela havia dito que ele poderia entrar em contato quando quisesse, mas a ideia não o deixava muito à vontade. Tudo bem que a conversa acontecera em uma estranha ligação em um horário ainda mais tarde do que aquele, mas ela explicou que fora um engano.

Mas ele não podia esperar mais um segundo para dizer tudo o que tinha visto a ela.

Pegou o celular e começou a digitar uma mensagem, apagando e reescrevendo o texto várias vezes.

"Espero não estar incomodando" o fez pensar: *Então por que está enviando isto agora?*, por isso apagou.

"Não se sinta obrigada a responder agora" também soava mal, porque era óbvio que ela não era obrigada e mais óbvio ainda que não precisava ser informada disso.

Por fim, optou pelo mais simples:

Boa noite, Aimée! Você me disse para avisar quando eu terminasse de ler (embora não tenha sido exatamente o que ela falou), o que aconteceu agora há pouco, por isso a mensagem a esta hora. Não consegui esperar até amanhã. Foi uma leitura edificante. Obrigado pela indicação!

Estava feito.

Só não esperava que a tela do celular reacendesse quase que no mesmo instante, trazendo a resposta.

Feliz em saber disso! Aquela carta é a coisa mais linda do mundo, não é?

Se ela havia respondido, então Ricardo podia falar mais, certo?

Tomado pela empolgação, enviou suas impressões.

Adoro o diálogo com as mudanças históricas também. Sem a ascensão da burguesia, a história de Wentworth não seria possível, ela respondeu.

Era algo que também fascinava Ricardo, compreender as obras de acordo com seu recorte temporal, e o comentário de Aimée não poderia tê-lo deixado mais animado. Porém, aparentemente levou tempo demais se regozijando com o que ela havia dito e pensando numa resposta, porque, antes que recomeçasse a digitar, recebeu outra mensagem:

Que bom que você gostou da leitura, menos chances de você querer me matar por te fazer ler romances, hahaha... Boa noite pra você, Ricardo!

Boa noite, Aimée, digitou, com uma estranha sensação de amargor, como se uma ligação urgente o tirasse de uma festa antes do horário planejado.

— Tem um livro em que estou trabalhando agora que pode te ajudar — Pedro falou da esteira ao lado da de Ricardo, que ofegava enquanto corria. — É ficção romântica, o autor tem uma proposta bacana e escreve muito bem. Depois me lembra que te passo o nome para você procurar o original, ainda não tem previsão de quando a tradução vai ser lançada aqui.

Por seis meses, Ricardo adiou a volta à academia. No começo, a desculpa era estar se readaptando ao país. Depois, o inverno não era motivador o bastante. Por fim, a única desculpa realmente aceitável: precisava controlar os gastos.

Mas, em uma profissão sedentária como a dele, era essencial se exercitar. Além disso, a prática o ajudava com a criatividade, talvez por fazer o sangue e os hormônios circularem mais. Então, quando seu amigo Pedro enviou, três semanas antes, um cupom de desconto válido apenas para assinaturas naquele mês, Ricardo não encontrou nada que justificasse uma recusa — e ainda era um meio de encontrar Pedro.

Eles tinham se conhecido anos antes. Pedro era tradutor e, como fã da trilogia Horizontes, aproveitara um evento fechado da editora de Ricardo para se apresentar. Os contatos ocasionais acabaram dando origem a uma amizade.

Pedro era uma das únicas pessoas que sabiam dos planos de Ricardo e se mostrou solícito quando soube das recomendações de Aimée, tentando lembrar obras em que tivesse trabalhado para acrescentá-las à lista do amigo.

— Caso de publicação adiada?

— Exato. Ainda mais que o mercado está uma loucura. Muito título atrasando, então, a grade das editoras está com uma fila enorme.

— Mas você tem recebido bons freelas?

— Alguns. Recusei um esses dias — Ricardo virou o rosto para Pedro em indagação, e o amigo entendeu a deixa para continuar. — Ah, cara, tem editora que não dá mais. Não foi fácil, a grana até que era boa. Mas não aceito mais trabalhar com quem nem coloca meu nome na página de créditos.

— Entendo, mas não valeria a pena colocar certas coisas de lado? — Respirou fundo, esperando a voz sair menos ofegante. — Porque, se o dinheiro é bom, é você que vai se prejudicar.

— Olha, pensei muito antes de decidir. Mas a Carol falou uma coisa que é verdade: se eu não valorizar meu trabalho, os outros não vão fazer isso. — Pedro, ao contrário de Ricardo, não estava nem ofegante. — Acredito naquilo de recusar o que não tem a ver com a gente para abrir espaço para o que faz sentido.

Ricardo apenas assentiu com a cabeça. Não estava tão certo assim de que concordava com aquele papo esotérico. No lugar de Pedro, teria aceitado o trabalho, se bem remunerado.

Porém, o apoio de Carol, namorada do amigo, chamou sua atenção. Não era algo que ele próprio vivera, então esse tipo de coisa ainda o surpreendia. O relacionamento com Jéssica fora o único de sua vida. Passaram seis anos juntos, a ponto de Ricardo acreditar que viveria com ela o pacote completo de casamento, filhos e felizes para sempre — o que, com o passar dos anos, mostrou sua ingenuidade.

Tinham se conhecido quando Ricardo trabalhava no banco. Ele devia ter percebido que o fato de ela considerar sua carreira de escritor "divertida" era um forte indício de que não estavam tão alinhados.

Ricardo passou o relacionamento todo esperando que ela mudasse e levasse a sério sua carreira, e Jéssica passou o relacionamento todo esperando que ele mudasse e percebesse que a vida de escrita poderia ser um projeto paralelo, mas não sua base.

Assim, junto à frustração pelo fracasso dos romances únicos, veio também a raiva por Jéssica constantemente assumir um ar de "eu avisei". A relação não resistiu ao ressentimento mútuo, impossível de ser ignorado.

Tão impossível que Ricardo não se desfizera dele de todo. Não nutria mais nenhum desejo por Jéssica, mas não conseguia se afastar da sensação de que parte de seu fracasso como escritor tivera a ver com o fracasso de sua relação amorosa. Não conseguira lidar com os problemas nem se dedicar por completo à escrita daqueles livros, uma parte da sua mente sempre focada nos percalços do namoro.

Por isso também não tinha intenção de se envolver com mais ninguém. O desgaste não valia a pena. Ele dependia da mente para escrever e, caso as emoções não estivessem estabilizadas, ela não funcionaria em sua máxima capacidade.

De canto de olho, enquanto desligava a esteira, viu Pedro acenar para alguém. Ao levantar a cabeça, deparou-se com uma mulher, que acenava contida.

— É a Lilian — Pedro falou, com um tom carregado.

Ricardo entendeu na hora.

— Lilian sua ex? A que não quis te assumir?

— A própria.

Ricardo se lembrava de como Pedro havia se apaixonado e como ficara abalado quando ela terminou.

— Acabei nem comentando, mas a gente conversou uns meses atrás, mais ou menos na época que você voltou. — Ele fez uma pausa ao se apoiar na esteira, descansando após o exercício. — Ela quis se desculpar por como tudo terminou, disse que compreendia melhor o que sentiu na época. Entendi que era mais uma questão de ela precisar falar do que eu ouvir, mas aceitei. Ela passou por uma barra e tal...

— Olha, cara, não é para mim que você tem que se justificar. A Carol sabe que vocês frequentam a mesma academia?

— A namorada do amigo nem sempre o acompanhava, já que os horários dela eram menos flexíveis.

Pedro deu uma risada irônica.

— Não só sabe como são amigas. — Vendo o olhar de espanto de Ricardo, ele continuou: — Elas se conheceram aqui sem saberem de nada e, aparentemente, se adoraram. Depois de entenderem a coincidência, conversaram para não ficar um clima chato entre elas, assim como eu e a Carol tivemos uma conversa bem franca também. Ela entendeu que eu não queria mais nada com a Lili. Então, se elas não se importam e eu também não guardo ressentimentos, não tinha por que elas não se falarem.

— Se você diz...

Mais uma vez, Ricardo percebia o quanto eles dois, apesar da amizade, eram diferentes. Não tinha como saber como agiria se tivesse vivido algo semelhante, mas, pensando em sua experiência com Jéssica, jamais aceitaria ter a ex de novo em sua vida.

Só havia um lugar para o passado: encerrado no próprio passado.

Capítulo 11

— Desculpa, desculpa! — Taís falou esbaforida ao se sentar diante de Aimée na praça de alimentação do shopping. De vez em quando, ela e o marido combinavam uma tarde de folga, em que um cuidava de Luísa e o outro saía para se distrair. — Esqueci que a estação daqui ia fechar para manutenção, precisei dar uma volta enorme.

— E mais uma vez a linha privatizada deixando o cidadão na mão. — Aimée reprimiu uma bufada. Ao reparar que Taís se ajeitava, puxando a saia de baixo das coxas, disse: — Adorei o look, aliás!

Aimée estava distraída com o Kindle quando a amiga chegou, mas gostava do pouco que pôde ver da saia mídi florida e soltinha. Apesar das cores escuras e do preto da regata, o visual tinha cara de verão.

— Ia dizer que paguei baratinho numa promoção, mas uma das minhas resoluções de ano novo era parar de me depreciar. Ainda é fevereiro e já perdi as contas de quantas vezes quase quebrei minha própria decisão. Então, embora eu realmente tenha pagado baratinho nela, obrigada, a ideia era me sentir linda!

E ela estava mesmo. A franja longa loiro-escura estava escovada de lado no cabelo liso nos ombros, a maquiagem leve ressaltando o castanho dos olhos. Não parecia mais tão cansada. Aimée chutava que a aparência revigorada tinha mais a ver com o fato de Taís estar se sentindo disposta e bonita do que com qualquer coisa que tivesse passado no rosto. Aimée também tivera seu momento de beleza, aproveitando a manhã para retocar a cor do cabelo.

— Droga, deveria ter acrescentado essa às minhas também. Como não foi o caso, aceite minha dose de autodepreciação do dia: te contei como fui idiota semana passada?

Então narrou o nada épico banho de canela, que ao menos serviu para divertir Taís.

— Para piorar, fui ligar para você e liguei sem querer para o Ricardo!

— O Rios? — Ela cobriu a boca em choque, rindo ainda mais.

— Sim! Foi no dia da nossa reunião. Vocês dois eram minhas últimas chamadas e cliquei nele sem querer.

— Quem sou eu para te julgar?

Uma vez, Taís comprara um conjunto de lingerie lindo. Empolgada em querer mostrar a Aimée como ele vestia bem, tirou uma foto... e encaminhou por engano no grupo da agência.

Por sorte, percebeu assim que mandou e apagou em poucos segundos, enviando um "eram nudes" em seguida para descontrair, usando a tática de contar a verdade para parecer que era só piada. Até hoje não sabiam se alguém tinha conseguido ver a foto.

— É, seu exemplo é ainda pior. Imagina se eu tivesse feito isso? No máximo ele deve ter duvidado da minha inteligência, mas isso dá para remediar. Agora, um processo por assédio?

— Nada de falar de trabalho nem de problemas que nunca acontecerão — disse, checando o celular. — Vou pegar um suco para mim. Quer?

— Não, obrigada. Vou querer um *frappuccino* depois.

Taís assentiu e caminhou em direção ao quiosque mais próximo. Ao retornar, o canudo de papel nos lábios, parecia bastante satisfeita.

— Limão. Sem açúcar. Uma das únicas coisas que consigo tomar ultimamente sem querer botar o estômago para fora.

— Os enjoos ainda estão ruins?

— Não como na gravidez da Luísa, mas ruins o suficiente para eu sentir vontade de te dizer "use camisinha".

— Não é como se eu estivesse correndo muitos riscos.

Taís suspirou profundamente.

— Tinha esquecido como transar pode envolver tanta burocracia.

— Nem me fale — Aimée concordou. — Uma das maiores mentiras que me contaram é essa de que para sexo você sempre acha alguém interessado. Aliás, te falei que o moço dos churros chegou com um "oi, sumida!" na maior cara de pau?

Como Aimée colecionava alguns encontros fracassados, era mais fácil se referir a eles por apelidos como aquele.

O Moço do Churros era um dos poucos com quem Aimée quis sair mais de uma vez. O primeiro encontro fora surpreendentemente bom e descontraído. Por algum motivo, depois de transar, falaram sobre churros, o que despertou neles uma vontade bizarra. Por sorte, São Paulo é a cidade em que se encontra de tudo a qualquer hora, e, depois de saírem de carro, entre muitas risadas, procurando pelo doce, acharam um lugar gourmet, que proporcionou a eles os churros mais caros da vida, mas também os mais divertidos.

Quando se despediram, ele disse querer repetir a dose e Aimée concordou, ciente de que seria, para ambos, apenas sexo casual. Então, depois daquele dia, ela o chamou para sair de novo.

Mesmo assim, ele desapareceu do mapa. E Aimée odiava ser ignorada.

— E você fez o quê? — Taís continuou, ligando a tela do celular.

— Bloqueei. Ele perdeu o direito de ser tratado decentemente quando escolheu me tratar desse jeito. Se ele topava o sexo casual comigo, qual era o problema de a gente aproveitar? Para que sumir daquele jeito como se eu tivesse dito que estava planejando nosso casamento? Eu, hein.

— Está aí uma coisa da qual não sinto a menor falta. Só de imaginar ter que passar por essas coisas de novo... Não, muito obrigada.

Aimée deu uma típica risada de nervoso, sentindo uma pontada de inveja.

Na mesma hora, culpou-se pela sensação. Morria de medo de a necessidade de afeto ainda nortear suas percepções, de não ter mudado tanto quanto achava... Por isso, ainda penava a aceitar os próprios desejos — aceitar que tinha o direito de querer uma relação, como sua psicóloga sempre dizia. Se os reprimisse, estaria sujeita a nunca os realizar.

— Mas sabe do que sinto falta? — Taís disse após um gole em seu suco, afastando as inseguranças da amiga. — De não precisar calcular todo o meu tempo na escala Luísa e Surpresinha. — Era como ela e Diego vinham chamando o bebê. — Hoje recebi o e-mail da pós, com as informações sobre ingressantes para o segundo semestre.

— Você vai mesmo adiar?

— Vou. — A amiga suspirou, desanimada. — O parto está previsto para agosto, não tem como começar. E, mesmo se tivesse, financeiramente vai ser inviável.

Depois de abrirem a agência, Taís quis voltar a estudar e encontrou uma pós em Produção Editorial. Porém, como ela e o marido tinham começado a planejar a gravidez, preferiu esperar. Depois do nascimento de Luísa, a meta era esperar o primeiro ano passar e fazer o curso à distância, mas a nova gestação adiou os planos mais uma vez.

— Você ainda vai conseguir — Aimée falou, mais por não saber o que dizer. Queria acreditar naquilo, mas será que podia mesmo dar aquela garantia?

— Essa eu não sei, mas uma pós em troca rápida de fraldas eu praticamente já tenho! Meu Deus do céu, o cocô da Luísa está cada vez pior. O negócio já tinha ficado feio na introdução alimentar, mas, quanto maior ela fica, mais come coisas diferentes. E em maior quantidade. E, se você acha que falar do cocô dela é ruim — complementou ao perceber o nariz franzido de Aimée em um misto de nojo e riso —, saiba que as histórias com o *meu* cocô são piores.

— A gente já conversou sobre limites, né? Porque falar desse tipo de merda acho que ultrapassa todos eles, sinto muito.

— Não vou te dar detalhes de como é meu cocô. A questão é: tente cagar em paz quando estiver sozinha em casa com uma criança que engatinha. Pior ainda, que começou a dar os primeiros passos. Spoiler: não dá. Tenho que levar ela para o banheiro comigo e fechar a porta para ela não sair desbravando o corredor. Sorte a minha quando ela se distrai com algum dos brinquedos que levo junto e eu consigo uns cinco minutos. E quando ela chora?

Dessa vez, a risada de Aimée trouxe só alívio. Já tinha acontecido, mais de uma vez, de Tide observá-la na privada, mas eram coisas muito diferentes.

Era engraçado como Aimée tinha passado a refletir sobre maternidade desde que Taís ficara grávida pela primeira vez, apesar de ter crescido falando sobre o dia em que teria filhos. Percebeu que nunca tinha refletido, de fato, a respeito daquilo. Era a convenção social, que não só enfiava goela abaixo que mulheres nasceram para ser mães quanto impunha o mesmo roteiro de vida a todos: nascer, crescer, casar-se, ter filhos e morrer. Então, quando realmente pensou em por que queria ser mãe, não encontrou nenhuma resposta satisfatória. Tinha mais a ver com achar que deveria ser do que com um desejo real.

Depois que Luísa nasceu, pôde ver aquela realidade mais de perto. Os sobrinhos de Aimée eram mais velhos que Luísa, mas ela não tinha acompanhado as gestações da Amara tão de perto. Com Taís, mês a mês, se perguntava: "E se fosse comigo?", e a ideia ficava cada vez mais menos atraente.

Ela via o quanto a amiga se dedicava à filha e acreditava que era como deveria ser, não por uma romantização que ignorava que mães podiam ter uma vida além da maternidade, mas pela consciência de que as prioridades mudam. Aimée tinha certeza de que faria de uma criança sua prioridade também. Mas será que seria capaz daquilo sem se ressentir?

Era mais uma das perguntas que entendia que tudo bem ficarem sem resposta.

Taís pegou o celular mais uma vez, e Aimée percebeu o quanto a amiga não conseguia estar inteira ali. Por mais que quisesse e precisasse daquele tempo, a dificuldade era nítida.

— Você quer ir embora? — perguntou, tentando deixá-la o mais à vontade possível, ainda que não quisesse encerrar o encontro.

Os momentos entre as duas eram cada vez mais raros, e Aimée gostava de aproveitá-los ao máximo. A fase de sessões de filmes vestindo pijamas e comendo brigadeiro, de noitadas juntas e de horas ininterruptas de conversas tinha ficado para trás havia muito tempo, e fazia parte da vida ajustarem a amizade de acordo com o ritmo de cada uma.

Ainda que o de Aimée continuasse o mesmo.

— Não! — Taís largou o celular como se ele tivesse queimado sua mão. — O Di me fez prometer que eu ficaria a tarde toda, e, em contrapartida, jurou que avisaria se alguma coisa acontecesse. Mas é tão difícil desligar!

— Eu imagino — respondeu Aimée, com um sorriso compreensivo.

— Não é só a preocupação. Você vai me chamar de doida se eu disser que já estou morrendo de saudade do meu pacotinho? — Taís sorriu com tanto amor que não tinha como não acreditar. — Sério, cada dia é uma novidade. Fico ao mesmo tempo encantada em como ela é esperta e assombrada com o quanto tudo passa rápido. Tem sido a experiência mais mágica, intensa e assustadora da minha vida!

— Então que bom que você vai poder viver tudo isso de novo daqui a uns meses.

Aimée segurou a mão da amiga por cima da mesa.

Taís olhou Aimée com carinho e, então, se ajeitou na cadeira, como se tivesse acabado de se dar conta de onde estava.

— Será que tem algum filme para começar? — perguntou. — Topo ver absolutamente qualquer coisa só pela sensação de estar em uma sala de cinema.

Seu olhar parecia implorar, e nem passou pela cabeça de Aimée recusar.

Compraram ingresso para a próxima sessão, prestes a começar. Só tiveram tempo de pegar a pipoca, entrando na sala com o trailer iniciado.

Porém, antes mesmo de o filme chegar à metade, Taís saiu às pressas. Diego se desculpou, explicou que esperou o máximo que pôde, mas Luísa não parava de chorar querendo a mãe. Aimée disse para a amiga ficar tranquila e dar notícias depois.

Quando o filme acabou, ela pegou o *frappuccino* que queria e, acomodada no café, retomou sua leitura.

Capítulo 12

Era tarde de sábado e Ricardo estava entediado.

Já havia limpado a casa, almoçado e, agora, não sabia o que fazer. Tinha terminado outra leitura indicada por Aimée, mas, desta vez, não sentia tanta urgência em relatar suas impressões. Se aquela era uma lista composta apenas de títulos de que ela gostava, precisaria medir as palavras ao dizer que... não sentira tanta afinidade com aquela em específico.

"Afinidade."

As palavras de Aimée sobre *Melodia ousada* voltaram com força a sua mente, e, naquele contexto, ele as entendia como nunca.

O que era péssimo.

De qualquer maneira, precisava de um tempo antes de embarcar no próximo estudo. O bom era que, fugindo do livro na semana anterior, ele fizera uso do melhor tipo de procrastinação: a procrastinação útil. Nos últimos dias, tinha conseguido atualizar um dos cursos de escrita que queria dar, planejar o lançamento e iniciar a divulgação. Felizmente, havia uma boa quantidade de pessoas interessadas. Ou seja, ao menos por aquele mês, poderia ficar mais tranquilo em relação às finanças.

Mas era fim de semana, não havia trabalho a ser feito e Ricardo não queria ficar no sofá, vendo TV ou jogando videogame. Cogitou até ir malhar, mas, como estava bastante disciplinado durante a semana, era melhor deixar o corpo descansar.

Pensou em convidar um amigo para um café, mas não sabia quem. Parte de suas amizades era com pessoas do meio editorial, que não necessariamente moravam na mesma cidade. Ou estado.

Pedro havia comentado que estaria ocupado, então não era uma opção.

Talvez Ruth estivesse livre.

Pensando bem, não falava com ela desde a semana anterior, quando assistiram a *Ghost* juntos. Era estranho, já que ela costumava mandar uma mensagem ou outra quase que diariamente.

Não custava tentar.

Está ocupada?, mandou.

Tava aqui me perguntando quando isso aconteceria, respondeu Ruth pouco depois.

Ricardo não soube o que dizer, sem ter certeza de que tinha entendido, mas não precisou se preocupar. Ruth enviou em seguida:

Pode vir até aqui?

Ele se animou. Agora?

Pode ser.

Já vou subir.

Correu para uma ducha rápida e, em quinze minutos, chamava o elevador.

Ricardo sentiu que havia algo de estranho quando Ruth abriu a porta e se colocou de lado para ele passar. Normalmente, cumprimentavam-se com um beijo antes de atravessar o batente. Em dias mais empolgados, precisavam entrar com pressa, para não serem denunciados pelos vizinhos por falta de decoro.

— Quer beber alguma coisa? — ela ofereceu com uma formalidade que buscava soar natural, mas não enganava ninguém.

— Não, obrigado. Está tudo bem? — questionou ele sem rodeios.

Ruth suspirou e indicou o sofá, resignada, mas se dirigiu à poltrona encostada na parede perpendicular, onde se sentou de pernas cruzadas, colocando uma almofada no colo.

— Está. Mas achei melhor a gente resolver umas coisas.

— Coisas?

— É. Acho melhor a gente não se ver mais... Ao menos, não no sentido em que a gente costuma se ver.

Ricardo achou que não tinha ouvido bem. Apesar da expressão séria de Ruth, aquilo não fazia sentido.

— Espera, você está terminando comigo?

— Eu nem sei se a gente tem algo que possa ser terminado, Ricardo, mas, em todo caso, é isso.

Ele franziu a testa e inclinou o corpo à frente, apoiando o cotovelo nos joelhos.

— Você conheceu alguém?

Ruth revirou os olhos.

— Você vai mesmo cumprir o checklist todo de comportamento babaca?

— Comportamento babaca?

Que raios estava acontecendo? Se ele não previra o "término", previra menos ainda a mágoa de Ruth.

— Não preciso ter conhecido alguém para não querer mais sair com você, Ricardo. E, até onde eu saiba, não tínhamos nada oficial. A gente podia sair com outras pessoas.

Podia?

Espera, ela estava saindo com outro cara?

Não que ele se importasse, na verdade. Era só... estranho. Ele nem sequer cogitara a possibilidade.

— Mas eu cansei. Era para esse lance ser leve, era para a gente aproveitar que se dá bem e mora no mesmo prédio. Quer maior praticidade do que isso?

— Mas não é leve?

— Não. — E o tom indignado dela questionava não só se estavam na mesma relação, mas se habitavam o mesmo planeta. — Não, porque você fica o tempo todo na defensiva, agindo como se eu estivesse prestes a me apaixonar por você. Eu nunca falei nada que indicasse que estou procurando um namorado! Aliás, cheguei a dizer que não queria isso, mas deve ter entrado por um ouvido e saído pelo outro.

Não era verdade, ele lembrava, sim. Só achou que ela falara aquilo porque era o que ele queria ouvir. Afinal, os outros comportamentos dela indicavam o contrário.

Não indicavam?

— Cansei de você me tratar mal para demonstrar que não está interessado, como se eu não tivesse percebido o que você queria ou fosse incapaz de entender, caso você resolvesse conversar comigo a respeito. Não era muito mais fácil ter me falado, Ricardo, em vez de ficar se esquivando?

Ele suspeitava estar bastante parecido com um peixe, incapaz de piscar e abrindo e fechando a boca, atordoado demais para assimilar todas as informações.

— Mas... se estava ruim, por que você continuou?

— Porque, tirando quando você resolvia ser um babaca, era legal. E o sexo é bom. E eu já disse que a gente mora no mesmo prédio e isso facilita muito as coisas?

Ele riu, apesar da tensão. Ruth também sorria, ainda que um sorriso condescendente e um pouco triste.

— A gente não precisa parar — falou ele —, agora que conversamos a respeito... Aliás, me desculpa. Não percebi que estava te chateando. Eu me esquivei mesmo, mas não foi com má intenção.

— Sei que não foi por mal, foi falta de noção. E pelo menos você não cumpriu o checklist todo, realmente se desculpou. Eu estava pronta para te tacar da janela se você viesse com o "me desculpa se foi isso que você entendeu" ou algo do tipo.

Ricardo sorriu de novo, mais aliviado.

— Significa que tudo certo e podemos continuar de onde a gente parou?

— Significa que sem ressentimentos, mas paramos por aqui. Fala sério, Ricardo — continuou ela ao ver o olhar indagador dele. — Vai me dizer que você quer mesmo isso?

Quase ouviu Ruth acrescentar "assim vou achar que foi você quem se apaixonou", mas ela era, ao que tudo indicava, um ser humano melhor que ele e se controlou.

E, mais uma vez, ela tinha razão. No fundo, Ricardo não fazia questão de continuar.

Ruth levantou a sobrancelha, triunfante, percebendo que ele chegara à mesma conclusão que ela, e disse:

— A gente pode se falar. Somos adultos, nos damos bem e estamos encerrando tudo numa boa. É só não deixar mais a parte que não envolve conversa acontecer.

— Por mim, combinado! — Ricardo respondeu.

Sorriram, satisfeitos por enfim estarem de acordo. Então, um silêncio incômodo invadiu a sala e Ricardo entendeu que era a deixa para partir.

Pensou em perguntar se Ruth não estava a fim de passear, mas ficou com medo de ser mais um item do tal checklist que ela havia mencionado e preferiu não arriscar. Era melhor se despedir enquanto ainda estivesse por cima.

Ou, pelo menos, não a sete palmos de terra.

Como bom paulistano, restou a Ricardo passear no shopping. Não costumava ser sua primeira escolha, mas, como não se interessou por nenhuma exposição nem teve criatividade para cogitar outro programa, rendeu-se ao banal símbolo capitalista.

O shopping até que estava transitável para um fim de semana, mas a tendência era encher ao final da tarde — e ele odiava lugares lotados. Assim, foi vagando pelas vitrines em uma esperança inconsciente de se deparar com algo de que não precisava, mas que sentiria ser vital à sua existência.

E encontrou. O cheiro do café anunciava o estabelecimento irresistível antes mesmo que Ricardo o tivesse visto. Ele seria obrigado a fazer uma pausa.

Na fila, enquanto se decidia por um expresso simples ou uma das versões cheias de adicionais muito doces, mas saborosas, levou um susto ao reconhecer as mechas ruivas naquele rosto tão concentrado.

Mal percebeu quando chegou sua vez de pedir e optou por um *chai latte* simplesmente por ter sido a primeira coisa que viu ao voltar o olhar para o painel.

Esperava que aquilo fosse bom.

Aguardando a bebida, Ricardo decidia se cumprimentaria Aimée. Ela ainda não o havia visto, nem sequer levantara os olhos do Kindle, e ele não queria atrapalhar. Seria falta de educação ir embora como se ela não estivesse ali. E era sua agente. Precisavam construir uma boa relação, como a que ele tinha com Iolanda.

Decidido, caminhou até a mesa, torcendo para que ela o notasse antes de parar ao seu lado, temendo assustá-la.

Não adiantou nada. Aimée continuava imersa na leitura. Ele parou ao lado dela e arriscou, em um tom contido:

— Aimée?

Ela pulou de susto e arregalou os olhos ao reconhecê-lo.

— Ricardo, oi! Nem te vi se aproximar. Tudo bem?

Por educação, Aimée se levantou, cumprimentando-o com um beijo no rosto. O cheiro cítrico suave e adocicado do perfume dela invadiu suas narinas, e Ricardo se sentiu... desconcertado? Não havia parado para pensar que, ao se aproximar, sentiria o cheiro de Aimée, e não esperava que ele seria tão... agradável. Confortável.

— Tudo bem! Desculpa, só vim dar um oi. Você parecia entretida e não quero atrapalhar.

— Eu estava mesmo. É um daqueles livros que pegam de jeito, sabe?

— Trabalho?

— Não! — Aimée respondeu como se ele tivesse perguntado se ela lia o final de um livro antes de começá-lo.— Entretenimento. Estranho, né, que eu leia para trabalhar e, depois, para relaxar.

— Mas faz sentido. As leituras de estudo são diferentes daquelas por escolha pessoal.

— Por essa lógica, eu te fiz trabalhar no final de semana passado. — Seu rosto se retorceu em uma expressão divertida de quem pede desculpas.

— Não! — Ele se apressou para tranquilizá-la. — Foi opção minha ler *Persuasão* no fim de semana. Peguei o livro para ler o começo e, quando vi, não conseguia parar.

— Menos mal. Quer se sentar?

Fazia mais sentido do que ficarem tagarelando em pé, o copo na mão de Ricardo cada vez mais suado e sem ele sequer ter dado um gole. Mas, como havia dito, não queria incomodar.

— Não vai atrapalhar — Aimée disse, lendo sua expressão.

— Obrigado, então! O que você está lendo?

— *Em outra vida, talvez?* É sobre uma mulher que retorna para a cidade onde nasceu, tentando recomeçar a vida. Na festa de boas-vindas organizada pela melhor amiga, ela reencontra uma paixão antiga e, quando a amiga avisa que vai embora, ela fica dividida entre ir junto, seguindo o combinado delas, ou permanecer com ele.

— Esse é o conflito do livro? — Ricardo perguntou, ciente da própria testa franzida.

— Estava esperando essa pergunta — Aimée respondeu satisfeita. — Porque esse é o "tchan" do livro. A autora passa a narrar a história seguindo cada uma das escolhas da personagem, em capítulos alternados. São realidades paralelas, demonstrando os diferentes caminhos que a vida pode tomar a partir de minúsculas decisões.

— Uau.

— Não é? — Seus olhos mais uma vez exibiam o brilho de fascínio que ele notara na reunião. — Essa autora está estourando lá fora, e fiquei sabendo por fontes seguras do mercado que outros livros mais famosos dela vão ser lançados este ano. Fiquei curiosa e comecei por este. Mas me diz, você começou mais algum da lista?

— Na verdade, já terminei.

— Ô-ou. Se não recebi nenhuma mensagem, devo me preocupar com como foi?

— É, digamos que a experiência não foi das melhores.

— Quem foi o algoz?

— *Amor imenso*.

— Ahhh.

Havia certa compreensão na expressão de Aimée, e Ricardo, pela primeira vez, cogitou se ela não teria escolhido a leitura para que ele se incomodasse.

— Você também não gosta do livro?

— Digamos que eu tenha minhas ressalvas. Devorei e me entretive bastante, mas tem vários pontos de que não gostei. Achei que seria útil para você por isso. Mas me diz o que te incomodou.

Então ele desabafou.

Foi como se estivesse carregando um peso enorme e tivesse recebido permissão para tirá-lo de si. Ricardo falava com uma indignação que beirava a fúria, como se tivesse sido pessoalmente ofendido pelo romance. Como um livro *ousava* desapontá-lo?

Enquanto ele abria seu coração, Aimée continha um sorriso, como se a reação dele fosse exatamente o que ela desejava.

— Concordo com você em tudo, porque foram coisas que me incomodaram também. O que significa que você provavelmente quis tacar o livro na parede. Ou na minha cabeça, já que eu te indiquei.

Ele torceu o nariz. Culpado.

Ela gargalhou.

— Desculpa. Queria que você sentisse como um romance pode despertar emoções, para o bem ou para o mal. Seu livro tem que causar impacto em quem ler, Ricardo, o que não significa escrever drama pelo drama. — Aimée falava com tanta segurança e entusiasmo que ele sentia crescer a vontade de impressioná-la. De provocar aquele impacto nela. — Por isso, incluí também na lista alguns autores que, na minha opinião, têm passagens forçadas para fazer o leitor chorar. Óbvio que é a minha perspectiva, a Taís mesmo amou *Amor imenso*. Mas a questão é que você deve escrever sua verdade, sem pensar em como os leitores vão receber. As pessoas têm o direito de não gostar, mas quem se identificar vai sentir com muito mais profundidade. É aí que você ganha um leitor. E você sabe fazer isso.

Na hora, ele pensou em Valentina.

Sua mente, claro, trabalhara horas a fio conectando cada detalhe da trilogia inteira. Mas era seu coração que estava dentro daqueles livros.

Ao perceber que Ricardo concordava, Aimée levantou a sobrancelha, mais uma vez um sorriso contido e sabichão na boca delineada. Como ela conseguia ter lábios assim sem batom?

— Preciso acrescentar alguns filmes na sua lista — ela disse, já sem o ar presunçoso. — Acho que também podem ajudar.

— Sabia que pensei em te pedir isso?

— Que bom que estamos em sintonia. — Ela sorriu e, em seguida, pegou o celular e arregalou os olhos, como se despertasse para a realidade. — Caramba, está tarde! Minha gata vai me matar.

Virou-se para guardar os pertences na bolsa pendurada na cadeira.

— Mais uma humana controlada por seu felino?
— E que humano não é?
— Bom ponto.
— Bem — ela falou ao se levantar e pegar o copo vazio da mesa —, obrigada pelo papo, Ricardo. Se sentir vontade de tacar outro livro na minha cabeça, pense que a leitura vai te ajudar a evitar que alguém faça o mesmo com o seu.
— Eu é que agradeço. — Ricardo se pôs de pé. — Você me salvou do tédio.

Pareceu mais apropriado não comentar a respeito de seu hipotético desejo de jogar um livro nela, porque o sorriso de Aimée o fez sentir que seria impossível se enfurecer com ela. Quem dera toda péssima leitura terminasse com uma conversa como aquela.

Aimée, então, estreitou os olhos em um movimento quase imperceptível, em que Ricardo não teria reparado se não estivesse tão atento.

— Minha noite também não promete nada além de tédio. Se quiser me acompanhar, podemos fazer uma "sessão pipoca" e analisar um filme em tempo real.

Embora o rosto de Aimée tivesse se mantido impassível, Ricardo podia jurar que um assombro de choque cruzou os olhos dela ao dizer aquilo — o mesmo assombro que agora devia estampar os seus.

Antes que ela tivesse tempo de recuar, ele respondeu:
— Adoraria.

Capítulo 13

Que merda tinha acabado de fazer? Em sua mente, a ideia de convidar Ricardo para um filme parecia boa... Impressão que durou um milésimo de segundo, dissipada ao correr pela boca sem poder ser contida.

Nem Tábata, a agenciada com quem Aimée mais tinha contato, conhecia sua casa. Se, antes, o restante da noite se abria com uma promessa de tranquilidade, agora previa o constrangimento típico entre pessoas sem intimidade. Ela se dava bem com Ricardo falando sobre livros, mas e quando o assunto acabasse?

Ela devia ter sido dominada pela parte que ainda era fã de Ricardo. O manuscrito de *Melodia ousada* fora tão frustrante que ela esqueceu de como estivera empolgada por trabalhar com ele. Ricardo era um escritor incrível, apesar de tudo. Quantas vezes Aimée não ouviu comentários como "ainda não sou nenhum Ricardo Rios, mas quem sabe um dia"? Poder orientá-lo era uma das maiores oportunidades da carreira dela. Se, antes, queria esfregar a cara dele no asfalto pela presunção sobre a ficção romântica, as últimas conversas vinham restaurando a boa impressão.

Mas, mesmo assim, isso não justificava o convite.

Caminhavam em silêncio rumo à saída, a atmosfera despojada de antes agora quebrada pelo embaraço da situação. Ricardo devia estar sendo gentil ao dizer que ela o salvara do tédio e com certeza não esperava aquela proposta maluca. Devia ter aceitado também por gentileza.

Pior: e se tivesse se sentido pressionado a aceitar por ela ser sua agente? Em tese, assistir ao filme talvez contasse como trabalho.

Seu coração acelerou, comprimindo o pulmão a ponto de a respiração se tornar uma tarefa difícil. Quis gritar consigo própria por ter se colocado naquela situação. Custava ter ficado quieta?

— Você está de carro? — Ricardo perguntou ao passarem pela saída.

A pergunta forçou Aimée a focar.

— Não, vim de metrô.

— Então, o que acha de fazermos um desvio para pegar meu carro? Moro aqui perto. Não quero depender de Uber na volta — acrescentou.

Será que ele tinha percebido as engrenagens trabalhando com dificuldade no cérebro de Aimée?

Ela assentiu e viraram para o lado oposto ao do metrô. Caminharam até um prédio antigo em uma rua residencial em Santa Cecília tão tranquila quanto possível na região central de São Paulo, demonstrando que Ricardo tinha sido preciso ao dizer que morava "perto", uma definição sempre suspeita no padrão da cidade. A curta caminhada ajudou Aimée a se distrair, mas bastou pararem para se sentir em um uma câmara pressurizada.

— Posso esperar aqui — disse ela, a voz saindo estrangulada quando o portão se abriu e Ricardo acenou para o porteiro.

— A chave está comigo, vamos direto para a garagem — respondeu ele em um tom tranquilizador, observando-a com atenção.

Aimée agradeceu-o internamente quando ele se dirigiu às escadas depois de entrarem no hall. Não estava empolgada para ficar fechada em um cubículo com ele. O trajeto até sua casa seria suficiente.

O breve exercício aliviou parte da pressão entre as costelas de Aimée, fazendo o ar circular pela cabeça. Quando entraram na garagem pouco iluminada, seus olhos percorrem o ambiente seguindo o alarme após o clique de Ricardo na chave recém-tirada do bolso do jeans.

— Nada muito refinado, mas é um bom companheiro — ele comentou quando se acomodaram nos bancos de tecido do carro prateado, afivelando o cinto de segurança.

— Meu carro tinha quase vinte anos quando vendi, Ricardo. Pode ter certeza de que só pela direção hidráulica o seu já parece muito refinado em comparação — a intenção era fazer piada, mas o humor autodepreciativo tinha saído em um tom completamente errado. Ficou constrangida, ciente de que parecia tê-lo criticado. — Um carro não era prioridade, escolhi um usado para emergências, mas precisei vender quando me mudei — acrescentou, tentando amenizar o clima.

— Hoje em dia não compensa ter carro em São Paulo. Não com estacionamento custando o olho da cara — comentou ele ao deixarem o subsolo.

— E, dependendo do trânsito, você leva mais tempo dirigindo do que se fosse a pé.

Eles pararam na saída da garagem e Ricardo a olhou de canto de olho, divertido.

— Inclusive este é um bom momento para você dizer onde mora, senão a gente vai levar bastante tempo, mesmo.

— Como assim, você não é vidente? — ela se apressou em responder bem-humorada, revirando os olhos.

Estúpida. Estúpida. Estúpida.

Ricardo inseriu o endereço no GPS e, em seguida, levou a mão ao câmbio para enfim partirem.

Aimée automaticamente acompanhou o movimento, prendendo-se no dorso de veias grossas e nos dedos largos. Ricardo tinha mãos grandes. E, talvez fosse alguma perversão dela, mas sempre achara aquele gesto sexy, a mão rodeando o câmbio com firmeza e sendo totalmente preenchida por ele.

O que era um pensamento cem por cento impróprio para se ter a respeito da mão de seu agenciado. Ou de qualquer outra parte do corpo.

— Está tudo bem? — ele perguntou depois de alguns minutos silenciosos, quando pararam em um semáforo.

Não estava. Um simples convite tinha feito Aimée surtar, o que não era novidade, considerando como as crises de ansiedade normalmente a faziam reagir. Não tinha como se acostumar a algo ruim, mesmo sabendo por que estava acontecendo. Mas não podia dizer nada aquilo: mal se conheciam, e ela acabaria ainda mais vulnerável. Era um tiro no escuro: Ricardo tanto podia acolhê-la quanto fazer o oposto.

Escolheu uma meia-verdade indireta: falar a origem do desconforto sem assumi-lo.

— Você não aceitou o convite para ser gentil, né? Nem se sentiu pressionado por causa do trabalho? — Imprimiu bom-humor na pergunta, o que era o equivalente a acrescentar um "hahaha" ao final de uma verdade incômoda em uma mensagem de texto.

— Espera, quê?

A confusão era genuína, estampada no cenho franzido de Ricardo e no olhar indagador.

Ela respirou fundo.

— Fiquei preocupada de ter feito um convite que não devia e você ter ficado sem opção. Não queria criar nenhum incômodo para você.

— Não criou. — O que basicamente significava que, para variar, ela era a única incomodada. — Falei sério quando disse que você me salvou do tédio. E me salvou de novo me chamando para esse filme. — Mesmo atento ao trânsito, Ricardo fazia questão de olhar nos olhos de Aimée, transparecendo sinceridade. — Aliás, tem algum em mente?

— Vários, vai depender da sua bagagem. Se a situação for tão ruim quanto você deu a entender na reunião, vou ter que partir para os clássicos primeiro — Aimée finalmente falou com leveza, agarrando a chance de abandonar o desconforto.

— A situação é pior do que eu dei a entender, garanto. — Covinhas surgiram sob a barba em resposta à risada de Aimée. — Mas de lá para cá vi *Ghost*, se ajuda.

— Olha só, também revi esses dias. E aí?

— Torci o nariz no começo. Muito drama e, qual é, o cara é um fantasma...

— O nome do filme é *Ghost*!

— Foi o que Ruth falou. Minha vizinha, que viu comigo — acrescentou ele, e desviou o olhar da rua por um segundo, o que fez Aimée pensar se era mesmo só uma vizinha. Não que fosse de sua conta. — Mas gostei. Me ajudou a entender melhor o que você falou sobre a jornada do protagonista para além do romance. — Aimée deu aplausos rápidos, as mãos junto ao corpo. As covinhas dele surgiram mais uma vez por entre os fios curtos e escuros. — Acho que acabo de ganhar uma estrelinha dourada.

— Ganhou, mas você tem toda uma constelação a conquistar. Aliás, isso me lembra um filme. Se a gente não vir hoje, vai com certeza para sua lista.

— Depois da experiência com fantasma, agora você vai me fazer ver uma versão romântica de *Interestelar*?

— Não, as estrelas só estão no título. Pelo menos no traduzido. *Escrito nas estrelas*. Kate Beckinsale e John Cusack. Filme de Natal. *Serendipity*, no original.

— Só de pensar nesses filmes natalinos minha garganta dói, mas, antes que você brigue comigo — ele se apressou, fazendo-a rir —, essa é uma das minhas palavras preferidas em inglês. Pena que "serendipidade" não rola.

— De acordo. Não é só porque a palavra existe que dá para usar.

— Exato! Como algo com um significado tão poético pode soar como nome de doença? — Ele pigarreou e empertigou o corpo, sem tirar os olhos da rua, mudando a voz antes de dizer: — "Sinto em dizer, João, mas você está serendipidado."

— Meu Deus, eu sairia do consultório direto em busca de um plano funerário.

— Não é?

— Saussure está muito feliz com esta conversa — ela disse baixinho para si mesma.

— Se não é um comentário digno de uma bacharelada em Letras... — Aimée ficou surpresa por ele ter ouvido e pegado a referência, e Ricardo percebeu a reação. — Posso ser formado em Administração, mas fiz umas disciplinas optativas de outras áreas. Sempre tive curiosidade por linguística.

— Já eu não era tão fã. Mas não adianta tentar me enrolar. Você não vai fugir de ver um filme de Natal, ainda mais *esse* filme de Natal.

Ricardo torceu o nariz e segurou uma risada.

— Droga, não dá para te fazer esquecer de algo, né?

— Não quando eu quero esse algo.

Ricardo virou o rosto para ela e Aimée acompanhou o movimento como se houvesse nele um efeito de transição de imagem, sobrepondo o antes e o então. O olhar de Ricardo era penetrante, mas o semblante guardava os resquícios do riso.

— Pode ficar tranquilo — continuou ela, ignorando a sensação de que o significado de suas palavras poderia ter sido deslocado. — Tenho uma ideia melhor para hoje.

Capítulo 14

O apartamento de Aimée era mais aconchegante do que a primeira impressão demonstrara. Não que houvesse algum problema com o imóvel, mas Ricardo temia não se sentir bem-vindo, considerando-se o olhar ferino que Astride Maria — ainda não se sentia confortável para chamá-la de Tide — lhe lançou quando ele ousou passar do batente, antes de fugir para dentro da casa.

Fora isso, tinha o comportamento de Aimée assim que o convidou para o filme. Ricardo ficara tenso só de perceber a tensão de Aimée. Enquanto caminhavam lado a lado rumo ao seu prédio, o corpo dela parecia estirado e envolto por uma corrente elétrica. Ricardo temeu levar um choque caso se aproximasse.

Porém, mais do que isso, sentiu-se mal pela tortura explícita nos olhos dela e desejou fazer qualquer coisa para aliviar o sofrimento. Ele havia dito algo de errado? Será que não devia ter aceitado o convite? Em um instante, conversavam numa boa; no seguinte, Aimée estava fechada em si, e ele não conseguia acessá-la.

Foi um alívio quando ela revelou sua preocupação e puderam retornar ao clima despojado. Ricardo teve a impressão de que havia mais do que a apreensão dela em ser inconveniente, mas preferiu deixar para lá. O importante era que Aimée não parecia mais atormentada.

O aroma amanteigado que tomava a cozinha comprovava a afirmação que Aimée fizera minutos antes.

— Você não estava mentindo. Só o cheiro dessa pipoca me faz acreditar que estou diante de uma verdadeira experiência gastronômica.

Encostado na porta, braços e pernas cruzados, Ricardo a observava mexendo a panela com destreza. Acostumado aos produtos de micro-ondas, tinha ali um vislumbre da infância, a mãe debruçada no fogão cantando uma música ensinada pela avó para, segundo a simpatia, estourar todo o milho. Ouviu na mente a melodia do "Estoura pipoca, Maria Sororoca", mesmo que não pensasse naquilo em anos.

— Caso a gente se empolgue para um segundo round, faço a versão doce. Você gosta? Porque não tenho problema algum em comer um balde sozinha.

— Por que tenho a sensação de estar sendo julgado e que essa pergunta é um teste?

— Eu te traumatizei naquela reunião, né? — falou ela sorrindo, sem traços de apreensão. — Dessa vez só queria saber seu gosto por pipoca.

— Não, não... Eu acho — disse ele, porque, no fundo, talvez estivesse não traumatizado, uma palavra forte demais, mas preocupado com o que Aimée pensava sobre ele, depois da péssima impressão inicial. A conversa mais cedo com Ruth também não ajudava em nada. — Eu ando refletindo sobre minhas opiniões e impressões.

— E isso é bom?

— Espero que sim. Mas no momento estou mais empolgado para essa pipoca.

Sua boca salivava enquanto Aimée despejava o conteúdo da panela em um balde na forma da cabeça do Darth Vader.

— Não vivo só de romances, tá? — falou ela ao perceber a expressão surpresa de Ricardo, colocando a pipoca na pia e abrindo a geladeira.

— Ok, agora fui realmente julgado.

— Só porque você me julgou primeiro.

E colocou uma longneck em cada mão dele. Ricardo percebeu o olhar dela se demorando em seus dedos quando eles se fecharam ao redor das garrafas, mas ela logo se virou.

Munidos de comes e bebes, dirigiram-se para a sala e, enquanto Ricardo se acomodava no sofá reclinável, Aimée abria o móvel sob a TV.

— Foi um luxo e perdi boa parte do espaço, mas achei que valeria a pena — comentou quando Ricardo soltou um involuntário murmúrio de prazer ao se sentar.

— Você foi sábia. Demonstrando cada vez mais como devo ouvir seus conselhos.

Apesar de ter sido uma piada, Aimée não soltou uma risada convencida. Ao contrário, seu sorriso tímido refletido na tela escura da TV fez Ricardo pensar que ele acreditava naquilo muito mais do que ela própria.

Então, a claridade no televisor apagou a expressão de Aimée, o sorriso substituído pelo menu do filme. Fazia tanto tempo que Ricardo não via algo fora dos serviços de streaming que nem lembrava como era um DVD.

— *A casa do lago* — leu ele quando o título surgiu em um efeito muito parecido com os disponíveis em apresentações de PowerPoint. — Uma parceria entre Sandra Bullock e Keanu Reeves que não envolve um ônibus sequestrado?

— Tenho motivos para acreditar que você vai gostar. — O ar presunçoso que às vezes Aimée deixava aparecer surgiu quando ela empinou o queixo em um gesto quase imperceptível. — Preparado? Posso dar play?

Ricardo assentiu e ela apertou o botão, ajeitando-se no sofá em seguida. Então, levantou a longneck em um brinde.

Ainda estavam nas primeiras cenas intimistas e de toque artístico quando Astride Maria surgiu, indo se deitar ao lado de Aimée — não sem antes lançar um olhar desconfiado para Ricardo.

— Presta atenção que esse começo é importante — Aimée o advertiu.

Ele voltou a olhar na hora para a tela.

— Vai ser, tipo, *Grey's Anatomy*? — perguntou ao ver Sandra Bullock como médica.

— Se você se refere a se passar no hospital, não. Quanto ao drama... talvez.

Aimée deu de ombros.

Ricardo franziu a testa, incerto sobre o quanto gostaria do filme. Então, deixou escapar uma exclamação surpresa ao ver *Crime e castigo* aparecendo de relance.

De canto de olho, percebeu Aimée sorrindo satisfeita.

— Espera só — ela disse, atiçando sua curiosidade.

Dessa vez, ele virou o rosto para observá-la. Sua expressão mantinha um traço do sorriso, fazendo com que pequenas linhas ficassem evidentes ao lado das pálpebras. Concentrada no filme, ela tomou um gole da longneck, os lábios ligeiramente abertos ao redor do gargalo. A cerveja parecia deliciosa.

O som de uma batida fez Ricardo voltar a atenção ao filme.

— Uau, o drama começa cedo — comentou ele ao ver o corpo de um homem atropelado. — Tudo isso para mostrar o lado sensível da...?

— Kate.
— Isso.
— Um bom palpite.
— Ela tem um ar melancólico, né? Meio solitário.
— Exatamente.

Aimée parecia menos satisfeita do que costumava ficar quando Ricardo reagia exatamente como o planejado. Era como se a atmosfera melancólica de Kate já a tivesse envolvido, e ele se perguntou qual era o nível de identificação de Aimée com a personagem. Seria por isso que o filme era especial?

— Espera — a surpresa denunciou que ele havia compreendido —, eles estão em anos diferentes?

— Bingo!

Agora o filme o havia conquistado.

— Isso aí é mentira — Ricardo disse algumas cenas depois. — Uma viciada em livros não esqueceria um... É *Persuasão*!

Aimée abriu um largo sorriso diante da animação dele.

E se Ricardo ficou feliz quando o livro apareceu por alguns instantes, quase delirou ao ver os protagonistas conversando sobre ele.

— Gosto disso — comentou por cima das vozes do casal.

— Do quê? — Aimée perguntou sem desgrudar os olhos da tela.

— Da metalinguagem. A Kate diz que *Persuasão* é sobre a espera, porque é como se o filme estivesse falando dela e do Alex.

— Ah, sim.

— Achei curioso.

Aimée o encarou, intrigada.

— Para mim, *Persuasão* é um livro sobre segundas chances — explicou ele.

Ela voltou a fitar a TV, ficando um tempo em silêncio.

— Acho que cada um tira o próprio significado. A espera faz sentido para mim. A Kate tem tudo, mas segue em busca de algo que nem ela sabe o que é... O vazio constante. A falta de conexão verdadeira. A expectativa contínua.

Enquanto Ricardo contemplava o brilho nos olhos de Aimée, sentia uma certeza crescente de que, quando ela falava da protagonista, falava de si. Talvez Anne, Kate e Aimée estivessem entrelaçadas daquela maneira que ficção e realidade se cruzavam, fazendo com que interpretação e identificação se misturassem.

O filme e o livro, traduzidos na linguagem de Aimée, revelavam algo sobre ela.

E aquela era a história que Ricardo estava mais ansioso para conhecer.

"Isso nunca aconteceu antes", dizia a canção de Paul McCartney que preenchia o silêncio de Aimée e Ricardo, concentrados não pela iminência do primeiro beijo no filme, mas como se, de repente, tivessem um acordo tácito de encarar a televisão. Eram dois adolescentes assistindo a cenas de sexo junto aos pais, embora o peso instalado fosse diferente.

— A química entre eles é ótima.

Ricardo suspeitava que ela sentira a necessidade de fazer o comentário para descontrair. A observação era casual demais.

Ele concordou e buscou o balde entre eles. Aimée teve a mesma ideia e, em vez da pipoca, sentiram os dedos esbarrarem entre os poucos milhos não estourados e uma fina camada de sal.

— Opa. — Ela retirou a mão, como se tivesse tocado numa chapa quente. — Acho que teremos um segundo round. — Outra vez, a entonação era casual demais.

No clímax do filme, Ricardo arregalou os olhos, inclinando o corpo para a frente.

— Isso foi... deveras surpreendente.

O comentário fez Aimée rir, embora enxugasse lágrimas do rosto.

— Vou considerar que você gostou.

— Mais do que do filme do fantasma. Essa é a parte que você analisa o que posso aproveitar na minha escrita ou muito cedo para isso? — Ricardo tentou imprimir na voz gentileza e humor, para não a pressionar.

— Não, eu consigo — respondeu ela, rindo e passando a mão nos olhos em um gesto que deixaria a pele borrada se seu lápis na linha d'água não tivesse saído horas antes. Então, respirou fundo e, colocando as pernas de lado no sofá, Aimée virou-se para Ricardo. — Ok. Tem uma coisa em especial.

— Sou todo ouvidos.

Ele aproveitou para se ajeitar, apoiando um dos braços no encosto.

— O uso de referências. Você viu sua reação quando *Persuasão* apareceu, né?

— É uma ótima observação. Causa impacto, se o leitor conhecer.

— E, se não conhecer, pode ficar instigado a ir atrás. Eu conhecia a Austen quando vi o filme, mas não *Persuasão*. E, quando terminei, fiquei desesperada para lê-lo. — A expressão dela era sonhadora, de quem mergulhava em lembranças. — Eu e minha família não temos a melhor relação do mundo, então, a angústia da Anne me tocou.

Ricardo não ousou comentar. Aimée estava revelando um pouco mais de si, e ele queria ouvir mais. Tinha medo de fazer qualquer observação e ela se fechar. Porém, seu desejo foi frustrado, e ele jamais saberia se Aimée escolhera não continuar ou se distraíra com Tide se espreguiçando.

— Mas e você, o que aproveitaria do filme?

Ricardo coçou a barba, tentando voltar o foco para suas impressões sobre o filme.

— A conexão. A história funciona porque a gente compra o romance, se envolve com o casal. A questão das cartas foi ótima, tem todo um quê romântico.

Aimée assentiu em concordância.

— É íntimo.

— Sim. Foi assim que comecei a namorar minha ex.

Ricardo ficou surpreso ao se ouvir dizer aquilo. Não era um dos seus assuntos favoritos, mas considerou uma retribuição a Aimée ter compartilhado um pouco de si.

— Olha só, se não temos um romântico enrustido.

Ela apoiou os braços sobre o colo, levando uma das mãos ao queixo. Ricardo pensou ter visto um brilho nos olhos dela.

— Foi menos romântico do que você imagina. Na verdade, envolveu uma certa violação que poderia ter me encrencado. Eu trabalhava num banco onde ela era cliente. Digamos que enviei uma carta, como se fosse sobre a conta dela, mas com meu telefone e uma mensagem que explicava mais ou menos que o contato não tinha nada de institucional. — Aimée parecia atônita. — Importante dizer que nós dois já tínhamos conversado e tinha rolado um clima. Eu não era um perseguidor maníaco. E continuo não sendo — acrescentou.

— Parece bem romântico para mim, você arriscou seu emprego!

— Teria sido mais inteligente usar o Facebook.

— Mas não teria tido o mesmo impacto. Em termos de romance, isso importa. E valeu a pena?

— Se você considera positivo jogar seis anos no lixo, valeu.

— Foram seis anos ruins?

Ricardo hesitou antes de responder.

— Não exatamente.

— Então, se me permite dizer, não foi um desperdício de tempo. Mesmo que tenha acabado e que o fim tenha sido complicado, não anula o que veio antes. Para mim, isso é ter sorte. — O tom e o sorriso de Aimée eram melancólicos.

— Não é sempre assim?

Era uma pergunta sincera. Aquele havia sido seu único relacionamento sério.

— Não. Não mesmo.

Ricardo se perguntou se ela diria mais.

E, como se pressentisse o quanto o ar havia se adensado, Tide pulou no chão e desapareceu em algum dos cômodos do apartamento.

Foi a deixa para Ricardo perguntar onde era o banheiro.

— Final do corredor.

O que era quase uma piada, considerando-se que o "corredor" só tinha espaço para duas portas uma em frente à outra, que ele supôs serem o quarto e o escritório de Aimée, além do banheiro ao fundo. A julgar pelos itens na pia e a toalha no box, o apartamento não tinha suíte.

— Então. — Aimée pigarreou quando ele retornou. — Segundo round?

Capítulo 15

Aimée odiava quando acontecia, mas era obrigada a admitir que cada vez mais enxergava um pastel no rosto de Taís. A reunião ultrapassava o horário do almoço e não tinha previsão de acabar.

Nunca entenderia por que os problemas aconteciam todos de uma vez. Tinham debatido sobre Chico, um autor que reclamou de uma resenha negativa no Twitter e gerou polêmica; sobre uma editora que nunca havia prestado contas à agência; sobre o mais recente site que encontraram lotado de livros piratas, inclusive de autores da Entrelinhas. Páginas como aquela eram piores do que Gremlins, porque nem precisavam de água para se reproduzir.

Agora, a pauta era a possibilidade de incluir outra pessoa na equipe. O aumento do número de agenciados não permitia que eles trabalhassem em todos os textos com a qualidade de antes e, com Taís saindo de licença em alguns meses, Aimée e Gabriel não teriam condições de segurar as pontas sozinhos. Tinham um candidato carioca em mente. Seria ótimo ter alguém do Rio de Janeiro na equipe, considerando que as editoras, em geral, tinham sede lá ou em São Paulo. A questão era: ofereceriam sociedade ou contratariam os serviços?

— Acho mais seguro a gente contratar por um tempo — Gabriel disse, ajeitando os óculos no rosto. — O B.O. vai ser muito menor se, por algum motivo, a pessoa quiser pular fora depois.

— Concordo, Gabe, mas meu ponto é: será que oferecendo só a contratação a pessoa vai se empenhar?

— Mas aí a gente entra em outro fator, a remuneração. Como sócia, a pessoa vai receber a mesma porcentagem de lucro, nas mesmas condições que a gente? E se nem todo mês é bom, a divisão em quatro é ainda menor. Uma coisa somos nós, encarando a empresa que construímos juntos e aceitando essa instabilidade. Quem vai estar disposto a uma coisa tão incerta não se sentindo de fato parte do negócio?

Aimée não conseguia opinar. Com as mãos na cabeça, seus olhos iam de Gabriel para Taís como se assistissem a uma partida de pingue-pongue, o cérebro tinha derretido havia tempo. O que era uma péssima comparação, porque mais uma vez remetia ao tão sonhado pastel de queijo.

— Desculpa, mas isso é perder o foco — Taís rebateu, assertiva. — Qualquer situação pode se desdobrar em um milhão de possibilidades que a gente mal consegue supor, imagina controlar. A gente precisa pensar em mais nomes que têm a ver com a gente, além do Marcelo.

— Tá, então vamos fazer assim? — Aimée decidiu se manifestar, ávida por praticidade. — Pensamos em indicações para a próxima reunião, mesmo que o encontro com o Marcelo seja ótimo. — Ela e Gabriel fariam um bate e volta para visitar algumas editoras no Rio de Janeiro dali a duas semanas. — A gente discute nossas preferências, entra em contato com os nomes em potencial e marca reuniões. Depois, decidimos o que oferecer. Acho que depende muito do que cada um está buscando. Não faz mais sentido avaliar de acordo com o perfil?

Ela encarou os sócios, desesperada para que concordassem.

— É, faz sentido. — Gabriel era só um amigo, mas Aimée poderia facilmente beijá-lo naquele momento.

— Lindo! Podemos encerrar, então? — quase suplicou.

— Só mais uma coisa. — A sorte de Taís era estar grávida, senão estaria em perigo. — Teve avanços com o Ricardo, Mê? Ele ainda está estudando?

— Sim, mas já preparando um novo esboço do projeto. Devo receber até o final da semana!

No último mês, Ricardo tinha devorado boa parte da lista de indicações. A discussão sobre *Volte para mim* tinha sido proveitosa, e Aimée achou irônico ele ter considerado que *Um caso perdido* fora escolhido pelo drama forçado e ter se emocionado com *Nossa música*, o romance que Aimée de fato incluíra por aquele motivo. Ficou feliz, também, por ele ter se divertido com *Sol em Júpiter* e *O segredo de Emma Corrigan*.

Mais do que observar técnicas narrativas, Aimée queria que ele *sentisse* os livros, a forma como despertavam emoções captadas pelo corpo: o arrepio na espinha que antecede um primeiro beijo, o riso que sobe pela garganta e explode nos lábios, a tristeza que nasce do fundo do peito e envolve com a força de um compressor. Com certeza não era um conceito desconhecido para ele, mas devia ser mais fácil se permitir sentir com os gêneros a que estava habituado — e ele precisava perceber o mesmo nas obras fora de sua zona de conforto.

— Vai compartilhar a piada ou só você pode rir? — Taís provocou quando Aimée checou o celular.

— Não é nada, só uma mensagem do Hugo.

A mentira escapou sem que Aimée percebesse.

Tinha um palpite de que as discussões com Ricardo passaram a ser tão proveitosas e extensas por causa daquela sessão de *A casa do lago*. Nada parecido voltou a acontecer, mas seria impossível negar que tinham se aproximado desde então. Outro efeito daquela noite era ele ter passado a comentar as leituras em tempo real.

É normal que até eu esteja atraído pelo Klaus e esse sotaque dele? Usar Shakespeare para xavecar é golpe baixo. Estou pensando seriamente em adotar o método.

O amante da princesa era o livro da vez, e o comentário despertou um frio na barriga de Aimée. Aimée lembrou o momento mais apaixonado do romance — poucas coisas eram mais eróticas para um leitor do que sexo numa biblioteca — e um eco da voz de Ricardo permeou a cena. Mas era melhor não pensar em como ele soaria recitando Shakespeare.

— A gente pode finalizar? Estou azul de fome.

— Pode. Vamos pedir alguma coisa e ficar por aqui? — Gabriel perguntou enquanto organizava seus pertences.

— Preciso pegar a Lu na minha mãe, vou comer por lá.

— E você, Mê?

— Topo — respondeu ela, conferindo o relógio. Era uma pena que a feira tivesse acabado e não fosse mais uma opção, mas a sugestão de Gabriel facilitaria as coisas. — Tenho ainda que retornar uma revisão, assim adianto o trabalho.

— Ok, agora fiquei com ciúme. E olha que eu odiava trabalho em grupo! — Taís se encaminhou para a porta visivelmente com pressa, mas prolongando sua permanência.

— E quem gostava? — Gabriel perguntou.

— Exatamente! Para vocês verem o quanto gosto de vocês.

— Mas espera. A gente não trabalharia *em grupo*, nós seríamos um grupo trabalhando, são coisas diferentes.

— O que você está querendo dizer, Mê? Que não gosta da gente?

Gabriel cruzou os braços, divertido.

— Obrigada, Gabe, foi o que eu entendi também — Taís completou, segurando a porta, metade do corpo fora da sala.

— É, eu odeio vocês. Não sei como vocês levaram todo esse tempo para perceber. — Aimée revirou os olhos, simulando descaso.

— Sua ridícula. — Taís deixou escapar uma risada. — Vou aproveitar a deixa e partir. Sintam saudade!

Ela acenou antes de fechar a porta.

A comida não demorou para chegar e, enquanto comiam, os dois conversaram sobre o Carnaval, dali a alguns dias. Estavam literalmente contando os dias para a folia.

A versão mais nova de Aimée talvez caísse para trás se descobrisse que a versão pós-trinta seria adepta do glitter no corpo e capaz de fazer amizades muito sinceras — e que não vingavam para além do momento — unidas pelo álcool. Como costumava ouvir em casa que Carnaval era um absurdo, um desperdício de dinheiro público e "coisa de vagabundo", demorou para descobrir suas alegrias.

O mais importante foi assumir algo de que *ela* gostava, sem se preocupar com o que pensariam a respeito.

Deus, não via a hora de se esgoelar ao som de "Eva". Que outro evento fazia uma multidão se unir e cantar empolgada sobre o fim do mundo?

— Tem um bloquinho em que faço questão de te levar, mas não vou te contar qual — Gabriel comentou, misterioso.

— De onde saiu esse suspense todo?

— Não posso fazer surpresa para minha amiga?

Aimée semicerrou os olhos, desconfiada, embora os dois soubessem que, na verdade, ela estava se coçando de curiosidade. Gabriel a encarou triunfante.

— Vamos no sábado — anunciou. — Aviso o lugar na hora — acrescentou antes que ela tivesse tempo de reagir.

— Que seja! Mas tem algum em que *você* queira ir? — Ela fez questão de enfatizar, já que Gabriel era seu fiel companheiro de carnavais.

— Relaxa, Mê, vão ter outros lá perto em que quero ir.

Depois do almoço, trabalharam sem pausas. Gabriel foi o primeiro a ir embora, enquanto Aimée decidiu adiantar o trabalho do dia seguinte. Fazendo um intervalo, pegou o celular e viu uma mensagem do irmão a convidando para um drinque.

O resto do dia estava pronto em sua cabeça: responder os e-mails, voltar para casa e descansar com alguma série que não a fizesse pensar muito. Se Hugo tivesse falado antes, teria se programado...

Pediu desculpas, dizendo estar exausta, e perguntou se ele estaria livre no fim de semana.

Tenho umas festas, Mê, é Carnaval, né? Mas a gente se vê outro dia. Vê se trabalha menos e arranja mais tempo pro seu irmão!

Deu risada, enviando um emoji mandando beijo e se preparando para o último round do dia.

Planejamento: Melodia Ousada

Ato I: Capítulos 1 a 10 — Mundo comum/chamado à aventura
- Capítulo 1: Dalila ensaiando no conservatório; sente-se presa; ouve música em outra sala
- Capítulo 2: Primeiro encontro com guitarrista (definir nome do mocinho); se encanta pela presença de palco; incluir tensão sexual
- Capítulo 3: ???
- Capítulo 4: ???
- ...

Ato II: Capítulos 11 a 30 — Crise
- Capítulo 11: ???
- Capítulo 12: ???
- ...

Ato III: Capítulos 31 a 35 — Clímax/retorno ao mundo comum
- Capítulo 31: ???
- Capítulo 32: ???
- ...

Capítulo 16

O café da manhã de Ricardo mal tinha se assentado no estômago e ele já perigava perder o réu primário. Em uma tentativa infrutífera de se acalmar, lembrou que, se havia passado ileso até aqui apesar das dificuldades, não seria daquela vez que sucumbiria. Na internet. Onde ao menos tinha uma tela para refreá-lo e era possível segurar as palavras, antes de clicar no tentador "enviar" — era só no mundo concreto que as frases se convertiam em ondas sonoras e livremente se dispersavam pelo ar, incapazes de retornarem à fonte.

Ele não deveria ter entrado no Twitter.

Ricardo tinha visto, no grupo da agência, que um dos colegas tinha se envolvido em uma discussão. Aimée, Taís e Gabriel recomendavam enfaticamente que os autores mantivessem distância de polêmicas on-line. Ricardo não podia afirmar, mas tinha um palpite bem grande de que a recomendação dançava em um limiar muito próximo ao de uma ordem. Ele lera a mensagem quase que ouvindo a ênfase nas palavras-chave, visualizando sorrisos de dentes trincados que buscavam transparecer simpatia por cima da raiva nem tão contida. Ao que tudo indicava, o colega havia gerado uma dor de cabeça das grandes. Ricardo, como qualquer ser humano dotado de curiosidade, abrira na mesma hora o aplicativo para ver o que tinha acontecido.

Como castigo pelo gesto fofoqueiro, agora era ele quem fervilhava — a polêmica do autor o levou a outra muito mais pessoal. Esquecera que o Twitter podia ser uma porta para o inferno.

Seus dedos coçavam para digitar.

Ele *precisava* se expressar.

Mas, toda vez que começava um tuíte, a imagem desaprovadora de Aimée surgia em sua mente, os olhos escurecendo e crispando como acontecia quando era tomada por alguma emoção, e ele se continha.

Esfregando as mãos no rosto e bufando, Ricardo se levantou da escrivaninha.

Tinha decidido usar a manhã para fazer a escaleta da nova versão de *Melodia ousada*, o que permitiria ter o esqueleto do enredo, com os principais acontecimentos do romance em capítulos. Ele também precisava do argumento da história, com temas e questões abordadas, e da listagem dos personagens principais, com suas características. Muita coisa seria alterada no processo de escrita, talvez uma reviravolta completa no rumo da história, mas Ricardo precisava daquela base para começar — e Aimée a havia solicitado.

Foi no processo de postergar esse trabalho que ele se perdeu em fios diversos da rede social, em discussões que, no começo, o fizeram rir pensando no quanto tudo aquilo parecia uma grande falta do que fazer... até ser ele o aparente desocupado que esbarrou em uma polêmica que era seu ponto fraco.

Leio PDF mesmo. É melhor pro autor ser lido do que não ser. PDF é um jeito de divulgar as obras, se eu gostar, depois compro, dizia o tuíte que o fez ingressar em um bueiro sem fim.

Mais um site ilegal disponibilizava ilegalmente inúmeros livros — inclusive os de Ricardo. Não era algo que ainda tirava seu sono, como nas primeiras vezes. Aquilo acontecia com ainda mais frequência do que o presidente do país falar algum absurdo, e, agora, ele só procurava tomar as providências corretas, informando a editora e, junto dela, procurando retirar a página do ar. Mas ler pessoas defendendo a existência daqueles arquivos era demais.

Não, não é melhor. E não, não é um jeito de divulgar, respondeu mentalmente, controlando-se para não digitar.

E se eu comprar e não gostar? É melhor ler de graça primeiro, dizia outro, um entre vários absurdos. Uma lógica que Ricardo jamais entenderia. Tinha vontade de sugerir a quem defendia aquilo que fosse a um restaurante e propusesse pagar a conta somente se gostasse da refeição.

Ele não ia conseguir trabalhar. Era difícil raciocinar enquanto o sangue borbulhava.

Ele havia perdido o contrato com sua editora por causa do baixo número de vendas de *Cidade da névoa*, *Rastros* e *A garota partida*.

Ricardo tinha leitores interessados em seus escritos, mas sentia-se desrespeitado a cada mensagem de um deles declarando, como se estivesse casualmente relatando o que comera no almoço, que baixara um PDF para ler o livro. Podia ser que só estivesse procurando justificativas para não assumir o próprio fracasso, mas havia aquele "e se..." rondando sua mente, torturando Ricardo. Era impossível mensurar *se* era aquele o problema e, principalmente, o *quanto* havia de fato impactado as vendas. No fim das contas, não importavam quantas mensagens Ricardo recebia ou a quantidade de pedidos, nas redes da própria editora, por outros títulos do autor. O que dizia se um livro era bem-sucedido era o número de vendas.

E Ricardo tinha falhado nisso.

Ciente de que não havia a menor possibilidade de se concentrar, resolveu antecipar a faxina que pretendia fazer no dia seguinte para receber a irmã. Suellen tinha pedido para dormir ali uma noite, antes de viajar com os amigos. Chegaria na manhã de sábado para aproveitar o Carnaval de rua antes da viagem, e Ricardo não podia recebê-la naquele caos que estava o apartamento. Precisava se movimentar, focar uma atividade mecânica — ou explodiria com a guerra mental que se instalara.

Se tivesse energia para planejar a história depois que o apartamento estivesse brilhando, aí voltaria a pensar nisso. Caso contrário, era um problema para o Ricardo do futuro.

O Ricardo do futuro estava brigando com o Ricardo do passado.

Tudo bem, sabia que, se tivesse se forçado a fazer a escaleta no dia anterior, teria terminado estressado, sem a escaleta e com o apartamento sujo, mas ainda assim era difícil lutar contra a culpa por ter procrastinado. Ao menos agora podia viver o dilema moral sem partículas de poeira subindo pelo ar e fazendo o nariz coçar.

Ricardo havia decidido não abrir as redes sociais até terminar a escaleta. Avaliaria as condições conforme avançasse, aberto a negociações consigo próprio se mantivesse o ritmo produtivo.

Sentou-se à escrivaninha, munido de uma generosa caneca de café, e abriu o documento em branco no notebook. A pasta com a versão anterior de *Melodia ousada* continuava ali, para o caso de ele resolver aproveitar algo do que havia feito.

O café estava frio e pela metade, e ele continuava encarando a tela em branco.

Pelo amor de Deus, não precisava de fato *escrever* naquele momento, apenas planejar. Por que sentia como se estivesse sendo obrigado a escorregar em um tobogã de lixa rumo a uma piscina de álcool?

Tudo o que vinha estudando tinha se esvaído. Era como se Ricardo nunca tivesse escrito um único livro. Mesmo a ideia anterior não ajudava, porque ele sentia que precisava de algo totalmente novo, não de um remendo.

Fechou os olhos e viu Dalila, a protagonista, sentada sozinha em um palco de um anfiteatro vazio, o violino apoiado no queixo enquanto tirava dele notas e melodias intensas.

Então, algo estranho aconteceu.

O violino subitamente se transformou em um arco enquanto o anfiteatro deu lugar a um salão de um castelo, e Dalila olhava destemida pela janela, como se pronta para se defender — ou atacar — a qualquer instante.

Ricardo abriu os olhos.

Aquele certamente não era um cenário contemporâneo, nem sequer do mundo real.

Dando diversos soquinhos na escrivaninha, ele tentou se concentrar.

Dalila era musicista, presa a regras e deveres, ávida por transgredir tudo o que sempre lhe fora imposto...

Ainda faltava alguma coisa, mas ele não sabia o quê.

Ciente de que precisava espairecer, Ricardo se levantou e ficou de frente para sua estante de livros. Era terapêutico correr os olhos pelas lombadas coloridas, pensar em como cada uma daquelas histórias o afetara em diferentes fases da vida.

Havia um nicho exclusivo para as obras do próprio Ricardo e, em um gesto automático, ele pegou um exemplar de *Cidade da névoa*. Nem mesmo os detalhes holográficos da capa lhe permitiam enxergar a beleza que, muito tempo antes, ele vira naquele livro. Aquela história tinha sido sua primeira experiência depois da Horizontes, e se lembrava de como tinha sido empolgante escrever, depois de tanto tempo dedicado à trilogia, um novo universo. Pôde ousar em algumas passagens, brincando com a própria criatividade e explorando os limites de sua imaginação...

Apenas para falhar.

Sua imaginação não dera conta de cogitar aquele cenário.

Guardou o livro com mais força do que o necessário e retornou ao trabalho.

Depois de vários minutos encarando o nada, deu um suspiro frustrado e se reclinou na cadeira, quebrando o próprio pacto e pegando o celular. Não ia abrir a rede social demoníaca, só checar as mensagens.

O grupo da agência estava mais uma vez pipocando de notificações, o que aumentou sua irritação. Tinha mais o que fazer do que ficar lotando as pessoas de mensagens. Nem todo mundo tinha tempo hábil para se atualizar em conversas paralelas.

Abriu primeiro a mensagem da irmã.

Decidido! A gente vai no bloquinho da Paulista. Certeza que não quer ir com a gente?, tinha escrito ela.

Acho que não, mas obrigado pelo convite. Qualquer coisa vejo amanhã, respondeu. Não que não gostasse da ideia da folia, mas mal conhecia os amigos da irmã, além de serem todos muitos anos mais jovens. Mas já deixei tudo pronto aqui para receber minha irmã favorita.

Espero que o papai não resolva ameaçar esse meu status, e Ricardo riu da piada deprimente. Um bebê só tornaria a situação da família ainda mais tensa.

Enfim, abriu o grupo fervilhante da agência.

Aimée, Taís e Gabriel iam se reunir naquela noite em um bar e estavam propondo um encontro. Muitos agenciados eram de outros estados e cidades, mas alguns estariam em São Paulo durante o feriado.

Ricardo ficou mais animado. Poderia conversar com Aimée sobre as ideias bloqueadas.

Ok, o encontro não tinha nada a ver com trabalho e não seria apropriado tocar no assunto. Mas, caso acontecesse...

Renovado pela perspectiva de ter ajuda e sem querer encontrar a agente de mãos abanando, respirou fundo, colocou o celular dentro de uma gaveta, alongou os dedos e se dedicou a escavar dentro de si até encontrar a história que queria contar.

— Você veio!

Taís veio sorridente em sua direção quando ele se aproximou da mesa comprida no fundo do bar. Havia mais cadeiras vagas do que assentos ocupados, e Ricardo se sentiu aliviado. Seu plano era chegar cedo para que não precisasse ser aquele que cumprimenta as pessoas, e sim o cumprimentado.

Quando Taís disse seu nome, ele levou alguns milésimos de segundo para reconhecê-la. Ela era mais baixa do que ele esperava e o cabelo loiro estava mais curto do que vira em fotos, realçando o rosto redondo.

— Enfim nos conhecemos, muito prazer — disse ao se encurvar para o abraço de sua outra agente.

Ao se afastarem, um homem alto, que reconheceu como Gabriel, o aguardava para cumprimentá-lo também.

— E aí, cara.

As mãos se espalmaram em um gesto que foi seguido pela aproximação de ombros e tapinhas nas costas.

Ricardo aproveitou o instante para olhar além, mas não reconheceu nenhum outro rosto na mesa.

— A Aimée deve estar chegando. Perdeu a noção do tempo, para variar — Taís comentou com um sorriso, talvez por ter percebido o olhar de Ricardo por sobre o ombro de Gabriel. — Vem, vamos sentar. — E encaminhou os homens para a mesa. — Vou continuar aqui deste lado porque nem vou perder meu tempo tentando me espremer nesse espaço.

Seu tom era divertido ao apontar para o lado onde eles estavam, apesar da crítica embutida no comentário. Poucos ambientes eram pensados para acomodar corpos gordos.

— Então, bicho, eu também tinha essa dificuldade com diálogos — Ricardo ouviu alguém na mesa dizer. A julgar pelo cabelo grisalho, o homem era mais velho do que os demais, e o rubor nas bochechas, assim como o tom acalorado da fala, evidenciava já ter ingerido certa quantidade de álcool. — Mas aí li uma frase do Gaiman que mudou minha vida. A forma de um personagem falar faz parte da construção dele. Diálogo é personagem! Opa — interrompeu o discurso ao perceber o aceno geral que Ricardo dava, tentando ser educado sem atrapalhar a conversa —, olha o boa pinta se juntando aos mortais! Prazer te conhecer, Ricardo, sou o Agnaldo Cruz. Fica à vontade!

Ele apontou para a cadeira vazia que Ricardo puxava ao lado de um rapaz que mal devia ter atingido 20 anos, parecendo ainda mais deslocado do que ele a julgar pela timidez encurvada e pela forma como praticamente sussurrou seu nome, Maurício Kim.

— Para variar, estamos falando de escrita.

A mulher negra que ele reconheceu como Tábata, cujo romance de sucesso na Cadabra Aimée tinha elogiado, sorriu. Ao lado de Tábata, duas mulheres brancas, que, como ela, não deviam ter chegado aos 30 anos, abriram sorrisos admirados de fãs para Ricardo.

— Peço desculpas desde já pelo ataque emocionado — falou a de cabelo escuro e ondulado —, mas não acredito que eu, Guiga Saldanha, estou na mesma agência do Ricardo Rios!

Ele deu risada, lisonjeado.

— A gente surtou no privado no dia em que você entrou no grupo, Ricardo — disse rindo a outra, de cabelo curto e piercing na sobrancelha. — Sou muito fã da Horizontes, sério mesmo. Aliás, sou a Lari. A Dias. A Alcântara é de Recife.

Ricardo não tinha reparado nos nomes do grupo de autores e, como não interagia tanto, estava tendo um pouco de dificuldade de guardar quem era quem. Mesmo que os demais não tivessem expressado a mesma empolgação de Lari e Guiga com a chegada dele, pelo visto todos sabiam quem Ricardo era.

Conforme a mesa foi ficando mais cheia, pequenos grupos de conversa se formaram. O lugar vago próximo de Taís e Gabriel se destacava cada vez mais conforme as cadeiras eram preenchidas.

Ricardo estava entretido em uma discussão com Tábata, Lari, Guiga e Saulo Fontes, que se juntara a eles depois de cumprimentar Ricardo como se fossem amigos de longa data, quando algo no clima ao redor mudou.

Ele desconfiou de que ninguém além dele devia ter sentido o mesmo, mas de repente ficou com a atenção periférica alerta, as palavras e risos do animado grupo um pouco mais indistintas do que antes.

Ricardo olhou para a entrada do bar. Caminhando com um ar tenso e apressado, vinha Aimée, os cachos ruivos atrás das orelhas em um gingar tão suave quanto o de seu andar, que não perdeu a graciosidade mesmo quando ela tropeçou — algo que, Ricardo percebeu, ela esperava que ninguém tivesse reparado. Porém, seus olhares se encontraram e a expressão de Aimée denunciava que ela sabia que tinha sido vista.

Que *estava sendo* vista.

Algo dentro de Ricardo se retorceu.

Podia jurar, apesar da distância, que, antes de ela dar um sorriso de lábios fechados o cumprimentando e virar o rosto, sua íris imitava o céu escuro e estrelado lá fora.

Ricardo não sabia o que estava acontecendo, por que de repente não sabia qual era o assunto ao redor ou por que a agitação dentro de si dividia lugar com o alívio, como se enfim ele pudesse relaxar.

Aquela se aproximando dos sócios na mesa era sua agente, a pessoa com quem ele adquirira o hábito de conversar diariamente, cuja voz aveludada Ricardo se acostumara a ouvir quando ela enviava áudios em meio à rotina corrida. Naquele instante, pareceu que ele enfim a enxergava para além da profissão.

Ricardo já havia, claro, reconhecido que Aimée era bonita, o que não significava muita coisa. Tábata era bonita. Taís também. Muitas pessoas naquele bar eram bonitas. Mas Aimée era a única que Ricardo via como *mulher*.

Ele sabia que a legging preta que Aimée vestia escondia pernas firmes e torneadas, mas agora reparava nos contornos destacados nos quadris e em como pareciam mais largos pelo caimento da camisa bege e pelo ajuste na cintura fina, o decote arredondado insinuando a curva dos seios quando ela se inclinou para pendurar a bolsa na cadeira.

Tudo no corpo de Aimée era sinuoso, instigando uma vontade completamente imprópria, que Ricardo não sabia como ainda não tinha percebido, de examinar aquelas curvas. Agora era só no que conseguia reparar, porque o súbito desejo tornava impossível desviar o olhar dela e se manifestava em partes mais distantes dos olhos, a julgar pela pulsão que acabara de sentir entre as pernas.

Pelo amor de Deus, ele não podia ter uma ereção no meio do bar.

Não podia ter uma ereção por causa de sua agente.

Ricardo tratou de abaixar o rosto para a mesa, agradecendo a si mesmo por ter pedido uma garrafa de água, da qual tomou um gole longo e refrescante.

Tinha ciência de que pareceria muito mal-educado por não olhar na direção dela quando Aimée enfim deu um aceno geral para a mesa depois de cumprimentar Taís e Gabriel. Contudo, preferiria ser taxado de arrogante a correr o risco de cuspir a água que não conseguia parar de beber. De uma hora para outra, Ricardo não sabia mais como agir perto de Aimée, e estava apavorado.

Uma voz em sua cabeça dizia que, lá no fundo, a mudança não era tão repentina assim.

Ele passara o dia esperando aquele momento, ainda que tivesse tentado se convencer de que o desejo de ver Aimée era profissional.

Havia prestado, em todos os encontros com ela, uma atenção demasiada — e desnecessária — nos olhos e no contorno de seus lábios.

Aquelas pernas torneadas o haviam impressionado à primeira vista.

Mais do que tudo, ficava vidrado toda vez que a ouvia falar sobre algum dos temas pelos quais era visivelmente apaixonada.

E agora, o sentimento que Ricardo havia tratado como mera admiração profissional descartara o disfarce e se mostrava em toda a sua glória: atração, em sua forma mais pura. Porra, não sabia como seria trabalhar com ela dali em diante. Não podia nutrir o desejo, seria uma péssima ideia se envolverem. Deveria consultar se aquilo preenchia um dos itens do tal checklist de Ruth? Falar com Ruth, uma mulher com quem ele saía, sobre outra mulher faria com que ele ticasse mais um item?

— Ricardo?

Saulo o encarava intrigado, assim como as demais participantes da conversa, que Ricardo não fazia ideia de em que ponto estava. Alguém havia perguntado alguma coisa e ele não fazia ideia do que substituiria os pronomes indefinidos da oração.

— Desculpem. — Ele apontou o próprio ouvido, percebendo, a tempo de usar o pretexto, que uma dupla havia começado um show de voz e violão.

— Agora vamos ter que quase gritar para ter uma conversa decente — Tábata falou uns decibéis mais alto e se inclinou sobre a mesa, em uma tentativa de chegar mais perto de Ricardo. — Perguntei se você está trabalhando em algum projeto atualmente.

— Estou, sim! Aliás, seria legal trocar algumas ideias com você.

Ele aproveitou a deixa para fazer o que sabia de melhor: falar de si.

Ricardo se concentrou em não olhar para onde Aimée estava e contou de seu interesse em publicar na Cadabra, sem muitos detalhes. Não queria, ainda, que ninguém soubesse que era um romance romântico.

— Ótimo que a editora te liberou para publicar! — Tábata comentou, sem saber que, na verdade, não havia mais contrato de exclusividade.

Ele deu um sorriso amarelo e explicou que o desejo havia surgido quando estava fora do país, o que deu origem a uma nova rodada de perguntas sobre a experiência dele como escritor nos Estados Unidos.

Ricardo evitava tocar no assunto, não gostava de focar seus fracassos. Mas o grupo era amistoso e ele se sentiu impelido a continuar. Contou que nenhuma de suas perspectivas profissionais após o curso de escrita havia dado fruto, falou sobre a dificuldade de escrever em inglês. No fim das contas, Ricardo concluiu que era mais inteligente em português e só teria tido chance de seguir carreira lá se fosse excepcional — ou se fosse traduzido. Ser desconhecido, latino e mediano era o mesmo que ser ninguém, o oposto de como se sentia no Brasil.

Antes que percebesse o que fazia, olhou para o balcão do bar. Aimée se encaminhava para lá, a comanda nas mãos.

Não sabia por que ela não havia esperado um garçom para fazer o pedido. E sabia menos ainda por que pediu licença, levantou-se e se dirigiu até ela.

Capítulo 17

A

— Vou querer o mesmo que ela.

A voz grave fez Aimée girar o corpo em sua direção.

— Desculpa, te assustei? — Ricardo perguntou ao notar o pulinho dela.

— Não vi que você estava aí. Gostou do pessoal? — ela emendou a pergunta, desejando não soar tão trêmula como se sentia.

Tivera uma tarde de cão.

Tudo o que tinha programado acabara exigindo tempo muito maior do que o previsto. Havia passado o dia correndo para não trabalhar no fim de semana, e odiava fazer qualquer coisa com pressa. Além de ficar tensa, demorava para desacelerar. Como resultado, se atrasou e o compromisso da noite, que era para ser uma diversão, se transformou em um empecilho irritante que, se não existisse, não a teria obrigado a fazer todas as outras coisas correndo.

Tentou relaxar no caminho, aproveitando a viagem de metrô para ouvir suas músicas favoritas, mas andou rápido demais, balançou a perna no assento do vagão durante todo trajeto — a ponto de a pessoa ao lado encará-la, incomodada — e entrou esbaforida no bar, torcendo para não estar transpirando.

Viu Ricardo logo que chegou.

Talvez tivesse sido a agitação, mas tudo pareceu estranho. Tinha alguma coisa de *muito errada* naquele roteiro.

O problema de ter lido incontáveis histórias de amor e de trabalhar com elas, lapidando palavras e incrementando passagens, é que ela passara a ouvir uma narrativa na própria cabeça. Palavras surgiam para descrever instantes e ela via acontecimentos banais como grandes momentos.

O que, valia dizer, já tinha se mostrado uma furada. Uma vez, viu através da janela do ônibus em que estava um desconhecido esperando no ponto e sentiu um frio na barriga quando o olhar dos dois se encontraram. Por um instante, ela teve certeza de que voltariam a se ver, de que havia algo maior acontecendo. E realmente havia: o início de uma intoxicação alimentar, que a fez descer dois pontos antes do seu e correr para o banheiro de um restaurante.

Nunca mais viu o fulano.

A questão era que, quando Ricardo a olhou, a frase veio pronta em sua cabeça: "Ele a olhava como se quisesse devorá-la".

Aimée ficou assustada. E não sabia dizer se pela possibilidade de aquilo ser verdade ou se porque gostaria que fosse.

Não se atreveu a chegar perto dele.

Primeiro: de onde viera aquilo? Era verdade que conversavam todos os dias e ficava ansiosa pelas mensagens dele. Mas, quando trabalhava um projeto com algum autor, era comum se aproximarem. Ela nunca tinha desejado que alguém *a olhasse como se a devorasse*.

Segundo: Ricardo era seu autor. Quer dizer, de sua agência. Orientado por ela. Não podia pensar nele de forma alguma que não aquela. Seria assédio, não seria?

Ele não devia tê-la olhado daquele jeito.

Aliás, tinha realmente olhado? Ou Aimée vira o que não existia?

Fosse o que fosse, o estrago estava feito. Caso contrário, ela estaria conversando com Ricardo numa boa, não com o peito acelerado e achando difícil encontrar o assunto certo. Cacete, nem estaria avaliando se um assunto era certo!

— São bem legais! Parece que vocês escolhem os autores não só pelo talento — Ricardo respondeu e encostou a lateral do corpo no balcão, cruzando as pernas para se apoiar melhor.

— Você tem razão. — Ela colocou uma mecha atrás da orelha. — Segredo de Estado, mas sempre rola aquela pesquisa básica nos perfis de quem estamos pensando agenciar. Quem vive se envolvendo em polêmica, por exemplo, dando indireta maldosa em redes sociais, a gente descarta.

Falar de trabalho era seguro.

— Para evitar dores de cabeça como a desta semana?

Ela revirou os olhos, quase bufando com a lembrança.

— Nem me fale. A bebida hoje é mais do que merecida — emendou quando o barman entregou o mojito.

— Agora fiquei aqui me perguntando o que você pesquisou no meu perfil antes de me aprovar.

— E quem disse que eu te aprovei? Fui ameaçada pela Iolanda, isso sim.

Ela não daria aquela satisfação para ele tão facilmente.

— Iolanda é a única pessoa que consegue te ameaçar sorrindo e ainda te fazer se sentir grato por ter concordado com o que ela queria — ele respondeu rindo.

— Fato. Espero um dia ter a mesma classe dela.

— Para quê, se você tem a sua?

Daquela vez, a voz narrativa na mente de Aimée disse que "Ricardo a encarava com um sorriso cheio de malícia que a fez se lembrar do que tinha entre as pernas, cuja fisgada foi impossível não notar".

Aimée ergueu a sobrancelha em um olhar acusatório e nada sutil, mudando de assunto para não dar o braço a torcer que tinha ficado desconcertada.

— Aliás, não me lembro de ter recebido sua escaleta.

— Culpado. Não consegui terminar. Mas prometo fazer isso até o final da semana que vem.

— Sei. Conheço vocês, autores enrolões, de outros carnavais. — Ele riu com o trocadilho, e o aperto no peito de Aimée afrouxou um pouco. — O que mais escuto no dia a dia são essas desculpas.

O tom era divertido, apesar da bronca. Ela tinha consciência de que trabalhar com processo criativo exigia flexibilidade. Cada autor tinha um jeito e tempo próprios. Compreender aquilo era fundamental não apenas para não se estressar ao criar prazos que não seriam cumpridos como também para estimulá-los a se desenvolverem dentro das próprias condições.

O que não significava que, de vez em quando, não fosse preciso dar aquela pressionada de leve.

— Fui abduzido pelo Twitter e não fiz o que devia ontem. Hoje, quando fui trabalhar, descobri que tinham trocado meu cérebro por gelatina.

Foi a vez dela de sorrir.

— Descansa no feriado e depois você retoma. E, por descansar, também estou dizendo "encha a cara, passe o rodo", se você for de curtir o Carnaval.

Cacete. Tinha acabado de falar sobre Ricardo pegar geral?

— Vou aproveitar, pode deixar.

A resposta foi vaga o suficiente para que Aimée ficasse se perguntado se ele era do bloquinho Netflix ou do bloquinho Figurinha Repetida Não Completa Álbum.

Ricardo se remexeu. Talvez fosse impressão, mas ele parecia tão desconfortável quanto ela com o elefante branco que Aimée trouxera para a conversa.

O barman entregou o mojito de Ricardo que, ao estender o braço, permitiu a Aimée pela primeira vez reparar na manga justa no bíceps. Ele virou o copo em direção ao dela para brindar, e Aimée olhou para a mão ao redor da bebida, lembrando-se de sua impressão inicial sobre parecerem maiores do que o esperado.

Na verdade, percebeu, apesar de não ser alto — de salto, ela passava um pouco de sua altura —, Ricardo era largo. Parrudo. Mas não como se tomasse bomba e levantasse duzentos quilos por dia. O peitoral parecia capaz de fornecer abrigo, e os braços acompanhavam o formato dos músculos. Tudo combinava com aquelas mãos com veias saltadas no dorso.

Ricardo era... gostoso.

Ela arregalou os olhos, reprimindo a vontade de tapar a boca. Afinal, não dissera nada e pareceria doida se fizesse aquilo.

Mas só *pensar* era ruim o bastante.

Apressou-se em direção ao canudo, dando um longo gole da bebida para evitar que a boca resolvesse imitar a mente e perdesse o controle por completo.

Ao entrar em casa, a mente de Aimée girava, sem nem ela ter bebido para isso.

Depois do momento constrangedor no bar, ela e Ricardo voltaram para a mesa, separados por várias cadeiras. Aimée não conseguiu se concentrar em mais nada o resto da noite. A única coisa que parecia notar era a presença dele. E o pior de tudo: todas as vezes que seu olhar se voltava para Ricardo involuntariamente, ela o encontrava a encarando de volta.

Tudo nela se comprimia.

A barriga parecia ter sido sugada, gerando uma corrente de ar tão forte que percorria a espinha, enquanto os pulmões pareciam perder a capacidade de respirar. Por mais que odiasse admitir, sentia aquela fisgada. Com tudo. No baixo ventre.

Tinham sido sensações demais em uma noite, depois de um dia exaustivo.

Aimée não sabia interpretar o que se passava dentro dela. Podia acordar no dia seguinte e tudo aquilo parecer distante. Podia recobrar a consciência, não se sentir insana.

Mas, naquele momento, estava pegando fogo.

Sem pensar, se apressou em direção ao quarto depois de passar no banheiro para lavar as mãos. Tide, deitada no sofá, levantou a cabeça e viu a dona quase se embolando nas próprias pernas ao atravessar o corredor. Aimée desejou que ela continuasse lá, que demorasse a querer segui-la.

Bateu a mão ao lado do batente interno da porta, acendendo a luz. Jogou a bolsa de qualquer jeito na poltrona próxima à cama e passou a blusa pela cabeça, ao mesmo tempo que se livrava dos saltos, sacudindo os pés. Quando ficou apenas de sutiã e calcinha, caminhou até a mesa de cabeceira e acendeu o abajur, retornando para, em seguida, desligar o interruptor.

Fechou a porta. Não queria Tide ali.

Sozinha, foi até o espelho do guarda-roupa. Seus olhos tinham um brilho assustado, e ela levou os dedos aos lábios ligeiramente abertos. Em seguida, a mão deslizou pelo queixo, pelo pescoço, pelo colo... e parou sobre os seios.

Ela os acariciou.

Na mesma hora, sentiu outra vez a fisgada entre as pernas. Jogou a cabeça de lado, permitindo-se observar. A barriga levemente saliente ressaltava a cintura, e Aimée traçou um caminho com a ponta dos dedos pelas curvas.

Fechou os olhos por um segundo.

Era Ricardo quem deslizava as mãos pelo tronco dela, chegando nos quadris. Era ele quem agarrava sua bunda, antes de escorregar os dedos para as coxas. Por entre as coxas.

Estava completamente molhada.

Abriu os olhos. Abriu o guarda-roupa. Abriu a caixa do vibrador.

Deitou-se na cama e só se levantou um bom tempo depois, o corpo mais relaxado do que em qualquer outro momento da semana, apenas para se lavar e deixar Tide entrar no quarto.

Capítulo 18

— Eu falei que podia pegar um Uber — Suellen disse se aproximando em passos lentos e vendo o bocejo incontrolável de Ricardo, encostado no carro na área de embarque da rodoviária do Tietê. O rosto marcado e o cabelo levemente desgrenhado não negavam que ela devia ter dormido a viagem inteira, feita durante a madrugada para ela não sentir as muitas horas que separavam Franca de São Paulo. Mal tinha amanhecido, mas Ricardo nem sequer cogitou deixar de buscá-la em troca de um pouco mais de sono.

— E me fazer ganhar o troféu de pior irmão do mundo? Não, muito obrigado.

Ele deu um abraço apertado nela. Não se viam desde o Natal, agora que parara para pensar, e estava com saudade, apesar de conversarem por mensagens com certa frequência. Então, pegou a mala de rodinhas e colocou no bagageiro, enquanto Suellen se acomodava no banco de passageiros.

— Muito lisonjeiro que sua pré-disposição em fazer o favor de me buscar seja para bancar o bom irmão e não por querer me agradar — provocou ela, a fala saindo quase sem alterações.

Apenas alguém atento, ou que a conhecesse a vida toda, conseguiria captar os sinais da dificuldade que, quando mais nova e antes do tratamento fonoaudiólogo, era muito mais expressiva.

Ricardo entrou na brincadeira.

— E correr o risco de ouvir dona Lorena me xingando? Já passei da idade de levar esse tipo de bronca.

— Alguém conta isso para a mamãe.

Os dois deram risada.

— Muito cedo para o café da manhã? — perguntou ele.

— Nunca é muito cedo para comida.

— Aos 25, eu responderia o mesmo. Beirando os 35, tenho minhas dúvidas.

— Falou o ancião.

Ele sorriu. Podia soar exagerado, mas de fato sentia as transformações com o passar da idade. Suellen um dia o entenderia — mas ele certamente não diria aquilo, evitando comprovar o argumento da irmã com sua pérola de sabedoria.

Ricardo a levou para uma de suas padarias favoritas, tanto por adorar a comida de lá quanto pela acessibilidade. Nos últimos tempos, tinha passado a frequentar o estabelecimento apenas em ocasiões especiais. O Café Coado, além de mais perto de sua casa, estava mais próximo também de sua nova realidade financeira.

Mas não se preocupou naquele dia. Permitiu se deliciar com o bufê e com as histórias de Suellen, que dividia com ele os perrengues do último ano como estudante de Direito. Além da carga horária que, segundo ela, não era de Deus, o estágio também tirava seu couro. Mas pelo menos ela parecia se sair muito bem e se destacava entre os colegas de turma.

Infelizmente, isso também vinha sendo fonte de aborrecimento. Algumas pessoas insinuavam que seu bom desempenho era fruto de "privilégios", já que, depois de muito brigar, ela tinha conseguido uma extensão de prazo para realizar as provas. Apesar de ter uma vida relativamente comum, Suellen precisava de mais tempo para realizar várias tarefas em comparação a alguém sem deficiência, e o tempo extra não era nada além de um direito. Embora estivesse acostumada a ouvir coisas do tipo, não significava que a revoltasse menos.

— Agora que já chorei minhas pitangas, sua vez, Rick.

Ricardo então desabafou sobre as dificuldades com o novo livro e como isso o preocupava em diferentes níveis: as dúvidas sobre sua capacidade como escritor, o receio pela parte financeira...

E agora, também, não sabia mais como agir com a própria agente — a pessoa que mais deveria ajudá-lo em meio a tudo aquilo — por estar atraído por ela. Mas deixou aquela parte de lado. Se a verbalizasse, faria da angústia real.

Ainda não eram oito da manhã quando Ricardo e Suellen saíram da padaria completamente saciados e, sem trânsito àquela hora de um sábado, não demoraram a chegar ao apartamento.

— Os livros que mencionei.

Ricardo entregou o Kindle para a irmã, jogada no sofá. Tinha comentado sobre a lista de Aimée e Suellen ficara curiosa.

— Eu vi o filme desse *Como eu era antes de você*. Achei o final meio capacitista. Tipo, é tão impossível assim viver como uma pessoa com deficiência?

— Não tinha pensado por esse ângulo.

— Enfim, vou ver os livros com calma depois. Acho que preciso dormir um pouco.

Era o mais sábio a se fazer, se ela queria estar descansada para a folia de mais tarde, e Ricardo decidiu cochilar também. Ainda não sabia se iria ou não a algum dos blocos. O pessoal da agência estava combinando algo na noite anterior, mas ele estava avoado demais para prestar atenção. Pelo que se lembrava, Gabriel havia ficado de dar as informações no grupo do WhatsApp.

Talvez por isso teve um sono inquieto, acordando a todo instante para pegar o celular.

A mensagem que esperava chegou por volta das dez da manhã.

Capítulo 19

Onde você está?, Aimée digitou para Gabriel quando saiu do vagão e encarou a plataforma movimentada do metrô, sem localizá-lo.

— Aqui — ele disse atrás dela, fazendo-a dar um pulo.

— Jesus, Gabriel! Não se chega assim em alguém, ainda mais se for uma mulher e ela estiver seminua, com mais medo do que o normal de ser atacada.

Ela não vestia nada muito elaborado: shorts jeans curtos, body preto, uma tiara de gatinho e glitter pelo corpo todo. Gabriel investira na simplicidade criativa: com uma camiseta preta escrito Uber e óculos escuros. O tchan do seu visual estava na placa de papelão amarrada no pescoço dizendo: "Se beber, pegue um Uber", e, abaixo, "apenas se estiver consciente. Este Uber só faz viagens com consentimento".

— Alguém resolveu apelar esse ano — ela brincou, apontando para os dizeres. — Mas gostei da observação.

— Quero pegar alguém, não cometer um crime. Espera — disse ele quando Aimée virou em direção à saída. — Deixa eu ver se alguém da agência mandou mensagem.

No encontro da noite anterior, o pessoal tinha se animado com a ideia dos blocos de rua, então Gabriel avisou, pela manhã, sobre os planos dos dois. Tábata disse que tentaria ir com as amigas. Saulo, com o namorado.

Ricardo comentou que iria sozinho.

O estômago de Aimée entrou no ritmo das escolas de samba e agia como se desse piruetas no sambódromo cada vez que ela pensava naquilo. Depois dos olhares no bar, não sabia como agir perto dele. E, mesmo que Ricardo não fosse saber, a própria consciência de que tivera um orgasmo pensando nele não deixava a situação mais fácil.

— Ninguém falou nada.

— Ainda está perto do almoço, talvez a galera se anime mais tarde — respondeu ela, aliviada por serem apenas eles dois, embora, no fundo, estivesse um pouco decepcionada. — Vamos!

E puxou Gabriel pelo braço, evitando pensar no fato de que talvez, só talvez, estivesse torcendo para ver Ricardo.

— E você por um acaso sabe para onde vamos? — o amigo perguntou com a expressão risonha.

— Não, mas a gente tem que ir por ali, independentemente de qual saída vá pegar. — Ela apontou para uma das escadas rolantes.

Gabriel ainda fazia suspense sobre o bloco, e não ajudou estarem no centro da cidade, onde ficavam as principais concentrações. Quando saíram na praça da República, as pessoas caminhavam em direção às baterias que Aimée escutava ao longe. Por isso, ficou confusa quando foi guiada para o lado oposto.

Pouco depois, chegavam a uma concentração no largo do Arouche. Havia menos pessoas do que ela esperava, e não entendeu a escolha de Gabriel. Com certeza não era dos mais famosos, o próprio carro de som era pequeno, uma caminhonete com uma tenda na carroceria. A faixa com o nome do bloco não estava visível daquele ângulo, o que só aumentava o mistério.

Então, conforme se aproximavam, Aimée distinguiu as letras verdes estampando as camisetas rosa e brancas dos foliões.

Samby e Junior.

Gabriel sorriu quando Aimée virou para ele, atônita.

— Surpresa!

— É isso mesmo? — perguntou ela sem acreditar.

— É! Um bloco só de Sandy e Junior! Não tinha como você perder isso.

— Gabe, você é o melhor!

Ela agarrou seu pescoço em um abraço sufocante, e ele gargalhou.

Um dos traumas de infância de Aimée era não ter ido a um show da dupla. Pela situação financeira da família e inúmeras discussões sobre isso, nem ousava pedir. Também sabia que os pais não estariam dispostos a acompanhá-la.

Pôde realizar o sonho quando estagiava na Novelo, tendo, pela primeira vez, dinheiro para chamar de seu. Para seu azar, era a turnê de despedida da dupla, então, por mais feliz que estivesse de estar no show, estava igualmente triste por saber que seria a única vez.

O bloco obviamente não seria a mesma coisa, mas só estar rodeada de pessoas com a mesma paixão que a dela, pulando e cantando embaladas por músicas que marcaram seu crescimento...

— Vai ser o melhor Carnaval de todos! Você pode escolher o que quiser depois disso, sério — disse ela, andando mais rápido em direção ao aglomerado.

Mal sentiu o tempo passar enquanto se esgoelava ao som dos principais hits animados. Pularam com "Vâmo pulá!", piraram com "Eu acho que pirei" e rebolaram com "Vai ter que rebolar". Mesmo que Gabriel não fosse fã, eram da mesma geração e não tinha como não conhecer as músicas.

— O pessoal se manifestou — Gabriel falou ao pegar o celular da pochete. Um dos aprendizados dos foliões para evitar furtos era não pegar o aparelho o tempo todo nem muito menos levá-lo no bolso. — A Tábata quer encontrar a gente, e o Ricardo perguntou onde estamos. Parece que mora por aqui.

— Ah é, não é tão longe mesmo — Aimée comentou, e só depois se deu conta de que não contara para Taís e Gabriel da noite de *A casa do lago*.

Gabriel não pareceu achar estranho, talvez supondo que Aimée lembrava o endereço por causa do contrato de Ricardo.

— O Saulo e o namorado vão direto para Pinheiros, naquele bloco punk.

— Quer ir? Que horas começa?

— Daqui uma hora e meia, mais ou menos.

— Então, podemos ficar mais um tempo aqui, encontramos o pessoal e ver se eles querem ir também. É a mesma linha de metrô, a gente chega lá rapidinho.

Saindo da aglomeração, pararam na calçada e enviaram a localização. Podiam alcançar o bloco depois, se fosse o caso.

Tábata chegou primeiro, acompanhada de duas amigas, Bia e Dani. As três tinham combinado a fantasia e, usando tops e saias de tule nas cores do que cada uma representava, carregavam placas, similares às de Gabriel, onde era possível ler Sal, Limão e José Cuervo.

— Mandaram bem — Gabriel elogiou.

— Você também, adorei a placa — José Cuervo, ou Dani, comentou, e Aimée percebeu uma troca de sorrisos entre os dois.

Aparentemente, aquele Uber precisaria chamar outro Uber até o fim do dia, segundo sua própria recomendação.

— Oi — a voz grave e próxima fez Aimée tomar o segundo susto do dia, e o coração acelerou ao reconhecer de quem era o cumprimento.

— Sério, você e o Gabriel precisam aprender a se aproximar das pessoas — falou ela, tentando disfarçar o nervosismo.

Ricardo, diferente do grupo, não estava fantasiado, mas usava uma bermuda e camiseta com a estampa de um Darth Vader em um vaso sanitário, acima dos dizeres "Use a força" em inglês, o que fez Aimée rir.

Ele retirou os óculos escuros antes de cumprimentá-la com um beijo no rosto, e Aimée estremeceu ao sentir dedos gentis na cintura. Não sabia se mais alguém tinha reparado que ele apenas acenara para as outras mulheres antes de dar um daqueles cumprimentos de homens em Gabriel, com mãos espalmadas e tudo mais.

— Samby e Junior, é? — perguntou, curioso ou pelo nome do bloco, ou pelo bloco em si.

— Se for para falar mal ou debochar, melhor nem começar — Aimée se adiantou na defensiva, acostumada havia trinta anos com piadinhas por gostar da dupla.

— Opa, assunto sensível — falou ele, espalmando as mãos junto ao peito. — Mas não ia te zoar. Não muito, pelo menos. Brincadeira — acrescentou diante do olhar assassino dela, que também estava aproveitando com a cara dele. Ricardo seguiu puxando assunto: — Fã da Yasmin também, a filha daquele cara lá que é empresário dela?

— Por que todo mundo sempre associa as duas? — Mas a pergunta era retórica. — Até gosto hoje em dia, só não tenho a mesma conexão. Quando ela começou, era criança e eu já era mais velha, então não ouvia as músicas.

— Ah, sim.

Nenhum deles soube o que dizer em seguida.

— Pensamos em ir para Pinheiros — Gabriel comentou, salvando a situação. — Saulo e o namorado estão em um bloco punk que eu queria ver. Topam?

— Ah, seria ótimo — Dani "Cuervo" respondeu animada. — Um casal de amigos meus está lá por perto, vou mandar mensagem pra Nanda e ver se ela e o Cadu não querem se juntar a nós!

Todo mundo concordou. As meninas, pelo visto, tinham saído dispostas a seguir para onde a vida as levasse, e Ricardo estava lá pela companhia.

De todos. Em grupo. Como colegas.

— Mas, antes, preciso de combustível — Tábata disse ao ver um ambulante vendendo cerveja.

Quando as Tequilas retornaram reclamando que, até o final do dia, perderiam um rim com os preços das bebidas — o que pelo menos era uma garantia de que não comprometeriam tanto o fígado —, Aimée teve uma ideia.

— Se vocês quiserem, a gente faz uma pausa no caminho. Moro perto da concentração do bloco, podemos passar lá e pegar meu isopor. Tem um mercado perto, a gente economiza uma grana.

— Mê, suas observações nos meus textos são geniais, mas hoje você se superou — disse Tábata e a abraçou, fazendo Aimée rir alto, constrangida pelo elogio.

Àquela hora, o Samby e Junior estava longe, então decidiram ir embora. O grupo se dividiu, as Tequilas à frente, Aimée entre Gabriel e Ricardo, atrás. Enquanto elas pulavam, dançavam e interagiam com as pessoas, o clima logo atrás era menos despojado. Gabriel devia supor que o problema era não serem tão íntimos de Ricardo, mas os outros dois sabiam a verdade: estavam tão íntimos que não sabiam lidar com aquilo.

— E aí, você é do Carnaval, então, Ricardo? — Gabriel perguntou simpático, tentando quebrar o silêncio.

— Não tanto quanto vocês, pelo visto, mas aprecio. Ano passado estava nos Estados Unidos, não quis deixar passar batido esse ano.

A conversa não rendeu, e Aimée era incapaz de puxar assunto. Com medo do que poderia dizer, preferiu ficar quieta.

Na estação de metrô, várias pessoas entravam e saíam, transitando entre blocos como eles. Pararam por instantes na entrada, esperando as Tequilas terminarem a cerveja.

— Que bom que esta linha está funcionando — Aimée comentou quando se acomodaram no vagão. — Ano passado fiquei na mão na maior chuva, porque ela fechou.

— Aparentemente é de açúcar e derrete se os usuários estiverem molhados. — A ironia marcava a voz de Gabriel.

— Coincidência ser justo a linha privatizada a que deixa os cidadãos na mão — Ricardo falou com deboche, fazendo Aimée o encarar surpresa antes de responder:

— Eu sempre digo isso!

Eles trocaram um sinal de reconhecimento silencioso e mútuo, seguido de um esboçar de sorrisos.

Saltaram poucas estações depois, e nem Gabriel, nem Ricardo precisaram de orientação para se virarem em direção ao caminho da rua de Aimée. Mais uma vez, ninguém pareceu reparar na familiaridade de Ricardo, o que a deixou aliviada.

Ao entrarem no apartamento, Tide correu para o quarto. Aimée virou-se em direção à lavanderia, passando pela cozinha, onde guardava as tralhas.

— Tudo bem eu usar o banheiro, Aimée? — Ricardo perguntou e ela assentiu sem nem levantar a cabeça, distraída passando um pano no isopor empoeirado.

— É no final do corredor — Gabriel complementou, supondo que Ricardo não conhecia o apartamento, o que a fez levantar o rosto na mesma hora e encontrar o olhar de Ricardo, tão espantado quanto o dela.

Ele também parecia disposto a tratar a primeira visita como um segredo, o que fez Aimée ter ainda mais certeza de que a relação deles não era inocente como deveria.

— Ah, valeu — respondeu ele, disfarçando.

Aimée voltou a se concentrar na tarefa, ciente de que não deveria estar tão nervosa, torcendo para ninguém perceber.

Quando o isopor enfim ficou pronto para uso, Ricardo ainda não tinha retornado. Aguardaram, combinando a dinâmica — ir ao mercado, fazer um lanche rápido e seguir para a concentração do bloco —, avisando Saulo e os amigos de Dani dos planos e fingindo não reparar na demora de Ricardo.

Aimée se sentia mal de antemão, porque precisava fazer xixi. Tinha um aromatizador na parede, então não se importava com o odor do banheiro, embora aquela fosse uma intimidade que preferiria ainda não ter com Ricardo. Mas sabia que ele ficaria envergonhado por ela entrar logo depois de ele sair. Todo mundo ficava.

Só então se deu conta do "ainda" que acabara de pensar.

Um "ainda" — advérbio de tempo — que supunha uma intimidade *ainda* — advérbio de inclusão — maior.

Quanto ainda falta para Ricardo fazer ainda *mais parte da minha rotina?*, era o que uma única palavra significava naquele contexto.

Pergunta que não queria responder, por todas as outras perguntas que a resposta implicaria.

Ele retornou e evitou encará-la — como ela supôs, envergonhado.

Reconsiderou a vontade de ir ao banheiro, mas o trauma do Carnaval anterior falou mais alto. Já tinha bebido água e cerveja, o que significava que a bexiga estava fazendo hora extra.

— Minha vez, gente. Mais alguém precisa ir?

Para poupar Ricardo, não olhou em sua direção. Sem mais demoras, Aimée avisou que voltava em breve.

Fez uma pausa para ver Tide no quarto, deitada na cama. Agachou e acariciou suas orelhas, informando que o prato de ração estava abastecido. Respirando fundo, foi até o banheiro.

Estranhamente, quando abriu a porta, o único cheiro era aquele ao que estava acostumada: cosméticos misturados aos resquícios dos produtos de limpeza. Será que Ricardo tinha entupido o vaso e demorado tentando desentupir?

Apesar de não sentir cheiro nenhum que comprovasse a teoria, de repente ela teve medo de levantar o assento da privada — e o fato de ele estar fechado corroborava a hipótese. Que homem o deixaria assim, por livre e espontânea vontade, se não fosse para encobrir seus rastros? A visão forneceria informação *demais*.

Quando levantou a tampa, não havia nada, nem uma sujeirinha na porcelana. Mas que raios tinha acontecido? Por que ele demorou tanto e por que saiu daquele jeito?

Confusa, abaixou os shorts e o body, sentando-se no vaso em seguida. Então, naquela situação patética e vulnerável, completamente nua, a roupa enrolada nos pés, inclinou o rosto para o lado e entendeu.

Não era a si mesmo que Ricardo estava tentando proteger do constrangimento. Era a ela.

Aimée queria morrer. Estava humilhada.

O rosto ardendo, queimando, muito mais vermelho do que o tom rosado do vibrador, imponente em seus gloriosos vinte e três centímetros sobre a pia, visível a qualquer um.

Capítulo 20

Não era nada de mais. Com certeza não algo grande o bastante para causar desconforto.

Pensando bem, era consideravelmente *grande*.

Aimée era adulta e dona da própria sexualidade. Mulheres podiam ter vibradores, Ricardo não era babaca a ponto de estar espantado por isso.

Não era espanto o que sentia. Não, não mesmo.

É que a imagem de Aimée usando aquele vibrador perturbou a mente de Ricardo de uma forma perigosa, sobretudo depois da noite anterior.

Tinha sido uma situação delicada. Ele mal estava conseguido lidar com o próprio desconforto quando foi atingido em cheio por uma constatação: em algum momento, Aimée se daria conta de que ele tinha visto o brinquedo. Afinal, não se pode chamar um objeto cilíndrico de mais de vinte centímetros e cor-de-rosa de discreto. Não tinha como não reparar naquilo, e Aimée saberia. E ficaria constrangida.

Ele pensou em guardá-lo no armário sob a pia. Se mais alguém usasse o banheiro, seria o único a ter visto. Porém não mudaria o fato de que Aimée sabia onde o tinha guardado e, após somar um mais um, chegaria à conclusão de que Ricardo mexera nele.

Era um dilema moral, e Ricardo optou por deixar o banheiro exatamente como estava antes de ter entrado. Se tivesse sorte, mais ninguém iria até lá, deixariam o apartamento e o constrangimento de Aimée viria à tona apenas quando ela retornasse sozinha para casa, mais tarde.

Considerando que a sorte de Ricardo fosse grande o bastante para ela voltar sozinha em pleno Carnaval. A ideia de ela voltar acompanhada causava um embrulho incômodo na barriga dele.

Mas, como ficava cada vez mais óbvio, "sorte" era uma palavra que deixara de existir em sua vida havia anos, porque bastou ter coragem de voltar para a sala para Aimée anunciar que precisava ir ao banheiro.

Desde que ela saíra de lá, não olhara para Ricardo sequer uma vez, nem no caminho para o supermercado, nem enquanto comiam um lanche rápido, nem quando o casal amigo de Dani se juntou a eles, nem quando encontraram Saulo e o namorado depois de vários minutos procurando pelos dois na aglomeração de foliões. A tensão ficou tão insuportável que Ricardo preferiu ir embora dizendo que havia combinado de encontrar uns amigos — o que era uma mentira deslavada. Os únicos amigos que tinha chance de ver aquele dia eram os seis, na tela de sua TV, que se reuniam havia mais de vinte anos no Central Perk, já que Suellen não voltaria cedo para casa.

Não precisava se esforçar muito para entender que só topara encontrar o grupo porque Aimée estaria lá.

Já afastado do grupo e caminhando desanimado para a estação mais próxima de metrô, Ricardo olhou para cima e viu nuvens pesadas se aproximando.

Pelo visto, não era o único azarado. Aimée voltaria para casa encharcada pelo segundo Carnaval consecutivo.

Passava das duas da tarde quando Ricardo embicou o carro na garagem da casa do avô, onde sua mãe acenava efusiva, contente pela visita inesperada.

Mal amanhecera e ele estava desperto na cama, depois de uma madrugada de sono inquieto. Nem a série de humor conseguiu afastar seus pensamentos de Aimée, acrescidos da preocupação com o novo romance — e uma coisa instintivamente o fazia pensar na outra. Assim, quando enfim dormiu, teve sonhos agitados com uma Aimée musicista fazendo um vibrador de flauta e olhando para ele com ar sedutor. Uma imagem perturbadora em vários sentidos, especialmente porque sua ereção, ao despertar, parecia ainda mais dolorosa que de costume.

Depois de se revirar algumas vezes, Ricardo se deu por vencido e se levantou. Os sons que ouvia denunciavam que Suellen também já tinha acordado. Assou uns pães de queijo congelados para a irmã enquanto ela se arrumava, mas ele mesmo não conseguiu comer, o estômago embrulhado.

Depois de ela se despedir e Ricardo se ver mais uma vez no silêncio habitual da casa, decidiu tentar trabalhar. Não demorou a perceber que o café puro fora uma má ideia, sua mente ainda mais agitada em frente ao computador, mas sem conseguir produzir uma palavra sequer.

Era um absurdo que em pleno século XXI o texto ainda não se escrevesse sozinho.

Então, teve um estalo. Os únicos blocos pelos quais tinha a intenção de se aventurar nos próximos dias eram os de nota e não tinha nenhum outro plano para o feriado. Fazia tempo que não via a mãe e o avô e, de repente, a imagem da cidade tranquila e da sorveteria absurdamente barata pareceu atrativa demais.

Enviou no mesmo instante uma mensagem para a mãe, já arrumando uma pequena mala, certo de que a resposta seria positiva. Quando ela, animada, deu o ok, Ricardo pegou o que precisava e correu para o carro, empolgado pelas horas de viagem à frente. Precisava da sensação do vento entrando pela janela e da música ressoando pelos alto-falantes. Como não era o primeiro dia do feriado, as estradas estariam tranquilas.

— Você veio direto? — a mãe perguntou enquanto ele descia do carro driblando Pérola e Leleco, os cachorros da casa. Pérola era a pequena e mimada shitsu da mãe, uma típica cadela de apartamento paulistano que se adaptou ao interior e à companhia do simpático cão magrelo e vira-lata do avô.

— Não parei nem para um xixi.

— Você deve estar azul de fome, entra que estou esquentando lasanha para você!

A barriga de Ricardo roncou ao imaginar um dos quitutes da mãe, e só então ele percebeu a própria fome. Tinha ficado tão concentrado quanto nas viagens que fazia quando imergia em seus livros, escrevendo por horas seguidas sem perceber — sensação que não experimentava havia algum tempo.

— Quem é vivo sempre aparece — o avô falou quando viu o neto entrar na sala acompanhado de Lorena, que segurava uma Pérola empenhada em saltar ao chão.

— E aí, seu Rui! Coringão joga hoje?

Ricardo não acompanhava futebol e não fazia a menor ideia de se os campeonatos aconteciam durante o Carnaval, mas era uma conversa que animava o avô, torcedor roxo. Ricardo tinha boas memórias da família reunida, quando ele, Suellen e os primos eram pequenos, para assistir a partidas importantes, sobretudo em época de Copa do Mundo, acompanhados dos petiscos preparados pela avó, falecida quando ele ainda era adolescente. Ela deixava tudo pronto antes dos jogos porque, depois, ai se alguém ousasse removê-la da frente da TV. Dona Carmem era a maior torcedora da casa, de assistir ao jogo e, ao mesmo tempo, ouvi-lo em seu radinho de pilha, encostado na orelha. Ricardo não ligava para o futebol, mas a torcida em família era tudo para ele.

— Nada, jogou ontem. Sua mãe colocou um filme e eu não sei onde desliga essa porcaria — falou o avô enquanto apertava os botões de um controle que apontava para a própria barriga proeminente, encoberta por uma calça de cintura alta rodeada por um cinto escuro, visivelmente incomodado e ansioso para se levantar e abraçar o neto.

— É esse aqui, pai.

Lorena tomou a dianteira, lançando antes um revirar de olhos carinhoso e zombeteiro para Ricardo. Rui não se dava bem com as tecnologias.

Como se a própria Lorena, frequentemente, não pedisse a ajuda de Ricardo para acessar suas redes sociais depois de esquecer a própria senha — e ainda se irritava quando o filho perguntava qual e-mail ela havia cadastrado para criar a conta, já que, obviamente, sempre se esquecia.

Ricardo deu um abraço apertado no avô antes de seguir para o quarto em que dormira a vida toda. Em outras épocas, ele e os primos torciam para chegar primeiro na casa e garantir uma das camas. Os últimos inevitavelmente acabavam acomodados em colchões no chão. Agora, eram raros os momentos em que a família toda conseguia se reunir.

— Você avisou a Su que vinha? — Lorena perguntou ao encostar no batente, observando o filho ajeitar os pertences.

— Avisei nada, tive a ideia depois. A essa hora, ela já deve estar na folia de hoje.

— Ela chegou tarde ontem?

Ricardo confirmou.

— Meu Deus, eu canso só de pensar.

— Ah, mãe, e sua juventude não foi assim também?

— Não desse jeito! Na minha época, nunca que a gente ficava fora de casa de madrugada. A geração de vocês tem muito mais liberdade.

Ricardo olhou para a mãe desconfiado, segurando o ar de riso.

— Fala sério, dona Lorena! Se fosse o vovô falando, eu engolia, mas você? Quando você tinha a idade da Su, era o começo dos anos oitenta. E, pelo que ele conta, você e a tia Lurdes foram responsáveis por boa parte dos cabelos brancos dele.

Lorena encarou o filho boquiaberta, um rubor subindo pelas faces.

— Já fui jovem, tá — enfim falou, acariciando Pérola ainda em seu colo, incapaz de encarar Ricardo. — Mas não era desse jeito aí de vocês, você e sua irmã são muito saidinhos.

Ricardo riu. Ela jamais daria o braço a torcer.

— E eu tinha a idade da Su quando conheci seu pai, então o ritmo era outro. Casei não muito depois.

Por mais que não fosse seu assunto preferido, era curioso pensar na trajetória dos pais sabendo como tudo havia acabado. Dalton, que hoje ostentava a confiança típica de um engenheiro branco bem-sucedido no início da terceira idade, a ponto de ter traído a esposa com uma mulher quase vinte anos mais nova, fora um jovem tímido, regrado pelo conservadorismo dos pais. Foram várias as vezes que Lorena e Dalton contaram aos filhos, entre risos, o quanto havia sido ela quem apresentou muito do mundo ao marido. Uma das histórias mais engraçadas, que Ricardo só descobriu quando adulto, era do primeiro porre de Dalton, que ficou bêbado depois de duas cervejas num churrasco com a família de Lorena.

Agora, mesmo a lembrança de quando ouviu o relato parecia ter sido tirada dele. A memória estava ali, mas privada da alegria que um dia havia causado.

Depois do almoço tardio, Ricardo praticamente desmaiou no quarto, vencido pelo sono. Quando despertou no final da tarde, grogue, levou uns instantes para lembrar onde estava. O corpo estava pesado e só conseguiu se levantar por causa do aroma vindo da cozinha. A mãe e o avô faziam questão do café com leite ao final da tarde.

A sensação de urgência sobre o romance ainda estava lá, mas era como se Ricardo a tivesse empurrado para o fundo da mente, junto de outros pensamentos indevidos. Ele chegou a abrir a conversa com Aimée ao pegar o celular, mas desistiu de enviar uma mensagem. Queria conversar com ela, mas o constrangimento e as outras emoções eram ainda muito recentes.

Por isso, decidido a espairecer, colocou uma bermuda e camiseta menos emboladas que as roupas anteriores, vestiu o tênis, passou no banheiro para escovar os dentes e ajeitar o cabelo agora espetado, e saiu para caminhar.

Mococa era o lugar de sua infância. Divisa com Minas Gerais, era a típica cidade do interior, com o comércio distribuído em um pequeno centro, ruas calmas e, como não podia faltar, uma praça com igreja. Mas a parte favorita de Ricardo era o cinema de rua. Acostumado com as grandes redes em shoppings da capital, ele se deslumbrava com a única sala enorme e a arquitetura da época de inauguração, sessenta anos antes. Ia pela experiência, independentemente do que estivesse passando. Em longas de sucesso, a plateia costumava reagir animada, com palmas e gritos diante dos acontecimentos principais.

Ele mantinha a tradição de quando criança, comprando um cachorro-quente para a sessão e seguindo, ao término dela, para a sorveteria na rua paralela. Para sua sorte, um filme começaria em breve, e a sorveteria ainda estaria aberta depois.

Cerca de duas horas mais tarde, mais leve pelas risadas com Paulo Gustavo em *Minha vida em Marte*, Ricardo saboreava os sorvetes escolhidos na bancada self-service em uma das mesas que o estabelecimento dispunha na calçada. Achou que o lugar estaria mais movimentado, mas se enganou. Pelo visto, ou os jovens haviam viajado, ou estavam na área próxima ao clube, que devia estar organizando as folias.

Melhor para ele. Precisava daquela quietude, do som dos grilos chegando por entre o calor abafado da noite...

— Licença, você é o Ricardo da Lorena, né?

... mas aquele tipo de interrupção sempre era bem-vinda.

Como era comum em cidades pequenas, todo mundo se conhecia, e Ricardo era uma espécie de celebridade local por ser o "filho escritor da Lorena, neto do Rui e da Carmem, que Deus a tenha". Porém, embora conhecesse boa parte dos mais velhos, não estava tão familiarizado com os mais jovens, caso da moça que o atendia.

Depois de cumprimentar Marcela, que ficou sabendo ser sobrinha do dono da sorveteria, Ricardo se sentiu revigorado pelo prestígio — para além do sorvete de coco e chocolate no pote — ao ouvir os elogios da moça sobre seus livros. Aquela sensação, quando o dominava, era um estímulo. Seus livros faziam a diferença. E podiam continuar fazendo, desde que ele os escrevesse.

Raspando o fundo do pote recoberto de sorvete derretido, Ricardo pensava em sua história, tanto no que havia de errado quanto no que gostaria que ela se tornasse. As falhas de *Melodia ousada* diziam respeito sobretudo à falta de veracidade da personagem. Ela precisava ser alguém com quem os leitores pudessem se conectar. A história poderia ser clichê, desde que ele o usasse a seu favor, não como uma fórmula sem empenho.

O que suas leituras de estudo tinham mostrado, acima de tudo, era o impacto de personagens cativantes, exatamente onde *Melodia ousada* mais havia errado. Sendo sincero, Ricardo sentia um leve constrangimento ao admitir que sua protagonista, até então, era completamente sem sal, uma garota apenas de papel. Sabia, depois de muito conversar com Aimée — e ainda um pouco traumatizado pela experiência com Ruth —, que construir uma figura feminina baseada em suas fantasias seria recorrer ao fetiche, correndo o risco de objetificar a protagonista e colocar tudo a perder. Mas, se ele sabia identificar qualidades que o atraíam em uma mulher, podia começar por aí.

Em primeiro lugar, ela não precisava ser tão passiva. A personagem ingênua e virginal atraída pelo mocinho misterioso e provavelmente perigoso era um clichê ultrapassado. Ora, já na década de 1980 seus pais encenavam os papéis opostos. Não que a mãe um dia tivesse chegado perto de ser perigosa, mas, aos olhos de Dalton, devia ter parecido rebelde. Livre. Segura de si.

Por um instante, sentiu saudade de Valentina, que surgira para ele quase pronta. A verdade era que todo o mundo da série Horizontes era confortável em certo modo. Tinha, sim, havido inúmeros desafios ao criá-lo, mas ele estava em casa. Havia uma necessidade de compartilhar aquele universo, como se precisasse contar aquela história e descrever o que era tão real em sua imaginação.

E agora? O que era vívido daquela forma?

Quando ele fechou os olhos, o vermelho acobreado que se tornara tão familiar tomou sua mente. Um vermelho vibrante, cheio de vida e inventivo, que o instigava em tantos sentidos e havia dado a Ricardo verdadeiras aulas sobre ficção romântica.

Abriu os olhos.

A ideia da musicista clássica que se envolveria com o guitarrista de uma banda de rock havia caído por terra, sem apelo algum para Ricardo.

Contudo, os contornos de uma professora de música começavam a se formar...

Ideias: <u>Melodia ousada</u>

Protagonista mais ativa
Dalila? Rever nome
Professora de música → *Vocalista?*
Qual sua paixão?
Qual sua motivação?
Qual seu conflito/seus impedimentos?
Romance cão e gato (a confirmar)

Capítulo 21

Aimée foi obrigada a colocar os óculos de sol assim que saiu com Gabriel do aeroporto do Galeão. A claridade do dia ensolarado no Rio de Janeiro incomodava os olhos acostumados com a luz artificial do aeroporto, mas a verdade era que ela ainda não estava totalmente desperta. Além disso, tinha uma tendência a enjoar mesmo em voos curtos, então precisava da ilusão de estar blindada do mundo.

— Tomara que não esteja trânsito — Gabriel comentou preocupado, chamando o motorista pelo aplicativo.

— Vai dar tempo, a primeira reunião é às dez — respondeu ela ao terminar de engolir um dos minipães de queijo da porção que comprou no saguão de desembarque pelo preço de um carro popular. Em São Paulo, o estômago não aceitara nada além de café, e ela não se atreveu a comer a barra de cereal oferecida no avião.

Os últimos dias tinham sido assim. Bastava ficar um pouco nervosa para acordar com o estômago sensível e enjoada.

— É, estamos no horário. A Real não é tão longe.

Uma vez por semestre, eles marcavam reuniões com as editoras cariocas. Podiam apresentar os autores por e-mail, mas presencialmente era mais promissor por ser menos impessoal. Falar sobre os livros transmitia a empolgação e confiança que sentiam. Por isso também, era imprescindível que a alma dela voltasse para o corpo o quanto antes ou só conseguiria convencer os editores de que não só odiava seu trabalho como, aparentemente, odiava estar viva de modo geral.

Acomodados no carro, Gabriel deu início a uma conversa simpática e animada com o motorista, o que não ajudava. Depois do bom-dia educado, Aimée queria silêncio. Resignada, contentou-se em observar o movimento pela janela, tentando se desconectar do falatório. Mas não podia culpar Gabriel, que, diferente dela, era uma pessoa matinal e estava desde o encontro no aeroporto segurando a vontade de conversar.

Para a felicidade de Aimée, Gabriel pediu licença depois de receber alguns áudios e a conversa foi interrompida. Porém, logo depois ele se virou para ela, obrigando-a a interagir.

— A Guiga sonhou com o *plot* inteiro de um livro e me mandou a ideia antes de esquecer — comentou rindo. — Quer começar o quanto antes.

— Mas ela não começou outro há pouco tempo?

Aimée tentou puxar pela memória. Estavam sempre por dentro dos planejamentos dos autores uns dos outros, mas era difícil guardar as informações detalhadas.

Ele deu de ombros.

— Começou.

Aimée balançou a cabeça, deixando um riso escapar. Em geral, quem escrevia sempre se empolgava com novas ideias... O que não significava sucesso em colocá-las em prática.

Não fosse assim, Ricardo já teria entregado ao menos os primeiros capítulos de *Melodia ousada*, que, segundo ele, conseguira engrenar na semana anterior. Aimée perguntou se ele não queria enviar as novas ideias e a escaleta por e-mail, mas Ricardo pediu uma reunião, mesmo que ela estivesse ocupada na próxima semana e tivessem que aguardar.

Na realidade, ainda não estava preparada para encontrá-lo, o rosto ardia só de lembrar. Não tocaram no assunto, mas as conversas tinham minguado, o que a enlouquecia. Por que ele se afastara? Não que Aimée tivesse insistido no contato, mas era ela que tinha passado vergonha! Era a forma dele de lhe dar privacidade? Ele ficou incomodado? Tinha perdido o respeito por ela?

Aimée odiava a incerteza.

Sendo sincera, apesar da vergonha inicial, ela não estava fazendo grande caso do acontecido. Tá, ele vira o vibrador, e daí? Mas o afastamento mexeu com ela. Ele podia estar ocupado com o livro? Podia, e ela torcia por aquilo ser o motivo. Mas a hipótese de não ser por isso... era exaustiva demais e a deixava com medo do que poderia ouvir. Não conseguiria ser profissional e manter o trabalho com Ricardo se descobrisse que ele a repudiava.

Por isso não agendou a reunião para antes. Pura covardia.

Sendo ainda mais sincera, aquela situação a fazia questionar o motivo de ter ficado tão abalada. Fosse outro agenciado, estaria assim? Se Ricardo não fosse o motivo de ela ter usado o vibrador, teria se importado tanto?

Com certeza não.

Aquilo a angustiava justamente porque era Ricardo quem a deixara com tesão.

Porque ela estava a fim dele. Do seu agenciado.

E *aquilo*, não o vibrador, é que era um problema.

A primeira reunião levou mais tempo que o previsto, com a editora se interessando por dois livros, e Aimée e Gabriel saíram em cima da hora para almoçar antes de correr para a próxima. A segunda reunião fluiu bem, mas foi menos promissora. A casa editorial buscava especificamente um romance de época passado no Brasil, e não havia nenhum no catálogo da Entrelinhas. Mandaram mensagens para autoras que escreviam o gênero e, se alguém tivesse uma boa ideia, podiam apresentar o *book proposal* por e-mail.

A terceira e última foi mais rápida, mas também mais intensa, exclusivamente sobre o livro de Tábata.

— Ficamos bastante empolgados com o desempenho da Tábata na Cadabra — Regina, editora-executiva da Memento, comentou com evidente empolgação. — Que escrita gostosa ela tem! E que casal!

— Até eu sairia com aquele cara — Gabriel falou, descontraído, fazendo todos rirem.

— Foi uma grata surpresa a protagonista ser indígena. A gente comenta cada vez mais sobre a representatividade ser necessária, mas ainda me surpreendo com a força da identificação. — Seu tom, para além de empolgado, transparecia o carinho da conexão emocional com a leitura. — Fiquei realmente sensibilizada, mesmo que nossos povos não sejam os mesmos. Estou tão acostumada a não ver uma parte tão importante da minha identidade representada nas histórias que não espero mais.

Aimée assentiu com a cabeça, mas, na verdade, ela entendia o que Regina dizia e podia imaginar a sensação, mas nunca *saberia*. Via-se representada o tempo todo.

— Estamos bastante interessados em que ela faça parte do time de autores da Memento! — Aimée e Gabriel não conseguiram segurar o sorriso. — Nossa única preocupação é o tamanho do romance. Será que ela toparia reduzir? Como está, o preço final do livro seria muito alto, o que é sempre um risco, ainda mais para uma autora estreante no meio tradicional. Enfim, vocês sabem como é.

Ela fez um gesto com a mão no ar e revirou os olhos pela explicação desnecessária.

— Vamos conversar com ela e damos a resposta o quanto antes.

— Isso seria ótimo! Temos grade para publicar na Bienal, mas, para isso, precisamos começar ontem.

Todos riram em um misto de empolgação e nervoso com a perspectiva.

Regina passou os detalhes da proposta e, quando Aimée percebeu, estava comemorando com Gabriel na rua.

— Melhor a gente esperar chegar no shopping para ligar, né? — ela perguntou na chamada de vídeo com Taís.

Tinham combinado de encontrar os autores cariocas lá antes de voltarem. Além disso, encontrariam Marcelo, possível-novo-sócio.

Só quando entraram no carro rumo ao último destino no Rio é que ela conseguiu checar as notificações. Gabriel, ao seu lado no banco de trás, fazia o mesmo.

— Nossa, mas parece que todo mundo resolveu falar comigo — comentou, assombrada com a quantidade de mensagens no WhatsApp.

A barriga deu uma cambalhota involuntária ao ver que uma delas era de Ricardo, enviada menos de quinze minutos antes. Apesar disso, várias outras pessoas tinham tentado falar com ela depois dele, o que era estranho.

— Mas...

Ela franziu a testa ao perceber que o texto aparente em todas as mensagens era muito similar. Você viu isso???, AIMÉE DO CÉU, Já viu?

Misericórdia, ela nem enviara nudes recentemente para ter a possibilidade de ter tido algum vazado. O que estava acontecendo?

— Eita! — Gabriel exclamou, mostrando a tela do celular.

Aimée deveria estar dormindo. Ao menos, deveria estar deitada em um canto da cama com Tide esparramada no restante, como todas as noites.

Mas não.

Estava na frente do computador sem ousar abrir qualquer aba da internet com medo de fechar a página em que estava, contando os minutos para a meia-noite enquanto Tide a encarava, sentada no tapete. Sistemática que só ela, sabia que tinham passado do horário e cobrava a humana para dormirem. Mas Aimée tinha passado os últimos dez dias aguardando aquele momento.

Desde que fora inundada por mensagens entusiasmadas sobre o anúncio da turnê de comemoração de trinta anos de Sandy & Junior, ela não acreditava que teria aquela oportunidade. E, agora, tinha quase certeza. Era bom demais para ser verdade.

Horas antes, Aimée tinha atualizado enfurecidamente a página de minuto em minuto, esperando que a fila para os ingressos do show do ano abrisse... só para ver cerca de duzentas mil pessoas em sua frente quando conseguiu.

Não era força de expressão.

O número, que indicava a posição na fila de espera em um retângulo vermelho ao lado da foto em preto e branco de Sandy e Junior abraçados, era precisamente 207.849.

Em um instante, nada estava acontecendo; atualizou a página e a população aproximada de Criciúma inteira surgiu em sua frente — tivera tempo o bastante desde então para pesquisar a população das cidades do Brasil.

Estava chocada pela quantidade de gente tão na expectativa quanto ela. E incrédula com o que aquilo significava.

Porque ela já tinha procurado, e a capacidade do estádio onde o show aconteceria em São Paulo era de cinquenta mil pessoas.

Mas continuou sentada, onde estava havia mais de duas horas, incapaz de desistir de tentar.

Hugo também estava na fila e tinham combinado de comprar para o outro caso um deles chegasse aos ingressos em tempo. Mas ele, muito menos fã do que ela, abriu o site depois e viu o espantoso número de 584.863, uma Cuiabá inteira.

O mais sensato seria aceitar a derrota e ir se deitar. Tinha fisioterapia na manhã seguinte e a reunião com Ricardo de tarde. Mas não conseguia. *Precisava* daquele show e precisava saber que ao menos tinha tentado. E se o número estivesse errado? E se sobrasse algum ingresso?

Aflita, não conseguia se concentrar. Tentou ler e desistiu ao ter chegado na página vinte sem saber o que tinha acontecido nas anteriores. Foi com o notebook para a sala e tentou ver um episódio de uma série, mas nada a prendeu. Ou seja, só restou ficar com o celular em mãos, indo de uma rede social a outra e abrindo sites diversos, montando listas de desejos com produtos de que não precisava, mas sentia que a fariam mais feliz, enquanto aguardava.

Estava quase comprando uma nova cortina para a sala em um site chinês quando uma notificação a distraiu e fez sua barriga se revirar.

Pera, tem 200 mil pessoas tentando comprar o ingresso?, Ricardo enviou em resposta ao *story* dela no Instagram.

Era a primeira vez que eles interagiam desde o Carnaval, sem contar a mensagem da semana anterior, avisando sobre a turnê, e breves diálogos profissionais. Tinham sido três semanas quase sem conversarem, exceto para falar de *Melodia ousada*.

Na verdade, tem 200 mil pessoas só na minha frente. A fila passou das 600 mil, pelos prints que vi no Twitter, respondeu ela, como se as palavras dele não tivessem causado um rebuliço dentro de si.

Ricardo tinha sido tema da última sessão de terapia. Não ouviu nada muito diferente do que imaginava, mas vinha tentando assimilar desde então: não controlava suas emoções e não escolheu se sentir atraída. E o que faria a partir daquilo?

Ainda não sabia.

Talvez o mais sensato fosse não ter respondido a mensagem no mesmo instante, mas sentia saudade da conversa deles. Queria falar com ele.

E aquilo por si só era perigoso.

Se ele não respondesse, ela continuaria angustiada por não saber o que tinha acontecido e lamentando o afastamento. Se ele respondesse, ficaria aliviada... mas alimentaria a atração.

Precisava recolocar Ricardo na caixinha de "agenciado" e retirá-lo da de "crush". Podiam conversar. Ela só não podia ficar desejando o corpo nu dele. Mas não tinha uma chave na cabeça que desligava a vontade de uma hora para outra.

Fiquei pensando aqui... Se tocar "Vamô pulá", meio milhão de pessoas pulando ao mesmo tempo deve gerar algum abalo na Terra, não?

Ela riu. Aquele era o Ricardo pré-Incidente Vibratório.

Só se você acreditar que ela é plana, respondeu sem nem cogitar aguardar mais uns instantes.

Eu sei que estou em dívida com você, mas não precisa me ofender.

Ele estava falando do livro atrasado?

Enquanto pensava no que responder, um pouco atordoada, ela recebeu o ícone de uma foto que Ricardo enviou.

Clicou, sem saber o que esperar, e gargalhou a ponto de acordar Tide, que tinha desistido de encará-la e se aninhado ao seu lado. Na imagem prestes a desaparecer, Ricardo estava com a cabeça apoiada no braço de um sofá, onde estava deitado, e fazia uma careta tristonha em uma selfie. A foto não era tão engraçada assim, mas a adrenalina a tinha deixado eufórica.

Antes que ela se arrependesse, abriu a câmera e tirou uma selfie apontando o dedo, cerrando de leve os olhos em uma expressão supostamente brava, tomando o cuidado de capturar o melhor ângulo. Não era uma foto que postaria, mas não estava de se jogar fora.

Até porque a pose toda comprimiu os seios, mais salientes no decote arredondado da camiseta.

Ela realmente não prestava.

Enviou a foto cheia de adrenalina e expectativa, mas um pouco culpada por estar agindo com Ricardo como agiria com qualquer outro contatinho, e dessa vez de forma consciente.

Não era só a conversa, era o desejo de que ela se transformasse em flerte. Desejo de que ele também estivesse atraído.

O lado profissional gritava que era errado. Mas o lado mulher não estava nem aí. Depois de passar as duas últimas semanas esperando que o contato voltasse a ser o que era, mergulhava sedenta na oportunidade.

Amanhã não vou te decepcionar, ou assim espero, ele respondeu instantes depois.

Ela queria responder qualquer coisa que permitisse uma dupla interpretação, como a resposta dele. A insegurança — ou a razão — a refreou. E se estivesse se deixando levar pelo momento? E se estivesse interpretando mal as mensagens de Ricardo?

Suspirou. A excitação de antes escoava como um balde de água fria virado nela.

Estou ansiosa para ver seu trabalho, Ricardo. Sei que você deu duro. Parou de digitar. A expressão soava inadequada demais para o momento. Sei que você se esforçou bastante.

Enviou e aguardou, mas ele demorou um pouco para responder.

Olhou no relógio e faltavam menos de dez minutos para a venda de ingressos enfim começar. Ao menos, tinha se distraído.

Obrigado, também estou deveras ansioso para saber o que você vai achar. E um pouco temeroso, devo confessar, o que não me é um sentimento comum.

Sou tão assustadora assim?

Competente a ponto de me reduzir à minha consciência de insignificância como romancista romântico.

Credo, Ricardo!, respondeu ela entre risadas, um pouco envergonhada, lembrando de quanto tinha ficado irritada quando se conheceram. Devia ter deixado transparecer demais o desprezo.

Brincadeiras à parte, você tinha razão. E sou grato por como me estimulou. Ainda estou apanhando da história, mas muito mais comprometido a encontrar o melhor dela. E agora acho melhor não te distrair da sua compra, abre à meia--noite, certo?

Isso, digitou ela, sem conseguir expressar como as palavras de Ricardo a tocaram, para além de qualquer interesse. Era a prova de que fazia um bom trabalho. Mas tô aqui de teimosa, sem querer aceitar que não vou conseguir... Tem muito mais gente do que ingresso disponível. E acrescentou um emoji triste.

Hoje é o único dia para comprar?

On-line, sim. Mas tenho um dia lotado amanhã, não tenho como tentar nos postos de compra. Duvido que vá sobrar depois. O turu-turu acelerou. Vai abrir aqui!

Quando virou meia-noite, o site continuou como estava, mas, aos poucos, os números na fila caíam.

Ela não ousou pegar o celular, mal respirava.

Depois de quinze minutos que pareceram uma hora, ainda estava longe demais.

Até que, de repente, os números começaram a despencar.

Não. Não. Não.

Quando chegou sua vez, os temores se concretizaram.

Não consegui, digitou depois um tempo, respondendo a mensagem de Ricardo, enviada quase meia hora antes, perguntando se tinha dado certo. Ainda estava tentando assimilar que sua dupla favorita faria um show histórico ao qual não poderia assistir.

Capítulo 22

Aquilo não era sensato. Ricardo sabia.
Nem quando adolescente era adepto a loucuras como aquela. Sujeitar-se a horas em fila por um famoso? Entendia menos ainda quando, em seus tempos áureos, era o responsável pela seleta multidão — embora apreciasse muitíssimo quando acontecia em seus eventos de lançamento.

Mas fazer aquilo logo pela manhã por uma dupla de que nem mesmo era fã era inédito. Na realidade, não era a dupla que o motivava, o que acrescentava uma camada extra de insensatez. O gesto seria grandioso e traria perguntas que não sabia muito bem responder.

No instante em que Aimée explicou que não teria como comprar o ingresso pessoalmente, a ideia ganhou contornos. Quando ela enviou a mensagem informando que não tinha conseguido, Ricardo programou o despertador para dali a poucas horas, sem pestanejar. Durante os minutos em que ela aguardava sua vez na fila virtual, prestes a se frustrar, ele procurava os pontos de venda presenciais e se programava para a tarefa.

Pouco depois de sair de casa, houve um breve instante em que se arrependeu da decisão. Com sono, atento ao trânsito e incapaz de raciocinar direito, automaticamente atendeu a ligação do pai. Se estivesse com o celular em mãos, o nome de Dalton em destaque na tela teria sido o suficiente para o cérebro adormecido enviar aos dedos, em tempo, a informação de que não era uma boa ideia aceitar a chamada, mas as pequenas letras do sistema de som do carro tinham sido ardilosas.

— Pode falar? — Dalton perguntara quando Ricardo atendera com voz de poucos amigos.

— No trânsito.

— Prefere que ligue depois?

"Prefiro que você não ligue", Ricardo quis responder. Então, ficou intrigado sobre o porquê de o pai estar ligando tão cedo. Algo sério poderia ter acontecido. Ele tentou ser paciente.

— Pode falar.

— Tem um livro meu, caríssimo, que ganhei em um congresso anos atrás e que ficou com sua mãe. Já pedi para ela, mas ela disse que não encontrou. Você pode procurar para mim?

Os instantes que Ricardo levou para processar o que ouvira tinham menos a ver com o sono do que com sua incredulidade. Primeiro, era difícil acreditar que Dalton ligara àquela hora por um motivo tão banal. Depois, a sutileza passivo-agressiva do discurso o enfurecia. Ricardo trabalhava com palavras e sabia muito bem ler nas entrelinhas. O pai não tinha dito que a ex-mulher não encontrara o livro, mas que *dissera* não o ter encontrado, o que eram coisas muito diferentes.

— Se minha mãe falou que não encontrou, é porque não encontrou.

— Mas você pode procurar também, se não for atrapalhar? — Dalton não evitou a ironia, certamente ofendido pelo tom seco do filho.

— Se eu tiver tempo e lembrar, procuro.

Desligou em seguida.

Agora estava na fila, acompanhado de pessoas de idades não muito diferentes da sua, que pareciam compartilhar de uma sensação de deslumbramento e empolgação. Ele se identificava mais com algumas das senhoras, como a que estava a sua frente: mães que tinham saído da cama muito mais cedo do que o normal e se deslocado pela cidade para tentar compensar a desolação a que seus filhos haviam sido submetidos na madrugada.

Cada vez que imaginava o momento que entregaria o presente, ele era tomado por uma satisfação ímpar que o afastava do estresse que Dalton causara. Era um sentimento puro, desprendido: o deleite de simplesmente fazer algo de bom para outra pessoa. Ricardo temia, claro, que aquilo parecesse estranho. Responder ao *story* dela, na noite anterior, tinha sido uma tentativa de se reaproximar. Havia a intensa atração por Aimée, havia o regozijo que as conversas proporcionavam, havia os limites da relação profissional. Havia a noção de que ela se machucara em outro relacionamento e que ainda parecia lutar contra fantasmas internos. Se Ricardo não entendia direito o que estava sentindo e, acima de tudo, o que desejava fazer em relação àquilo, precisava tomar cuidado. Ele, sua carreira e suas emoções não eram a única coisa em jogo.

Por outro lado, certas coisas pareciam impossíveis de controlar, como o impulso de estar naquela fila. Ou as conversas informais que retomara. Ou a forma como não conseguia mais olhar Aimée sem desejá-la.

Só de lembrar a selfie que ela havia mandado, Ricardo precisava levar as mãos à frente do jeans, por precaução. Não sabia se Aimée tinha noção de quanto a foto, aparentemente inocente, havia sido sensual. A forma como o dedo dela aparecia em riste, o olhar de autoridade e desafio, a curva dos seios perfeitamente redondos despontando na camiseta...

Apesar de tudo, Ricardo se surpreendeu de novo, poucas horas depois, quando se viu pedindo dois ingressos — em vez de um — ao chegar sua vez na cabine de atendimento.

Daquela vez, quando Ricardo tocou a campainha, as gotas de suor que emolduravam seu rosto tinham menos a ver com a temperatura do dia do que com o nervosismo. Escritor e homem ansiavam por aquele encontro, e ele não sabia definir qual parte falava mais alto.

Quando Aimée abriu a porta, a razão do nervosismo ficou ainda mais embolada. Ao olhar para ela, Ricardo reconhecia a figura da agente, um símbolo de trabalho e cooperação, de cuja aprovação sentia precisar. Mas, misturada àquela imagem, reconhecia também a mulher sagaz que o havia enfeitiçado pelos comentários precisos, pelo humor perspicaz e, sobretudo, pela paixão tão evidentemente expressa em cada milímetro do olhar. A mulher que, quanto mais conhecia, mais figurava entre as coisas mais belas que Ricardo já havia visto.

— Oi! — exclamou ela com um sorriso tímido, talvez tão sem jeito quanto ele próprio, mas Ricardo não estava em posição de interpretá-la com precisão. Os sentimentos bagunçados contaminavam as impressões.

— Espero que você tenha conseguido descansar — começou, demonstrando mais segurança do que de fato sentia — e que o dia tenha sido tranquilo. Se meu trabalho estiver uma bomba, não quero acrescentar um peso extra a sua sexta-feira.

Ela riu, mais à vontade. Ricardo sorriu também, satisfeito pelo clima mais leve.

E porque Aimée reluzia quando ria daquele jeito.

— Estava contando com você para melhorar a tarde — respondeu ela, fechando a porta atrás de Ricardo. — Corri o dia inteiro, para variar — disse, e indicou o caminho que ele já conhecia.

— Tudo bem, vou fingir que esse comentário não me deixou levemente pressionado.

Aimée riu outra vez, e seguiram em silêncio até ela o quebrar.

— Mas meu dia não foi de todo ruim. Tive fisioterapia de manhã e estou livre dos calços!

— Calços? — perguntou ele, como se nunca tivesse reparado.

— Descobri uns meses atrás um problema no quadril. Nada grave, mas o suficiente para precisar de correção. Deu tudo certo!

— Isso é ótimo, Aimée!

Ricardo se perguntou se devia aproveitar o momento e entregar os ingressos, mal conseguindo controlar a expectativa. Porém, era melhor esperar o fim da reunião. Naquele momento, ela estava celebrando uma conquista.

— Nem me fale — disse ela, abrindo a porta do escritório. — Além de ser uma preocupação a menos, nunca senti tanta vontade de usar meus sapatos. Estava usando sempre os mesmos, não tinha como colocar o calço em todos. E então, o que você tem para mim? — perguntou, aproximando a cadeira da mesa quando se acomodaram.

— Pensei muito na história e nos livros que li. — Ricardo assumiu o tom profissional que usava para falar de suas obras. — Procurei o que mais gostei em cada um para me nortear com *Melodia ousada*. Você estava certa, Aimée. O pilar da minha história tem que ser a protagonista, e foi a ela que dediquei meus esforços.

Ele viu um brilho surgir nos olhos da agente, mesclado ao sorriso contido, mas vitorioso, da mulher.

— Ela não é mais uma musicista clássica. É uma professora de canto apaixonada por bateria.

Ricardo fez uma pausa para observar Aimée, que assentiu que ele prosseguisse enquanto fazia anotações em um caderno. Era cedo para dizer, mas ele teve a impressão de que ela gostava do que ouvia.

— Ela tem um colega professor, emproado, e por isso não gosta dele.

— Mocinho gato que se acha a última bolacha do pacote? — perguntou sorrindo.

— Precisamente — respondeu, incerto da aprovação dela.

— Ela vai estar à altura dele? Respondendo na lata e segura de si?

— Exatamente! A banda de rock continua existindo nesta versão, e ele vai convidá-la para fazer parte por um tempo depois de vê-la tocando sozinha na escola.

— Por que ele convidou? E por que ela aceitou, se não gosta dele?

— Porque o baterista titular sofreu um acidente de moto e fraturou o antebraço. — Ele tentou manter a firmeza. Passara muito tempo elaborando aqueles detalhes, e esforçou-se para se lembrar disso. — E ela aceita porque gosta da ideia de voltar aos palcos e ganhar um extra. Mas não só por isso. — Ricardo guardou o melhor para o final. Se aquilo não convencesse Aimée, não sabia o que mais a convenceria. — Ela precisa de algo a mais.

Aimée inclinou a cabeça, encarando Ricardo mais interessada do que em qualquer outro momento do discurso dele, e algo no olhar dela o lembrou da noite, quase dois meses antes, em que viram *A casa do lago* e da interpretação dela de *Persuasão*.

— E o que seria?

— Ela não sabe. — Ele deu de ombros, com simplicidade. — Ela só precisa. Apesar da paixão pela bateria, sempre foi vocalista porque eram as oportunidades para ela, como se só homens fossem bateristas. Ela se acostumou àquela posição, se acostumou a dar aulas... Só que quer mais. Mesmo que não entenda exatamente o quê. Nem sempre temos resposta para tudo, certo?

O sorriso de Aimée fez o sol de fim de tarde entrando pela janela parecer fraquinho.

— Bom — ela falou, colocando a caneta sobre os papéis e se reclinando na cadeira —, já gosto bem mais dessa Dalila.

— Amanda — Ricardo pigarreou. — Ela agora se chama Amanda.

Aimée o encarou como se um milhão de pensamentos diferentes passassem por sua mente. Ele não sabia se algum deles havia transitado pelo significado do novo nome da protagonista, se ela havia feito a associação...

— Tenho pouco mais de dez capítulos para te mandar, as cem primeiras páginas — continuou, ansioso por quebrar o silêncio que se instaurava.

— Quando você disse que tinha engrenado, não estava brincando, pelo visto — respondeu ela, admirada. Depois de um segundo, acrescentou, meio incerta: — Agora seu sumiço fez sentido.

Ricardo sorriu, sem graça. Seus motivos haviam sido outros. Mas... Ela tinha sentido falta de conversar com ele? Sentido falta dele?

Porque ele tinha sentido falta dela.

— Precisei de um tempo. Mas não pretendo sumir de novo — acrescentou, porque precisava ver a reação dela.

Aimée parecia satisfeita, e Ricardo sentiu que aquela parte da conversa não havia sido com a agente.

— Pode me enviar — ela acrescentou, reassumindo o cargo profissional —, pego na próxima semana. Sinto mais firmeza nesta versão. A Dali... a Amanda parece mais real, alguém com quem eu me conectaria.

Ela sorriu.

— Isso quer dizer que não terminei de arruinar seu dia?

Aimée gargalhou, inclinando a cabeça para trás. Ao se endireitar, uma mecha do cabelo acobreado escorregou por sobre os olhos, quase como se desafiasse Ricardo a arrumá-la com os dedos.

— Não. Pelo contrário, fiquei muito feliz com você.

Ela não estava satisfeita com o *trabalho* dele. Estava feliz *com ele*.

Em teoria, não tinha mais o que dizer, enviaria o manuscrito por e-mail e a reunião estaria encerrada. Mas Ricardo não queria que ela acabasse e tinha a impressão, que lhe causava um frio na espinha, de que Aimée também não ansiava partir.

— Tenho uma coisa para você — disse de súbito, torcendo para estar certo.

Ela o encarou curiosa. Então, Ricardo retirou de dentro da pasta com suas anotações um envelope branco e estendeu para ela. Aimée tocou o papel com seus dedos longos, mas que não encostaram na pele de Ricardo. O semblante continuou atento enquanto abria.

Ricardo percebeu o instante em que ela entendeu o que era.

O ar de riso deu lugar à incredulidade, a um assombro estampado no pequeno círculo dos lábios sempre tão delineados. Aimée o encarou com os olhos muito abertos e fulgurosos.

— Isso... Mas como...

— Você disse que não podia comprar os ingressos. Eu estava livre até a hora da reunião.

Ele deu de ombros, como se não tivesse feito nada demais. Sabia que ela estava impressionada, mas ainda não tinha certeza de se ela estava feliz ou constrangida.

— Você sabe que vou te pagar, né? — ela conseguiu dizer.

— Não precisa — ele se apressou a responder, embora, na verdade, precisasse.

Para alguém na situação financeira dele, aquele era um luxo extremo. Mesmo assim, Ricardo não só não se arrependia como não queria o dinheiro de volta.

— De jeito nenhum! Você já teve o trabalho de ir lá e não foi barato, e, ah, meu Deus do céu, eu vou nesse show?

— Você vai nesse show, Aimée!

Ela se levantou em um ímpeto e deu a volta na mesa até encontrá-lo, ainda sentado.

— Será que dá para você se levantar para eu te dar um abraço? — falou, mandona, mas transbordando emoção.

Ricardo não pestanejou.

Aimée se jogou em seus braços, envolvendo o pescoço. Colocar as mãos nas costas dela e trazê-la para mais perto foi automático.

Estava completamente rodeado por ela, por seu cheiro cítrico e adocicado. Desta vez, também sentiu o xampu e precisou conter a vontade de capturar a maciez das mechas entre os dedos.

— Obrigada, Ricardo! Você não tem ideia do que isso significa para mim.

— Você queria muito e ficou chateada por não ter conseguido. Não me custava fazer uma gentileza.

— Ah, mas custou, sim! — Ela riu e se afastou, deixando uma fria ausência no espaço onde antes seu corpo colava-se ao dele. — Sério, tenho sua conta no contrato, vou te transferir agora. Sem objeções — acrescentou, pegando o celular quando ele esboçou uma resposta.

— Tudo bem, mas então me transfere um só. — Ela desviou o olhar da tela, o semblante outra vez confuso. — Se você não se importar, posso ir junto. O ingresso foi tão concorrido que fiquei com a impressão de que vou perder o evento da década se não for.

Aimée o encarava como se não acreditasse no que ouvia. Então, assentiu de leve, sorrindo antes de responder:

— Justo. Vai mesmo ser histórico.

Então, tomado por mais aquele incentivo, Ricardo perguntou:

— Você tem planos para agora?

Capítulo 23

— Fazia tempo que não vinha aqui — Aimée disse ao passarem pelos portões da Casa das Rosas.

Adorava o casarão de arquitetura antiga em plena avenida Paulista, tanto por ser um espaço voltado a atividades e atrações literárias quanto pela beleza dos jardins e da construção em si, com vitrais, varandas e uma atmosfera que a deixava sentindo como se estivesse em outro século.

— Gosto de vir aqui, ainda mais quando preciso de inspiração.

— Acabamos de ter uma reunião sobre seu livro, que já tem mais de cem páginas. Não precisava me trazer aqui para um brainstorming para me convencer de que você está engajado, tá?

Ela não resistiu a jogar um verde. Mais um, considerando os comentários na reunião. Era uma forma de sentir o terreno, de enviar informações sutis para ver como Ricardo reagia. Talvez ela se arrependesse depois, mas decidiu não pensar muito. Ter ficado tão mexida quando ele se afastou e o alívio de voltarem a se falar era mais do que suficiente para se convencer de que não queria se distanciar — e que também não adiantava fingir que não estava interessada.

Se fosse sua imaginação, se ele só estivesse sendo gentil e um bom amigo, ninguém — nem mesmo ele — precisava saber que ela ficara a fim. Suas emoções, seus problemas. Se fosse o caso, encontraria um jeito de desencanar e seguir em frente.

Mas e se não fosse? E se Ricardo sentisse as mesmas coisas?

Aimée desconfiava ser uma possibilidade real. Eram pequenos indícios, que, se contasse para alguém, talvez perdessem a força, como se diluídos no ar. Mas, não verbalizados, concentravam-se no íntimo formado por eles dois. Embora apegada à força das palavras, ela reconhecia que elas não eram as únicas capazes de comunicar. E naquela situação, sem nada expresso, sentia-se em um jogo velado. Do fundo do peito, uma voz afirmava que não estava sozinha no tabuleiro.

Não achava que conseguiria continuar resistindo.

Não achava que queria.

Típica situação em que o problema acenava à distância e ela o saudava com boas-vindas.

— Não, nada de brainstorming — Ricardo disse rindo, enquanto caminhavam pelo jardim. — Só queria uma boa companhia para começar o fim de semana ainda melhor, porque, preciso dizer, estou bastante aliviado de estar no caminho certo com Melô.

— Melô? — perguntou sorridente, satisfeita pelo "boa companhia".

— Apelido carinhoso. "Livro" é muito impessoal, *Melodia ousada* é muito grande. Achei que merecia a alcunha agora que nos acertamos.

— Alcunha deveras válida — disse ela sem encará-lo, segurando o riso.

Ele parou de súbito, forçando-a a fazer o mesmo e olhar para trás.

— Aimée Machado, isso por um acaso foi você caçoando do meu *léxico*? — Ricardo falou com falso ressentimento, enfatizando a última palavra.

— Eu jamais faria isso — respondeu ela com a mão no peito, em uma indignação teatral. — Se bem que, não posso negar — continuou no tom normal —, esse seu vocabulário todo combina bem com o ambiente. Eu me sinto uma dama da alta sociedade acompanhada de um cavalheiro para um agradável passeio outonal — completou, incorporando outra vez o tom teatral.

— Não seja por isso. — Ele se aproximou, parando ao seu lado. Então, dobrou um braço nas costas e estendeu a outra mão para Aimée, inclinando o tronco, em um convite à moda antiga. — Senhorita Machado, dar-me-ia a honra de sua amável companhia para um passeio neste agradabilíssimo jardim?

— Meu Deus, não sei qual foi a última vez que ouvi uma mesóclise — respondeu entre risos, disfarçando o calor no peito.

— Seria esta uma recusa? — Ele arqueou uma sobrancelha.

— Não firas... Firas, está certo isso? — indagou, saindo um instante do papel.

— Não faço a menor ideia!

— Que conjugação verbal horrível! Enfim... Não firas meu orgulho com tal rejeição! Ou estás a testar meu intento? Queres que eu aqui ajoelhe?

Ele ensaiou agachar.

— Não! — gritou ela, gargalhando. — Vão achar que você está me pedindo em casamento — completou ao perceber de esguelha outros visitantes prestando atenção neles, de longe.

Ela simulou uma saudação, segurando as laterais de uma saia imaginária ao redor do jeans e colocando uma das pernas por trás da outra, antes de dobrar os joelhos.

— Não seja por isso. Aceito a companhia, nobre cavalheiro!

Então, enlaçou o braço no de Ricardo e se encararam sorrindo, olhos quase na mesma altura.

Apesar da brincadeira, o coração disparado de Aimée não tinha nada de dissimulado. O abraço que não resistiu em dar mais cedo juntara os corpos por somente um instante, mas a proximidade entre eles agora existiria pelo tempo que o passeio durasse.

— Preferes alguma rota específica? — ele questionou, apontando para as opções a frente.

— Me surpreenda.

Ela sorriu com os olhos, ciente do que dizia através deles.

Ricardo a encarou por um instante, sustentando o olhar. Um pequeno sorriso despontou da lateral dos lábios, e então ele assentiu.

— Por aqui, então.

Conduziu-a em direção a um trecho com bancos vazios, próximo de rosas. Ela tentou focar a atenção nas flores, e não na mão sobre o bíceps de Ricardo, mais saliente com o braço dobrado.

Caminharam em um silêncio cheio de expectativas, e, ao mesmo tempo, confortável. Aimée temia dizer algo que rompesse o momento.

— Está com fome? — Ricardo perguntou, saindo do personagem de época, quando chegaram a um banco. — A gente pode ir até o café, se preferir.

— Aqui está ótimo.

Ela se desvencilhou para se sentar. Ele fez o mesmo, e logo estavam lado a lado, encarando o cenário.

Visitantes entravam e saíam do casarão e outros, como eles, se limitavam ao jardim. Não estavam lá pela exposição na casa. Estavam onde queriam.

— Se fosse um livro de época — ela quebrou o silêncio —, o que você acha que estaria acontecendo lá dentro?

— Com certeza um baile. Talvez alguma dama debutando.

— E por que seu personagem, nobre cavalheiro, estaria aqui fora?

Ricardo ponderou por um instante.

— Estaria sufocado. Não teria paciência para as obrigações da sociedade e teria tentado escapar. Então encontraria uma jovem dama nos jardins. Por que ela estaria aqui?

— Sinto muito, o escritor é você — ela disse, e Ricardo riu.
— Mas, como sua agente, posso instigar as perguntas. Qual é o tipo da sua história?

— Com toda aquela encenação à la Bridgerton? Romance de época com certeza.

— Então você sabe... — começou a dizer, mas ele a interrompeu, provando que absorveu muito bem as leituras recomendadas por ela.

— Que os dois estarem sozinhos no jardim seria proibido. Um possível escândalo.

Ele a encarou, em busca de confirmação.

Seu semblante era indagador, diferente da expressão divertida de momentos antes. Naquele instante, mais do que em qualquer outro, Aimée sabia que falavam a mesma língua, e nada tinha a ver com a construção de um romance de época. Decidiu ser direta, apesar do coração a mil.

— Por que você sumiu?

Ele respirou fundo, apoiando os braços nos joelhos e cruzando as mãos.

— É verdade que eu foquei no livro — começou, encarando o chão, e, por um segundo, Aimée temeu ter entendido tudo errado. — Mas não é toda a verdade. Precisei de um tempo.

Então virou o rosto para ela, mais sério do que ela jamais tinha testemunhado.

Seu olhar queimava.

Ela engoliu em seco, mas devolveu o olhar, sem ousar desviá-lo.

— De um tempo?

Ele concordou.

— Para não fazer merda. Mas acho que não adiantou.

Ricardo se endireitou, e as mãos deslizaram com o movimento até se apoiarem nas coxas.

Mas não deixou de encarar Aimée.

Ela mal respirava. Será que ele conseguia ouvir as batidas em seu peito? Só desviou dos olhos dele para fitar os lábios. Dava o recado da maneira mais óbvia possível.

A respiração dele se alterou.

— Aimée... — a voz escapou rouca e grave antes que a mão alcançasse a nuca dela.

Quando a boca dele grudou na sua, ela quis gritar de alívio. Mas o alívio não durou, porque, enquanto os lábios rodeavam os dela, fazendo de Aimée a água tomada na seca, a vontade que sentia de Ricardo apenas aumentava.

E isso a assustava. O corpo respondendo em brasas, derretendo qualquer barreira ou razão e a inundando de um quase doloroso prazer assustava, porque um beijo nunca tinha sido intenso assim.

Quem passava por eles não via nada além do carinho inflamado entre um homem e uma mulher, sentados lado a lado. Mas, de olhos fechados, Aimée via o caminho que os dedos de Ricardo deixavam na pele dela ao deslizar pelas costas. Via o ar quente de suas narinas se misturar ao que exalava. Via a língua dançar um tango com a dela.

E tudo isso a assustava, porque, agora que começara, seria incapaz de parar.

Não deveriam estar ali. Daquele jeito. Em lugar nenhum.

E isso a assustava, porque só deixava o beijo mais delicioso.

E, como o prazer era maior do que qualquer receio, Aimée se entregou, cada vez mais consciente de que o nó das línguas criava um *nós*.

Não era o beijo de Ricardo que era maravilhoso. Era o beijo de Ricardo *com ela*. O beijo *deles*. Era a mistura dos lábios e desejos, a reação química proveniente da exata combinação entre os elementos certos.

Como recusar ser parte de algo tão especial?

Então as bocas diminuíram o ritmo, e eles saborearam o outro com a calma de quem sabia que o beijo estava prestes a acabar.

Antes de se afastar, Ricardo deu beijos mais castos, apenas um toque de lábios. Quando enfim abriram os olhos, testas unidas, o mesmo sorriso satisfeito e assombrado estampava o rosto de cada um.

— Aimée... — disse ele em um suspiro, destacando o caráter daquela transgressão.

— Você beija melhor do que escreve beijos — falou ela, porque não queria conversar sobre o que estavam fazendo. Não se significasse ter que parar.

Talvez no próximo dia. Talvez em outro. Talvez quando permitisse à sensatez falar mais alto.

Mas não naquele momento.

Ricardo gargalhou.

— Acho que ainda não tinha me inspirado o suficiente.

— Só para não restar dúvidas, isto aqui — apontou para eles repetidamente com a mão livre — não é meu jeito normal de estimular a inspiração dos meus autores.

— Fico feliz pelo tratamento especial.

Ele sorriu, mais contido, e selou o pacto não verbal de não discutirem a respeito, mesmo cientes de que precisavam fazer isso.

Quando Ricardo se afastou, apenas para ficar de frente para ela com uma perna de cada lado do banco, Aimée estremeceu porque o corpo dele não mais envolvia o seu, pelo nervoso do que estava acontecendo e porque, afinal, a temperatura caíra, sendo começo da noite.

— É, definitivamente começou o outono — falou, disfarçando.

— "Mas em ti o verão será eterno" — Ricardo disse e se inclinou para arrumar uma mecha atrás da orelha dela, aproveitando o gesto para também acariciá-la no rosto com o dorso da mão.

— Citando Shakespeare para mim?

— Avisei que eu ia adotar o método.

— Vou ficar atenta se você me convidar para visitar uma biblioteca.

— Você quer que eu convide? — perguntou ele, com o rosto quase colado mais uma vez ao dela.

Ela sorriu provocante e o beijou, porque, em alguns casos, as respostas soavam melhores quando implícitas.

Aimée não sentiu o tempo passar enquanto trocavam carícias como dois adolescentes em um primeiro encontro, limitados a espaços públicos, mudando a todo momento de posição em busca de uma mais confortável. Como adultos, podiam migrar para onde bem entendessem, mas, justamente por aquela liberdade, sabiam que era mais prudente continuar ali.

Porém, quando a noite não deixou mais nenhum vestígio do dia, o estômago de Aimée roncou alto o suficiente para ser constrangedor e, entre risadas, os dois concordaram que era hora de ir.

— Quer jantar comigo? — Ricardo perguntou, beijando o topo da cabeça dela, apoiada em seu peito.

Ela pensou um instante, tentada a aceitar.

— Preciso voltar para casa. Tem a Tide — explicou, resignada.

Percebeu um vislumbre de decepção nos olhos dele, logo ofuscado pela expectativa de um convite. Aimée ficou com raiva de si por saber que o decepcionaria, mas não estava pronta. O fim de tarde já era material o bastante para processar.

Ao menos era a desculpa que dava para si, porque tinha plena consciência de que, na verdade, precisava era de um banho, já que trabalhara o dia inteiro e estava havia horas fora de casa. Não tinha a menor condição de continuar qualquer coisa naquele estado.

Não estava certa de que a resposta seria a mesma se estivesse cheirosa e com uma calcinha recém-colocada.

Quando Ricardo percebeu que o momento tinha acabado, concordou com a cabeça e, ficando em pé, estendeu a mão.

— Metrô?

Ela segurou sua mão e, levantando-se, fez uma contraproposta:

— Vamos até a Consolação?

Aimée gostava de caminhar pela Paulista, mas gostava ainda mais de poder esticar o tempo com Ricardo. Ambos pegariam a linha amarela, mas, lá, embarcariam em sentidos opostos. Caminhando, ganhavam uns vinte e tantos minutos.

— Acho ótimo.

Ele beijou o dorso da mão dela e se virou em direção à saída, guiando-a.

Caminharam em silêncio por alguns instantes.

— A gente vai falar sobre isso? — perguntou ele por fim e, apesar de sua vontade, Aimée sabia que não podiam mais ignorar.

— Adoraria não precisar...

— Não precisa — ele emendou, preocupado em deixá-la à vontade.

—... mas a gente precisa, né?

Ela sorriu sem jeito.

— É, a gente precisa.

Ele suspirou.

Aguardaram um grupo de adolescentes passar antes de continuarem.

— Seria mentira dizer que não estou preocupada. Nunca estive nesta posição e é muito difícil não me sentir uma profissional de merda nesse momento — desabafou.

— Você não é a única preocupada. — De esguelha, Aimée viu Ricardo encarar o chão. — E nem passou pela minha cabeça questionar seu profissionalismo. Mas sei que pode ser complicado misturar as coisas.

— Concordo.

— Você prefere fingir que hoje não aconteceu? — Ricardo perguntou, receoso.

— Não — respondeu ela na hora. — Não tenho a menor condição de fingir que não aconteceu.

— Nem eu.

Estavam os dois aguardando que o outro desse o próximo passo, que surgisse uma solução mágica.

Mas não existia. Tinham duas opções: aceitar que se permitiram trocar os beijos que queriam e parar ali ou pagar para ver. A única certeza era que haveria consequências. Sempre havia.

A imensidão do futuro podia ser sufocante.

Assim, Aimée preferiu escolher não com base no que poderia ganhar, mas no que não estava disposta a perder naquele instante — porque escolher era aquilo: entrar por uma porta e rejeitar as que ficavam para trás. E ela não estava a fim de perder *aquilo*. A mão de Ricardo sobre a dela. Sobre ela. A explosão que um único beijo provocara.

Queria o incêndio. *Precisava* dele.

— Acho que quero tentar — disse ela enfim, já que "adoraria transar com você" seria meio descabido. — Calma, pareceu muito sério — reformulou, em tom divertido. — Gostaria de deixar rolar, seria bom aproveitar mais. Mesmo que não seja o mais sensato.

— A gente não precisa ser sensato o tempo todo. — Ele a olhou pela primeira vez desde que haviam deixado a Casa das Rosas, sorrindo. — A gente pode se permitir viver e tentar entender as coisas pelo caminho. Se existe algo a entender, com o que somos capazes de lidar... — Fez uma pausa. — O quanto isso afeta o nosso relacionamento profissional?

Aimée deixou escapar um murmúrio pesaroso.

— Não sei. — Ela o encarou como quem pedia desculpas. — Por enquanto, acho que não tem tantas implicações. O problema maior seria a nossa dinâmica, não a relação com terceiros. A longo prazo... Não faço ideia.

Era antiético apresentar para uma editora o trabalho de alguém com quem se relacionava intimamente? Ela perderia credibilidade? Outros autores poderiam se sentir prejudicados, como se ela priorizasse Ricardo? Se fosse médica, jamais poderia atender um familiar por estar emocionalmente envolvida — ela vira *Grey's Anatomy* o bastante para sentir o dilema —, mas e no caso deles? O quanto precisava contar para Taís e Gabe?

Ai, Deus, precisava contar para eles. Mais do que sócios, eram amigos. Aimée queria os conselhos deles. E tinha que ser transparente sobre algo que podia afetar o trabalho dos dois também.

— Aimée. — Ricardo estancou ao perceber o semblante preocupado, posicionando-se na frente dela e colocando as mãos em seus ombros. — Não vamos pensar nisso hoje. Como falei, a gente pode entender com o tempo.

Ela concordou com a cabeça, tentando relaxar.

Tinha sido muito mais fácil ser impulsiva quando estava explodindo de tesão.

Na estação, Ricardo a beijou, se despedindo, quando o trem dela embicou na plataforma.

— A gente se fala? — questionou.

— A gente se fala.

Ela sorriu, antes de embarcar.

Viajou as duas estações completamente aérea, perdida entre lembranças e possibilidades. Ao fundo, notava certo arrependimento, como se tivesse negado sobremesa por estar saciada do jantar e, depois, quando já não era possível, sentido vontade de doce.

Ao entrar em casa, Tide a recebeu com miados saudosos e de recriminação. Odiava ficar sozinha.

Aimée a acariciou até a gata se afastar, protestando pelo excesso de mimos. Só então tirou a bolsa dos ombros, pronta para as tarefas da noite: dar comida para Tide, limpar a caixa de areia, pedir o jantar e tomar um banho.

Quando as gotas do chuveiro bateram nas costas, fechou os olhos e tentou relaxar.

Mas não era tocada por ninguém havia meses e a lembrança tão recente das mãos de Ricardo estava impregnada na pele.

Deslizou as mãos pelos seios, pescoço e barriga até estar entre as pernas, onde a umidade não tinha nada a ver com a água que caía.

Não teve mais dúvidas.

Saindo do chuveiro, pegou o celular tomada pela impulsividade de antes e enviou uma mensagem para Ricardo.

Quer vir aqui?

Capítulo 24

Aimée estava certa. A sessão de beijos era muito a se processar para adicionarem mais um ingrediente ao confuso caldo que vinham cozinhando. Ricardo não tinha provas, mas tinha convicção de que ir com calma era o melhor a se fazer.

Então, quando uma notificação de Aimée surgiu na tela do celular, Ricardo agiu como deveria:

Quero.

Durante todo o trajeto, Ricardo esteve acompanhado de mais sentimentos do que deviam caber no carro. Havia a perplexidade quase engraçada pela guinada que sua vida havia tomado — afinal, quando teria imaginado que, ao trocar de agente, encontraria uma mulher capaz de tirá-lo do prumo? — e a impressão de caminharem rumo a um precipício. E o problema não era apenas profissional. Ricardo não tinha memória da última vez que ficara atraído daquele jeito por uma mulher, nem de seu pau pulsar só por lembrar da boca dela colada à sua.

Talvez estivesse correndo o maior risco desde que voltou dos Estados Unidos, o que era muita coisa, considerando o quanto sua vida estava instável. Contudo, o perigo nunca pareceu tão convidativo.

Ricardo teve a estranha sensação de estar fora do corpo quando desceu do carro, como se, de repente, observasse suas ações sem participar delas. Ouviu sua voz informar seu nome ao porteiro e sentiu o corpo atravessar o portão quando, pelo interfone, Aimée autorizou a subida. Observou seu reflexo no espelho do elevador e ficou em dúvidas se a expectativa estava mesmo tão expressa em seu olhar ou se só ele a enxergava ali.

Mas bastou as portas se abrirem — as que o levavam ao hall e a que o levava à Aimée — para Ricardo estar mais uma vez no controle. Afinal, os passos determinados em direção a ela, que o encarava no batente com um vestido curto e esvoaçante, eram sem dúvida alguma dele. O jeito com que encaixou a mão na nuca de Aimée e a trouxe para mais perto era dele. E a forma como sua boca voltou a saboreá-la era, sem dúvida alguma, dele e da vontade latente que o acompanhava havia semanas.

— Presumo que hoje o convite não foi para um filme — disse ele quando terminou de beijá-la, as mãos ainda segurando o rosto que reluzia.

Aimée virou lentamente a cabeça, os olhos e a boca buscando o polegar de Ricardo próximo aos seus lábios. Hipnotizado pela cena, ele sentiu em cada poro quando a língua dela capturou seu dedo e o sugou. Foi quando ela voltou a encará-lo, mais confiante e sensual do que ele jamais tinha visto, e sussurrou:

— Não.

Ali Ricardo enfrentou o maior dos paradoxos, porque sabia ser o responsável por ter avançado em Aimée, mudando de posição e prensando-a contra a porta que ela havia acabado de fechar. Sabia que estava apenas respondendo ao feroz desejo a que agora dava voz. Ao mesmo tempo, sabia que não tinha mais nenhum controle e que só voltaria a tê-lo quando estivesse estirado ao lado dela na cama. E, embora mal pudesse esperar para vê-la em êxtase, não tinha pressa alguma.

Levado por aquele descontrole consciente, Ricardo dobrou uma das pernas só para colocá-la entre as coxas de Aimée e vê-la reagir instantaneamente, movendo o quadril em direção a ele. Apesar de as roupas serem um impedimento para estarem pele contra pele, o atrito quase o enlouqueceu, fosse por ela estar úmida a ponto de ele sentir através da calça, fosse pelo gemido dela ao beijá-lo com ainda mais ardor.

Ele queria mais. Queria ouvir aquele som como se fosse o único no mundo, queria se banhar em Aimée. Por isso, fez o esforço de soltar a cintura encaixada tão perfeitamente em sua mão e deslizou pelas costas dela até apalpar a bunda, que nem de longe cabia em sua palma. Ah, não via a hora de poder dedicar mais tempo ali, mas ainda não era o momento. Continuou o passeio pelas curvas dela até seus dedos encontrarem o cós da calcinha, sob a barra do vestido. Ricardo brincou por ali um instante, fazendo questão de sugar a boca de Aimée ao mesmo tempo e, de olhos abertos, ver a súplica irradiando da íris escura.

Ele mesmo não suportaria a tortura por muito mais tempo.

Quando a tocou, quente, macia, encharcada, foi Ricardo quem gemeu, ainda mais porque Aimée agarrou o cabelo de sua nuca com vontade.

— Você vai acabar comigo — falou em uma voz rouca no ouvido dela, antes de descer os lábios pelo pescoço, inclinado para dar acesso a ele.

— Mas ainda nem comecei — respondeu ela em tom de falsa inocência, sorrindo com a malícia de quem tinha plena noção de seu poder.

Porém, no instante seguinte, Aimée pareceu se retirar da cena. O pescoço deixou de estar inclinado e ela se recompôs, menos relaxada do que no segundo anterior.

— Acho melhor a gente ir para o quarto — disse, nada sensual, apesar da respiração ainda ofegante. Ela riu. — Voyeurismo não é muito minha praia.

Ricardo olhou para trás.

Não havia chance alguma de fazer tudo o que queria com Aimée sabendo que Tide estaria assistindo de camarote. Ricardo nem sequer conseguiria se concentrar se soubesse que sua bunda estava sendo observada por um animal dotado de pura inocência.

— Já que adora quando digo isso, você está coberta de razão.

Ricardo se afastou, dando espaço para Aimée e para ajeitar a ereção dentro da calça. Passando por ele, ela foi em direção ao sofá e ligou a TV.

— É para a Tide — explicou ela ao perceber o olhar intrigado de Ricardo, que continuava convicto de não estar ali para ver Netflix.

Aimée selecionou um vídeo salvo em seus favoritos com quase uma hora de duração. Bastou a tela exibir imagens de passarinhos, esquilos e outros gatos para que Tide voasse para a frente do aparelho quase sem piscar.

— Coloco para ela quando vou ficar muito tempo fora. Ela se sente menos sozinha.

Ela deu de ombros antes de se dirigir novamente para Ricardo, desviando de Tide. Ao dar um beijo vagaroso nele, Aimée o pegou pela mão e seguiu determinada para o quarto.

Ela mal havia fechado a porta e Ricardo a estava abraçando pelas costas, beijando seu pescoço com avidez. Ao se virar de frente para ele, Aimée deu um passo para trás e tirou o vestido de uma só vez, puxando-o pela cabeça.

Ricardo perdeu o fôlego.

Cada curva dela o convidava a se aventurar: os seios comprimidos no sutiã sem alças; a cintura em ampulheta onde suas mãos se encaixavam tão perfeitamente; a barriga em uma tímida saliência convexa. E os quadris... Ah, os quadris. Ricardo gastaria um bom tempo abrigado entre eles.

E não estava disposto a esperar nem mais um segundo.

— Você é inteira maravilhosa. Sabe disso? — falou enquanto a puxava para si, beijando-a em seguida e sem lhe dar tempo de responder.

Sua boca, então, começou a viagem que mais ansiava, deslizando pelo pescoço e deixando um rastro até o colo. Ricardo beijou a curva de cada seio antes de abrir o sutiã, liberando os mamilos, que não demoraram a ser capturados por sua boca e mão. Enquanto sugava um e apertava o outro, viu Aimée se contorcer, inclinando a cabeça para trás exatamente como ele havia imaginado em suas fantasias.

Se não estivesse tão ansioso por experimentar outras partes daquele corpo, teria continuado ali por mais alguns instantes depois de ter trocado as posições da mão e boca, só para continuar observando-a daquele ângulo.

Mas Ricardo queria mais, então desceu os lábios pela barriga dela, os dedos acompanhando os contornos da cintura e fazendo a pele de Aimée se arrepiar. Ao chegar aonde queria, tocou o tecido da calcinha com a boca, sentindo a textura diferente por debaixo da peça.

Aimée prendia a respiração de expectativa, o que só deixava Ricardo com ainda mais vontade: dela, de aumentar o desejo dela, de saciá-la.

Passando de leve os dedos por onde sua boca havia estado, não aguentou e deixou Aimée completamente nua, deslizando a tanga úmida pelas pernas torneadas que o deixavam maluco.

Enfim, pôde experimentar os lábios que ainda não havia beijado.

Um dos problemas de se ter a mente criativa é que as coisas tendiam a ser melhores na imaginação. Mas o gosto de Aimée era melhor do que qualquer outra coisa que já havia experimentado — inclusive melhor do que quando ele a saboreou em sua mente.

— Puta merda, Ricardo — Aimée grunhiu e puxou o cabelo dele, realçando seu prazer.

Ele não tinha pressa alguma de sair dali, não quando Aimée se retesava a cada vez que a língua dele contornava o ponto inchado onde o prazer dela se concentrava, não quando o líquido que escorria dela se fundia tão bem a sua saliva.

Mas, embora o rosto estivesse muito bem alojado e fosse delicioso agarrar as coxas e a bunda dela, Ricardo precisava de mais e não via a hora de outra parte do seu corpo descobrir a sensação de estar onde a boca agora estava.

E por isso, só por isso, colocou-se de pé e a puxou para um beijo, para que ela provasse do próprio gosto, antes de sentir as mãos dela ávidas por tirarem a camiseta dele.

— Deixa eu te sentir — ela quase implorou, e ambos experimentaram de um pedaço do paraíso quando os seios dela enfim encostaram no torso nu dele.

As mãos de Aimée percorriam as costas dele, indecisas entre trazê-lo para mais perto e entrar na calça que ele ainda vestia. A unha dela o arranhou de leve na divisa entre o cós e a pele, e um arrepio percorreu a espinha de Ricardo.

Decidido a ajudá-la — porque não aguentava mais não estar dentro dela —, ele desabotoou o jeans e o deixou cair, arrancando a cueca boxer em seguida.

O olhar de Aimée imediatamente se voltou para baixo, e ele a viu morder o lábio inferior, um pequeno sorriso se formando no canto daquela boca agora ainda mais bonita, inchada. Então, Aimée voltou a encará-lo e, com um olhar intenso e completamente safado, que, por Deus, combinava muito com ela, sussurrou:

— Minha vez.

E o empurrou de costas na cama. Ricardo não reclamou.

Como uma tigresa faminta, Aimée engatinhou devagar sobre a cama até se posicionar entre as pernas dele. E foi quando ele descobriu que era possível enxergar estrelas mesmo dentro de um cômodo fechado.

Ora, teria enxergado mesmo se fosse dia. Porque não havia sensação como a boca de Aimée rodeando seu pau.

Se a boca dela fazia aquilo... Se o sugava com tanto gosto...

— Vem aqui — Ricardo disse depois de alguns minutos, quando não aguentava mais. — Preciso te sentir.

Quando Aimée se endireitou, Ricardo a abraçou e, invertendo as posições dos dois, deitou-a na cama, sem interromper o beijo que ela havia começado.

— Camisinha — disse ela ao desviar a boca da dele e esticando o braço até a mesa de cabeceira.

Ricardo rasgou o pequeno pacote e, sem demora, vestiu o preservativo.

Mesmo cientes de que já tinham atravessado uma barreira intransponível, Ricardo e Aimée vislumbraram no breve segundo que antecede o encontro todo o desejo, o receio e as expectativas que compartilhavam; acima de tudo, havia a certeza de que *fariam* aquilo.

Juntos.

Não parecia haver nada mais certo.

Essa impressão foi confirmada quando Ricardo enfim descobriu como era estar em Aimée.

Desta vez, ele enxergou uma constelação inteira. E, pelos sons que Aimée fazia, pela forma como se movimentava, não era o único.

— Aimée... — falou sob ela, depois de terem trocado de posição pelo menos três vezes e sentindo mais prazer do que julgava possível. — Deixa eu te ver — pediu, acariciando-a.

Um brilho despontou nos olhos dela, que sorriu em um misto de malícia e carinho. Então, diminuiu o ritmo e o encarou com a intensidade que Ricardo já sabia ser típica de Aimée.

Como escritor e apaixonado por literatura, ele nunca teve dificuldade em compreender os tais olhos de ressaca de Capitu, mas, pela primeira vez, percebeu o abismo entre a interpretação de um texto e o real entendimento daquilo. Uma coisa era saber o que palavras queriam dizer, um processo completamente cognitivo; outra, muito diferente, era perceber o significado entranhado em si, como se capturasse o sentido na alma.

Deus, sabia que seria atormentado pela lembrança daquele olhar em cada maldito segundo que estivesse longe de Aimée e se afogaria nele todas as vezes — exatamente como agora.

Ricardo sentia a crescente urgência de respirar.

— Não consigo segurar muito mais — titubeou, porque ela não parecia perto do clímax.

— Goza para mim — Aimée ordenou sem hesitar. — Não é sempre que chego lá. Não significa que não esteja bom — acrescentou e sorriu, ao perceber a preocupação dele. — Goza para mim — repetiu com a voz sensual, e aquele foi o fim de Ricardo.

Por um instante, tudo ficou em silêncio, exceto pelas respirações ofegantes.

Reunindo forças, Ricardo saiu de Aimée e, com cuidado, retirou o preservativo, dando um nó na ponta.

— Deixa no chão — pediu ela com a voz lânguida —, depois a gente joga. Deita aqui.

Como recusar um pedido daquele?

Ela abriu espaço para que Ricardo se ajeitasse ao seu lado. Quando se deitou, ele abriu o braço para que ela se aninhasse em seu peito.

Não deveria ser surpreendente que ela se encaixasse com perfeição também ali, depois da sintonia que haviam experimentado, mas algo no peito de Ricardo pareceu maravilhado com mais aquela constatação.

Aimée quebrou o silêncio.

— Não aceito nada menos do que isso na primeira cena erótica do seu livro.

Talvez estivesse usando o humor para esconder algum desconforto, deixando as preocupações invadirem aquele espaço que deveria ser só dos dois.

— Se eu precisar de mais inspiração, te peço ajuda — Ricardo falou e a abraçou, dando um beijo carinhoso em seus lábios. — Mesmo que eu escrevesse romances desde sempre, tenho dúvidas de que conseguiria fazer jus a isto aqui com palavras.

Ricardo queria afastar as supostas preocupações dela, queria que Aimée estivesse ciente do quanto ele havia gostado de cada segundo. Queria que ela entendesse como o que haviam feito, seja lá o que fosse — porque não podia ser só sexo —, não costumava acontecer sempre com ele.

Se é que já tinha acontecido alguma vez.

Ele sabia que não podia confiar na memória, as lembranças da única namorada eram manchadas pelo ressentimento surgido no fim. Ainda assim, Ricardo suspeitava que, mesmo no auge da paixão, não tinha sentido aquela compatibilidade, muito menos aquele arrebatamento.

— A gente está meio ferrado, né? — ela perguntou com um sorriso em meio a uma careta, e ele entendeu exatamente: não havia a menor chance de não voltarem a repetir aquilo.

— Completamente.

Capítulo 25

𝒜

Booom dia, grupo! Almoço em casa hoje, ou qualquer outra coisa na hora que vocês puderem, mas não aceito não como resposta. @Taís, leva a Lu!, Aimée enviou assim que pediu um pastel para seu Geraldo.

Ricardo tinha ido embora no meio da madrugada, mas ela fora incapaz de dormir, rolando, até amanhecer, nos lençóis menos embolados naquele momento do que horas antes. Assim, aceitou a derrota e, depois de comer uma fruta, saiu para correr, uma tentativa de desacelerar os pensamentos.

Precisava conversar com alguém. Taís e Gabriel nem poderiam reclamar, porque ela ainda esperara passar das oito da manhã para enviar a mensagem.

Eu tô tranquilo. Quer que leve algo?, Gabriel respondeu instantes depois. Aimée falou para ele não se preocupar e colocou o celular no balcão da barraca, onde podia visualizar novas notificações. Sim, esperava a confirmação de Taís, mas também um sinal de vida de Ricardo. Podia dar o primeiro passo, mas estava curiosa para ver a postura dele.

Até se despedirem na estação, o combinado era deixar as coisas rolarem.

E rolaram. Muito. Por boa parte da noite.

Mas não conversaram depois. Ela adoraria repetir a dose, mas ele podia não querer o mesmo. Quer dizer, sua postura era de quem também estava gostando. Porém, Ricardo não seria o primeiro a demonstrar uma coisa e agir depois de uma forma completamente diferente.

O péssimo gosto de Aimée para homens devia ter começado com *O fantasma da ópera*. Aos 18 anos, ela já estava completamente rendida pelo homem errado. O mocinho gentil e amoroso que faria de tudo pelo bem de Christine? Não! Queria o maníaco sedutor, embora artista genial, obcecado por ela. Talvez a culpa fosse de Gerard Butler, não tanto do personagem. As cenas daquele homem cantando "The Music of The Night" ou "The Point of No Return", enquanto pegava a cintura de Christine, ainda a atormentavam.

Mas, tirando o fator "ator gostoso" da equação, talvez ali estivesse uma importante característica dela: o encanto pela arte e pelas conexões que promovia no que havia de mais profundo em cada um. O Fantasma conversava com a alma de Christine, e isso não proporcionava uma conversa apenas entre os dois, mas com eles próprios. A música do Fantasma fazia Christine entrar em contato com o que havia nela de mais íntimo, intenso, artístico e verdadeiro.

Como esperar uma conexão menor que aquela?

Não era à toa que estivesse daquele jeito com Ricardo, com quem vinha dividindo tanto. E não era à toa que estivesse com medo. Se ele voltasse a sumir, os problemas que cogitaram caso se envolvessem sem dúvidas deixariam de ser mera hipótese.

— Essa cara é de quem está com o pensamento longe — seu Geraldo comentou ao estender o pastel fumegando.

— Para variar só um pouco, né? — respondeu ela, depreciativa. — Mas, se tem uma coisa capaz de me fazer esquecer do mundo, é seu pastel!

— Agora falou a minha língua. Bom apetite, menina!

Estava quase acabando quando Taís enfim respondeu. Ela esticou a cabeça e leu a mensagem, dando outra mordida no recheio.

O que aconteceu? E vocês não preferem vir aqui? É mais fácil pra mim.

Aimée limpou o excesso de gordura das mãos e digitou:

Pode ser! Levo os ingredientes e cozinho aí.

Lindo, Taís escreveu. Mas o que houve?

Era óbvio que a amiga não deixaria passar.

Conto aí, enviou junto do emoji mandando beijo.

— Você pode fazer o favor de acabar com o mistério e contar o porquê desse almoço repentino? — Taís perguntou, de olho na filha brincando, quando Gabriel se juntou a elas na cozinha. Diego, marido de Taís, avisou que iria ao mercado comprar bebidas, seu jeito de dar privacidade.

— Ué, não posso querer ver meus amigos? — falou Aimée em um tom falsamente ofendido, enquanto picava alho e cebola.

Eles a encararam, céticos.

Ela suspirou. Não fazia ideia de como reagiriam.

Tentou acalmar o nervosismo dizendo para si mesma que, ainda assim, estava entre amigos.

— Saí com alguém ontem.

Taís franziu a testa, enquanto Gabriel estreitou os olhos.

— E eu queria contar para vocês... — continuou.

Um breve silêncio se formou, os dois esperando a conclusão.

— Vocês foram para Vegas? — Taís perguntou, sem mais aguentar o suspense.

— Quê?

— Você se casou? Sei lá, estou tentando entender por que você ter pegado alguém seria um evento dessa magnitude.

Aimée riu. Taís não fazia ideia.

— Não, não é isso. É complicado.

— Ele é casado? — Gabriel palpitou. — Se for esse o problema, a gente não vai te julgar. Quer dizer, desde que não seja o Diego...

— Credo, Gabe! — exclamou ela, e jogou um pano de prato nele, que desviou dando risada. Taís revirou os olhos, rindo junto. — Sigo sem me envolver com gente comprometida... até onde eu saiba.

— Casamentos descartados e ainda é muito cedo para falar em gravidez. Me ajuda a te ajudar, Mê, as opções estão acabando.

Ela não podia mais enrolar. Tomou coragem.

— Chamei vocês por dois motivos. Um deles é que estou confusa e preciso dos meus amigos. O outro é que não sei o quanto tudo isso pode afetar vocês, e eu não podia esconder. — Gabriel e Taís ouviam com atenção, Aimée quase podia ver engrenagens ao redor da cabeça de cada um. — Fiquei com o Ricardo.

— O Rios?

— Pera, quê?

Os dois falaram ao mesmo tempo, e Luísa, no chão, olhou para cima, assustada com a movimentação.

— Vocês me odeiam? — Aimée perguntou, preocupada.

— Eu estou chocada. — Taís não parecia nervosa, só incrédula. — Como isso aconteceu e eu não fazia a menor ideia que estava rolando? Olha, no momento, meu lado amiga está mais curioso do que qualquer outra coisa e querendo incorporar o espírito de quinta série fazendo uma dancinha de você pegou o ricardo! — Ela gargalhou, de olhos arregalados. — Então, pelo amor de Deus, faça o favor de contar tudo que depois a gente pensa na parte profissional.

— Não tudo — Gabriel advertiu. — Tem detalhes que acho melhor não saber.

Ele balançou a cabeça, como se tentasse afastar imagens perturbadoras.

Enquanto cozinhava o molho para a lasanha, Aimée narrou como as mensagens com Ricardo foram aos poucos se tornando menos profissionais e mais frequentes. Contou o dia do shopping e o convite para o filme. Gabriel interrompeu:

— Você já devia ter sacado ali que estava a fim dele, Mê. Se fosse qualquer outro agenciado, você teria comentado com a gente. Se você tivesse mencionado, a gente nem acharia estranho, vocês dois conversam bastante. Teria sido como convidar, sei lá, a Tábata ou a Guiga.

Ele estava certo, mas, na época, não parecia assim tão óbvio. Aimée provavelmente não queria admitir que estava atraída por ele.

— Tá, mas o pior vem agora.

E ela contou da noite no bar, sem detalhes do que fez em casa, pulando direto para a parte de ter ficado confusa e de, no dia seguinte, Ricardo ter visto o vibrador.

Taís riu tão alto que Luísa pediu colo, chorando. Gabriel tentou disfarçar o constrangimento, mas também não resistiu a rir.

— Como é que eu não percebi que tinha algo rolando? — ele disse.

— É que você estava ocupado demais para reparar — Taís alfinetou.

Gabriel ficara com Dani, amiga de Tábata, naquele dia. Tinham saído mais algumas vezes desde então.

— De qualquer forma — Aimée continuou a história —, depois ele sumiu. A gente passou umas três semanas falando só do manuscrito, até anteontem.

Ela finalizou, contando como retomaram o contato.

— Calma — Taís disse, incrédula. — Ele ficou na fila para comprar seu ingresso?

— Eu paguei! — Aimée acrescentou, na defensiva.

— Mano, ele está muito na sua — continuou Taís, como se não tivesse ouvido a amiga.

— E aí vocês se pegaram na reunião? — Gabriel perguntou com um sorrisinho.

— Não, né? A reunião foi de verdade. A gente já tinha acabado quando ele me deu o ingresso. Aí me chamou para dar uma volta, e fomos para a Paulista. Na Casa das Rosas.

Os ombros de Taís e Gabriel caíram, com uma expressão emocionada.

— Olha o lugar romântico em que ele te levou, Mê!

— E todo literário.

Aimée revirou os olhos ante as atitudes adolescentes, mas não pôde evitar sorrir. Tinha sido fofo mesmo.

Contou tudo para eles até a despedida na estação.

— Poxa, e eu achando que você ia apimentar essa lasanha com sexo tórrido — Taís comentou, desanimada.

Aimée ficou em silêncio montando a lasanha.

— Ai, meu Deus, você deu mesmo para ele, né?

Já não havia resquícios de desânimo em Taís.

Aimée caiu na risada, incapaz de se conter.

— Dei. E não foi pouco.

— Esta é a parte que você poupa a gente dos detalhes — Gabriel disse rapidamente. — E tem crianças no recinto!

— Nem vem usar minha filha de desculpa, ela não entende ainda o que a gente está falando. Mas tudo bem, poupa o Gabe dos detalhes e me conta tudo depois, eu não tenho pudores.

Aimée balançou a cabeça, sabendo que daria mesmo mais detalhes, ainda que com limites. Taís conhecia Ricardo e havia a questão profissional entre eles. Porém, Aimée precisava compartilhar como tudo foi incrível, como Ricardo elevou uma primeira vez a outros patamares.

— Vocês conversaram desde então? — Taís perguntou, mais séria.

— Ainda não.

Instintivamente, olhou para o celular na bancada.

— Você quer continuar? — foi a vez de Gabriel indagar.

— Eu não reclamaria se rolasse de novo — brincou, mas logo mudou o tom. — Ontem… foi muito bom. Mesmo. Parte de mim quer continuar, mas não sei se é o mais sensato. Não sei se ele mudou de ideia. Não sei se isso tem futuro, não sei o que está em jogo. Não sei o quanto afeta o trabalho, o quanto afeta vocês.

— Olha, não posso falar pela Tá, mas acho que ela vai concordar comigo. O único jeito de isso nos afetar é se vocês transarem no escritório e a gente chegar e vir a bunda de vocês. Eu realmente não quero que isso aconteça. — Aimée gargalhou imaginando a cena. — Você é uma das pessoas mais profissionais que já vi, Mê. Tenho certeza de que não deixaria isso rolar se não tivesse realmente mexido com você, e a gente não escolhe o que sente. — Gabriel, como sempre, ia direto ao ponto.

— Sei que você vai fazer de tudo para separar o pessoal do profissional. Minha única preocupação é: você consegue fazer essa separação sem se machucar? Está disposta a correr o risco se algo der errado? Você Aimée, não você agente. A agente vai tirar de letra, só não quero ver minha amiga mal.

Aimée queria abraçá-lo, mas só assentiu com a cabeça.

— Concordo — Taís se manifestou. — Meu conselho é: tenta descobrir o que você quer e pensa menos no que pode dar errado. Não precisa durar para sempre se vai te deixar feliz hoje, sabe? *Carpe diem* e etc., se preocupa menos com o futuro.

Aimée sabia, mas se esquecia daquilo com muita facilidade.

— E agora — Taís continuou, se levantando e indo até Aimée, pegando o celular dela — vou colocar isso daqui na sua bolsa, porque não aguento mais você desviando o olhar para ele. Relaxa com a gente!

Ela deu uma risada culpada por ter sido pega no flagra, antes de dizer:

— Obrigada, mesmo.

E não se referia ao fato de Taís ter guardado o celular. Um peso enorme tinha saído das costas e ela achava que agora conseguiria pensar com mais calma, dividindo o que era ela do que era ansiedade, refletindo mais sobre aquilo a que estava disposta e menos em que os dois achariam.

Mas, lá no fundo, tinha um palpite.

Não se tratava tanto de querer ou não continuar... A questão ainda era ser capaz ou não de resistir.

Capítulo 26

Ricardo não tinha memória da última vez que havia acordado depois do meio-dia. Por isso, quando abriu os olhos que pareciam halteres, achou que havia algo de errado. O relógio na mesa de cabeceira tinha parado na noite anterior? Mas, se era o caso, o que havia acontecido com o celular?

Ao que tudo indicava, os exercícios da madrugada tinham sido intensos o bastante para o colocar em quase em coma, e ele questionou se era um efeito da idade ou um efeito de Aimée.

A julgar pela reação do corpo quando a simples lembrança do cobre daquele cabelo esparramado no lençol claro invadiu sua mente, era a segunda opção.

Incapaz de se levantar, ele pegou o celular.

Não sei você, mas aparentemente estive desfalecido até agora. Fazia tempo que eu não dormia desse jeito, enviou.

Aproveitou para acessar as redes, mas não se prendeu em nenhuma. As imagens rodeando sua mente eram mais interessantes.

Uau, ele e Aimée. Uma reviravolta digna de um romance.

Se bem que, se comparasse sua vida a um livro, seria o esperado. Uma narrativa de amor com dois personagens em destaque criava desde o início a expectativa de que, em algum momento, ficariam juntos. Só que as coisas não eram tão simples na vida, que não podia ser enquadrada em um gênero nem trazia um determinado ponto de vista. Ora, ele já não tinha vivido uma história que acreditava ser digna de um romântico final feliz apenas para descobrir que se transformou em um quase terror psicológico?

A única certeza de Ricardo era ser o protagonista da própria jornada. Não conseguia nem ao menos cogitar se o que viveria com Aimée seria o suficiente para um conto, uma novela ou, quem sabe, um romance.

Balançou a cabeça com a última perspectiva. Havia mesmo pensado aquilo?

A palavra o assustava em qualquer uma de suas conotações, fosse pela extensão denotada na primeira, fosse pelo apelo emocional da segunda — e a semântica de ambos os casos era desconhecida em sua vida nos últimos anos. Mas, ciente de estar se adiantando muito, ele enfim se levantou, disposto a deixar nos lençóis, que decidiu naquele instante que colocaria para lavar, qualquer preocupação desnecessária.

Podia ter passado do meio-dia, mas ele sentia que o sábado seria promissor, e uma faxina nunca pareceu tão convidativa. Uma hora depois, a barriga roncava e ele fez uma pausa para comer, mais enérgico do que se sentia havia tempos. Só a arrumação não daria conta de sua motivação. Não, Ricardo percebeu que precisava ver gente, conversar.

A mensagem que tinha mandado para Aimée seguia sem ter sido visualizada.

Convidaria a irmã para um passeio, se ela não estivesse em outra cidade. Chamaria Pedro, mas lembrou que ele havia comentado mais cedo naquela semana que viajaria com Carol. Pensou em ver se alguém da agência estaria disponível, mas apesar de conversar com uma ou outra pessoa, não era tão próximo de ninguém.

No fim das contas, ele percebeu que fazia tempo que não conversava com a antiga agente e sentia falta dela.

Não teve mais dúvidas: convidou Iolanda para um café.

O Café Coado recebeu Ricardo em sua mesa preferida, ao lado da janela e mais ao fundo do estabelecimento. Ia tanto ali que quase podia dizer que o assento era seu, e bastava se acomodar para ser chamado pelo nome por um dos atendentes, que sabiam exatamente como gostava de seu café.

Iolanda estava atrasada, mas Ricardo não se importou. Ela concordara em se deslocar até ali, mais perto da casa dele, então o mínimo que podia fazer era aguardar. Além do mais, o tempo não seria desperdiçado. Tomado por uma súbita inspiração, abriu o bloco de notas do próprio celular e começou uma cena de *Melodia ousada*. Não era seu meio favorito de escrita, mas, na falta do computador, quebrava um galho. Ricardo admirava quem seguia à moda antiga, escrevendo à mão e revisando ao passar para o computador. Não era seu caso. No máximo, utilizava cadernos para as ideias que seriam desenvolvidas, mas a escrita em si era sempre digitada. Suas muitas reformulações pediam pela facilidade da tecnologia de apagar e reescrever, sem resultar em um manuscrito caótico. A dupla tarefa de escrever à mão e digitar em seguida também o cansava, mas era mais glamoroso dizer que aquele não era seu processo criativo em vez de assumir a preguiça.

De qualquer maneira, Ricardo estava imerso nas palavras deslizantes na ponta dos dedos quando percebeu uma sombra puxando a cadeira à frente.

— Sei reconhecer um escritor na ativa quando vejo um. Esse olhar vidrado e as caretas pensativas só podem significar duas coisas: trabalho em andamento ou dor de barriga — Iolanda afirmou ao se sentar.

— Suspeito que minha careta de dor de barriga seja um pouco mais intensa — ele entrou na brincadeira.

Conversaram amenidades após a ex-agente pedir uma bebida. Iolanda se desculpou pela demora: o trânsito na 23 de Maio estava pior do que o esperado e, depois, ela custou a encontrar uma vaga.

— É o tipo de coisa de que não vou sentir falta de São Paulo.

O tom tão natural confundiu Ricardo, que questionou se não teria ouvido aquela informação antes e a apagado da mente. Mas não era algo que ignoraria.

— Você vai se mudar?

— Ah, eu não falei? — Ela acenou com a mão, como se fosse bobagem. — Se Deus quiser, até final de abril. Eu e a Camila decidimos alugar nosso apartamento e nos mudarmos para Sorocaba, mais perto do filho dela. Só morei tanto tempo aqui pelo trabalho, não tinha por que continuar neste caos.

— Uau, não sabia. Parabéns! — Ele estava feliz por ela e pela esposa, mesmo que também sentisse certo incômodo com mais aquela mudança.

O que era um tanto quanto hipócrita da parte dele. Iolanda havia sido uma das maiores incentivadoras quando Ricardo decidira se mudar para outro país. Ela, por sua vez, nem ao menos sairia do estado.

— Fique à vontade para nos visitar quando quiser. Se precisar também de contato por lá para algum evento, já sabe.

Ricardo não tinha dúvidas de que Iolanda não demoraria a estabelecer conexões na nova cidade.

— Aliás, como tem sido com a Aimée? Ruim assim? — acrescentou, confusa, quando Ricardo arregalou os olhos sem querer.

— Não, na verdade tem sido ótimo — ele se apressou a dizer. Não havia como Iolanda saber que a relação entre ele e a nova agente não era mais apenas profissional. — Ela abriu meus olhos para a ficção romântica.

— A bagagem de Aimée é enorme, eu sabia que você ficaria em boas mãos — respondeu ela, parecendo ainda um pouco intrigada. — Continua firme, então, na ideia do romance?

— Com certeza. Mas ela me ajudou a desenvolver melhor a história e os personagens, e *Melodia ousada* não é o mesmo livro que você conheceu.

Iolanda assentiu, sorrindo.

— Então que continue assim. E você pensa em voltar às origens?

Ricardo desviou o olhar quando um carro passando na rua chamou sua atenção. Coçando a nuca, observou o veículo se afastar antes de falar.

— Sinceramente, não tenho pensado muito nisso. Meu foco é terminar o Melô.

— Se você deu um apelido para o livro, está mesmo comprometido. — Ela riu. — Você está feliz?

Ele a encarou.

— Com o livro?

— Com a vida.

— Ah. — Mais uma vez, ela o pegava de surpresa. A pergunta não deveria ser complexa, mas parecia. — Acho que estou. Quer dizer, ainda estou preocupado com as finanças e com minha carreira, mas acho que faz parte.

— Onde é que estávamos com a cabeça por querer viver de livros no Brasil, não é? — Ricardo riu. — Bem, você já ouviu muitas vezes minha opinião profissional e, mesmo discordando de algumas de suas escolhas, respeito. Mas posso dar minha opinião como amiga?

— Algo me diz que a pergunta foi retórica... Mas sempre quero te ouvir — disse ele, sob o olhar de ofensa fingida.

— Você deixou um emprego estável anos atrás por um motivo. Escolheu essa carreira por um motivo. Enquanto você tiver em mente qual foi esse motivo, vai ficar tudo bem.

Ricardo sorriu em agradecimento, mas seria mentira se dissesse que foi sincero. Reconhecia que o conselho de Iolanda tinha impacto, parecia inclusive uma citação de livro que poderia ser replicada vezes sem fim pela internet, mas, justamente por isso, parecia também descolado daquele momento. Ele não havia dito que estava bem? Não era como se estivesse em crise com suas escolhas. Só estava um pouco frustrado por não conseguir mais colher os frutos dela como desejava.

Então, a tela de seu celular se acendeu com uma mensagem de Aimée.

Desculpa, só vi agora. Mas bem que eu queria ter acordado tarde assim, madruguei e fui correr haha.

Sem pensar, Ricardo pegou o aparelho e, para Iolanda, disse apenas:

— É a Aimée!

Estou com a Iolanda agora, mas estou livre mais tarde, se você não tiver planos nem estiver cansada, enviou. Era um problema chamar Aimée para sair mesmo a tendo visto na noite anterior?

Esperava que não.

— Milagres realmente acontecem, Aimée trabalhando de sábado? — Iolanda comentou, espantada.

— Ah, não era sobre trabalho.

Ricardo percebeu o que dissera tarde demais. Prendou a respiração por uns instantes, pensando se deveria dar outra explicação. Mas então se convenceu de que também não trocava somente mensagens profissionais com Iolanda, então ela não tinha por que estranhar.

No fim, não disse mais nada. Era melhor do que falar demais.

— Mande meus cumprimentos.

Para o seu alívio, ela não comentou nada além daquilo.

Mas Ricardo falhou com a amiga, porque a resposta que recebeu em seguida, um Topo acompanhado de um sorriso, varreu de sua cabeça qualquer cumprimento que deveria dar.

Capítulo 27

A

Poucas coisas eram tão satisfatórias quanto concluir uma lista de tarefas, e Aimée foi invadida pelo prazer repleto de alívio de ticar mais um item do planejamento semanal — para variar, correndo contra o tempo para dar conta da agenda lotada. Era quarta-feira, mas parecia hora extra em um sábado.

O que mais a preocupava passara. Tinha acabado de enviar para uma editora o parecer de um livro bem recomendado no exterior e que cogitavam traduzir, mas Aimée preferia conversar com a irmã por uma hora ininterrupta e sem direito a reclamações do que fazer aquilo. Adorava ler, mas odiava resumir os principais pontos, ainda mais quando não via potencial na obra — como era o caso.

Quase não conseguira dar conta do prazo porque tinha se reunido com Taís e Gabriel no dia anterior para decidirem a nova sociedade. Ofereceriam a posição a Marcelo para ele representar a agência no Rio. Tinham ainda que resolver toda a parte burocrática, além de outros detalhes — como a atualização do site da Entrelinhas com as informações sobre o novo sócio e os novos autores. Aproveitariam para repaginá-lo, porque estava com um visual amador. Por sorte, ao menos aquela parte parecia estar encaminhada: Dani, com quem Gabriel tinha ficado no Carnaval, era designer gráfica e apresentaria uma proposta.

Depois de enfim mandar o e-mail com o parecer, Aimée tirou uns minutos para o café. Enquanto acrescentava o pó ao filtro, repassava mentalmente suas tarefas: ainda precisava checar se estava tudo certo com o contrato de Tábata e orientar pelo menos dois textos — ao que parecia, seus autores tinham tido um surto de criatividade coletiva nos últimos dias.

O mais urgente deles era o de Guiga, que tinha aceitado desenvolver uma ideia de romance de época ambientado no Brasil. Tinham feito um brainstorming depois da reunião no Rio, e ela se dedicou a esboçar os primeiros capítulos para apresentarem o quanto antes. Portanto, Aimée precisava cumprir com sua parte também.

Mas a curiosidade maior era sobre *Melodia ousada*, desde segunda-feira na caixa de entrada. Ainda não conseguira abrir. Ricardo sabia como ela estava ocupada, então não esperava a devolutiva do arquivo da noite para o dia. Era Aimée quem estava ansiosa para checar a nova versão, então precisava finalizar as demais tarefas.

Assim, voltou ao escritório com a xícara fumegante e, antes de recomeçar o trabalho intenso que teria pela frente, se permitiu bebericar o café, olhando para a estante modesta que enfeitava o ambiente, junto de outras três prateleiras suspensas na parede. Aimée tinha precisado se desfazer de vários livros quando se mudou da casa dos pais, mas guardava os mais especiais: obras favoritas e publicações de seus agenciados, que tinham espaço reservado para eles.

Satisfeita, colocou a xícara vazia de lado e se debruçou no manuscrito de Guiga. As páginas fluíam bem e Aimée ficou satisfeita ao constatar, outra vez, o talento da agenciada. Fez observações pontuais sobre frases que podiam ser reestruturadas ou passagens que pediam uma melhor descrição, mas, pelo que tinham conversado sobre o enredo, tudo parecia alinhado — ainda que fosse só o primeiro rascunho. A história ainda cresceria e podia mudar.

Devolveu o arquivo cheio de elogios e, sem mais urgências depois de conversar com o advogado, alongou a coluna e se preparou para abrir *Melodia ousada*.

Olha o que vou começar, enviou, junto da foto da primeira página do manuscrito. Ricardo visualizou no mesmo instante.

Ela deu risada com os pontos de exclamação que ele enviou e respondeu em seguida:

Mas acho que não consigo ler muito hoje, complementou. Era quase fim de tarde.

Dia muito cheio?

Só pra variar 😆

Tenho aqui vinho, queijos e massagem. Ajudariam a relaxar?

Seria o paraíso?

Isso é um convite?

Eles tinham tido o segundo encontro no sábado e trocavam mensagens diárias desde então. Aimée não esperava aquela proposta em meio à semana, mas por que não?

Por um acaso, é.

Se eu começar a falar de trabalho, por favor, me pare.

Pode deixar! Consigo pensar em uma ou outra técnica para te distrair, nesse caso.

É mesmo? Quais?

Ela percebeu o próprio o sorrisinho bobo no rosto.

Deixo para te mostrar aqui ;)

Assim você vai me estimular a falar de trabalho…

Ou talvez eu nem te dê chance de chegar nesse tópico.

Temos um acordo!

Te espero, então. Umas 20h?

Fechado!

Bom trabalho!

Obrigada! Para você também... Supondo que você esteja escrevendo!

...

Hahahahahha

Ela desligou o computador perto das seis, o escritório ligeiramente mais escuro do que ficava no mesmo horário havia poucas semanas. Leu os três primeiros capítulos de *Melodia ousada* e preferiu parar o trabalho por ali, sem saber se o cansaço estaria influenciando suas impressões. Tivera a expectativa de encerrar as tarefas do dia leve e satisfeita com os avanços, mas o que sentia naquele momento era muito diferente. Os ombros tensos não se deviam apenas à exaustão. O manuscrito continuava longe demais de ser considerado bom, e ela não fazia a menor ideia de como diria aquilo para Ricardo. Sabia que ele tinha se empenhado em reconstruir a história, mas, por mais que as novas ideias fossem promissoras, seguiam sem funcionar no papel. Teria que pensar muito bem em como se expressar para não jogar nele um balde de água fria, e só de pensar na conversa já ficava apreensiva.

Com a mente distante, apagou a luz e fechou o escritório, permitindo-se, em seguida, brincar um pouco com Tide, dormindo no sofá da sala. Sentou-se ao lado dela e abriu o YouTube na TV, em busca do canal de uma *booktuber* que acompanhava. Adorava saber as opiniões de outras pessoas, além de pegar dicas sobre livros que não lera. Viu três vídeos antes de ir para o banho e se arrumar para encontrar Ricardo, o que a ajudou a se distrair.

Foi de metrô e chegou minutos antes do combinado. Enquanto aguardava o porteiro interfonar para Ricardo e autorizar sua entrada, uma moradora simpática passou por ela, cumprimentando-a. Aimée a reencontrou um pouco depois, ainda aguardando o elevador.

— Alguém deve ter segurado a porta — comentou a mulher, revirando os olhos —, e o outro não está funcionando.

— Pelo menos não são tantos andares... Poderia ser pior. Meu prédio tem quinze — disse, incerta sobre o que responder. Não era a melhor pessoa interagindo com desconhecidos e nunca sabia o que dizer em conversas, literalmente, de elevador.

— É o suficiente para eu querer chorar quando preciso subir de escada.

— Você tem um ponto. Não estou psicologicamente preparada para encarar cinco andares agora.

— Está melhor do que eu, porque *nunca* estou preparada para isso. — As duas riram. — Veio visitar alguém?

Apesar de a pergunta ser meio invasiva, não pareceu a Aimée. A mulher, então, segurou a porta do elevador que enfim chegara.

— Sim — falou. — Um amigo — acrescentou desnecessariamente ao entrar, sentindo-se uma adolescente falando do carinha com quem estava ficando.

A moça pareceu perceber, porque a olhou intrigada.

— Quinto andar... Seu amigo é o Ricardo?

— Ele mesmo.

Ela assentiu e abriu um sorriso que Aimée não foi capaz de descrever de outra forma que não amarelo. Um sorriso sem dentes. E sem graça.

Aimée não conseguiu evitar a sensação de que aquilo significava algo. Do fundo da mente, lembrou-se de Ricardo comentar que vira *Ghost* com uma vizinha.

Olhou para ela com mais atenção.

Um pouco mais baixa e mais magra que Aimée, era com certeza muito bonita, o cabelo ondulado e escuro descendo quase até a cintura.

Era ex de Ricardo? Eles ainda saíam?

Não tinham conversado sobre exclusividade, e Aimée achava precipitado tocar no assunto. Embora não estivesse inclinada a sair com mais ninguém, Ricardo podia não pensar o mesmo.

Antes que o clima ficasse mais pesado ainda, o elevador parou e Aimée se despediu, saindo tão apressada que mal escutou a outra voz dizendo "tchau".

— Você está bem? — Ricardo perguntou desconfiado ao abrir a porta.

— Estou, sim — falou mais rápido que o normal, tentando disfarçar o desconforto.

A manga da blusa se prendeu na maçaneta ao passar pelo batente, deixando-a mais desconcertada. Ricardo balançou a cabeça, sorrindo com o jeito desastrado dela, e a beijou suavemente antes de se encaminhar para a sala.

— Alguém caprichou na recepção — disse ela, mais relaxada, ao ver a mesa arrumada com os queijos e vinhos prometidos, uma música tranquila de fundo.

— A intenção é caprichar no resto da noite também. Conseguiu fazer tudo o que queria?

Ela reconheceu a pergunta implícita. Era a forma sutil de Ricardo de pedir atualizações sobre *Melodia ousada*.

O desconforto de Aimée voltou.

— Consegui.

— E...?

— Não li tanto quanto gostaria, foi um dia cansativo. Preciso avançar para te dar um retorno mais consistente.

Era mais prudente não se precipitar.

Ele assentiu, aceitando a resposta, mas a atmosfera pareceu mais densa.

No sofá, enquanto comiam e bebiam, nem a música de fundo, nem os petiscos eram suficientes para que Aimée entrasse no clima, a tensão do dia acumulada.

— Quer ver alguma coisa? — Ricardo propôs e ela concordou.

Ele ligou a TV, sem procurar algo em específico. Deixou no reality show de um canal aberto.

Na tela, um casal conversava em um canto, enquanto uma festa acontecia de fundo. Pegaram a cena pela metade, mas era possível entender que estavam se desentendendo.

A mulher foi ficando cada vez mais alterada.

O homem afirmava que ela tinha que se acalmar.

— *Você está louca* — ele acusou.

Aimée se retesou inteira.

— *Não estou louca, só quero que você me diga o que está rolando.*

— *Não está? Você está aí, me acusando de algo que eu não fiz, vendo coisa onde não tem.*

O rapaz riu, muito mais calmo do que a moça.

— *Acusar? Eu te fiz uma pergunta, não acusei de nada.*

— Meio exagerada essa daí — Ricardo comentou.

O estômago de Aimée pesou. Ela desistiu do queijo que estava prestes a colocar na boca. Um nó apertava sua garganta.

Não respondeu.

Ricardo a encarou, percebendo que algo estava errado.

— Está tudo bem? — ele perguntou.

— Tudo.

Mas a voz não convencia ninguém.

— Falei algo de errado?

Ela tinha duas opções: ser sincera e correr o risco de surgir um atrito entre eles ou fingir que estava tudo bem.

A primeira podia não ser confortável, mas aprendera a duras penas que a segunda era muito pior a longo prazo.

Ela abaixou a cabeça.

— O comentário... sobre a moça ser exagerada. Me incomodou.

Ricardo pareceu desconcertado.

— Mas por quê?

— Olha, sei que a gente não viu tudo que aconteceu. Mas esse tipo de situação... Tenho uma propensão a interpretar as coisas de outra forma, ainda mais pela maneira como esse cara falou. É sempre mais fácil transformar a mulher na doida.

Não era fácil se expressar daquela forma, tocava em feridas e colocava Aimée exatamente na posição em que era mais difícil para ela estar. Sua tendência costumava ser a de não causar incômodos. Não aborrecer.

Viu que Ricardo pensava no que dizer.

— De forma alguma foi minha intenção, mas peço desculpas. É que, para mim, pareceu uma reação descabida dela, não tinha nada acontecendo...

— Esse é o ponto — Aimée interrompeu. — Essas situações são sempre assim. A manipulação acontece com provocações sutis, com gatilhos que tiram a pessoa do eixo e fazem parecer que a reação dela é exagerada. E outra, você não viu como ele distorceu, na maior naturalidade, o que ela falou? — Como ele pareceu confuso, Aimée prosseguiu. — Ela quis saber o que estava acontecendo, e ele disse que estava sendo acusado por ela. Em seguida, falou que ela via coisas onde não tinha nada, o que é uma maneira de fazer a pessoa duvidar de si mesma.

Ricardo arqueou as sobrancelhas.

— Não tinha percebido.

— Muita gente não percebe. Mas, para quem passou por algo semelhante, é um sinal vermelho enorme...

Merda. Tinha deixado escapar mais do que pretendia. E, pela forma como estreitou os olhos, Ricardo percebeu.

— Você passou por isso? — ele indagou com cuidado.

Aimée fechou os olhos. Depois de um momento, abriu-os e disse:

— Vivi uma relação abusiva. Não houve violência física, mas a manipulação psicológica foi intensa.

— O que, em alguns aspectos, é ainda pior.

Aimée assentiu.

— O começo era um mar de rosas, como costuma ser. Se não fosse, nenhum abuso se manteria. Ninguém fica em uma coisa que está na cara que não faz bem. A parte boa, ótima, na verdade, precisa existir. Porque aí, quando a ruim começa, você se convence de que não é tão ruim assim. Que os bons momentos compensam. Que toda relação é difícil. É como nasce o ciclo horrível e confuso da dependência, porque a gente busca consolo em quem fez com que, em primeiro lugar, a gente precisasse ser consolada.

Aimée fitava o chão. Era mais fácil falar sem encarar Ricardo. Assim era mais fácil de disfarçar o tormento que, sabia, os olhos não escondiam.

— Foi um caso clássico — continuou. — E me destruiu. Quando você me contou da sua ex, te perguntei se arriscar seu emprego para conquistá-la tinha valido a pena. Se tinha valido passar seis anos com ela, apesar de a relação ter acabado.

— Eu me lembro.

— Se você me perguntasse se valeu a pena no meu caso, não, não valeu. Hoje, nem o amor gigantesco que eu sentia e que, talvez, fizesse o resto valer, parece verdade. Não consigo mais acreditar que era amor. Era paixão, era desejo de ser amada, era necessidade de aprovação, era ilusão e vulnerabilidade... Era qualquer coisa, menos amor.

Aquela constatação machucava mais do que as más lembranças. Era triste quando um amor acabava. Mas um amor que revelava nunca ter sido amor era cruel.

— Sinto muito. E, se me permite dizer — Ricardo começou vacilante —, você não tem culpa. Não importa qual tenha sido o motivo que te levou a entrar na relação, foi ele quem abusou de você. Nunca se sinta errada por desejar amar e ser amada. Não é o que todos nós buscamos, de uma forma ou de outra?

Aimée levantou os olhos. Os lábios se curvaram em agradecimento. Aquilo era exatamente o que precisava ouvir.

— Obrigada. Hoje, isso tudo é passado.
— Mas não deve ser fácil de lembrar.
— Espero que um dia seja.

Ricardo se aproximou dela no sofá e a abraçou. Apesar da conversa difícil, estava mais relaxada do que em qualquer outro momento do dia.

Quando ele a beijou no pescoço em um misto de ternura e sensualidade, Aimée se entregou ao momento, deixando os resquícios de inquietação se esvaírem.

Trecho de Melodia Ousada

— Fique à vontade — Rodrigo disse quando Amanda atravessou o batente da porta.

Adentrar o apartamento dele era como ingressar em outra dimensão. Rodrigo tinha comentado que trabalhara a acústica das paredes para poder ensaiar em paz, então nenhum som externo os alcançava ali.

Além disso, Amanda jamais pensaria naquela combinação de cores para um ambiente. O sofá marrom, com o estofado gasto nos braços, estava posicionado sob um quadro abstrato e colorido na parede verde pistache. As cortinas, de um tom bege, escondiam a visão da sacada, que proporcionava uma boa vista do bairro àquela altura. O piso era de taco, comum em prédios antigos como aquele, mas Rodrigo tinha colocado um tapete amarelo sobre ele, que curiosamente combinava com a atmosfera do ambiente.

Na parede oposta ao sofá, um móvel comportava uma TV de LED. O rack era simples, de MDP, cujo acabamento em pintura UV dava a cor clara como se fosse madeira extraída de um eucalipto. Baixo e com pés de PVC, tinha, ainda, uma prateleira também de MDP, mas off-white, resultando em uma gaveta superior no lado esquerdo e outra, inferior, no direito. O único objeto além do televisor sobre o móvel era um porta-retrato. Acima da TV, pendurado na parede, estava um violão.

— É melhor a gente não demorar, o pessoal está esperando no bar — Amanda resmungou. Rodrigo precisava ser tão esquecido?

— Calma, estão aqui — ele falou mostrando as baquetas extras, que ela não fazia ideia de onde ele tinha pegado. — Vamos?

Comentários:

A intenção da passagem é boa, mas pode ser mais bem aproveitada para fazer sentido em um romance.

A primeira descrição da sala está ok, é uma forma de envolver o leitor na cena e de mostrar um pouco da personalidade de Rodrigo. Porém, o parágrafo seguinte, além de parecer um catálogo de decoração, traz especificidades que podem não ser coerentes com a personagem. Amanda teria esse vocabulário? Ela conhece esses termos? É necessário entrar nesse nível de descrição?

Acho interessante manter a menção ao porta-retrato, desde que haja mais informações. Que foto está ali? O que ela revela sobre Rodrigo? E se ele é baterista, por que tem um violão? Pode ser uma faceta interessante dele de ser apresentada.

Por fim, os dois estão no apartamento dele, sozinhos. É um bom momento para descrever o clima, demonstrar quais os sentimentos de cada um.

Capítulo 28

Atônito, Ricardo desligou o computador e imediatamente pegou o celular.

— Alô? — Aimée atendeu sem demora, a entonação de pergunta indicando surpresa.

— Pode conversar?

Ricardo escutou um pigarro do outro lado da linha.

A devolutiva sobre *Melodia ousada* tinha sido muito menos promissora do que ele supunha, e arriscava dizer que tinha ficado ainda mais desanimado do que quando Aimée fizera a primeira leitura. Antes, tinha noção de que não escrevera uma obra de arte. Agora, embora ainda estivesse longe disso, acreditava ao menos ter feito avanços — e não era o que os comentários dela davam a entender.

Aquele era outro motivo para Ricardo estar surpreso. Aimée nem sequer tinha antecipado o que ele encontraria no arquivo, apenas escrevera algumas linhas no corpo do e-mail se colocando à disposição para eventuais dúvidas que ele tivesse.

— É sobre o e-mail? — Aimée tentava se situar.

— Isso. Queria discutir alguns pontos com você.

Não sabia como sua voz soava, mas a verdade é que estava irritado e tentava se conter. Não queria ser um babaca, ainda mais sabendo o que ela tinha vivido. Mas tinha o direito de estar ofendido.

Ao abrir o documento, os comentários e as sugestões de alteração poluíram a tela a ponto de ele ter se assustado. Poucas vezes recebera um manuscrito com tantos apontamentos. Desestabilizado, iniciou a leitura e, quanto mais lia, mais injustiçado se sentia. Havia, sim, críticas que faziam sentido, mas outras eram questão de estilo, que Aimée não tinha compreendido.

Ele a ouviu suspirar, antes de sugerir:

— Vamos para um café?

— Você com certeza teve avanços — Aimée falou após dar um gole na bebida gelada tão cheia de firulas e açúcar que Ricardo questionava se ela realmente gostava de café. — Mas a narrativa ainda não está como deveria.

Por "como deveria" ele entendeu "boa". Podia ser apenas uma insegurança, mas a dificuldade que Aimée tinha em encará-lo enquanto argumentava ou a forma de dançar com as palavras, fazendo rodeios floridos, apontavam que estava certo.

— Seu ritmo é bom e gosto como você aplica as palavras — ela continuou, gaguejando um pouco —, mas as descrições estão um pouco mecânicas. A forma como você introduz os conflitos e as personagens também não está muito natural, é quase como se fosse um relatório para os leitores. Também achei que há muitas descrições de cenas e senti falta de mais diálogos, algo que o gênero exige. O resultado é que tive pouca...

— Afinidade com eles — Ricardo respondeu por ela, soando menos brincalhão do que gostaria.

— Isso.

Ela o encarou, surpresa pelo vocábulo certeiro. Talvez Aimée não soubesse, ou não lembrasse, que o uso anterior daquela expressão havia adquirido um sentido único, nada positivo, para Ricardo.

— Podemos repassar as notas? Não estou certo de que concordamos em todas.

— Sem dúvidas — Aimée respondeu, atrapalhando-se para pegar o tablet na bolsa.

Um silêncio pesado se instalou enquanto ela esperava o documento carregar no dispositivo e, quando ele abriu, Aimée e Ricardo tiveram uma desculpa para não precisarem se encarar, atentos à tela.

— Aqui. — Ele apontou ao chegarem no primeiro apontamento de que discordavam. — Acho importante manter essa contextualização.

— Você pode manter, lembre-se sempre que a decisão final é sua. Mas o que eu quis dizer é que, deixando aqui, o texto perde um pouco de força. Fica tudo mastigado demais, sabe? Talvez seja mais interessante apenas sugerir, agora, e revelar em outra passagem.

— Não sei — ele respondeu, mais para ser educado do que por concordar. — Se ficar muito subentendido, as pessoas não vão entender.

Ela o encarou, balançando de leve a cabeça como se tentasse compreender o que ouvira.

— Isso não é subestimar demais seus leitores?

— Não foi isso o que eu quis dizer — Ricardo se defendeu. — É que acho que sua sugestão valeria melhor em outro tipo de livro...

— Que outro tipo? — Pela primeira vez na conversa, Aimée não parecia acuada.

— Olha, não estou diminuindo nada nem ninguém, mas tanto eu quanto você sabemos que existem diferentes formas de ficção, com diferentes propósitos. Não posso construir um romance popular do mesmo jeito que eu construiria um romance mais rebuscado.

— Você sabe que popular não significa de menor qualidade, né?

— Óbvio que sei.

Aimée tomou outro gole da bebida, a expressão impassível. Então, continuou:

— De novo, é você quem tem a palavra final sobre as alterações no seu livro, mas acho que você não deveria guiar seu texto por definições preconcebidas sobre seu público. Muito pelo contrário, aliás.

— Não é o que estou fazendo.

— Tudo bem, então. Vamos para a próxima.

Mas nada no momento parecia "bem".

Avançaram por algumas notas sem grandes comentários. Ricardo tentava processar as próprias emoções, mas era difícil encontrar um meio-termo. Tinha direito de estar decepcionado, afinal era frustrante se esforçar e não conseguir o resultado esperado, mas o papel de Aimée era ser crítica, e ele precisava estar aberto às sugestões dela. Por outro lado, tinha a impressão de que ela estava sendo exigente demais e que não aceitava tão bem quando eles discordavam.

— Sobre esse — Ricardo começou. — Não vejo como uma descrição maior sobre os sentimentos do personagem pode deixar a narrativa melhor.

— Aqui é um momento importante de apresentação de conflito e da personalidade da protagonista. Um ou dois parágrafos extras podem intensificar a passagem.

— Acho que isso poderia pesar o texto, apelar para um sentimentalismo desnecessário. Menos é mais.

Aimée suspirou.

— Não estou sugerindo que você faça um dramalhão nem que entuche as frases com adjetivos e advérbios dispensáveis, só que você dê mais atenção, se alongue mais.

— É isso que estou dizendo, acho desnecessário. É uma questão de estilo, minha voz não é essa. Para nossa parceria funcionar, preciso que você confie mais em mim, Aimée.

Ela parecia magoada por ele ter feito aquela sugestão.

— Eu confio em você, Ricardo, não tenho dúvidas da sua competência.

Os apontamentos seguintes foram uma repetição do que já estava rolando: não chegavam a uma conclusão sobre a maioria.

Quando terminaram, exaustos, era a primeira vez que não pareciam animados com a companhia do outro desde que tinham se aproximado. Ricardo não via a hora de voltar para casa e se afundar no sofá, acompanhado do videogame. Precisava dar alguns tiros fictícios.

— A gente combina de se ver — Ricardo enunciou enquanto se despediam.

Não se encontraram no dia seguinte àquele nem nos próximos.

Capítulo 29

Quando o alarme do celular tocou, Aimée desligou e resmungou. Precisava de, aproximadamente, mais uns três dias de sono para estar em condições aceitáveis de interagir com outros seres humanos, mas não tinha muita escolha. Só de pensar que teria mais um longo dia pela frente, seu corpo se aninhava por conta própria na cama, como se quisesse demonstrar o quanto seria melhor continuar como estava. Invejando Tide, esparramada sobre o edredom, Aimée se levantou. Seu humor agradeceria se ela saísse para uma corrida rápida, mas não tinha disposição.

Depois de se trocar e tomar café da manhã, ela abriu o escritório para ventilar e deixou o computador ligando. Aproveitou que Tide saíra do quarto para poder arrumar a cama — a gata nunca a deixava esticar os lençóis, brincando com eles — e então estava pronta para trabalhar.

Por mais atarefada que estivesse, a verdade é que mergulhara no trabalho nos últimos dias para não pensar na vida pessoal. Não via Ricardo desde o encontro desastroso no café, quase uma semana antes, embora trocassem mensagens com regularidade. Sua impressão era de que certa guerra fria tinha se instalado entre eles e que as interações não refletiam como realmente se sentiam. Aimée odiava confrontos e aquela reunião configurava, para ela, uma minidiscussão.

Mas o problema maior era o que Ricardo falara sobre confiança. Ela tinha sido sincera, confiava nele. O que a deixava incerta era se a recíproca era verdadeira, e odiava cogitar que ele não a considerava uma profissional boa o suficiente. Exatamente por isso, não conseguia devolver o questionamento. Temia a resposta.

Distraída, organizava os e-mails antes de respondê-los quando quase enviou para a lixeira algo que não deveria. Tinha selecionado a conversa para excluí-la, mas um nome no contato chamou sua atenção e, quando se deu conta do que se tratava, não conseguiu reprimir, boquiaberta, o murmúrio de assombro saído diretamente da garganta.

Não havia muito tempo, vira o anúncio de uma obra nacional cujos direitos audiovisuais tinham sido adquiridos por uma produtora. Tinha suspirado, feliz pelo reconhecimento e avanço da literatura brasileira contemporânea, sonhando com o dia em que aquilo aconteceria com algum dos autores da Entrelinhas. O e-mail que estava prestes a abrir era de um contato da mesma produtora.

Precisava se lembrar de expressar seus desejos ao cosmos com mais frequência.

Tomada por expectativa, Aimée abriu o e-mail e precisou reler as linhas várias vezes para ter certeza do que via. Na mesma hora, abriu o grupo dos sócios e fez uma chamada de vídeo.

— Que que aconteceu? — Taís perguntou, confusa.

— Deixa o Gabe entrar e eu falo.

Um minuto depois, a imagem de Gabriel carregou na tela.

— Desculpa, estava no banheiro.

— Que bom que você não atendeu antes, então — Taís brincou.

— Vocês não imaginam de quem eu recebi um e-mail.

Aimée não conseguiu controlar a expectativa e, quando contou que a produtora solicitara uma reunião com eles, viu nos amigos a mesma reação de espanto que tivera.

— Eles mencionaram alguma obra específica? Ou querem conhecer nosso catálogo? — Gabriel fez as perguntas-chave.

— Mencionaram o Ricardo. — Aimée sorriu. — E aí aproveitariam para conhecer outros dos nossos autores.

— Refresca minha memória, por favor, para a gente não se decepcionar — foi a vez de Taís perguntar —, mas a gente tem direito a essa negociação sobre as obras dele já publicadas?

— Ele transferiu para a Entrelinhas quando fomos assinar o contrato. Como era a Iolanda quem tinha o direito anterior, não a editora, ela recomendou que ele passasse para a gente.

— Santa Iolanda! — Gabriel exclamou.

— Ótimo, então. E sei que você não precisa desse alerta, mas, Mê, nada de falar disso para ele por enquanto.

— Não vou!

Acertaram os horários na agenda para combinarem a data ideal com a produtora e definiram o que fariam até lá. O principal era preparar apresentações sobre as obras mais promissoras de cada autor do catálogo da Entrelinhas, torcendo para que se interessassem por outros títulos além dos de Ricardo. Aliás, Aimée não sabia se cogitavam a série Horizontes ou outro dos livros dele — os custos para produzir um filme de fantasia com certeza eram mais altos.

Ao desligar, foi tomada por uma vontade incontrolável de conversar com Ricardo. Prometera não revelar nada por enquanto e não o faria, mas podia interagir com ele.

Muito trabalho por aí?, digitou.

Mais um dia quebrando a cabeça com Melô, Ricardo respondeu em seguida.

Não tinha sido a melhor das ideias, para dizer o mínimo, usar o trabalho para puxar assunto, mas não era Aimée a pessoa criativa entre os dois.

Estou travado, Ricardo acrescentou, e Aimée entendeu a resposta como uma forma de ele sinalizar que não a estava culpando pela dificuldade com o trabalho. Ela queria fazer o mesmo por ele. Precisavam daquela trégua.

Tenho uma ideia. O que acha de a gente trabalhar junto no escritório da Entrelinhas? Talvez a mudança de ambiente e a parceria façam fluir melhor.

Não consigo nem hoje nem amanhã =/

Semana que vem?

Feito.

Aimée não conseguiu deixar de ficar um pouco decepcionada por ainda ter que esperar alguns dias para se encontrar com Ricardo. Queria sentir como estavam as coisas entre eles.

A tela acendeu com uma nova notificação.

Mas eu, não o Ricardo escritor, adoraria te ver antes disso, se você estiver livre.

Ela sorriu.

Capítulo 30

— Vou ligar o alarme, ok? Três... dois... um... Foi!
O método de trabalho de Ricardo era fixo: sozinho, em horários predeterminados, de preferência em casa ou em alguma cafeteria. Porém, precisava admitir que a estratégia de Aimée estava sendo boa: sprints de produtividade.

Cronometravam vinte minutos, dentro dos quais não conversavam nem usavam o celular, apenas trabalhavam — ele escrevendo e ela com as tarefas do dia. Seguiam assim, com pausas entre cada período de produtividade. Segundo Aimée, ela fazia aquilo em casa e o trabalho rendia mais.

Mas, além da dedicação integral ao longo de cada sprint, compartilhavam os avanços. Ricardo, competitivo consigo mesmo e ansiando impressionar Aimée, tentava superar seu desempenho a cada nova rodada, digitando desenfreadamente. Sabia que teria que repensar os trechos depois, mas ao menos a estratégia estava funcionado: conseguia colocar as palavras no papel sem pensar tanto, permitindo que as ideias fluíssem. Mal eram dez da manhã e havia superado o que escrevera na semana anterior toda, e a sensação de conquista o motivava ainda mais. A experiência positiva também afastava ainda mais as más impressões que a outra reunião tinha deixado. Ricardo ficou aliviado quando encontrou Aimée dias antes e, longe do trabalho, constatou que estava tudo bem entre eles.

Faltavam ainda cinco minutos para o fim daquele sprint quando Ricardo chegou a um impasse. Aimée tinha questionado a quantidade — e a qualidade — de cenas de sexo na primeira metade do manuscrito, o que o forçou a pensar sobre o que estava escrevendo. A intenção inicial de Ricardo era caprichar naquele conteúdo, já que observara obras semelhantes tendo um bom desempenho na Cadabra. Contudo, como Aimée sabiamente pontuou, se ele não estava escrevendo um romance erótico, o foco não deveria ser o sexo, mas tudo o que levava a ele. Ricardo concordou em cortar parte das cenas, mas isso não resolvia o outro problema: estava com dificuldades de estabelecer o equilíbrio entre o erótico e o romântico, resultando em passagens "muito mecânicas" e "pouco envolventes". Pelo visto, não era assim tão simples criar o tom adequado sem cair em algo similar a um manual de instruções pornográfico, então decidiu que usaria parte das cenas cortadas como uma oficina de escrita, para treinar a narrativa.

Começou no sprint seguinte. Em primeiro lugar, precisava se lembrar que era uma situação profissional, independentemente do que estava acontecendo fora do expediente entre ele e a belíssima mulher sentada a sua frente. Assim, não seria de bom tom se deixar levar por certas memórias, que poderiam inspirá-lo, e arriscar uma ereção.

Depois, por mais que não se considerasse nenhum puritano, havia algo de inescrupuloso em escrever aquelas coisas em público como se estivesse descrevendo um belo dia de sol. Céus, as pessoas *leriam* aquilo fora de casa. Desde que havia começado o trabalho com *Melodia ousada*, Ricardo nunca mais encarou pessoas lendo romances no metrô, fingindo costume, da mesma maneira.

Por fim, a outra barreira estava em suas ferramentas: a escolha de palavras. Era quase impossível saber quais soariam adequadas, o limite entre o sensual e o repugnante. Como poderia descrever toda a movimentação ocorrendo entre os genitais de seus personagens se não tinha sequer uma boa maneira de chamá-los? Aimée dissera que se sentia lendo um livro de biologia quando ele utilizou termos como "vagina", "vulva" ou "pênis", mas que culpa ele tinha se eram os nomes oficiais? Certamente não se sentia à vontade recorrendo aos termos mais... coloquiais.

Para resolver o problema, Ricardo selecionou alguns dos tantos livros que havia lido nos meses anteriores para estudar as palavras usadas em cenas do tipo. Percebeu que, em alguns casos, as autoras — preferiu os escritos por mulheres — utilizavam sinônimos atenuantes ou mesmo faziam descrições indiretas, quando não recorriam a metáforas.

Ele preferia morrer a ter que partir para expressões como "sua intimidade" ou "flor pulsante", mas ao menos as leituras haviam dado um norte.

Quando o alarme soou vinte minutos depois, Ricardo não estava certo de seu avanço. Sentia que escrevera algo apenas ligeiramente melhor do que a primeira versão. Por hora, teria que bastar. Até porque não tinha tido tempo de terminar a cena, o casal nem sequer estava totalmente despido.

— Não esquece que a ideia é só fazer o livro andar. Você pode lapidar depois — Aimée lembrou, depois de Ricardo compartilhar o avanço da rodada.

— Alguma chance de você averiguar a produção de hoje quando acabarmos? — arriscou o pedido.

Aimée pareceu hesitar, antes de responder:

— Posso *averiguar*, sim.

Ela deu uma piscadela zombeteira, mas carinhosa. Aimée provocando o palavreado dele havia se tornado uma brincadeira entre eles, e Ricardo gostava de ter algo assim. Dos dois.

— Pausa para um café e então seguimos? — ela sugeriu, o tipo de proposta irrecusável, ainda mais em uma manhã intensa de trabalho.

Enquanto ela se dirigia à pequena cozinha, Ricardo aproveitou para esticar o corpo. Em seguida, foi atrás.

Apesar de estar de costas para ele, Aimée parecia distraída com as mãos sobre a pia e o pé descalço da sapatilha apoiado na lateral da outra perna, formando um quatro. Quase de forma intuitiva, como se fosse a coisa mais natural do mundo, Ricardo se colocou atrás dela e a abraçou, encaixando o rosto na curva de seu pescoço, onde plantou um beijo. Ela inclinou mais a cabeça com um sorriso, dando acesso aos lábios dele. Era um gesto terno e íntimo, que aquecia o peito de Ricardo.

Munidos das canecas já bebericadas, voltaram à mesa.

Foram necessários mais dois sprints para que Ricardo finalizasse a cena, o que acabou sendo perfeito, porque a hora do almoço se aproximava.

— Que tal eu *averiguar* agora e depois vamos comer? — Aimée propôs.

— Todo seu.

Ele empurrou o notebook para ela. Aimée se empertigou na cadeira, antes de inclinar o corpo e apoiar o queixo na mão. Ricardo passou a acompanhar o movimento de seus olhos conforme ela avançava pelo texto.

Em um primeiro momento, a expressão de Aimée permaneceu neutra. Então, o esboço de um sorriso fez com que ele também sorrisse, revelando o quanto ele estava na expectativa por uma reação dela.

— A cena está bem mais envolvente que a primeira versão — elogiou Aimée.

— Obrigado.

Ele estava incerto se aquilo significava mesmo alguma coisa. Se a versão anterior estava péssima, não precisaria de muito para melhorar.

Aimée prosseguiu, fazendo um ou outro comentário, mas nada muito crítico.

Ele soube o exato instante em que um problema apareceu. Os olhos de Aimée se apertaram quase imperceptivelmente, revelando as suaves linhas de expressão em cada canto. Mais do que isso, o movimento foi acompanhado de uma leve inclinada de cabeça.

— O que foi? — Ricardo questionou.

— Não sei se entendi o que acontece aqui. Se isso é possível...

Vincos surgiram por todo seu rosto, conforme ela tentava imaginar o que Ricardo havia descrito e parecia só conseguir vislumbrar dor.

Ele se levantou e, contornando a mesa, foi para atrás de Aimée. Inclinando o corpo, leu o trecho selecionado com o mouse.

— Ah, bom. — Ele coçou a cabeça. — Possível é.

Aimée parecia cética.

— Você testou ou viu em algum vídeo na internet?

Ricardo sentiu que estava prestes a corar.

— Isso é relevante?

— Não quero invadir sua privacidade nem estou questionando suas habilidades como escritor — ela explicou. Talvez Ricardo tivesse parecido mais na defensiva do que supunha. — É que é bem comum que homens cis e héteros tenham uma noção sobre sexo baseada em pornografia, que em geral é feita para eles, está bem longe de ser sexo real e desconsidera absolutamente tudo sobre o corpo e a experiência para alguém com vagina.

— Talvez eu não tenha colocado essa técnica específica em prática... — Ricardo falou mais relaxado, entendendo o ponto de vista de Aimée, que sorriu.

— Isto — ela apontou para a tela, estimulada pela abertura dele — dificilmente seria prazeroso, pelo menos não sem uma boa estimulação antes, então jamais aconteceria nesse momento da transa. E esse movimento de dedos aqui. — Ela indicou o parágrafo seguinte, falando com cautela. — Quase fiquei assada só de pensar, o que não é exatamente a sensação que o livro deveria passar.

— Então descartado o orgasmo que ela tem a seguir?

— Depende. Eu diria que ela fingiu para o sexo acabar logo.

Ricardo riu, mas, no fundo, estava um pouco constrangido. Estavam em xeque seu desempenho como escritor e como parceiro de Aimée.

Ela deve ter notado algo na forma de como o riso de Ricardo saiu, porque virou o rosto na direção dele e acrescentou em seguida:

— O que falei uma vez sobre você beijar melhor do que escrever cenas de beijos vale para o sexo também, ok?

E uma expressão deliciosa de malícia se abriu junto do sorriso dela.

— Ah é? — Ricardo perguntou, se aproximando.

— Uhum.

Ela quase ronronou já entre os lábios dele, beijando Ricardo devagar, em um misto de carinho e provocação tão típicos dela.

— Menos mal que só parte do meu ego vai sair ferido daqui, então — Ricardo brincou ao se afastar, embora não fosse de todo mentira. — Vamos almoçar? Preciso de uma pausa.

— Vamos. Você é daqueles que só come comida no almoço ou topa outra coisa?

— O que você tem em mente?

— Quero te levar em um lugar.

— Trouxe companhia hoje, menina?

— Seu pastel precisa ser conhecido por todo mundo, seu Geraldo!

Não havia dúvidas de que Aimée era frequentadora assídua do Pastel do Geraldão, e Ricardo se sentiu embevecido por ser seu acompanhante, como se ela fosse uma espécie de celebridade ali, dada a forma como foi recebida. A maneira como o sorriso dela brilhava entre aquelas pessoas ou a simpatia esbanjada provavelmente colaboravam, porque aquele lado solto e cativante de Aimée era mais um que Ricardo vinha conhecendo. Convivia constantemente com o lado profissional, tão competente e o primeiro a chamar sua atenção; vislumbrara um lado assustado, que o deixou com vontade de eliminar qualquer fantasma que pudesse assombrá-la; perdera parte da sanidade com o lado intenso e sensual, assim como se divertia dia após dia com o lado brincalhão. Cada parte que conhecia dela soava como um verso diferente da poesia que era Aimée, e isso o intrigava na mesma medida em que o assustava.

O desejo crescente de ser apresentado a diferentes partes dela o fazia pensar em Odisseu, amarrado em um mastro para ouvir o canto das sereias: havia algo de irresistível na experiência, embora também parecesse perigosa — e, sem dúvida alguma, ele taparia o ouvido de qualquer outro marinheiro a bordo com cera de vela para que aquela melodia soasse exclusivamente para ele. Fazia um bom tempo desde que Ricardo sentira isso por alguém — e o resultado não tinha sido dos mais promissores, no fim das contas. Por mais que estar com Aimée estivesse se mostrando uma experiência deliciosa, a pequena discordância entre eles o deixara alerta. Se não conseguissem se entender profissionalmente, seria muito difícil que a relação a dois não fosse afetada. Qualquer problema com Aimée, pessoal ou profissional, poderia tirar o foco de Ricardo da carreira. Naquele momento, não era algo que pudesse arriscar.

— Vai querer do quê? — Aimée perguntou, após fazer seu pedido.

— Um de carne, por favor.

— Saindo em alguns minutos — seu Geraldo informou, antes de se dirigir ao tacho com óleo.

— Ouso dizer que é o melhor pastel de São Paulo — Aimée comentou, uma empolgação no olhar.

— Depois de toda a propaganda, minhas expectativas estão altíssimas.

— Pode confiar. Ah, olha o Oliver ali!

Ricardo se virou, buscando o homem a quem Aimée se referia, mas não encontrou ninguém. Então, quando ela estalou os dedos e usou uma voz que jamais seria empregada com um ser humano adulto, reparou no cachorro vira-lata se aproximando com o rabo abanando.

— É a mascote da barraca — Aimée explicou, fazendo carinho no animal.

— Ei, amigão! — Ricardo não resistiu a acariciá-lo.

Embora Oliver estivesse notadamente gostando da atenção, em momento algum se exaltou. Pelo contrário, parecia ciente de seus limites, como se soubesse que não podia pular nas pessoas nem avançar na comida. Ricardo comentou sobre isso.

— Ele é muito inteligente — seu Geraldo entrou na conversa, entregando o pedido deles. — Se você falar com ele em qualquer idioma, ele entende!

Ricardo achava aquilo difícil, mas ouviu a história de quando Oliver obedeceu aos comandos de um casal de turistas alemães com um sorriso no rosto, esboçando uma ou outra interjeição de surpresa para exercer sua parte na conversa. Do ponto de vista linguístico, embora todo animal tenha seu próprio meio de comunicação, apenas seres humanos são dotados de linguagem, então...

Ainda assim, era uma ideia interessante. Não o cachorro ser poliglota, mas ser capaz de compreender, naturalmente, qualquer idioma. Talvez por uma sensibilidade maior para interpretar variações de tonalidades? Ou por uma leitura atenta de gestos e expressões? E se existisse algum mecanismo no cérebro que funcionasse como um tradutor automático?

Quanto mais se perdia em pensamentos, mais Ricardo se desligava das conversas ao redor.

Até ter um estalo, que só acontecia quando uma ideia surgia com tanta força que era impossível ignorá-la.

Ele chacoalhou a cabeça, obrigando-se a despertar para a realidade.

Aquela ideia era mais um canto de sereia, e Ricardo permanecia fortemente amarrado ao mastro.

Trecho de Melodia ousada

— Duvido que você nunca tenha tentado tocar bateria — Amanda disse, cética, quando Rodrigo pediu que ela o ensinasse.

O ensaio acabara havia pouco e o restante da banda tinha partido, ~~deixando apenas os dois no estúdio~~. A bateria era o instrumento mais demorado de se guardar, o que explicava a presença de Amanda, mas não havia justificativa para que Rodrigo permanecesse ~~ali~~ **no estúdio**.

— É sério — ele insistiu com inocência fingida. Por isso, o olhar de descrença que ~~devolveu a ele~~ **recebeu**, com uma sobrancelha erguida, foi o suficiente para Rodrigo cair na risada. — Pelo menos, nunca com uma baterista gata assim.* — E se aproximou de Amanda.

Rodrigo a abraçou, beijando seu pescoço. Ela se apoiou ainda mais forte contra ele e gemeu.

— Você é tão sexy — ela disse, levando Rodrigo à loucura**. Então se afastou em direção à bateria semidesmontada antes que ele se entusiasmasse***. O olhar que ela lançou era de pura provocação, de quem havia propositadamente recuado apenas para ~~deixá-lo com mais~~ **atiçar a** vontade.

— Se vai querer uma aula particular, é bom vir me ajudar — falou ~~já~~ voltando a montar o instrumento.

— Mais alguma condição, professora? — Rodrigo caminhou em sua direção.

Amanda parou o que estava fazendo e o encarou de cima a baixo ~~quando ele parou em sua frente~~, um sorrisinho malicioso despontando dos lábios dela.

— Consigo pensar em uma coisinha ou outra. Mas depois — alertou com o dedo em riste.

Então, ela indicou onde Rodrigo deveria se sentar, entregando a ele um par de baquetas. Mesmo consciente de que ele sabia aquelas informações, cumpriu seu papel e nomeou as partes do instrumento, indicando a função de cada uma ~~na construção sonora~~.

Rodrigo ouvia com atenção, absorvendo palavra por palavra ~~que ela lhe dirigia~~.

— Estou com um pouco de dificuldade — ele disse, em uma óbvia encenação, quando Amanda orientou ~~que ele executasse~~ uma virada simples.

Ela semicerrou os olhos, então se colocou atrás dele.

— Talvez se você tentar assim — e se inclinou, encostando os seios nas costas de Rodrigo, e encaix**ou**~~ando~~ o rosto sobre o ombro dele, antes de tocar em seus braços para guiá-lo. Ela virou o rosto sem pressa e ~~deixou~~ a boca rasp**ou**~~ar~~ de leve no lóbulo da orelha de Rodrigo.

O corpo dele enrijeceu.

— Você vai acabar comigo — deixou escapar, engolindo em seco.

— Mas ainda nem comecei******** — respondeu, as mãos descendo pelo tórax de Rodrigo.

O som das baquetas batendo no piso foram o indicativo de que o novo aluno estava mais do que disposto a aprender ~~tudo~~ o que ela quisesse ensinar.

Comentários:
* Rever
** Não foi uma reação meio exagerada?
*** Contraditório
**** Isso aqui... acho que me lembrou algo ;)

No geral, a interação e a química estão melhores. Pratique mais, repense os diálogos, se eles aconteceriam assim numa interação real.

Capítulo 31

O domingo de Páscoa trouxe um misto de alegria e desânimo pelo fim do feriado. Aimée tinha aproveitado os últimos dias para descansar. Ricardo viajara para ver a família no interior e ela conseguira encontrar os sócios, que também tinham ficado em São Paulo. Taís e Diego tinham descoberto o sexo do bebê, e Aimée e Gabriel souberam em primeira mão que Mateus estava a caminho.

Aimée retornou da corrida até que ansiosa pelo almoço nos pais. Datas comemorativas despertavam memórias afetivas da infância. Ela havia acreditado por bastante tempo em coelho da Páscoa e, mesmo depois de Amara ter sido estraga-prazeres e contado da forma mais seca possível que ele não existia, continuava ansiando pela data, porque significava os pais em casa, dispostos a tornar o dia diferente. Era como se abrissem uma janela para uma realidade paralela, na qual se pareciam um pouco mais com a família comercial de margarina que Aimée sempre desejou que fossem.

Passar o dia se empanturrando de chocolate ajudava bastante. Salivou só de pensar no ovo caseiro trufado que comprava todos os anos de uma vizinha dos pais.

Bastou cruzar o portão da casa para sentir o cheiro de bacalhau.

— Feliz Páscoa! — disse ao pai e ao cunhado, que assistiam a um programa de esportes no sofá.

— Tia Mê! — Antonieta praticamente pulou nela, fazendo Aimée agachar e envolvê-la em um abraço apertado.

Momentos como aquele a lembravam da falta que sentia de conviver com os sobrinhos. Não era exatamente por causa da relação distante de Aimée com a mãe deles, mas isso também não ajudava a ser uma tia mais presente. Perdera as contas de quantas vezes havia se oferecido para buscá-los na escola, se Amara e Felipe precisassem, ou mesmo levar os pequenos para passear. A irmã e o marido nunca aceitaram, arranjando desculpas ou dizendo que não queriam incomodar.

— Feliz Páscoa, lindinha! — disse ela e entregou o chocolate que comprou depois de ter perguntado para Amara com qual poderia presentear os sobrinhos. — Cadê seu irmão?

— Com o tio Hugo — respondeu a menina quase sem dar atenção, devorando o ovo de Páscoa com os olhos.

— Ainda não é para abrir, filha — Amara ordenou chegando na sala, antes de cumprimentar a irmã com um beijo. — Só depois do almoço!

— Deixa a menina ser feliz, é Páscoa — Felipe se manifestou do sofá.

— É Páscoa, mas ela e o Theo ainda precisam almoçar, o que eles não vão fazer se comerem chocolate agora.

Ele revirou os olhos.

Aimée jamais se intrometeria na discussão, mas, além de concordar com Amara, achou a atitude de Felipe um tanto quanto babaca. Não tinha experiência com matrimônios e muito menos com maternidade, mas ele não deveria contrariar a ordem da mãe na frente das crianças.

— Vou cumprimentar a mãe — Aimée anunciou, embora ninguém estivesse de fato se importando, apenas para se livrar da situação constrangedora.

Na cozinha, Telma estava de costas para ela, verificando a panela de arroz. O cheiro da cebola refogada com alho fez Aimée salivar, mas o que mais a impactou foi outra coisa.

Sempre tinha considerado a mãe uma figura imponente, uma mulher grande e forte. Encontrou na cozinha o oposto daquilo. O cabelo preso em um pequeno rabo de cavalo estava mais grisalho. As costas não pareciam largas como lembrava, e as mãos se moviam com menos agilidade do que antes, uma diferença sutil.

Telma continuava a ser uma mulher vigorosa e ativa, mas Aimée se deu conta pela primeira vez de que ela estava envelhecendo.

— Precisa de ajuda, mãe? — disse um pouco atordoada, anunciando a chegada.

— Oi, filha! Feliz Páscoa — respondeu Telma, e a abraçou. Como sempre, estar em seus braços causava um conforto incômodo. Gostava de estar ali, mas nem sequer sabia como ser abraçada pela mãe. — Só para colocar a mesa. Seu irmão e o Theo levaram a toalha.

Aimée assentiu, pegando uma pilha de pratos antes de se dirigir ao quintal.

— E aí, sumida! — o irmão exclamou ao vê-la se aproximar.

— Sumida? — Theo perguntou para Hugo.

— Sua tia não tem mais tempo para mim.

— Exagerado — falou Aimée em tom divertido, beijando o irmão na bochecha. Mas sabia que ele tinha uma ponta de razão. — Oi, Theo! Tenho uma coisa para você lá dentro — disse ao colocar os pratos sobre a mesa e se inclinar para abraçar o sobrinho.

— Cadê? — E correu em disparada, sem esperar resposta.

O almoço foi tranquilo. Aimée trocou um ou outro olhar com Hugo, mas, em geral, tudo parecia mais fácil de relevar. Estava mais aberta, mais parte da família.

— Foi tipo esta semana, quando um autor entrou em contato para uma revisão — começou, depois de Amara terminar a história de um cliente que exigiu dela resolver um problema que não só não estava incluso no pacote contratado como também não era tarefa dela. — Passei os valores e expliquei o que eu mexeria no texto dele, e aí...

— Passa aquela travessa? — Horácio pediu à esposa, e Aimée aguardou um instante antes de continuar.

— Então, aí o cara se irritou porque...

— Não ficou meio sem sal? — Telma interrompeu.

— Está bom — Horácio respondeu.

— Sem sal não, mãe, mas acho que ficou meio seco — Amara opinou.

— Verdade?

— Eu achei gostoso — Felipe entrou na conversa.

— Mas você não conta, amor, você come macarrão ao alho e óleo com farofa.

— Sério, Felipe? — Horácio o encarou assombrado.

Ninguém olhava para Aimée ou ao menos parecia lembrar que ela contava algo.

Ela respirou fundo, tentando não se deixar abalar. Tinha sido só uma distração.

— Por que o cara se irritou? — Hugo perguntou apenas para ela, enquanto o restante da mesa continuava rindo dos gostos alimentares de Felipe.

Ela sorriu para o irmão e terminou a história para ele. Então, acompanharam a conversa dos demais sem participar. Quando o assunto ficou potencialmente explosivo, entreolharam-se em alerta e pediram licença para lavar a louça.

— Deixa com a gente, dona Telma. Você já cozinhou — Hugo disse quando a mãe protestou.

Aimée começou ensaboando os copos e Hugo guardando a louça no escorredor. Durante a adolescência, os dois e Amara dividiam a tarefa em duplas, alterando almoço e jantar. Desnecessário dizer que eles sempre formaram uma equipe mais em sintonia.

— E aí, essa dificuldade toda para sair com seu irmão favorito é excesso de trabalho, indiferença ou boy novo na área?

Ela abriu a boca para responder que não tinha nada a ver, mas a falta de som a entregou.

— Sabia! Desembucha, quem é o cara?

Ela riu sem graça, mas contou com quem estava saindo. Como Aimée era a única leitora da casa e Hugo não conhecia Ricardo e suas obras, a informação não teve tanto impacto, exceto pelo fato de ser um autor representado por ela.

Se era confuso para Aimée entender as implicações profissionais da relação, para Hugo era ainda mais. Embora soubesse o que a irmã fazia, o mercado editorial era campo desconhecido para qualquer pessoa que não atuasse nele.

— Pelo que entendi, Mê, o problema maior é como ficaria a dinâmica de trabalho se der ruim entre vocês.

— É, acho que sim.

— Então por que essa voz insegura?

Ela respirou fundo. Por quê?

— Talvez, no começo, o medo maior fosse pela ética profissional — Aimée disse devagar, tentando analisar os próprios sentimentos. — Mas, outro dia, tivemos uma discordância sobre o manuscrito. Ele não aceitou muito bem meus comentários, e a gente ficou uns dias sem se ver depois disso. Tudo bem que nós dois estávamos ocupados, mas o clima parecia meio tenso.

— Mas seu trabalho não é justamente apontar o que ele pode melhorar?

— É.

Hugo a encarou, ressabiado.

— Acho que isso já é um bom indício do tamanho do ego dele, o que pode ser um exemplo para outras questões. Quer dizer, e se ele agir assim em outras áreas da vida? Tudo ser centrado nele? Não aceitar estar errado?

Aimée ficou pensativa. Hugo tinha razão, mas aquilo não parecia se aplicar a eles. Ricardo não tinha sido autocentrado em nenhum momento pessoal dos dois.

— O maior problema para mim foi que a recusa dele pareceu uma desconfiança sobre meu trabalho, como se ele não respeitasse tanto minha opinião profissional.

— Se trabalhar juntos está sendo um problema, você não pode passar o Ricardo para a Taís ou o Gabriel?

— Não — respondeu de imediato, e o irmão se espantou. — É que... Seria como admitir que eu não consegui, que ele tem razão em não me respeitar.

— Mas isso é o que você acha que ele pensa sobre você ou é o que *você* pensa sobre você?

Ela não soube responder.

— Só quero me certificar de que você não está caçando pelo em ovo, Mê.

Aimée riu, porque era sua cara fazer aquilo.

— Faz um mês que a gente começou a sair — continuou dando voz às inquietações — e acho que estamos entrando naquela fase do "Para onde isso está indo?", que é o tipo de coisa que me assusta. Não gosto de não saber onde estou pisando.

Hugo assentiu.

— E para onde você quer que vá?

Ela ficou em silêncio, concentrada nas panelas, a última etapa da lavagem.

— Não sei.

Por um lado, gostava cada vez mais de estar com Ricardo, queria conhecê-lo por completo. Por outro, não estaria indo muito rápido? A impressão de estar tudo bem não era uma projeção do que desejava? Sendo sincera, já tinha se iludido ao enxergar uma relação e um parceiro que não existiam. Estaria repetindo o erro? E se estivesse naquela sozinha? E se, para Ricardo, fosse só uma curtição? Lembrou-se da vizinha que tinha encontrado semanas antes, da impressão que teve...

— Acho que ainda é cedo para eu definir qualquer coisa — enfim respondeu, antes de ser tragada pelos questionamentos.

— Mê — Hugo começou e, pelo tom, ela soube que viria um puxão de orelha carinhoso —, em primeiro lugar, tempo é relativo. Já passei mais de um ano saindo casualmente com uma mesma pessoa sem a relação ser íntima, enquanto, em menos de um mês, senti como se conhecesse outra a vida toda. Cada relação é única, e os sentimentos que a gente tem por alguém também são. Não coloca parâmetros inexistentes para entender o que você está sentindo. — Ele parou ao lado dela, apoiando-se na pia. — Quer dizer, talvez seja mesmo muito recente para você entender, e não tem problema ir no seu ritmo, se for o caso. Mas não mede pelo medo. Mede pelo que é. O importante é ser sincera com você, em primeiro lugar. Depois, você descobre como lidar.

— Quando foi que você ficou assim tão sábio? — brincou ela, para disfarçar o quanto as palavras foram certeiras.

— Cola na minha que é sucesso.

— Mas e você? Quais as novidades?

— Já te contei do cara que entrou no meu setor?

Hugo trabalhava na área interna de vendas de uma multinacional.

— Não! — E, encostados na pia, depois de terminarem a louça, falaram sobre o novo *crush* de Hugo.

Ao retornarem para o quintal, onde o restante da família continuava conversando, o assunto tinha mudado. Os sobrinhos brincavam na grama com o brinde do ovo que tinham ganhado e Telma abrira uma caixa de bombons. Aimée e Hugo se sentaram, ambos pegando um chocolate.

Distraída, Aimée foi checar as notificações, encontrando uma mensagem de Ricardo. Enquanto respondia, Hugo cutucou sua perna, falando baixo para que só ela escutasse:

— Conheço de longe o sorrisinho para mensagem de boy. Só curte, Mê, e se permite.

Capítulo 32

Depois de uma hora intensa em todos os aparelhos que conseguiu usar na academia, Ricardo se sentia mais leve, mas temia que a sensação se dissipasse antes mesmo de chegar em casa. Achava que as paredes do apartamento, naquele momento, apenas o lembrariam de tudo o que julgava errado em sua vida.

Tinha ido à academia no meio da tarde para se distrair, a cabeça cheia com os problemas de sempre. Acima de tudo, estava frustrado.

Não era para as coisas serem daquele jeito.

Houve um momento, quando seus livros vendiam como água, em que pôde desfrutar da alegria de apenas escrever, de utilizar toda a sua energia e criatividade nas palavras fluindo. Agora? Precisava se preocupar não apenas com a história da vez, mas com diferentes estratégias para conseguir ganhar dinheiro, o que significava criar cursos, divulgá-los e estar sempre presente nas redes sociais. A frase "quem não é visto é esquecido" surgia em sua mente o tempo todo, quase como uma maldição.

Ajudaria se, ao menos, *Melodia ousada* estivesse fluindo, se ele tivesse o prazer reconfortante de constatar que era bom naquilo que sempre fizera bem... Mas nem com isso podia contar. Nunca questionara tanto sua capacidade como escritor, e os feedbacks de Aimée só o deixavam mais inseguro.

Era exaustivo.

Não economizou no tempo do banho na própria academia, enrolando o quanto pôde. Quando não havia mais como fazer hora, saiu sem rumo pela rua, decidido a espairecer. Precisava conversar.

Você tá muito ocupada?, digitou para Aimée.

Tá tudo bem? Quer vir aqui?

Ficou apreensivo assim que Aimée abriu a porta. Em um primeiro olhar, ela parecia como sempre, com o cabelo de lado e um visual casualmente arrumado: uma regata branca e uma calça de tecido leve, que parecia confortável sem perder a elegância. Ricardo, porém, já conhecia melhor as expressões dela, e os olhos não diziam nada além de puro medo.

— Está tudo bem? — perguntou preocupado.

— Tudo. — Mas a resposta não parecia sincera. — Aconteceu alguma coisa? — acrescentou depois de cumprimentá-lo com um beijo suave, abrindo passagem para ele entrar.

— Não. Acordei angustiado sobre minha carreira e queria conversar.

Aimée tentou disfarçar, mas foi nítido como relaxou.

Será que ela estava preocupada com a conversa? Ricardo repassou mentalmente a rápida troca de mensagens e percebeu que não havia dado muitas informações.

— Eu te assustei?

Ela riu, parecendo constrangida.

— Não foi nada.

Ela gesticulou com a mão, mas Ricardo via que era mentira.

Deu um passo em sua direção e a abraçou, beijando sua testa quando Aimée se encaixou no espaço entre os braços dele.

— Me desculpe, meu bem, não era minha intenção.

Só percebeu o que dissera pela maneira como Aimée enrijeceu de leve. Droga, precisava ter mais cuidado, senão passaria a impressão errada sobre suas intenções.

— Tudo bem — ela respondeu sem mencionar o apelido íntimo. — Mas agora me diz, o que se passa aí dentro?

Ela apontou a cabeça dele com o queixo, enquanto o guiava para o sofá.

— Você já teve dúvidas sobre ter escolhido ser agente?

Aimée parou por um instante, como se olhasse para dentro de si.

— Na verdade, não. Mas ainda não tive muito tempo de me arrepender. — Sorriu. Como Ricardo não falou nada, prosseguiu: — Passei por um período bem complicado antes de tomar essa decisão. Depois que terminei meu namoro, fiquei muito mal da ansiedade e tive também depressão.

Até então, Ricardo não sabia que Aimée lidava com aqueles transtornos, mas, de repente, muita coisa fazia sentido — inclusive o susto que ela tinha levado havia pouco.

A forma como dissera que precisava conversar devia ter sido para ela um gatilho perfeito para uma crise. Sem informação, Aimée devia ter pressentido um problema e sua mente provavelmente disparou para todas as direções, tentando adivinhar *qual* seria.

Não sabia se para ela era difícil falar sobre aquilo, então preferiu não interromper. Ela continuou:

— Mesmo depois de ter me estabilizado, não encontrava mais sentido dentro da editora. Passou a ser...

— Sufocante — Ricardo completou.

— Sim.

— Era como eu me sentia no banco, também.

Aimée deu um sorriso compreensivo.

— Abrir a agência era um risco, mas, só de ter vislumbrado a possibilidade de ser diferente, um peso enorme saiu das minhas costas. Então — completou —, a satisfação desde que comecei compensa qualquer outro percalço.

Ela deu de ombros.

— Entendo. Logo que decidi viver só da escrita, parecia também a única opção. Na verdade, ainda parece. Mas tanto aconteceu de lá para cá... — Ele passou a mão na nuca, tomando fôlego para continuar, encarando o nada. — Encontrei o auge muito cedo, e fui ingênuo de acreditar que seria sempre daquele jeito. Não passou pela minha cabeça que, um dia, eu estaria mês a mês me preocupando em como pagar as contas. E, além dessa tensão, o trabalho não tem sido mais prazeroso. — Fez uma pausa e voltou a mirar Aimée, que o encarava sem julgamentos. — Pareço um reclamão de barriga cheia? — O tom era bem-humorado, mas não escondia uma constrangida autocrítica.

— Todo mundo precisa reclamar em algum momento. — A voz de Aimée era carregada de ternura. — É muito cruel a gente achar que tem que estar satisfeito com tudo o tempo todo só porque existe alguém em uma situação pior que a nossa. Isso não te faz ingrato, só te faz humano.

Parecia que as palavras dela entravam pelos poros de Ricardo, porque o atingiram diretamente no peito. A angústia de mais cedo, naquele instante, não parecia mais tão grande.

— Sendo bastante sincera, embora eu não tenha dúvidas da minha escolha, não significa que me sinta feliz o tempo todo. Na verdade — ela pareceu ponderar as palavras —, entendo o que você disse sobre ter sido ingênuo, porque acho que também fui. — Ela o encarou. — Parece que tem algo faltando, sabe? E eu não esperava me sentir assim.

Ricardo a olhou com atenção, as palavras ressoando as dele próprio no dia em que apresentou a nova ideia sobre *Melodia ousada*.

O dia em que deixaram de ser simplesmente agente e escritor.

— Mas não estamos aqui para falar de mim. — Ela riu, mudando de assunto. — Você tem passado por uma fase complicada, que desanimaria qualquer um. — Aimée fez uma pausa. — É uma opção válida repensar a carreira e suas prioridades. E, se você chegar à conclusão de que não quer viver exclusivamente da escrita, é um direito seu.

Dessa vez, as palavras não pareceram tão reconfortantes.

Ela ficou um instante em silêncio, a expressão incerta. Com cuidado, continuou:

— Você já cogitou que o problema pode não ser a escrita em si, mas o que você tem feito dela?

— Como assim?

Ele definitivamente não estava gostando do rumo daquela conversa.

— É que — Aimée falava muito devagar, quase com medo — tenho a impressão de você não estar onde deveria. Ou onde preferiria. De que se desviou do seu caminho.

Ricardo odiava quando ela não era direta sobre o que pensava.

— Você acha que eu não deveria escrever romances, que não sou bom o bastante.

— Não! — Ela arregalou os olhos. Coçando a cabeça, continuou: — O que quero dizer é que essa pode ser só uma fase confusa, e não vale a pena abrir mão de todo um sonho porque apareceram pedras no caminho.

Ricardo ainda sentia um amargor na boca, mas ele parecia diluir. Aimée o encarou com firmeza e doçura, inclinando a cabeça antes de falar:

— Você não é um tiro no escuro. Você é o Ricardo Rios. Você *já* conseguiu muita coisa, o que mostra do que é capaz, e, se você sente que precisa contar uma história de amor, vai ser capaz disso também. Mas talvez você tenha perdido um pouco o rumo. Por que quis essa carreira, para começo de conversa? — A pergunta ressoava o conselho de Iolanda. — Por que você escreve? O que você almeja? Se conseguir responder a essas perguntas, sendo muito sincero, as coisas podem ficar menos nebulosas. Significa que magicamente vai ter um milhão na sua conta? Sinto dizer que não, mas fica um pouco mais fácil de seguir em frente quando a gente sabe aonde quer chegar e que tipo de caminhada quer fazer.

Ele suspirou. Ainda se sentia cansado, mas estava um pouco mais leve.

— Se você descobrir como conseguir um milhão na conta magicamente, por favor, me avise.

— Digo o mesmo!

Os dois riram, e então as risadas se transformaram em sorrisos carinhosos, acompanhados de olhares cujo significado Ricardo não sabia captar. Havia, no mínimo, cumplicidade, e ele gostou da sensação.

— Obrigado. — O "meu bem" quase escapou mais uma vez, mas ele se deteve em tempo. — Mesmo. Precisava ouvir tudo isso.

— Quer uma água? Um café?

— Que tal os dois?

Enquanto Aimée fazia o café, jogaram conversa fora. Tide deu o ar da graça, trançando as pernas de Ricardo assim que passou pela porta. O celular de Aimée se iluminou e, na mesma hora, ela o pegou, sorrindo em seguida.

— Boas notícias? — Ricardo perguntou, curioso.

— É a confirmação de uma reunião importante — disse ela, misteriosa. — Ainda não posso contar, mas pode torcer para dar tudo certo?

Ele cruzou os dedos.

— Pode deixar!

— E, falando em compromissos — Aimée continuou, guardando o celular e olhando para as xícaras que arrumava na pia —, recebi o convite para um evento da Novelo. É fechado, uma espécie de networking disfarçado de festa. Quer ir?

A pergunta era casual, mas Ricardo notou certo nervosismo de Aimée. Não era a agente fazendo um convite ao escritor que representava. Era a mulher convidando o homem com quem estava saindo para um evento formal.

Ele engoliu em seco.

— Quando vai ser? — perguntou para ganhar tempo.

— Segundo sábado de maio.

— Véspera de Dia das Mães? — Tentou parecer desapontado, mas, no fundo, estava aliviado pela falta de opção.

— Nossa, tinha esquecido. Você vai para Mococa, imagino.

— Vou.

— Tudo bem.

Aimée sorriu. Mas, desta vez, o sorriso não chegou aos olhos.

Capítulo 33

—Não acredito que deu tempo! Obrigada por ter vindo.

Taís, com sua barriga de início de terceiro trimestre, abraçou Aimée na recepção da clínica onde faria uma das consultas pré-natal. Diego fora chamado de última hora para uma urgência no trabalho e, pela primeira vez, não pôde acompanhar a esposa. Como a mãe de Taís cuidaria de Luísa, restou pedir o favor à amiga.

— Disponha! — Aimée disse ao se sentar, esbaforida.

Tinha saído correndo da reunião com a produtora.

— E aí, como foi?

— Maravilhoso! Eles estão interessados em *A garota partida*, por ser mais fácil e mais barato de adaptar do que uma fantasia. Marquei com o Ricardo saindo daqui para dar a notícia!

A obstetra chamou Taís para a consulta, e a novidade da produtora ficou em segundo plano. Ao ouvir que estava tudo bem com Mateus, Aimée instantaneamente relaxou. Nem sequer tinha percebido a tensão e mal podia imaginar a angústia da mãe e do pai antes de cada consulta. Não sabia se teria emocional para a maternidade.

Quando a consulta terminou, Aimée correu para o shopping onde encontraria Ricardo para almoçar. Chegou antes dele e foi quase que de maneira automática à livraria. Houve uma época em que os passeios ali eram só pelo prazer de caminhar entre os livros, descobrindo novos títulos, folheando exemplares e caindo no clichê irresistível de sentir o cheiro das páginas recém-impressas. Ainda era assim, mas, desde que entrara para o mercado editorial, havia outros significados. No começo, era a alegria de encontrar publicações da editora onde trabalhava, o orgulho sobretudo quando havia participado de etapas do processo. Aos poucos, foi se transformando na satisfação de encontrar nomes conhecidos, de colegas do meio. Agora, tinha ainda o prazer transbordante de ver autores que representava, a consciência de que seu trabalho ajudara a viabilizar a conquista daquele sonho.

Tirou fotos de todos os livros de autores da Entrelinhas e encaminhou no grupo.

O lado leitora falou mais alto quando um coração bem anatômico na capa de um livro de poesia a chamou. Perdeu-se lendo alguns dos poemas ao folheá-lo, certa de que não sairia da loja sozinha.

— Tinha um palpite de que te encontraria aqui — Ricardo disse, causando um sobressalto nela. Ela não tinha percebido que ele se aproximara e deu uma risada ao entender que ele fora guiado até onde ela estava pelas fotos no grupo. — Boa leitura?

— Bem interessante. — Ela fechou o livro e mostrou a capa, depois de dar um selinho nele. — Muito vergonhoso eu ainda não ter lido Hilda Hilst?

— Surpreendente, talvez, considerando seus gostos e sua formação. Mas não vergonhoso. Infelizmente é impossível ler tudo que gostaríamos. — Ele deu de ombros. — Quer saber um segredo?

— Sempre.

— Nunca li Júlio Verne.

— Inesperado. — Verne não era um autor que ela tivesse lido, mas, considerando a vertente dele, era meio que um clássico incontornável para Ricardo. — Mas, de fato, nada vergonhoso. Agora, se você tivesse dito Tolkien, acho que te julgaria um pouco.

— Uau, temos uma fã de Tolkien aqui?

— Na verdade, não. Quer dizer, o Tolkien é *o* Tolkien, né? Mas, para um escritor e leitor de literatura fantástica, está para você como Jane Austen está para mim. Não tem como não ter lido.

— Fato — concordou ele, acompanhando Aimée rumo ao caixa, sem fila àquela hora.

No caminho, ela parou ao ver de relance uma lombada conhecida passando por uma das estantes.

— Conhece? — sorriu para Ricardo, estendendo uma cópia de *Cidade da névoa*.

A reação dele foi mais contida do que Aimée esperava, quase tímida, e ela pensou ter vislumbrado uma pontada de vergonha na expressão de Ricardo.

— O começo da minha ruína — ele riu, sem jeito.

— Acho que nunca te falei, mas eu adoro esse livro.

— Você leu? — perguntou surpreso.

— Se eu li? Quase perdi a hora para ir trabalhar por causa dele. Não conseguia parar de ler!

Ricardo pareceu se iluminar.

— Você acha mesmo bom?

— Nunca entendi por que não vendeu bem. Responde sua pergunta?

— Me lembra de assinar seu exemplar depois. Se você quiser.

— Vou cobrar! — Aimée brincou antes de guardar o livro onde o tinha retirado, dirigindo-se novamente ao caixa.

Na praça de alimentação, relativamente vazia apesar do horário de almoço, ela pediu para se sentarem antes de pedirem os pratos.

— Lembra a reunião que eu disse que teria? — começou, sem conter a empolgação. Quando ele assentiu, continuou: — Era com uma produtora audiovisual. Eles estão interessados nos direitos de *A garota partida* para uma adaptação!

Ricardo congelou.

— É sério?

— É muito sério! Você receberia um valor inicial pela aquisição dos direitos e, se eles realmente produzirem o filme ou série, você ganha uma porcentagem dos custos de produção. Podemos negociar também uma porcentagem dos lucros.

— Aimée, é a melhor notícia que eu recebo em tempos!

Ela nunca tinha visto Ricardo sorrir tão abertamente, os olhos brilhando de empolgação.

— Vou te encaminhar a proposta que eles fizeram, assim você pode pensar com calma e podemos conversar sobre possíveis negociações.

Ricardo ficou lendo o documento pelo celular enquanto ela se levantou para pedir o almoço. Revezariam para não perderem a mesa.

— Já sabe o que vai comprar para sua mãe? — ele perguntou ao colocar molho no prato de salada quando estavam assentados. Aimée tinha comentado que aproveitaria para comprar o presente de Dia das Mães.

— Já. — Aquilo nunca era um problema. — Vou te mostrar.

Ela abriu o grupo de mensagens da família e mostrou para Ricardo. Por entre links de reportagens suspeitas e mensagens que Aimée evidentemente tinha ignorado, havia vários prints que Telma mandara de produtos diversos. Embaixo deles, os dizeres em caixa-alta e emojis de símbolos clamando por atenção variavam de "sugestão do que me dar", "olha o Dia das Mães chegando aí", "opção para me fazer feliz" e afins.

— Fiquei responsável pelo kit de cosméticos — falou ela guardando o celular, enquanto Ricardo ria. — E, se a gente der qualquer coisa fora das "sugestões", ela troca o presente na primeira oportunidade.

— Minha mãe me pouparia boas horas se fosse direta assim.
— É, quanto a isso não posso reclamar.
— Como é a relação de vocês?

Ricardo pareceu cauteloso, e ela percebeu que revelara mais do que intencionava.

— Não é das melhores — assumiu, cortando o bife enquanto pesava as palavras. — Não vivemos em pé de guerra, mas não somos próximas. A convivência às vezes parece até meio... forçada. Como se a gente estivesse o tempo todo pisando em ovos. — Deu um gole no suco. — Nunca senti que meus pais me conhecessem de verdade.

Era o máximo que se permitiria dizer. Além de ser terreno perigoso, Aimée nunca sabia como seria vista se fosse sincera. Era fácil virar um monstro ao assumir não se dar bem com a própria família; afinal, família era considerada sinônimo de amor, acolhimento e uma série de outras coisas que nem sempre eram a realidade. Era difícil demais explicar feridas emocionais tão sutis que, embora a tivessem marcado por toda uma vida, pareciam insignificantes quando convertidas em palavras. Tinha a sensação de parecer ingrata, em vez de apenas machucada.

Ricardo não a encarava, mas ela percebia sua atenção. Enquanto mexia os talheres na comida, ele disse:

— Sou próximo da minha mãe e da minha irmã até hoje, mas meu pai traiu minha mãe e se fez de vítima, o que abalou nosso contato. Não nos falamos direito.

O tom era estável, mas ela percebeu o quanto também era um assunto doloroso para ele. Na mesma hora, relaxou e ficou grata por ele ter compartilhado algo íntimo com ela, especialmente porque teve a impressão de que fizera aquilo por perceber sua vulnerabilidade.

— Sinto muito — foi a única coisa que conseguiu dizer. — Faz muito tempo?

— Uns dois anos. O divórcio ainda está em andamento. Dizem que é nessas horas que realmente conhecemos alguém. Meu pai com certeza não hesitou em mostrar seu pior lado.

— Deve ter sido decepcionante.

— Bastante. — Ricardo balançou a cabeça, segurando os talheres com mais força. — Ele transformou minha mãe em uma megera e quer deixá-la sem nada, sendo que não teria construído nada não fosse ela abdicando de tudo, a vida toda, para ele ascender. Enfim, um clássico.

Ele deu de ombros, e Aimée entendeu que o assunto estava encerrado.

Ficaram uns instantes em silêncio, digerindo as próprias emoções rodeados pelos sons do shopping, e ele perguntou:

— Algum motivo específico para você não ser muito próxima da sua família?

Aimée suspirou.

— Acho que foram acúmulos de pequenas coisas. Nem meu pai, nem minha mãe foram muito presentes ou afetuosos, falta de abertura para que eu sentisse que tinha com quem contar... — A garganta dava sinais de querer fechar. Ela tomou um gole de suco para se recompor. — Cresci sentindo que dependia de mim mesma. Por um lado, me ensinou a correr atrás de muita coisa, me forçou a amadurecer...

— Mas por outro é bastante solitário, não?

Ela fez que sim, sem encará-lo. Então, a mão dele cruzou a mesa e segurou a dela.

A atitude foi tão inesperada que ela ofegou baixinho sem querer.

— Sinto muito, Aimée. A infância e adolescência são justamente os momentos da vida em que a gente não tem que ser maduro. É a época de ser cuidado, quando a gente precisa sentir que tem para onde correr. É triste que você tenha sido privada disso.

— É — concordou ela, controlando as emoções. — Quer dizer, meus pais me amam. Reconheço que sempre me proporcionaram uma boa vida, entendo que todo mundo tenha suas limitações...

— Mas não significa que não tenha machucado, não é?

— Sim. E demorei tempo demais para entender isso, só fui reconhecer e processar meus sentimentos já adulta. Então, por mais que sejam acontecimentos do passado, a ferida é meio recente — falou, a voz embargada.

Colocar tudo para fora enquanto Ricardo oferecia colo a deixou sensível, e ela não conseguiu evitar que os olhos enchessem de lágrimas.

Merda.

— Acho que eles não souberam demonstrar o amor deles tão bem, ao menos não da forma que você, criança, pudesse entender — Ricardo disse, percebendo as emoções à flor da pele. — Nem imagino o quanto deve doer sentir em qualquer nível que você talvez não seja amada. Mas, se ajudar, tenta lembrar, primeiro, que não é verdade. Depois, que as pessoas são complicadas. Talvez eles tenham errado com você tentando fazer o certo, ou sem ter as ferramentas para fazer do jeito que precisavam. Mas não pense nunca que o problema é você.

Aimée assentiu, incapaz de falar com lágrimas silenciosas enfim escorrendo pelo rosto, forçando-a a tirar a mão de Ricardo da dela para usar o guardanapo e se recompor.

— Desculpa — disse quando conseguiu, constrangida, e riu para disfarçar. — Não queria chorar, mas é um assunto um pouco delicado.

— Não tem problema, meu bem.

De novo, o "meu bem" tão cheio de afeto causou um frio na barriga e a forçou a encarar o homem a sua frente. O que viu em seu olhar era tudo aquilo que sempre buscou e temia não encontrar, porque parte dela acreditava não ser digna de receber.

Preocupação. Cuidado. Carinho. Proteção.

Não fosse a mesa, não fosse um lugar público, tinha certeza de que Ricardo estaria ao seu lado, abraçando-a. O lampejo feroz que encontrou no fundo de seus olhos dava a certeza de que, se pudesse, ele tiraria a rejeição de dentro dela com as próprias mãos.

E foi aí que Aimée se perdeu.

Porque suas palavras a atingiram em cheio. E sua postura ia ao encontro de suas necessidades mais íntimas e desesperadas. Aquilo, somado às sensações das últimas semanas, não dava margem para fuga ou engano.

O coração dela tinha disparado.

Teve certeza de que estava apaixonada.

Capítulo 34

O homem se aproximava com imponência. Suas vestes eram de um tecido sedoso e brilhante que ele só vira de longe, ao caminhar por entre as ruas do mercado. Jamais poderia comprar algo daquela estirpe.

— Precisava ver com meus próprios olhos — o homem proclamou, agora tão próximo que os fios prateados da barba deixaram de ser uma massa disforme para dar lugar aos contornos individuais dos pelos.

Continuou em silêncio, atônito. O que aquele ancião precisava ver? Ninguém costumava se interessar por ele, sobretudo alguém tão evidentemente da nobreza.

— Você entende o que digo, garoto?

Sentia-se confuso. Por que ele não entenderia?

— Sabia que deviam ser apenas boatos... — o velho continuou, parecendo frustrado.

— O que eram boatos, senhor? — a voz do menino enfim saiu.

O olhar de espanto do homem o informou de que algo grandioso acontecia ali.

— Não pode ser!

— Me desculpe, senhor. — Estava condicionado a se dirigir com respeito às pessoas de classes superiores. — Mas poderia me explicar?

— Você não percebe, não é?

Ele não fazia ideia do que deveria perceber, então apenas negou com a cabeça em um gesto incerto.

— Me diga: pareço seu conterrâneo?

— Não, senhor.

Na verdade, parecia alguém de terras distantes. Só não sabia explicar o porquê.

— Preciso que você escute. Que escute com atenção.

Ricardo acordou com um sobressalto, as palavras ainda ressoando na mente.

Estava na cama, os detalhes do cenário do sonho rapidamente escapando. Onde era aquilo, afinal? Uma caverna? Não... Uma clareira?

Não sabia mais.

Mas a imagem do homem ainda era vívida, bem como a sensação de *ser* o garoto com quem ele falava. O garoto que precisava escutar algo com atenção.

Um chamado, que parecia ter ficado com Ricardo mesmo desperto.

Cenas como aquela vinham aparecendo despretensiosamente em sua cabeça fazia mais de um mês. Pensando melhor, desde sua visita à feira com Aimée, quando conhecera o cachorro superdotado. Oscar, Olavo, algo do tipo. Porém, era a primeira vez que o sonho era tão detalhado.

Ricardo se distraiu pegando o celular para ficar mais uns minutos na cama. Precisava se levantar em breve, comprometido a não perder o ritmo de escrita. Torceria o cérebro para tirar dele algumas palavras que fossem, se preciso.

Contudo, talvez naquele dia, somente naquele dia, abrisse uma exceção.

O sonho o havia feito se esquecer de um simples detalhe: era seu aniversário, segundo as felicitações já presentes no aplicativo de mensagens.

Não que ele fizesse da data um grande evento, mas a mãe e o avô estavam a caminho de São Paulo para encontrá-lo. Bem, até que chegassem, Ricardo poderia se dedicar ao trabalho — isso se bloqueasse as notificações, que provavelmente chegariam ao longo do dia e o desconcentrariam.

Estava oficialmente com 35 anos. O meio do caminho até os 40.

Seria um exagero dizer-se em crise, mas não tinha como negar que aquele marco o deixava, ao menos, reflexivo.

Em outra época, imaginou que a vida, àquela altura, seria bem diferente. Vislumbrou um futuro casado com Jéssica, colhendo os louros de sua carreira bem-sucedida, escrevendo outras fantasias de sucesso... Nunca cogitou que estaria tão distante de cada uma daquelas coisas, nem muito menos que se sentiria tão diferente de quem havia sido.

A satisfação gostosa de agradecer as mensagens não eliminou de todo a irrefreável irritação que a felicitação do pai provocou. Não bastasse a zanga em si, tudo piorava por ela ser acrescida de culpa. Dalton *era* seu pai.

Com um suspiro, Ricardo enfim se levantou, decidido a começar o dia com um banho revigorante.

Estava ligando o computador depois do banho quando chegou uma mensagem de Aimée.

Então quer dizer que hoje é seu dia, é? Feliz aniversário, Ricardo! Que você tenha um dia de muito carinho e um novo ano de vida de muito sucesso. Acima de tudo, que você sempre encontre a alegria e a satisfação de viver como escolheu e que não duvide de si quando as coisas parecerem nebulosas. É um prazer ter tido a oportunidade de conviver com você esse ano e poder te dizer tudo isso agora!

As palavras foram seguidas de uma figurinha de um gatinho emocionado. Ricardo sorriu.

Refletiu um pouco antes de responder. "Obrigado", apenas, era insuficiente. A mensagem parecia de um tom comedido, considerando a intimidade entre os dois, mas, ao mesmo tempo, expressava desejos que ele sabia não só serem sinceros como, principalmente, significativos. Aimée tivera o cuidado de estimar a Ricardo seus maiores anseios no momento, de maneira que nenhuma outra pessoa parecia ter percebido.

Aquilo mexia com ele... e o deixava confuso.

Lembrou como ela havia se aberto na semana anterior e sua vontade de confortá-la. Lembrou, também, como ficou assustado pela ferocidade com que desejou protegê-la de todo e qualquer mal.

As emoções despertadas por ela, fossem quais fossem, eram sempre intensas, e não era bom que Ricardo perdesse o controle daquela forma, que se deixasse levar pelas sensações e se esquecesse de que tinha escolhido não se sujeitar mais ao risco.

Na única época passional de sua vida, as coisas não terminaram bem e, daquela vez, havia ainda mais motivos para que o pessoal e o profissional se mesclassem em uma bagunça preocupante. Era óbvio que a descrença de Jéssica na carreira de Ricardo estava longe do apoio que Aimée demonstrava, mas ele questionava até onde podia contar com esse apoio. Era difícil não comparar as duas situações cada vez que pensava nas críticas sobre *Melodia ousada*, em como Aimée parecia duvidar dele como escritor de romances.

Não valia a pena repensar a decisão de cortar a parte amorosa de sua vida por alguém que não parecia acreditar nele.

A possibilidade de fracassar, em qualquer âmbito de sua vida, o deixava congelado. O término com Jéssica o deixara lastimável, a ponto de Ricardo não ter tido energia para se dedicar como deveria ao trabalho. Ele não podia se dar ao luxo de falhar agora, não quando perderia mais do que seu nome e suas poucas conquistas materiais.

Perderia o sonho de uma vida.

Precisava ir com mais calma, antes que tudo se avolumasse em uma bagunça irremediável. O lance com Aimée precisava continuar sendo apenas isso.

Obrigado, Aimée! Se fiz algo de certo nos últimos tempos foi ter escolhido você como agente! Que o novo ano de vida também traga o primeiro filme da minha carreira haha

Ricardo sabia que a mensagem dela havia dito "conviver com você", uma escolha interessante de palavras, que não explicitavam se ela falava da posição de agente, mulher ou as duas coisas. Talvez tenha sido covardia dele pontuar de qual perspectiva agradecia, mas era o mais sensato a se fazer sem deixar de ser sincero. Aimée estava entre as melhores coisas que haviam acontecido a ele nos últimos meses.

Levo algo de especial hoje?, ela enviou com um emoji sorridente.

Merda. Ele tinha esquecido.

Tinham combinado de se encontrar aquela noite, mas Ricardo não havia associado que "sexta-feira" e "seu aniversário" seriam no mesmo dia.

A gente pode remarcar? Me desculpe, esqueci que minha mãe e meu avô viriam me encontrar. Vamos jantar juntos, enviou, torcendo para que ela compreendesse.

Ela visualizou a mensagem, mas demorou uns instantes até que a resposta chegasse — o que não fazia muito sentido, considerando que não era extensa a ponto de justificar a demora.

Não tem problema. A gente combina outro dia!

Histórico de Pesquisa

Hoje - segunda-feira, 20 de maio de 2019

- ☐ 11:22   custo médio produção audiovisual nacional
- ☐ 11:22   custo médio produção audiovisual fantasia
- ☐ 11:21   custo produção senhor dos anéis
- ☐ 11:17   tolkien
- ☐ 10:06   armas medievais
- ☐ 10:02   zarabatana
- ☐ 09:55   instrumento de sopro música
- ☐ 09:54   instrumento de sopro
- ☐ 09:18   romances com bandas musicais

Capítulo 35

*A*pesar de ter muito a processar, Aimée saiu da terapia um pouco mais aliviada por ter despejado tudo que vinha ruminando nas últimas duas semanas. Não tinha conseguido se consultar desde que se percebera apaixonada, então a sessão foi essencial. Se já vinha se sentindo insegura sobre Ricardo, tudo tinha se intensificado.

O problema não era gostar dele. Era o que aquilo acarretava. Estava cheia de expectativas — o que também significava um risco muito maior de uma decepção que parecia inevitável. Aquelas emoções todas funcionavam muito bem em um livro de romance, intensificando o conflito entre o casal até o momento de clímax, depois recompensado pelo reconfortante "felizes para sempre". Mas a vida real era muito diferente. Não havia garantias.

Ela gastou boa parte da sessão falando sobre tentar reconhecer o quanto da angústia era a ansiedade antecipando algo que nem ao menos sabia se aconteceria e o quanto era percepção sobre a relação com Ricardo.

Era onde a cabeça dava um nó.

Porque, por um lado, a conexão era ótima. E os momentos em que Ricardo era carinhoso, quando oferecia o cuidado de que ela precisava, eram os que mais a desarmavam. Por outro, as discordâncias como agente e escritor pareciam afetar a relação. Toda vez que precisavam falar sobre *Melodia ousada*, o clima pesava, e ela sentia pisar em ovos — e odiava estar naquela posição. Para ajudar, ela tinha a impressão de que Ricardo estava se esquivando. Talvez estivesse implicando com bobeiras, como o aniversário dele na semana anterior. De maneira alguma esperava ser convidada para o jantar em família, mas descobrir a data pelo calendário de aniversariantes da agência? Sentiu-se insignificante.

O jogo mental de "Ricardo está a fim" versus "Ele não está tão a fim de você" — um filme que, aliás, adorava — era exaustivo demais.

A orientação da psicóloga foi, em primeiro lugar, dar menos atenção à questão com Ricardo. Aquela não era a única área da vida dela — a forma educada de a terapeuta lembrá-la de que tinha mais com que se preocupar.

Depois, não antecipar atitudes ou emoções. De uma forma ou de outra, a relação caminhava. Se respirasse fundo, ela podia não só aproveitar o que estava bom como também perceber melhor as intenções dele. E as dela própria. Estava em processo de avaliar se Ricardo cabia em sua vida e o que desejava. Podia ter se apaixonado, mas o sentimento não era garantia de que Ricardo fosse o melhor para ela, e muito menos que estava aberto — e disposto — a retribuir.

Por último, a psicóloga lembrou Aimée de seu avanço nos últimos anos. Lembrou como ela colocara limites em envolvimentos passados e se retirara de situações que não estavam alinhadas com o que queria. Aimée sabia se respeitar e também aprendera a se preservar.

A Aimée atual não era a mesma que tinha se envolvido em uma relação abusiva — e, aos poucos, entendia que a Aimée do passado não tinha culpa por aquilo.

O sentimento por Ricardo não precisava ser a consequência do que julgava uma falha, não precisava ser carência.

Podia ser só um sentimento.

— Você está quieta hoje — Ricardo comentou, picando cebola para o jantar, enquanto Aimée lavava a louça acumulada ao longo do dia por falta de tempo.

Estava cansada demais para sair, então, ele se ofereceu para ir até lá. Em plena sexta-feira, por dentro Aimée fazia coreografias animadas dignas de uma líder de torcida em plena puberdade pela perspectiva de poder dormir até mais tarde no dia seguinte; porém, esgotada pelos cinco dias úteis, parecia mais um soldado da Guarda Real.

— Isso quer dizer que nos outros dias sou uma tagarela? — brincou.

— Falha minha. — Ele sorriu e corrigiu: — Deveria ter dito que você está *muito* quieta hoje.

— É só cansaço. Mais uma semana que me faz lamentar não ter nascido herdeira.

Não podia negar: apesar dos perrengues, alguns momentos tinham sido especiais, como o recebimento da minuta do contrato audiovisual para *A garota partida* e da capa do lançamento de Tábata. A editora estava adiantada, considerando que o prazo para lançar era apertado — faltavam três meses para a Bienal e ela assinara o contrato havia dois.

— Algo além da correria? E que você possa me dizer, considerando que sou também um dos seus autores.

— Ah, nada de mais.

O que significou, em seguida, um enorme desabafo sobre toda agitação da semana: os acertos para incluir Marcelo como novo sócio da Entrelinhas, prazos a cumprir, trabalhos de última hora aparecendo, a dificuldade de orientar alguns textos mais problemáticos, para não dizer ruins, e coisas do tipo. Deixou de fora a parte que envolvia seu emocional.

— Podia ser pior, eu podia ter piorado a semana enviando mais um trecho de Melô — falou ele, refogando a carne do strogonoff.

Aimée deu uma risada contida. Reconhecia a tentativa de brincadeira, mas não sabia se o tom de Ricardo era autodepreciativo ou crítico. Desviou o assunto, arrumando a mesa para comerem:

— E sua semana, como foi?

— Nada de mais.

E foi a vez dele de reclamar da persistência dos bloqueios criativos, de como seu curso de escrita consumia tempo e energia e de como ele definitivamente não nascera para ser autor de Instagram.

— Olha, mas parece que tem uma outra rede crescendo. E ela envolve vídeos e dancinhas. Pode ser interessante...

— Prefiro nem saber.

Ela deu risada com a careta de desespero dele. Não julgava Ricardo. Em seu lugar, se sentiria da mesma forma.

Depois de jantarem, Ricardo se ofereceu para cuidar da louça, então ela aproveitou para enxugar e guardar a que tinha lavado enquanto ele cozinhava.

— Cansada demais para um vinho? — perguntou ele ao acabarem.

— Jamais. Vai me fazer dormir ainda mais como um bebê. Mas, primeiro, preciso de um banho.

Ele a olhou como se tramasse algo. E o frio na barriga dela dizia que iria gostar da ideia.

— Vem aqui — disse ele, puxando-a pela mão até o quarto.

— Realmente preciso do chuveiro.

— Fica tranquila. Fecha os olhos — ele pediu, depois de acender a luz.

Ela estranhou, mas obedeceu.

— Só confia em mim, tá bom? — Ricardo falou baixinho, próximo ao ouvido dela, causando um arrepio.

Aos poucos, Ricardo começou a despi-la. Porém, não como se estivesse prestes a transar com ela: era uma forma de cuidado.

Completamente nua, ele a segurou com delicadeza pela mão até o banheiro. Aimée reconhecia os cômodos de olhos fechados.

— Continua assim — pediu.

Ouviu Ricardo abrir o box e ligar o chuveiro. Nenhum outro som foi audível até uma música instrumental começar ao fundo. Misturada ao barulho da água caindo, deixou Aimée instantaneamente mais relaxada.

— Vem. — Ele a pegou outra vez pela mão e, com cuidado, a guiou para dentro do box. — Não abre os olhos. Não faz nada. Só sente, tá bom?

A água caia pelas costas dela e, embora fosse algo que sentisse todos os dias, a experiência era inédita. Havia o frio na barriga, e o peito parecia se abrir. O calor do chuveiro a envolvia, mas não aplacava a sensação das mãos de Ricardo ensaboando com tanta gentileza sua pele.

Ricardo estava dando banho em Aimée. E, embora não tivesse nada de sexual no que fazia, era um dos momentos mais eróticos de toda a vida dela.

Ele lhe permitia se sentir cuidada. Acariciada.

E ela se permitia também. Embalada pelos sons, aromas e toques, deixou o estresse escoar pelo ralo.

Quando terminou, Ricardo fechou o chuveiro e a envolveu na toalha, o tecido dando a impressão de provocar eletricidade estática. Aimée continuou de olhos fechados. Seria dele, também, a tarefa de secá-la.

Então, ele a levou de novo até o quarto. Em pé, Aimée ouviu Ricardo puxar o edredom antes de deitá-la na cama.

Os olhos dela seguiam fechados. O oposto do coração.

Só quando acomodada, mais relaxada do que estivera em semanas, foi que sentiu o corpo dele se aproximar. Primeiro a mão tocou seu rosto. Um gesto terno, deslizando pelas bochechas, fazendo-a arfar, uma ínfima parte das emoções escapando.

Foi quando a boca dele, devagar, encostou na sua.

Apesar de o beijo começar suave, logo se transformou em algo feroz.

Ela devorou Ricardo com a mesma voracidade com que ele a recebia e a devorava de volta.

Seu corpo inteiro parecia dar choques, estimulado e hipersensível. E, apesar da corrente de energia que a percorria, ela também flutuava.

Eram sentimentos demais.

Estava completamente ferrada. Porque estava completamente rendida.

A trilha sonora ressoando na mente era, enfim, a compreensão do real sentido de estar perdida e salva.

Então compreendeu, também, o porquê de ser tão apaixonada por romances, o motivo, afinal, de ser apaixonada por se apaixonar. Como a psicóloga tentara fazê-la entender. Era algo puro, inteiramente dela, que dizia sobre sua capacidade de sentir. A sensação de enfim estar viva, de acreditar ter descoberto o sentido da existência. A emoção capaz de dar cores a tudo, de levar a um estado de euforia — e de aterrorizar pela simples percepção de que não era mais capaz de viver sem ela, mesmo que, sim, fosse.

Aimée caíra por vezes demais e se machucara mais do que gostaria. Mas não conseguia evitar: o calor da chama a atraía feito um inseto. Não importava que se queimasse, sempre acreditava que chegaria o momento em que se aproximaria o bastante para se aquecer, para admirar a luz como em um dia ensolarado de verão ou uma noite quente de lua cheia.

Não tinha como saber se era o caso, mas, com os lábios de Ricardo nos seus e em seu rosto e em seu pescoço, e com os braços dele a puxando, afastando dela o cansaço e os medos que a tinham assombrado nos últimos dias, Aimée se permitiu acreditar que, daquela vez, não havia nada a temer.

Capítulo 36

Ricardo era um imbecil. Um completo imbecil.

Enquanto observava Aimée adormecida e tranquila em seus braços, não podia evitar sentir nada mais digno.

Continuava sem conseguir refrear a impulsividade quando estava perto dela, a ponto de sair fazendo coisas como banhá-la, sentindo-se quase em êxtase de ver as diferentes reações do corpo dela ao seu toque. Era delicioso, e irresistível, provocar nela tantas sensações — exatamente porque Aimée fazia o mesmo com ele, e Ricardo bem sabia o quanto aquilo era bom.

Era um imbecil. E completamente egoísta. Porque se estava decidido a não ter com ela nada além do que tinham, não podia agir daquela maneira. Não podia pensar apenas no próprio prazer, sem considerar como ela interpretaria tudo aquilo.

Precisava recuar.

E, por isso, tomando cuidado para que ela não acordasse, Ricardo se esgueirou da cama e, após se vestir, deixou o apartamento de Aimée em plena madrugada, decidido a terminar a noite sozinho em seu próprio quarto.

Para variar, Ricardo rolava o *feed* do Twitter em vez de escrever o próprio livro. Era verdade que vinha tentando investir mais naquela rede para, quem sabe, chegar a novos leitores, mas era também verdade que qualquer atividade era mais atraente do que encarar o próprio manuscrito.

Tinha enviado um trecho reescrito de *Melodia ousada* para Aimée na semana anterior e ela devolvera o arquivo, naquela manhã, com outra série de críticas. Era desanimador que os esforços dele fossem inúteis.

Fechara o e-mail sem respondê-lo. Era melhor fazer isso quando estivesse com a cabeça menos cheia. Pelo mesmo motivo, ainda não tinha aberto a mensagem rotineira dela no WhatsApp.

Ao menos, o Twitter consumia sua atenção. O assunto do dia na comunidade literária eram os agenciamentos. Mesmo sabendo que perderia seu tempo, Ricardo não conseguia resistir. Bastava ler uma indireta para a curiosidade ser atiçada e ele instantaneamente abrir os fios de conversas, buscando pistas e conexões para entender a fofoca.

Naquele dia, um autor que tinha sofrido um golpe de uma agência de que Ricardo nem sequer tinha ouvido falar iniciara o debate sobre agenciamento sério. A partir daquilo, surgiram inúmeros fios com dicas de como identificar possíveis ciladas e com informações de como agências trabalhavam. Algum tuíte indicara agências honestas do mercado, a Entrelinhas entre elas. Ricardo curtira todas as menções positivas, orgulhoso de ser parte daquele time. Contudo, como estava evitando um contato mais próximo com Aimée, não prestou qualquer depoimento nem participou da discussão acalorada que acontecia em paralelo no grupo da agência. Ainda assim, não resistiu a compartilhar um tuíte que prestava uma homenagem a Iolanda, escrevendo "Saudade da minha eterna agente".

Distraído, quase não percebeu o celular tocar e revirou os olhos ao ver quem ligava. Seria melhor não ter percebido a chamada.

— Oi, pai.

— Como vai, meu filho?

— Bem.

O silêncio na linha indicou que Dalton aguardava a devolução da pergunta, o que Ricardo se recusou a fazer.

— Queria saber — o pai continuou depois de pigarrear — se você tem aí um daqueles seus livros.

— *Daqueles* meus livros?

— É, você não tinha uns sobrando? — O pai não pareceu notar a ênfase indignada do filho. — Meu sogro não sabia que você era escritor e queria ler, pensei em dar de presente — disse, envaidecido.

Inacreditável. O pedido era absurdo em mais níveis do que Ricardo estava disposto a contabilizar.

— Se quer dar um presente, você pode comprar na livraria que preferir.

— Poxa, Ricardo, mas o que custa? É só um livro.

— É você quem quer dar o presente, não eu. E se "é só um livro", não vai ser grande coisa para seu bolso.

— Já vi que a ligação foi um erro, mas tudo bem. Quando tiver um tempo para seu pai, vamos combinar um almoço.

— Vamos. Eu aviso.

O que significava que não havia a menor chance de aquilo acontecer em um futuro próximo, e Dalton parecia ter percebido, dada a maneira ressentida como finalizou a ligação.

Ricardo colocou o celular ao lado do notebook e jogou as costas com tanta força sobre a cadeira que ela deslizou sobre as rodas uns centímetros para trás. Aquilo fora excesso de cara de pau ou falta de noção de Dalton?

Encarando a tela do computador, ele nem conseguia ler nada, a cabeça repassando a conversa. Ricardo não entendia como o pai podia, em uma mesma conversa, demonstrar desdém pelo trabalho dele e se vangloriar do status de escritor do filho. Aliás, entendia: era apenas mais uma demonstração de como o pai só pensava em si.

Precisava desabafar.

Reprimiu a vontade de abrir a conversa com Aimée, embora fosse com ela que quisesse falar. Desistiu de mandar mensagem para a irmã, que não precisava de mais motivos para ter rancor de Dalton. A mãe certamente não era uma opção.

A página do Twitter seguia aberta.

Ricardo era contra exposições desnecessárias, mas podia liberar a fúria sem maiores informações, não podia?

Depois de escrever e escrever e escrever algo que parecia ter dado mais trabalho do que o romance — era muito difícil manter a discrição e expressar o que queria em poucos caracteres —, ficou satisfeito.

"Queria dizer mais, mas vou me contentar com isto: é deveras decepcionante que mãos que afaguem sejam as mesmas que apedrejam, mas é sempre pior quando as mesmas mãos supostamente deveriam ser sinônimo de confiança."

Clicou em enviar. Um peso saiu de suas costas.

Ainda assim, seria melhor espairecer antes de tentar retomar o trabalho que mal havia começado. Então, foi tomar um banho, contando com o calor da água para aliviar a tensão.

Quando retornou, entretanto, as inúmeras notificações fizeram seus músculos se contraírem ainda mais conforme via, chocado, a repercussão.

O que foi que tinha feito?

Capítulo 37

Passava de onze da manhã quando Aimée enfim teve condições de trabalhar.

Mal tinha aberto os olhos ao acordar e o coração parecia querer sair pela boca. O peito, esmagado pela pata de um elefante. Antes mesmo de sair da cama, abriu a gaveta da mesa de cabeceira e tomou o calmante fitoterápico.

Aliviou um pouco, mas não resolveu.

Saiu para uma corrida forçada, colocando nas endorfinas a esperança de se sentir melhor.

Ajudou também, mas não melhorou por completo.

Sentada no sofá, respirou fundo algumas vezes, abraçando almofadas ou a Tide para que a sensação do toque tanto a colocasse no presente quanto a confortasse.

Aos poucos, foi se acalmando.

Odiava a energia que a convivência com a ansiedade exigia. Às vezes, o dia mal começava e Aimée já estava exausta, consequência de ter travado uma batalha mental gigantesca com o próprio corpo. Como ser produtiva ou ter um bom desempenho naquelas condições?

Aquele era um dia em que tudo o que ela queria era poder descansar em paz. Mas não podia, tinha prazos e responsabilidades a cumprir.

Tinha um incêndio a apagar.

Respirou fundo, segurando o choro. A reunião com a produtora seria em meia hora, e ela precisava estar em condições. Tinha recebido um e-mail de urgência depois da polêmica no Twitter, e não era um bom sinal.

Aimée entrara em choque quando Gabriel enviara os prints. Ricardo tinha mesmo postado uma indireta para a agência? Para *ela*? Era por isso que ele tinha se distanciado? Mas, inferno, onde ela errara para merecer aquilo? Sabia que estavam tendo discordâncias, mas não que ele estava insatisfeito àquele ponto.

Bastara ele postar a frase enigmática para choverem respostas de pessoas associando o tuíte à polêmica do agenciamento, sobretudo por, um pouco antes, Ricardo ter tuitado estar com saudade de Iolanda.

Quando ele apagou o tuíte, o estrago já estava feito. Os prints circulavam.

Os rumores de que a Entrelinhas talvez não fosse confiável começaram. Se tivessem ficado no Twitter, os danos teriam sido administráveis. Contudo, o burburinho chegara a um grande portal de fofocas, que não demorou a divulgar o caso para não perder o furo: "Autor best-seller Ricardo Rios manda indireta para agência no Twitter". A página conectava os tuítes de Ricardo à polêmica do agenciamento, expondo, em seguida, as informações sobre a Entrelinhas. Mais especificamente, sobre Aimée, que o representava diretamente. A notícia especulava o que poderia ter acontecido, mas a associação negativa já tinha acontecido.

Na mesma hora, Aimée, Taís e Gabriel entraram em contato com Ricardo, enfurecidos, querendo entender o que era aquilo. A forma como ele estava nervoso corroborava seu argumento de ter sido um mal-entendido, mas Aimée não conseguia acreditar totalmente, não com o histórico deles — e nem Gabe, nem Taís acharam que fosse coisa da cabeça dela.

De qualquer maneira, ficou combinado que ele se retrataria, explicando a situação publicamente.

Não adiantou. Boatos paralelos de que Ricardo fora forçado por questões contratuais a fingir que não falava sobre a agência continuaram circulando, e pouco a pouco outros autores da Entrelinhas foram abordados, questionados sobre a satisfação com a representação que estavam recebendo.

Aimée queria acreditar que, em poucos dias, tudo aquilo seria esquecido. Afinal, boatos não podiam ser mais fortes do que a realidade — e a realidade era que todos os agenciados estavam satisfeitos, assim como as editoras com quem trabalhavam.

A movimentação nos perfis dela nas redes sociais indicava que o problema tinha ido além. Os dados estatísticos apontavam que muitas contas haviam visualizado os conteúdos dela. E aí, ela viu o primeiro tuíte: "Mas é agenciamento literário ou book rosa para benefício próprio?".

Sua barriga congelou.

Não devia, mas abriu as respostas.

"Fofoca pela metade quase mata fofoqueira" era só um dos exemplos do que vira, e a pessoa do tuíte original respondera alguns dizendo ter visto "uma certa agente com um certo autor juntos no shopping em situação nada profissional".

Estavam falando dela, questionando seu trabalho... Não o de Ricardo, o dela. Seria mais fácil lidar se ela mesma não se questionasse. E seria mais fácil lidar se não estivesse surtando por, de novo, viver o mesmo pesadelo de ver uma relação mudar e acabar antes mesmo de ter começado. E sem entender o que tinha acontecido.

Não dava nem para avaliar como estavam, porque, mesmo em meio àquele caos, Ricardo mal falara com ela. Dizia estar muito ocupado, e ela queria acreditar, simplesmente porque a alternativa era muito dolorosa: que ele estivesse mentindo porque na verdade não queria vê-la, tinha cansado dela, e não fazia sentido ele ser aquela pessoa, não fazia sentido ele a tratar como vinha tratando, com tanto cuidado, e ter tão pouca responsabilidade emocional, a não ser que o problema fosse ela, como sempre era, que ela é que estivesse sendo ingênua demais por acreditar no melhor dele, ingênua por não conseguir aceitar que ele podia ser daquele tipo horroroso, porque, no fim das contas, ele não seria o primeiro a agir daquela forma, muito pelo contrário, então era uma questão de probabilidade, de estatística, era bem mais possível que fosse aquela a verdade, que ele a estava enganando, era ela quem não queria enxergar.

Colocou as mãos trêmulas na cabeça, tentando, sem sucesso, parar os pensamentos.

A respiração voltou a acelerar. Ela fechou os olhos com força, mas não conseguiu impedir a crise de choro.

Estava frustrada. Com Ricardo. Com ela.

O aperto no peito era grande demais para Aimée não se preocupar. Nunca escaparia daquelas sensações? Não podia, de jeito nenhum, se deixar sugar pelo abismo que, um dia, a levou ao pior momento da vida. Não podia continuar em uma situação tão incerta, que despertava tantos gatilhos.

Porque não era só a insegurança que a fazia temer, era a mensagem que ressoava e que ouvira tantas vezes: que era difícil demais de ser amada. Que não valia o esforço de dedicarem a ela o mínimo de afeto.

Ela balançou a cabeça e foi até o banheiro. Precisava lavar o rosto, precisava estar minimamente apresentável para a reunião que iniciaria em cinco minutos.

Aimée forçou o sorriso ao abrir a videoconferência.

— Bom dia!

— Bom dia — o representante da produtora respondeu, visivelmente tenso, antes de ir direto ao ponto: — Sinto em ser portador de más notícias, mas precisamos conversar sobre o contrato do Ricardo.

Não, não, por favor, não.

— Recebi orientações dos diretores-executivos para segurarmos a assinatura. Com esses rumores recentes, nem Ricardo, nem a Entrelinhas seriam uma boa associação para nós.

— É uma decisão definitiva? — perguntou com o estômago embrulhado.

— No momento, sim. Podemos reavaliar a decisão futuramente, mas precisamos, primeiro, verificar o quanto o caso afetará vocês a longo prazo.

— Vamos virar o jogo — Aimée respondeu com mais determinação do que sentia.

Quando a reunião acabou, fez duas coisas: a primeira foi marcar uma sessão extra com a psicóloga.

A segunda foi informar Ricardo de que precisavam conversar, sem margem para que ele negasse.

Aquela confusão começara por causa dele, que nem sequer se interessara em saber como *ela* estava, preocupado apenas com os desdobramentos profissionais *para ele*.

Precisava saber em que página estavam naquele romance, se é que podia chamá-lo assim. Se ele estivesse pronto para colocar um ponto-final, pois então que dissesse. Era o mínimo a fazer. Se não estivesse, mas também não quisesse oferecer o que Aimée buscava, ela também precisava saber.

Porque, aí, seria ela a colocar o ponto-final.

Capítulo 38

Aimée o aguardava próxima da janela, observando distraída a rua enquanto degustava o café. A julgar pelo prato vazio, estava ali havia um tempo.

— Oi — Ricardo disse, incerto, ao se aproximar, puxando uma cadeira. Apesar da tranquilidade que tentava demonstrar, estava nervoso.

— Oi — devolveu ela, séria. O olhar exibia um desânimo que só agravava a expressão exausta. Ricardo sentiu uma pontada de culpa. — Obrigada por ter vindo.

— Era o mínimo que eu podia fazer — admitiu ele. — Me desculpe, mais uma vez, por toda a confusão. Eu jamais prejudicaria a Entrelinhas intencionalmente.

Uma garçonete se aproximou, e Ricardo pediu café e a água de Aimée.

— Na verdade — Aimée disse quando ficaram sozinhos novamente —, isso é parte do que eu gostaria de entender. E informar. — Ele engoliu em seco. — Mas vamos por partes.

— Aconteceu mais alguma coisa?

— Na verdade, sim. A produtora adiou a assinatura do seu contrato.

— O quê?

Aimée suspirou.

— No momento, nem a Entrelinhas, nem você são boas associações profissionais. Se futuramente nossa imagem melhorar, podem reavaliar a decisão. Por ora, não teremos a parceria.

Ricardo não sabia o que dizer, tomado por uma profunda tristeza.

— Esse contrato... o adiantamento... significaria tanto para mim.

— Não só para você — ela retrucou. — Foi uma perda enorme para a Entrelinhas também.

— Você está brava comigo?

Ricardo se colocou na defensiva. Acabara de sofrer um baque e precisava do conforto que Aimée sempre oferecia.

— Como não estar, Ricardo? Eu não sei o que está acontecendo. Você me trata de maneira maravilhosa, então vai embora da minha casa no meio da noite sem qualquer explicação, depois se afasta quando eu devolvo seu livro com apontamentos críticos, faz um tuíte duvidoso que dá início a uma confusão gigantesca e em momento algum sequer pergunta como eu estou com tudo isso. Sabia que viram a gente no shopping? E que questionaram o meu profissionalismo?

Ele estava atordoado, e um pouco culpado. Nunca vira Aimée furiosa daquele jeito, os olhos negros lampejando de uma forma totalmente diferente do que ele conhecia. Tinha optado por se distanciar, mas pensando no bem dela, em não a enganar sobre suas intenções. Nunca quis deixá-la naquele estado.

Por outro lado, sentia-se injustiçado. O "tuíte duvidoso" o atingira com força. Mesmo que Ricardo tivesse perdido as contas de quantas vezes explicara a situação e se desculpara, Aimée continuava desconfiada.

— Não sabia que circulavam boatos sobre nós dois. Sinto muito.

Ela assentiu.

— O tuíte não foi sobre você — ele continuou —, e sinto muito se não tenho como provar, a não ser com minhas palavras. Se você não consegue confiar em mim, não sei o que mais posso fazer.

Aimée o encarou injuriada.

— Você percebe que está difícil confiar, considerando o histórico da situação? — ela disse.

— Por quê? Por que eu não respondi um e-mail seu? — Era a vez de ele se ofender. — Você percebe, também, que tem um histórico em demonstrar que não confia em mim?

— O quê?

Ela estava chocada.

— Você não confia em mim como escritor de romance.

Aimée arregalou os olhos, que começaram a se encher de lágrimas.

— Então o tuíte foi realmente sobre mim? — O tom dela saiu magoado.

— Não, não foi.

Silêncio.

— Não quero te pressionar — falou, a voz um fiapo, abrandando parte da ira que Ricardo sentia. Era nítido que Aimée odiava estar naquela posição, e Ricardo não podia evitar sentir que *ele* a tinha colocado naquela posição —, mas preciso entender em que pé a gente está.

Ele suspirou, concordando. Também precisava entender.

— Tem sido ótimo estar com você, Aimée. Mesmo.

O sorriso que ela abriu era a pura ironia melancólica.

— Mas?

— Muito antes de você, estabeleci que não queria me envolver, não queria um relacionamento. Com qualquer pessoa. É o que funciona na minha vida. E não sei se posso garantir que isso vá mudar. Não posso permitir que, se der errado, afete meu desempenho como escritor.

Aimée abaixou a cabeça, incapaz de encará-lo, e concordou. Quando os olhos dela voltaram a fitá-lo, a mágoa ainda estava ali, mas a sombra da incerteza tinha ido embora.

— É seu direito. — Ela parecia tentar controlar a própria voz. — Obrigada por ser sincero. Achei que a situação fosse outra, mas talvez tenha me enganado. — O dar de ombros de Aimée o abalou mais do que previra. — Acho que isso encerra as coisas entre a gente. — A voz dela era triste, mas também determinada. — Não sei se você pretendia continuar como estávamos, mas eu não consigo, Ricardo. Eu não posso. Você tem todo o direito de escolher o melhor para você.

Ele abriu a boca para responder, mas não conseguiu dizer nada. Não contava que, ao desabafar, ela terminaria por eles dois. Não contava que ela aceitaria tão facilmente. Não era a intenção dele terminar, achava que estavam conversando sobre o que sentiam...

O silêncio deu margem para a garçonete se aproximar com as bebidas. Ela devia ter percebido a tensão e não quisera interromper. Quando deu as costas, Aimée disse:

— Precisamos conversar sobre trocar sua orientação de texto — disse ela, despejando a água em um copo.

As palavras saíram antes que Ricardo pudesse contê-las:

— O quê?

— Sinto muito, mas não acho que eu seja a melhor pessoa para trabalhar com você no momento. Seria demais para mim.

— Ah — respondeu ele, ainda atordoado.

— Em menos de dois meses, a Taís deve sair de licença-maternidade, e vamos dividir entre nós os orientandos dela. Assim, você tem como opção o Gabriel e o Marcelo. Os dois são extremamente capazes, mas, se para você faz diferença ter encontros presenciais, talvez o melhor seja o Gabe.

Ricardo assentiu, bem devagar.

— Posso responder depois?

— Sem dúvidas. Leve o tempo que precisar. Só vamos manter a troca como informação interna para, você sabe, não alimentar os boatos.

Aimée fechou a garrafa e a colocou na bolsa, até então pendurada no encosto da cadeira. O encontro tinha acabado.

Eles tinham acabado.

— Quero que você saiba que foi ótimo. Tudo foi ótimo.

— Para mim também — ele se apressou em dizer.

Porque havia sido, e mais do que ótimo.

Aimée assentiu, se levantando.

— Vou guardar as lembranças com carinho.

O sorriso dela, mesmo que triste, também era repleto de ternura, como se os minutos de fúria anteriores jamais tivessem existido.

— Você não vai ser a única.

Ele não resistiu a cobrir a mão dela, apoiada na mesa, com a sua.

Aimée recebeu o gesto por alguns instantes, antes de retirar a mão, os olhos turvos.

Talvez não fosse o melhor a se fazer, mas Ricardo ainda estava digerindo o que tinha acabado de acontecer. Também, não podia permitir que terminasse daquele jeito tão frio.

— Posso te abraçar? — perguntou, já de pé.

Ela apenas concordou com a cabeça, antes de se encaixar nos braços que ele estendeu.

Naquele abraço, Ricardo depositou tudo o que estava em seu peito. Todo o carinho e a admiração por aquela mulher incrível, toda a saudade que já sentia.

Todo o amor que Aimée conseguiu cultivar no que ele julgava ser terreno infértil.

Era sempre mais fácil enxergar a verdade em retrospecto e, só ao final, pôde visualizar que tinha se apaixonado. Nunca tinha ficado tão encantado com algo ou alguém daquele jeito ao longo de toda a vida.

Era muito para processar. A percepção do sentimento que nutrira, a mágoa por terem acabado, o ressentimento por ela não confiar nele...

Mas, naquele momento, focaria apenas a sensação do corpo dela uma última vez junto ao seu.

Enquanto acariciava o cabelo dela com uma das mãos, a outra a pressionava para mais perto. De olhos fechados, Ricardo sentiu o coração dela bater de encontro ao seu no mesmo ritmo frenético e dolorido.

A respiração dela indicava que chorava, lágrimas contidas e carregadas de sentimentos. Ao redor deles, apenas o silêncio.

Eles, que trabalhavam com palavras, que acreditavam no poder dos significados que carregavam, se viam agora compreendendo que nem sempre a falta delas era ausência. Às vezes, era o preenchimento com tudo aquilo que não podia ser expresso.

Capítulo 39

— *A*h, não, fui à falência! — Hugo se jogou para trás sobre as almofadas espalhadas no tapete da sala de seu apartamento.

— Já dizia o ditado, sorte no jogo, azar no amor.

Aimée ria para as notas de brinquedo em sua mão, buscando algum consolo.

Hugo tinha mandado uma mensagem mais cedo e ela não conseguira disfarçar a voz de choro no áudio que enviara em resposta, incapaz de digitar naquele momento. Quando o irmão perguntou o que tinha acontecido, ela contou sobre o término com Ricardo, e Hugo a convidou para passar a noite com ele.

— Incrível como *O Jogo da Vida* ensina o capitalismo para a gente desde crianças. Ganha quem tem mais dinheiro. — Ele suspirou, antes de se levantar. — Mais vinho?

— Melhor não. Já estou meio altinha.

— E não era esse o objetivo?

— Talvez?

Hugo a encarou do alto, cruzando os braços.

— Será que você pode se permitir ficar bêbada decentemente ao menos uma vez na vida, Mê?

— Eu já fiquei bêbada! — respondeu ela ultrajada, apoiando uma mão no chão.

— Bebinha, não tresloucada. Você nunca nem passou mal!

— Ué, e qual o problema? Ficar bêbado assim é muito superestimado, ainda mais na nossa idade.

— Problema nenhum, se for uma preferência. Se for você não se permitindo viver algo por não querer perder o controle, é outra coisa. Na rua, é melhor mesmo você se controlar, nunca se sabe quem pode se aproveitar da situação. Mas segura em casa?

Ela abriu a boca para argumentar, mas a fechou em seguida. Nunca tinha parado para pensar que evitar ingerir álcool tivesse mais a ver com o medo do descontrole do que com um autocuidado.

— Odeio você — ela disse, estendendo a taça vazia para o irmão.

— Na verdade, você me ama — Hugo respondeu, abaixando para dar um abraço nela. — Não precisa beber se não quiser. Mas, se precisar tomar um porre para colocar a mágoa e os bofes para fora, estou aqui para cuidar de você.

Ele deu um beijo na testa de Aimée e se levantou para ir à cozinha. Retornou munido de outra garrafa de vinho, um pacote de salgadinho e um remédio para evitar ressaca.

— Eu sou uma péssima irmã? — perguntou ela em voz manhosa.

— Por quê?

— Você sempre está por perto quando eu preciso, e eu mal consigo aceitar um convite seu para sair.

Hugo se sentou sobre o tapete, cruzando as pernas.

— Você é um pouco workaholic? É. Vive se enrolando com macho? Sim. Mas se tem uma pessoa que eu nunca duvidei de que está do meu lado é você. — Os dois sorriram. — Você não me contou direito. Como foi a conversa de vocês?

Aimée respirou fundo e contou tudo para o irmão.

— Que foi? — ela perguntou quando Hugo pareceu confuso.

— Mais cedo, eu tinha entendido que ele quem terminou com você.

— Mas foi.

— Hum, não, Mê. Pelo que você disse, foi você quem terminou.

— O Ricardo falou, com todas as letras, que não sabia se poderia me oferecer um relacionamento. E, por mais que eu estivesse apaixonada por ele, ele nunca falou nada que indicasse o mesmo.

Hugo coçou a cabeça.

— Era você quem estava lá, então, óbvio que tem uma avaliação melhor do que a minha. Mas fiquei com a sensação de que ele estava expressando uma dúvida, não? E, outra, *você* disse o que sentia por ele?

— Eu não podia aceitar menos, Hugo, nem continuar naquela situação. — A voz de Aimée era fraca.

— Ei, Mê, você sabe o que é melhor para você — encorajou ele. — Vocês se falaram desde então?

— Não. E assim pretendo continuar. Ele está silenciado em todas minhas redes, e arquivei nossas conversas no WhatsApp.

— O que os olhos não veem…

— Exatamente — ela respondeu, pegando o celular e desbloqueando a tela.

— Se por um acaso você estiver cogitando abrir o Twitter, saiba que está proibida de fazer isso esta noite. Minha residência, minhas regras.

Hugo a encarava em tom divertido, mas preocupado. Aimée fez uma careta e sorriu para o irmão, culpada.

— Foi automático. Mas obrigada por me poupar de mais desgosto.

Não havia mais tuítes sobre ela nem sobre a polêmica como nos dias anteriores, mas Aimée agora temia abrir a rede. Bastava clicar no ícone de passarinho para o peito gelar, receando o que encontraria. As pessoas do meio pareciam não a ver mais da mesma forma, e não sabia dizer se a impressão era real ou fruto de suas inseguranças.

Ainda assim, não ficou parada. Se sua imagem on-line tinha sido abalada, precisava reconstruí-la. Tinha tido a ideia de criar uma newsletter, na qual poderia compartilhar mais sobre o ofício de agente, além de dicas relevantes de escrita e sobre o meio editorial para autores iniciantes. Era uma forma de demonstrar suas capacidades e de se aproximar das pessoas, criar algum tipo de laço com elas. Precisava acertar os detalhes, mas esperava lançá-la em breve.

Contava também com o apoio de seus autores. Sem que ela tivesse pedido, passaram a marcá-la em suas publicações, mencionando a satisfação de trabalharem não apenas com a Entrelinhas, mas com Aimée. Ela repostava tudo o que recebia.

— Mais uma partida? — Hugo propôs.

Aceitou. Seria bom esquecer da própria vida construindo outra diferente no tabuleiro.

Capítulo 40

Uma cerveja gelada e uma porção de algum aperitivo não eram capazes de resolver problemas, mas ao menos podiam torná-los mais palatáveis. Por isso, Ricardo convidou Pedro para um bar e confiou que a presença do amigo, associada ao sabor do malte e à textura crocante do provolone à milanesa, o fariam se sentir minimamente melhor.

Infelizmente, não estava sendo o caso. A angústia era tanta que Ricardo não tinha vontade de comer nem beber, o que vinha fazendo de maneira forçada nos últimos dias. Não importava o cardápio, tudo o que ingeria se assemelhava a papelão amassado.

Se Pedro não percebeu o desânimo do amigo no convite para o bar, bastou colocar os olhos em Ricardo para sentir que havia algo de errado.

— O que aconteceu? — perguntou ele, franzindo a testa logo que se sentou na mesa onde Ricardo aguardava.

Ricardo respirou fundo. Cogitou dizer que continuava tendo problemas com o novo romance, mas isso era só uma parte de um todo bem mais complicado. Na realidade, seu outro romance fracassado o atordoava bem mais. Como ousou acreditar que poderia se envolver com sua agente, com uma mulher tão encantadora como Aimée, e sair ileso?

Precisava desabafar. E, por isso, compartilhou com Pedro a história toda do que dividira por quase três meses com Aimée.

— Então, de uma tacada, você perdeu a agente e a mulher que estava curtindo? — Pedro parecia estar com dificuldade para processar a enxurrada de informações.

— Basicamente — Ricardo respondeu, encarando o fundo do copo que, segundos antes, estava cheio de cerveja.

— Mas, Ricardo — Pedro coçava a cabeça e exibia uma expressão de quem não sabia como falar o que gostaria —, se você estava gostando dela, por que não disse?

— Como eu podia dizer que gostava dela enquanto ela terminava comigo? — Suspirou. — E não tinha como aquela relação funcionar se ela não confia em mim.

Pedro pareceu pensar por um momento, e então perguntou:

— Como ficou seu agenciamento?

— Agora vou trabalhar com o Gabriel, outro sócio.

No dia anterior, Ricardo sentiu um frio na barriga quando abriu a caixa de entrada e se deparou com o nome de Aimée. Estava tão acostumado a falar com ela por mensagens e recorrer ao e-mail somente quando precisavam compartilhar os arquivos de *Melodia ousada* que não esperava que aquele fosse o meio de comunicação escolhido para tratarem da troca de agente. Devia ter imaginado. Desde o dia do término, não haviam trocado nem sequer uma mensagem.

Doía perceber o quanto tudo tinha mudado.

— Pelo menos agora você não corre o risco de querer pegar a pessoa que vai te agenciar — Pedro fez piada, tentando amenizar.

— E olha que o Gabriel é bem bonitão — Ricardo entrou na brincadeira, mesmo sem vontade.

Só quando Pedro passou a falar sobre um livro que estava traduzindo é que Ricardo se distraiu dos próprios problemas. Era fascinante ouvir os aspectos da transposição de uma obra de um idioma para outro, a compreensão de que não se tratava meramente de encontrar palavras de mesmo sentido na outra língua. Uma pessoa bilíngue assimilava, também, a cultura do outro povo.

Enquanto o amigo falava, a mente de Ricardo seguia ativa, estabelecendo diferentes conexões.

Pedro era tradutor. O cachorro da feira era capaz de entender diversos comandos. O estranho sonho que Ricardo tivera semanas atrás, sobre o jovem que precisava ouvir. E se o jovem estivesse ouvindo um idioma que não era seu, mas compreendendo mesmo assim?

A mente continuou estabelecendo conexões, e Ricardo pressentiu que aquelas conexões diziam mais do que estava disposto a ouvir.

Trecho de Melodia Ousada

— Como você tem coragem de dizer isso? — Amanda esbravejava, furiosa.

— Foi você quem preferiu assim — Rodrigo devolveu, contrariado.

Ela não conseguia acreditar que tinham chegado àquele ponto. Tudo parecia ~~estar~~ bem, os ensaios estavam cada vez melhores... E, então, Rodrigo estragara tudo.

Ou eram os medos dela que a tinham sabotado?

— Se você fosse capaz de pensar um pouco que seja além do próprio umbigo, teria vergonha de dizer isso.

— Certo, então, Amanda. Eu sou o vilão da história.

Naquele momento, era como o via. E, quando ele deu um passo na direção dela, Amanda entrou em modo defensivo.

E o ataque era sempre a melhor defesa.

~~Sem hesitar, sacou a espada da bainha que carregava presa ao corpo, sentindo a lâmina cortar o ar, e investiu contra Rodrigo. A espada empunhada criava resistência contra o vento, pesando no braço de Amanda, mas era para situações como aquela que se preparara. Lembrava-se dos treinos nos campos ao redor do castelo, do mentor instruindo-a incansavelmente dia após dia, até o cair da noite, para que resistisse. Ela não podia contar com a magia, apenas com a própria destreza. Com suor pingando pelo corpo e os músculos doloridos, aprendera as melhores técnicas de autodefesa.~~

~~Rodrigo tinha sido pego de surpresa. Não esperava aquele ataque, mas, guerreiro treinado, reagiu com rapidez, usando as asas para se deslocar ao outro lado do aposento...~~

Capítulo 41

Aimée não estava no melhor dos humores no tradicional almoço de domingo, e não ajudava precisar fingir que não tinha nada acontecendo. Quando entrava na espiral de pensamentos nocivos, os "e se..." acabavam com ela.

E se a produtora tivesse mantido o contrato...

E se Ricardo confiasse profissionalmente nela...

E se ele não tivesse feito aquele maldito tuíte...

— Você está quieta — Telma constatou na sala, a TV ligada sem que ninguém estivesse, de fato, assistindo.

— É só cansaço — usou a resposta-padrão.

A mãe assentiu.

— Isso porque você nem sai de casa para trabalhar — Horácio falou e riu em seguida.

Aimée respirou fundo.

Ela tentou não ser ríspida, mas também não conseguiu ser tolerante.

— Trabalhar em casa não significa não trabalhar.

— Mas seria muito pior se você trabalhasse longe, dependesse de transporte público, coisas assim — Amara se intrometeu, e Aimée decidiu não discutir.

O ponto não era aquele, e sim o tom do pai diminuindo sua exaustão.

Telma suspirou.

— Pois é, lembro de como era cansativo ter que encarar ônibus, metrô, ter três filhos para criar, pagar as contas...

— Então, como trabalho em casa e não tenho filhos, minha vida é fácil?

— Não foi o que eu disse, Aimée — Telma respondeu, ofendida. — Mas é muito mais fácil do que a minha era na sua idade, já tendo você e sua irmã.

— Tá bom, mãe — falou Aimée, aborrecida, e se levantou, pensando em ir até o quintal, onde Hugo estava com os sobrinhos.

Telma a olhou, contrariada, e bufou.

— Ih, mãe, não liga. Não sabe que não dá para conversar com a Aimée que ela já fica toda irritadinha? — falou Amara.

Ela parou no meio do caminho.

— Como é que é?

— Aimée — Horácio repreendeu, mas não disse nada a Amara, o que aumentou sua fúria.

— É isso mesmo — Telma concordou. — A gente não pode falar nada que você vem com cinco pedras na mão.

— E o que vocês querem que eu faça? Não posso nem dizer que estou cansada, depois de uma semana infernal que ninguém faz ideia, e ainda sou obrigada a ouvir que é exagero, porque na cabeça de vocês meu trabalho é brincadeira ou sei lá o quê — explodiu.

— E como posso saber alguma coisa sobre isso se nem sei direito o que é seu trabalho? — a mãe retrucou.

Nunca tinham conversado sobre o trabalho de Aimée, que só informou a família quando decidiu abrir a agência e explicou por cima seu papel. Nenhum deles tinha ideia do que as tarefas envolviam no dia a dia — e nunca tinham se dado ao trabalho de perguntar.

Assim como não tinham noção de qualquer outra preocupação dela ou como era difícil lidar com o estresse rotineiro intensificado pelas crises de ansiedade. Nas poucas vezes que tentou explicar sobre elas, ouviu coisas como "precisar ter mais fé" ou "se esforçar um pouco mais".

— Porque vocês nunca se interessaram em saber!

As mãos dela tremiam. Estava tão nervosa que duvidava ser capaz de conter qualquer coisa que cogitasse dizer.

— Mas você por um acaso tentou contar? — o pai perguntou, ofendido.

Aimée soltou uma risada irônica.

— Eu tinha que tentar? O interesse não poderia partir de vocês, como acontece com qualquer pessoa que se preocupa com outra?

— E de que forma a gente faria isso se você não dá espaço para a gente se aproximar? Você é tão independente, vivendo sua própria vida, que nem parece que precisa da gente... E, quando a gente tenta, você afasta.

Ótimo. A culpa era dela.

— E por que será que sou assim? — A voz tremia. Era surpreendente ela ainda não ter começado a chorar. — Será que é porque tive que aprender a não depender de vocês? Será que é porque tive que aceitar que era melhor não ter vocês por perto, porque doía demais esperar vocês terem vontade de se aproximar? Ou quando eu tentava e era ignorada? Quantas vezes, mãe, tentei contar algo e você não deu atenção? Quantas vezes você subestimou o que estava na cara que era importante para mim só porque seus problemas eram maiores? — Não duvidava que fossem, Telma lidava com as responsabilidades da vida adulta, afinal. Mas não significava que as questões infantis de Aimée não tivessem peso. — Quantas vezes esperei um elogio que nunca chegou? Quantas vezes fui atrás de carinho e vocês me afastaram porque eu era "grudenta demais"? Posso, sim, ter me isolado — continuou, agora as lágrimas escorrendo —, mas não venham colocar essa responsabilidade toda em mim. Se eu agi desse jeito, foi porque vocês não me deram alternativa.

— O que está acontecendo?

Hugo enfim apareceu, assustado com a discussão. O irmão devia ter ouvido o desabafo, pela forma como a encarava.

Não conseguiu responder. Pegou a bolsa e saiu, incapaz de ouvir qualquer palavra a mais.

— Você deu um show na casa da mamãe — Hugo falou bem-humorado, mas sem esconder a preocupação, ao entrar no apartamento dela pouco mais de uma hora depois de ela ter chegado.

— Se você chama "despejar trinta anos de mágoas em um intervalo de poucos minutos" de show, então, sim — disse ela, mais calma e um pouco envergonhada.

— Você tem feito terapia? — perguntou ele apreensivo ao se sentarem no sofá, mais sério que antes.

Tide, na mesma hora, pulou de onde estava para cheirar os pés de Hugo.

— Como sempre. Você deveria saber como é, aliás. A gente descobrir a raiz dos problemas...

— Não faz com que eles se resolvam sozinhos — completou.

— Exatamente. As feridas continuam aqui. Entender de onde vieram foi o primeiro passo para lidar com as coisas de um jeito diferente... mas nem sempre consigo — falou, sentindo-se culpada pelos próprios ressentimentos.

— Esqueceu de colocar nessa lista que esse também é o motivo de você se cobrar tanto, inclusive sobre a dificuldade de lidar com nossos pais. — Hugo a encarou com carinho. — Tá tudo bem, Mê. Você não é um ser humano horrível. Você é só um ser humano.

Ela olhou para ele com gratidão.

— Como você conseguiu superar aquela época? — Referia-se a quando Hugo se assumiu. Ele parecia lidar tão bem, apesar do passado doloroso.

— Depende do que você entende por superar. Se acha que não dói quando lembro, está enganada. Se acha que eu não engulo sapo até hoje a cada atitude que me lembra do quanto minha própria mãe é preconceituosa, também. Nem todos os dias eu gosto dela, e às vezes é difícil me controlar, por isso mantenho certa distância. Mas todos os dias eu me lembro de que a amo e ela me ama, mesmo quando não sabe demonstrar. Se ela me agredisse, se ela me maltratasse, seria outra história. Ninguém é obrigado a amar quem só faz odiar por causa de laço de sangue, mas não é o caso dela. Mamãe tem um milhão de defeitos e só eu sei quantas vezes cada um deles me machucou. Mas, de certa forma, não somos todos assim?

Ela ficou em silêncio, refletindo.

— Sabe o que achei curioso de toda aquela roupa suja que você lavou? — ele perguntou.

— O quê?

— O que você disse sobre os carinhos que eles te negavam ou sobre como nunca elogiavam seus esforços. Eu não fazia ideia de nada disso. Óbvio que não eram coisas que aconteceram comigo, e se você lembra é porque te marcaram. Mas eu me lembro de coisas diferentes e tinha outra percepção da nossa infância.

— Como assim?

— Você disse que eles não reparavam em você, né? Mas sabe o que passei a infância ouvindo? Que eu deveria me comportar melhor, como você. Me esforçar mais, como você. Não como Amara. Como você.

Aimée ficou uns instantes em choque. O quanto a lembrança da infância representava sua infância real e o quanto era apenas um fragmento? Algum dos dois estava errado? Ou ela e Hugo estavam certos e era possível as verdades coexistirem?

— Eu sei que você se sente incapaz, insuficiente ou acha que não conquistou nada de relevante. Mas sabe o que também sei? — Ele apoiou os cotovelos nos joelhos e a encarou muito sério, para que Aimée tivesse certeza de que ele acreditava em cada palavra. Para que ela acreditasse também. — Só você poderia fazer o que você fez. Qual é, Mê — ele continuou ao perceber a expressão confusa —, seguir uma carreira nada convencional e *fazer dar certo*?

— Depende do que você entende por "dar certo"...

— Nem vem se diminuir — ele interrompeu —, que essa aí é a versão atual para o "ah, nem é nada demais, a nota de corte era baixa" quando você passou na melhor faculdade do país.

Mas era verdade. A nota de corte *era* baixa, e por isso a conquista não pareceu grande coisa, não depois de Amara ter passado em um curso mais concorrido.

— Nenhum de nós teria dado conta do seu curso, Mê, sua carga de leitura era insana, muito maior que as nossas. Uma vez vi um dos seus textos jogado num canto e peguei para ler. Desisti na segunda página, me questionando se aquilo estava mesmo escrito em português. Mas você seguiu em frente, como sempre. Por mais inteligente que Amara seja, e eu também não sou de se jogar fora, ela jamais teria conseguido.

— Acho que você está se subestimando e subestimando a senhora perfeição...

— Não estou. Não mesmo. Porque essa é a questão. Não estou de forma alguma tirando os méritos dela ou os meus, mas Amara sempre foi inteligente e sabia disso. Vamos concordar em algo: ela é a filha preferida, certo?

— Certíssimo.

— O que significa que nossos pais sempre fizeram questão de reforçar como ela era capaz. Ela nunca se dedicou aos estudos como você porque sabia que ia bem. Pode ser que ela seja superdotada ou pode ser que ela só tenha um tipo de inteligência que corresponde aos métodos de ensino tradicionais, o que significa que ia bem porque aquela era a língua dela. E ela recebia o reforço positivo dos nossos pais. — Fez uma pausa. — Mas você? Você estava sempre tentando se provar. Sentia que precisava disso. Você passou a vida se esforçando. E não quero romantizar isso, porque ninguém deveria precisar se esforçar tanto — E, naquela fala, a exaustão de Hugo ficou aparente, porque ele também precisava se esforçar, em suas próprias batalhas —, mas isso fez de você quem você é.

Hugo não deixava de ter razão. Afinal, o que somos senão uma somatória do que vivemos?

— Acho que você seria presidente do país, a esta altura do campeonato, se não tivesse que gastar tanta energia se esforçando, o que me faz lamentar ainda mais que você viva assim — disse ele e, apesar de chorosa, Aimée deu uma risada. — Não vejo Amara fazendo o mesmo que você porque ela nunca precisou se esforçar. Ela com certeza tem problemas, que talvez a gente nunca conheça por não sermos irmãos de trocar confidências, mas ela nada a favor da corrente: seguiu uma carreira tradicional, o que esperavam dela. Pelo amor de Deus, até o apartamento dela e do marido eles herdaram da avó dele. Talvez ela só tenha tido a sorte de desejar as coisas que estavam no caminho mais fácil, o que não significa que não encontrou obstáculos. Mas isso é diferente de escolher o mais difícil porque precisa passar por ele para conquistar o que deseja. Não importa o quanto você se sinta insegura, Mê, não conheço alguém com mais determinação e coragem do que você. E não estou falando só das suas escolhas profissionais. Você também briga diariamente com os fantasmas que sua mente cria e, por mais machucada que esteja por carregar tanto peso, você está aqui.

Foi a vez de Hugo se emocionar.

— Ah, Hugo!

Aimée abraçou o irmão, tendo certeza de que mancharia sua camiseta com o rímel borrado.

Podia ser dolorosa a percepção de que os pais e a irmã fossem quase estranhos, mas ela tinha o irmão. Um irmão que estava muito mais presente do que Aimée sequer percebera, perdida nos próprios problemas.

— Amo você. Desculpa se não digo ou demonstro com tanta frequência — falou, mas o ranho escorrendo do nariz tornava a cena menos comovente.

— Também amo você, Mê. E queria que você fosse capaz de se amar como te amo e de se ver como te vejo.

Aimée também queria.

Trecho de melodia ousada

Era o dia mais triste da vida de Amanda.

Estava deveras sofrido.

Não acreditava que aquilo tinha acontecido, que pudera se enganar tão levianamente.

Não tinha forças para se levantar. Encolhida na cama, implorava por uma intervenção divina, que alguma amiga chegasse naquele momento, irrompendo pela porta, e a tirasse daquele torpor.

Era como se uma dúzia de agulhas espetasse seu coração em lugares diferentes. Preferiria, aliás, que aquilo fosse verdade. Preferiria sangrar, preferiria que o corpo estivesse machucado. Não a alma, que tinha sido rasgada e agora a atormentava como nunca.

Lá fora, o negrume das nuvens não se comparava à escuridão de seu coração.

Foi para o banho na expectativa de que a água a limpasse da dor. As gotas do chuveiro caíam e se misturavam às lágrimas, sem que ela soubesse distinguir uma da outra.

Mas, também, com tanto drama desnecessário até eu estaria chorando, inferno de cena horrorosa, minha capacidade de escrita escorreu pelo ralo com esse chororô da Amanda? Por que cargas d'água eu não consigo escrever algo decente — ou parar de fazer trocadilhos péssimos com água e afins?

AHHHRGGGGOWHYFLSFLAHXOGYW!!!!!!!!

Capítulo 42

Fazia semanas que Ricardo não se sentava diante do computador para escrever, desde o término com Aimée. Nos primeiros dias, insistiu, mas o ressentimento pela situação parecia ter sido transferido para o livro, que nem sequer conseguia encarar.

Derrotado, optou por tirar uma folga da escrita, o que não fazia desde que começara *Melodia ousada*. Com o tempo, suas emoções se assentariam, e era sempre positivo deixar um texto esfriar — possibilitava um novo olhar sobre o que poderia ser melhorado. Gabriel aprovou a ideia: teria tempo para ver o manuscrito e os apontamentos de Aimée com calma.

Tinha chegado a hora. Um mês era mais que suficiente, e ele não tinha mais tempo a perder. A pausa já havia sido um capricho.

Era um típico dia frio de julho com céu azul. O sol, que não aquecia, entrava pela janela e parecia um bom sinal. Agarrava-se à beleza do dia para ter motivação.

Inspirado, abriu o arquivo no computador. Faria a leitura desde o começo para entrar na atmosfera da história e se conectar com ela.

Mas, conforme avançava, Ricardo não sentia nada.

Aliás, se fosse sincero, não era bem assim. Havia uma sensação, mas era como perceber uma pedrinha na sola do sapato — pequena o bastante para não ver, incômoda o suficiente para notá-la.

As palavras pareciam bem colocadas, mas faltava alguma coisa. Quanto mais lia, mais parecia enxergar os apontamentos de Aimée saltando da tela. Parecia ouvir o que ela dizia com uma limpidez que até então não existira.

Aquilo não estava funcionando.

Saltou para o último capítulo e, depois de uma leitura superficial para se situar de onde parara, abriu uma nova página para dar seguimento.

Encarou a tela em branco por tempo demais, a motivação de antes trocada por outra emoção, muito menos agradável. Se tivesse que nomeá-la, a palavra que lhe vinha à mente era "recusa".

Não fazia o menor sentido.

Ricardo investira os últimos meses naquela história, sacrificara muito mais do que tempo para que ela nascesse. Tudo o que desejava era terminá-la, mas a mente parecia ter decretado greve.

O pensamento chamou sua atenção.

Não era um caso de exaustão, ele acabara de tirar férias. Se havia greve, havia reivindicação.

Ricardo cobriu o rosto com as mãos e reprimiu um grito. Odiava se sentir daquele jeito. Não queria se sentir assim. Não queria...

Então entendeu.

Não queria escrever aquilo.

A resposta era a mais óbvia possível. E em geral os conflitos não eram assim? A resolução ficava ali, dançando em frente aos olhos, que se recusavam a aceitá-la por qualquer motivo banal. Ricardo não queria aceitar porque tinha apostado suas fichas no sucesso de *Melodia ousada* e, se admitisse que não queria escrevê-lo, que o gênero não era para ele, teria que procurar outra resolução — que não fazia ideia de qual seria.

Ou talvez fizesse e só estivesse, mais uma vez, se recusando a aceitar a verdade.

Porque a verdade era que Ricardo queria escrever uma nova fantasia, mesmo que a última tentativa tivesse fracassado.

A história de um garoto capaz de entender qualquer idioma vinha rodeando sua mente havia bastante tempo. Quanto mais Ricardo tentava afastar a ideia, mais ela o atraía. Por que o herói tinha aquela habilidade única? Em que implicaria? Ricardo não se permitia responder àquelas perguntas, porque significaria começar um novo projeto, e ele havia decidido, anos antes, não seguir naquela direção.

Ele parou de respirar.

Outra compreensão o tomou, forte demais para que conseguisse inspirar.

O que o havia afastado da literatura fantástica não fora o fracasso de *Cidade da névoa* ou mesmo sua falta de criatividade e tempo para escrever um novo livro do gênero: fora pura e simplesmente *ele*.

Ele foi quem definiu seu caminho ao escolher não escrever mais fantasia. Ricardo não tinha como saber qual teria sido o desempenho de um hipotético novo livro se tivesse seguido no gênero, mas com certeza não teria como ser bem-sucedido se *não o escrevesse*. E, certamente, teria menos chances de fazer sucesso com obras que ele nem queria escrever.

Aimée estava certa.

Ele precisava escrever as histórias que queria contar, precisava se lembrar do que o fizera começar, para início de conversa.

Melodia ousada podia ser bem-sucedida? Talvez. Como ainda não tinha sido publicado, os desdobramentos futuros, como em tudo que ainda não aconteceu, eram infinitos e englobavam todas as possibilidades.

Mas, Ricardo agora se constrangia ao perceber, tinha sido um tanto arrogante de supor, desde o início, que a única possibilidade era aquela — quando o romance tinha chances iguais, ou até maiores, de fracassar. Como alguém que até poucos meses antes nem sequer tinha lido ficção romântica podia ter tanta certeza de que escreveria um best-seller do gênero? Como conseguiria aquela façanha se nem *gostava* do que escrevia?

Ricardo tinha lido romances românticos que o agradaram, tinha passado a respeitar muito mais o gênero, mas, além de saber que jamais seria um leitor aficionado do nicho, não gostava nem respeitava a obra que vinha escrevendo — e esse era o maior problema.

Melodia ousada fora, desde o início, uma fórmula matemática — assim como seus thrillers policiais, embora a afinidade com o gênero fosse um pouco maior —, um projeto nascido da combinação de elementos que Ricardo sabia que deveriam fazer parte de uma história de amor. Só que a literatura não era uma ciência exata, e as palavras não podiam se encaixar dentro de espaços predefinidos. Ao contrário, deveriam ser livres para respeitar a própria lógica, o que incluía a objetividade de expressar o que o autor desejasse, mas também a subjetividade para que o leitor desenvolvesse os próprios significados. Nada daquilo era possível se não houvesse uma verdadeira entrega na escrita — e ninguém se entrega àquilo de que não gosta.

Faltava alma em *Melodia ousada*. Qualquer história era também uma parte de quem a escrevia, e Ricardo não estava ali.

Talvez fosse insanidade voltar atrás depois de ter avançado tanto, mas seria ainda mais insano insistir no que sabia não ser o certo.

Enquanto abria a gaveta da escrivaninha em busca de um caderno, Ricardo sentia um ânimo que praticamente esquecera, a empolgação percorrendo o corpo com urgência.

Bastou encostar o lápis no papel para que as palavras jorrassem, enfim transformando em realidade o que, até então, existia apenas em sua mente. Eram as ideias para o romance fantástico que, mesmo relutando, vinham se acumulando no inconsciente.

Era hora de assumir as responsabilidades por suas escolhas. Era a vez de Ricardo ser o herói da própria história, tendo como arma aquela que sempre fora sua maior habilidade: o domínio da linguagem.

Capítulo 43

A

Bastou Aimée descer do ônibus para perceber que o dia em Sorocaba estava mais quente do que na capital, embora o céu azul fosse o mesmo. Ao pegar sua bagagem, avistou Iolanda e Camila aguardando na área de desembarque da rodoviária.

— Obrigada por me receberem — disse ao cumprimentá-las com um abraço.

— É um prazer, querida! Nosso quarto de hóspedes estava quase implorando para ser estreado — Iolanda respondeu, retornando para o carro.

Dias antes, Aimée tinha postado uma foto no Instagram dizendo precisar de férias. Foi o suficiente para Iolanda fazer o convite. A primeira reação de Aimée foi negar, mas depois repensou e conversou com os sócios sobre tirar uns dias. Taís e Gabriel — este, inclusive, cuidaria de Tide — estavam por dentro do turbilhão emocional das últimas semanas e compreenderam o quanto ela precisava de um descanso. Mesmo sem ter intimidade com Marcelo, que vinha se adaptando bem à agência, ele entendeu se tratar de um momento delicado.

— Com fome para ir direto a um restaurante ou prefere deixar as coisas em casa? — Camila perguntou enquanto dirigia, olhando pelo retrovisor.

— Vim no ônibus pensando em comida!

— Restaurante, então — Iolanda disse ao abrir a janela para acender um cigarro.

Depois do almoço, as anfitriãs levaram Aimée em um tour pelos principais pontos da cidade. Apesar de Iolanda continuar com seu jeito extrovertido, demonstrava um lado mais suave, menos preocupado. Passaram por um parque, e Camila, sabendo que Aimée gostava de correr e tinha levado os tênis, informou das ótimas pistas.

Quando chegaram ao apartamento, foram direto ao quarto de hóspedes para descarregar a mala, antes de Aimée conhecer os outros cômodos. Depois, a deixaram à vontade para arrumar suas coisas e descansar, se quisesse.

Quando retornou para a sala, encontrou Iolanda sozinha, em posse de um livro.

— Camila nunca dispensa uma soneca pós-almoço.

— *Fique comigo*? — Aimée apontou, reconhecendo a capa laranja.

— Isso! Já leu?

— Ainda não, mas está na lista infinita de leituras — disse, e se sentou no sofá.

— Pois leia — falou Iolanda, fechando o livro e o colocando na mesa à frente. — É fascinante. Mas doloroso. Reserve alguns lenços de papel.

— Melhor deixar para depois então, não estou no clima.

Iolanda a encarou do outro lado do sofá, e Aimée se sentiu analisada.

— O que aconteceu, querida? Você sabe como as fofocas no meio correm depressa, e ouvi algumas coisas sobre você. Não muito, porque ninguém é besta o suficiente para falar mal de você para mim, mas o bastante para eu me preocupar.

Aimée se sentiu absurdamente agradecida por poder contar com a lealdade incondicional de Iolanda. Ao mesmo tempo, não sabia como responder. Não teria problemas em compartilhar a vida amorosa, mas, daquela vez, envolvia alguém que Iolanda conhecia.

— Muita coisa ao mesmo tempo — foi a resposta sincera, embora vaga. Ela começou por um tópico mais seguro. — Além de eu ter sido desacreditada como agente, tive um desentendimento com minha família, se é que dá para chamar assim.

Ela explicou a discussão e como tinha explodido.

— De lá para cá, quase não falei com eles, exceto por uma ou outra mensagem superficial. Ainda não me sinto preparada para a conversa que precisamos ter.

— Confrontar nossas feridas nunca é fácil — Iolanda disse, séria. — Sinta-se orgulhosa. Espero que seja uma oportunidade de estabelecerem uma nova relação. Talvez vocês nunca sejam confidentes, mas uma convivência sem ressentimentos abre possibilidades diferentes.

— É, acho que sim.

— Você não parece acreditar muito nisso.

— Não sei bem no que acredito, ou mesmo o que espero — desabafou. — Só estou tão cansada, Iolanda. A cada vez que dou um passo para a frente em relação a minha vida, logo em seguida dou três para trás.

A mulher mais velha franziu os olhos e rugas surgiram na testa.

— Mas de que maneira isso é um retrocesso?

Aimée suspirou, pensando como explicar.

— Parece que nunca consigo me sentir bem de verdade. A poeira baixa, outros problemas surgem e me vejo lidando com emoções complicadas que parecem não ir embora. Só queria um pouco de calmaria, sabe? Por exemplo... — Um filtro tinha sido desligado e as palavras escapavam ante o silêncio de Iolanda, que ouvia com atenção. — Além da questão com meus pais, estou me recuperando de um término. Estava saindo com um cara. Mas, no fim, a gente se desentendeu e ele não queria o mesmo que eu. — Aimée deu de ombros. — Tudo bem, sei que esses desencontros acontecem... Mas é desanimador passar por situações como essa várias vezes.

Iolanda assentiu, olhando com carinho.

— Deve estar sendo uma fase pesada mesmo, querida.
Aimée abriu um sorriso sem vontade.
— Está.
Iolanda aguardou e, cruzando as pernas, a encarou com ar de quem estava prestes a compartilhar um conselho.
— Mas, se me permite uma observação, talvez você esteja esperando por algo que não existe.
— Como assim? — perguntou Aimée, ressabiada.
— Não quero jogar um balde de água fria em você, querida, mas o que descreveu me parece, simplesmente, a vida. Não algo particular, entende?
Na verdade, não.
— O que quero dizer — Iolanda continuou — é que a vida é assim, problemas e desilusões seguidos, ao mesmo tempo que coisas boas também estão presentes. Não estou dizendo, de maneira alguma, que você deve focar o que há de bom na sua vida e ignorar sua dor, porque você tem direito de se frustrar quando está passando por uma situação difícil. Meu ponto é que os problemas fazem parte, e sempre vão fazer, mas isso não significa que nossa vida inteira precisa ser definida por eles. Quando os problemas chegam, a gente sofre o que precisa e, depois, lida como pode antes de seguir em frente. Seguir é sempre a única opção. E, se estivermos procurando, encontramos pelo caminho as coisas boas que nos fazem querer continuar. Elas sempre estão ali, mesmo que nem sempre a gente perceba.
Tentou absorver o que Iolanda dissera e, embora reconhecesse que ela tinha razão, uma parte de Aimée não conseguia acreditar.
— É que às vezes parece ter alguma peça errada dentro de mim. Que sou incapaz de viver sem essas angústias.
Os olhos encheram de lágrimas, mas não as deixou cair.
— Minha querida, não tem nada de errado com você. — Iolanda se aproximou, passando o braço nas costas de Aimée. — Você não está quebrada, não acredite nisso, mesmo que pareça

real. A mente tem uma capacidade muito forte de nos enganar, então não ouça tudo o que ela diz. Acho que você tem olhado pela perspectiva errada, que reforça sua impressão. Será que você não tem esperado por algo que, quando acontecer, vai te fazer se sentir tão bem que você não vai mais se desestabilizar?

— Bom — disse Aimée meio chorosa. — Sim? — E riu. — Quer dizer, eu achava que tinha conseguido isso quando abri a agência. Foi uma mudança tão positiva na minha vida, me senti tão confiante... E, aos poucos, a sensação de que algo faltava retornou, e os outros problemas continuaram existindo.

— É isso que quero dizer — falou Iolanda, parecendo satisfeita. — As coisas são assim. Acreditar que existe um único evento capaz de te deixar satisfeita e feliz para sempre é a fórmula para se decepcionar. Aimée, nós somos seres em constante evolução, com desejos e ambições mudando o tempo todo, tendo altos e baixos. Estar feliz com algo não te impede de querer outra coisa. E não ter essa outra coisa não significa estar fadada à infelicidade. E mais do que isso: viver algo bom não quer dizer que você nunca mais vai ter problemas. — Iolanda apertou o abraço, o carinho expresso também nas palavras. — Acho que todos nós demos muito errado quando passamos a encarar a felicidade como algo duradouro ou uma meta a ser conquistada. Nada disso existe, querida. Em geral, a vida tem mais a ver com o processo do que com o resultado. Nada é permanente, e a felicidade não é um estado de euforia.

Aimée escutava Iolanda com atenção, as palavras pouco a pouco se infiltrando na consciência, afrouxando o nó do peito.

— A felicidade — ela continuou —, assim como a tristeza e tudo mais na vida, é efêmera, e só existe no agora. Se apegar ao passado não leva a lugar algum, e o futuro ainda não existe. Esteja sempre alinhada com quem você é, tenha em mente o que você quer. E aproveite os momentos de felicidade, sabendo que eles não deixam de ser válidos quando algo de ruim acontece.

— Minha sensação é que perdi alguma coisa, como se eu tivesse chegado em um patamar e, de repente, voltado atrás.

— Não somos inabaláveis. Ficar mexida diante da dificuldade é uma reação normal, não uma perda ou retrocesso. — Iolanda apontou o indicador para o peito de Aimée. — O que você conquistou, seja lá o que for, é seu. Nada muda o fato de que você conseguiu fundar sua agência, conseguiu expressar para seus pais como se sente, se abriu a um novo amor. Faz parte mudar de direção ou mesmo recomeçar, mas seus avanços continuam com você. Eles fizeram você chegar aonde está e mostram do quanto é capaz. Isso é seu, Aimée, e ninguém vai tirar de você.

Ela sorriu, um pouco mais animada.

— Acho que você tem razão.

— Ora, e você ainda tinha dúvidas sobre isso? — Iolanda riu, fazendo uma pausa. — Agora, me diz uma coisa. Esse cara com quem você terminou por um acaso é o Ricardo?

Aimée arregalou os olhos e gaguejou, de forma a ficar impossível negar.

— Como você sabe?

— Ele deixou escapar que recebeu uma mensagem sua em um sábado que o encontrei. A atitude dele foi tão suspeita que ligou o alerta de que tinha algo acontecendo. Depois, parte dos boatos que ouvi especulava sobre um possível caso entre vocês. Vem. — Então, ela se levantou e fez um gesto para Aimée acompanhá-la. — Preciso passar um café para ouvir essa história inteira.

Quando Aimée chegou ao parque, tinha anoitecido, embora não estivesse um breu. O tempo estava nublado, o que parecia deixar a noite mais clara.

Pouco depois da conversa entre Aimée e Iolanda, Camila acordou. Lá fora, o clima tinha mudado. A tarde, até então ensolarada, parecia ter se transformado em noite quando o céu ficou encoberto com nuvens carregadas e, enquanto assistiam a um filme, ouviram a chuva cair. Contudo, apesar de Aimée estar adorando a companhia das duas, sua cabeça não estava ali.

Precisava ficar sozinha.

Quando deu uma trégua, ela vestiu a legging, calçou o tênis e saiu.

Com os fones a postos, deu play no celular e o prendeu no suporte do braço.

Mesmo sem ouvir os pés contra o chão, o impacto ressoava no peito. Fechou os olhos por um instante e se permitiu ser abraçada pelo vento que a recebia.

O começo de uma corrida sempre exigia um esforço maior. O corpo se aquecia, a respiração buscava o compasso, o coração bombeava mais sangue. O primeiro quilômetro talvez fosse o mais difícil, e era enquanto tentava completá-lo que ela duvidava se sequer atingiria os dez rotineiros.

A panturrilha queimava.

Os ombros ficavam tensos.

Precisava respirar fundo para o ar chegar aos pulmões.

Então, entrou no ritmo.

A respiração ficou mais fácil.

Os ombros relaxaram.

Nem se lembrava de que tinha panturrilhas.

O corpo estava em sintonia, e o esforço de antes não exauria, mas estimulava. Tinha um desafio a cumprir, e a sensação de ser capaz era poderosa.

Aimée era poderosa. Naquele exato instante, sentia-se capaz de qualquer coisa. Sentia que tudo estava exatamente como deveria.

Foi quando as palavras de Iolanda fizeram sentido.

Estava triste por ser profissionalmente questionada? Sim. Estava triste pelo término? Sim. Estava triste pela situação com a família? Sim. Mas também, pela primeira vez, percebia-se capaz de passar por tudo aquilo. Não tinha enfrentado dificuldades piores? E continuava ali?

Mesmo triste, reconhecia o avanço.

A Aimée de tempos atrás provavelmente não teria lutado para provar o valor do negócio que construíra do zero. Talvez permanecesse em uma relação instável por acreditar que estaria pior sozinha e jamais expressaria suas emoções para os pais. Era ela quem tinha mudado a trajetória da Antiga Aimée. Não fosse ela, não fosse a determinação em sair do fundo do poço, não teria conseguido tudo isso.

E tinha.

Estava viva. E disposta a continuar vivendo, aceitando o que fizesse parte do jogo da vida.

Iolanda tinha razão: os problemas sempre existiriam, mas não precisavam impedi-la de sentir o sangue bombeado nas veias ou o coração quase explodindo com o potencial das possibilidades.

Explodindo de esperança.

Porque o caminho continuaria tendo obstáculos, mas também reservava gostosas surpresas. Um frio percorreu a espinha só de pensar nelas. Quando o som grave de um órgão atingiu os ouvidos dela acompanhado da voz lírica de Florence Welch, um sorriso inesperado irrompeu dos lábios. A trilha sonora da corrida passara a ser um convite à liberdade.

Aceitou.

Mas, para atingi-la, precisava se libertar.

Aumentou a velocidade. Aumentou o volume. Despertou a valentia de encarar a escuridão dentro de si.

Despia-se das sombras, que caíam junto de lágrimas escorrendo pelo pescoço e se misturando ao suor. Florence estava certa, era muito mais difícil dançar com demônios nas costas.

Aimée não era mais a criança precisando do afeto dos pais. Como adulta, entendia que a falta era apenas uma limitação deles, não ausência de cuidado. Tinham feito o que podiam nas condições que tinham. Mesmo agora. Não eram perfeitos e a relação com eles estava longe de ser ideal, mas esperar que os pais fossem o que não eram era desgastante e inútil.

E o que acabara era a relação com Ricardo, não a capacidade dela de amar. O sentimento era dela, era ela a pessoa capaz de senti-lo. Estar aberta era a primeira condição para viver o que desejava.

A música terminou e Aimée também parou. Inclinou o corpo, tocando os joelhos para recuperar o fôlego. Ao olhar para trás, quase conseguia visualizar o rastro formado pelos pesos e amarras dos quais se despira.

Ainda estava triste, mas o sentimento não a sufocava. Estava muito mais leve. Estava eufórica, e riu em meio à noite.

Procurou um banco e se deitou. Com as costas contra a pedra e as pernas dobradas, olhou para o alto. Não tinha percebido, mas o céu se abrira enquanto corria, abandonando qualquer vestígio da chuva da tarde.

Coincidentemente, a mente dela estava mais límpida do que nunca.

Tinha entendido errado a metáfora. Costumava ver a tempestade como símbolo de mau presságio, e creditava aquilo à escuridão das nuvens carregadas, barrando a luz do dia. Mas a questão não era a escuridão, porque a mesma tempestade que escurecia o dia clareava a noite. O céu escuro, à noite, causava o efeito contrário. O céu noturno ideal era escuro e estrelado, o que ocorria quando completamente aberto, como naquele momento. Encoberto, era mais claro e avermelhado, deixando a noite menos escura do que deveria ser.

O problema estava nas nuvens.

Aimée podia acolher as trevas que, talvez, sempre fizessem parte de quem era — elas coexistiam com o lado luminoso.

Era a mente nublada que ela precisava evitar.

Capítulo 44

O dia de sol dera lugar a uma tarde nublada e um início de noite chuvoso. A madrugada fria entrava pelas janelas do apartamento de Ricardo quando ele enfim enviou a proposta do novo romance para Gabriel. Havia escrito uma breve sinopse e detalhado o universo, as características físicas e emocionais do herói, bem como os conflitos internos e externos que enfrentaria. Tinha rendido tanto que conseguira planejar a escaleta com os primeiros capítulos.

Não podia negar, estava orgulhoso. Só esperava que Gabriel se animasse também.

Ao desligar o computador, não pôde evitar se perguntar o que Aimée acharia daquilo, se ficaria orgulhosa dele quando soubesse...

Não permitiu que os pensamentos fossem além. O que ela achava era irrelevante naquela altura do campeonato.

Ricardo não tinha se juntado aos tantos autores da Entrelinhas que compartilharam com o público sua experiência profissional com Aimée, temendo que aquilo reacendesse a faísca dos boatos. Mas procurou um veículo de mídia respeitado no meio para contar como havia sido a transição entre agências e não poupou elogios à agente. Quando a matéria foi ao ar, postou em suas redes marcando a Entrelinhas, mas não ouviu um pio de Aimée.

Tudo bem, não tinha feito aquilo para impressioná-la. Fizera porque era o certo, porque estava profundamente envergonhado do problema que causara a ela. E, se aquele era um indício de que Aimée não queria contato com ele, não podia gastar energia cogitando o que ela acharia de suas decisões.

Era melhor dormir.

Mas, deitado, Ricardo se revirava de um lado para o outro, o zunido de um pensamento cada vez mais alto ao redor de sua mente como um mosquito incômodo. Exausto de brigar contra o sono que não vinha, cedeu ao impulso e pegou o celular ao lado do travesseiro.

Precisava compartilhar com Aimée a novidade. Ela tinha acompanhado toda a evolução de *Melodia ousada*, era justo que soubesse de seu fim.

Ficou mais aliviado ao clicar em enviar, mas o alívio não durou muito, substituído pela expectativa da resposta dela.

Podia dizer o que quisesse para si mesmo, inclusive que a mensagem tinha sido por pura consideração profissional. Mas ele tinha pegado o celular simplesmente por saudade.

Que continuou ali, já que a mensagem permaneceu com o sinal de não visualizada.

Capítulo 45

A

Renovada, Aimée retomou rapidamente o ritmo da rotina ao voltar para casa. Julho estava no fim e, sendo o último mês de trabalho de Taís antes da licença-maternidade, não podia perder tempo. Queria colocar a newsletter no ar ainda naquele mês, e os preparativos para a Bienal do Livro demandariam energia. Ela e Gabriel tinham comprado as passagens e reservado o hotel semanas antes para evitar a alta dos preços, mas, junto de Marcelo, teriam que organizar a agenda da agência de acordo com as sessões de autógrafos e palestras dos autores, além de se prepararem para os encontros com as editoras. Era um dos principais momentos para fazer contato e apresentar trabalhos para possíveis contratos.

Imersa no trabalho, ela demorou a ver a mensagem de Gabriel.

Tá por aí?, o que significava que ele tinha algo importante a dizer. Ou uma fofoca muito boa, o que estava no mesmo patamar de relevância.

Desculpa, só vi agora. Que foi?

Ele visualizou na hora e começou a gravar um áudio.

Fofoca da boa, esperava Aimée.

Pouco mais de um minuto depois, ela estava perplexa.

Ricardo abandonara *Melodia ousada* para começar uma fantasia.

Aimée se reclinou na cadeira com os olhos arregalados.

Uau.

Parte do coração estava apertado. Era agridoce receber notícias de Ricardo e, embora tivesse se retirado do projeto, ainda se sentia parte dele. Havia se apegado à história de Amanda e Rodrigo, apesar de todos os problemas nela, e era um pouco triste saber que não teriam uma conclusão.

Por outro lado, estava orgulhosa. Mesmo que tivesse concordado em orientar Ricardo e respeitado sua decisão de escrever um romance romântico, *Melodia ousada* parecia um erro de percurso. Era preciso muita coragem para abandonar um projeto tão avançado e retomar sua essência criativa, ainda mais com o receio de fracassar outra vez e com a questão financeira exercendo uma pressão mais do que considerável.

Teria ela influenciado Ricardo em algum nível daquela decisão, considerando as conversas que tiveram?

Um carinho melancólico invadiu seu peito. Ela lamentava o término, mas gostava das lembranças que guardava, assim como era bom imaginar que impactara a vida dele de alguma forma também.

Estava feliz por ele. E queria lhe dizer aquilo.

Pegou o celular em um impulso, mas, antes de abrir a aba de mensagens arquivadas, hesitou.

Por mais que Aimée estivesse melhor, tudo era muito recente. Não estava certa de que voltar a conversar com Ricardo fosse a melhor opção: podia nutrir esperanças e não podia abrir margem para uma decepção daquelas.

Guardou o celular. Algumas portas precisavam continuar fechadas.

Continuou trabalhando até ser mais uma vez interrompida. Dessa vez, era Iolanda quem ligava para ela. Bastou atender a chamada para ouvir a amiga do outro lado da linha dizer:

— Fiz uma coisa que vai fazer você me amar ainda mais.

— Oi — disse Aimée timidamente ao entrar na casa dos pais.

Telma estava no sofá fazendo palavras cruzadas, os óculos apoiados na ponta do nariz, enquanto Horácio assistia ao noticiário do fim da tarde. Não avisara da visita, simplesmente foi antes de perder a coragem para a conversa que precisavam ter.

— Filha. — A mãe se levantou. — Não sabia que você vinha!

— Decidi de última hora — mentiu ela.

Telma foi cumprimentar a filha, mas, assim como Aimée, não parecia saber como agir. Deram um abraço desajeitado, carregado de receios. Horácio se levantou e esperou que Aimée andasse até ele. Abraçou a filha com mais confiança. Era sua forma de dizer que estava tudo bem.

— Vai jantar com a gente? Só tem salsicha, salada e bolinho de arroz.

— Está ótimo, mãe. Janto, se não for atrapalhar.

— Você nunca atrapalha.

O olhar cheio de culpa demonstrava o significado muito mais profundo das palavras.

— A gente pode conversar? — Aimée disse, embargada.

Confirmaram e se sentaram. O pai colocou a TV no mudo enquanto Telma alisava o tecido já perfeitamente liso da calça.

Aimée encarava o tapete.

— Quero pedir desculpas pela forma que falei com vocês.

— Não, Aimée, somos nós que temos que nos desculpar — Telma disse.

— Nenhum de nós fazia ideia de que você se sentia daquele jeito — Horácio complementou.

— Ainda assim, eu poderia ter falado de outra forma. — Ela encarou os dois. — Passei anos remoendo tudo aquilo e de repente explodi.

— Eu também não ajudei — Telma falou, arrependida. — Fui insensível, não pensei no seu lado. E, pelo visto, acho que nunca pensei.

Aimée assentiu.

— Você realmente acha que a gente não se preocupa com você? — o pai perguntou, olhando-a nos olhos.

Ela pensou um pouco antes de responder, pesando como ser sincera sem magoá-los mais.

— Eu sei que vocês se preocupam, pai, e reconheço tudo o que fizeram por mim. Pela gente. Hoje consigo entender como deve ter sido difícil ter perdido o emprego ou como foi para você, mãe, ter que assumir as contas.

Ela não podia ignorar o fato de que o peso de a mãe fazer aquilo sempre seria muito maior. Ela era a mãe. A mulher. A cobrança e o julgamento sobre ela eram maiores. Pais podiam ser ausentes; mães, não. Aimée não se orgulhava de ser parte de quem cobrava aquilo dela também.

— Vocês fizeram o que podiam para manter teto, comida e educação. Mas eu tinha outras necessidades. — Voltou a encarar o tapete. — Talvez eu seja mesmo mais carente do que Hugo ou Amara, mas precisava desse tipo de atenção, de carinho, de me sentir ouvida e reconhecida.

— E eu não tinha muito tempo ou paciência para isso — a mãe assumiu.

— Não que eu tenha agido diferente — falou o pai.

— Não era o jeito de vocês. — Ela deu de ombros, resignada. — Acreditem, hoje eu sei. Mas é difícil reverter impressões construídas por anos.

Ficaram uns instantes em silêncio, absorvendo o momento.

— Você sabe por que escolhemos os nomes de vocês, não sabe? — Horácio perguntou.

— Sei.

Aimée sorriu.

Amara é o verbo e, como ela própria, sua irmã mais que perfeita, a ação: amar.

Hugo é o substantivo, aquilo que dá significado — e não poderia ser outro: coração.

Ela era o particípio. Podia ser substantivo ou advérbio. Podia ser verbo indicando o passado ou um adjetivo na qualidade de presente. Em qualquer um dos casos, era amada.

Telma começou a chorar.

— Desculpa, filha, se não sei mostrar. Mas amo você e seus irmãos mais do que qualquer coisa no mundo.

Ver suas lágrimas e ouvir a declaração foi o bastante para Aimée fazer o mesmo.

Então, se abraçaram.

Mesmo sendo difícil e antinatural, tinha estendido os braços para a mãe e permitido que ela a envolvesse. Horácio se aproximou, fazendo carinho na cabeça da filha, as lágrimas dela rompendo de um lugar profundo e doloroso.

— Me desculpa, me desculpa — o pai sussurrou.

Pela primeira vez em muitos e muitos anos, permitiu-se sofrer e receber colo.

Colo de mãe. Colo de pai. Colo que passara a vida desejando e que jamais voltou a pedir.

Colo que, percebeu, estava lá para ela.

— Também amo vocês — liberou não só as palavras, mas o sentimento.

Não sabia como seria dali em diante. Sinceramente, achava que algumas barreiras continuariam existindo. Era muito diferente dos pais e não passariam milagrosamente a concordar em tudo. Ainda não os via como seus confidentes nem fazia ideia de se um dia aquilo mudaria. Não eram perfeitos e, com certeza, Aimée ainda se irritaria muito com o jeito crítico deles — assim como eles se incomodariam com a individualidade dela.

Mas se livrara de um peso que sobrecarregava a relação.

O passado continuaria como sempre foi. Porém, podiam fazer diferente dali em diante.

Capítulo 46

— Sério, Rick, eu podia mesmo pegar um Uber — Suellen informou em meio a um sorriso ao se aproximar do irmão que mais uma vez a aguardava na rodoviária.

— E continuo querendo evitar os sermões de dona Lorena.

Suellen aproveitou os dias de folga do estágio em meio às férias universitárias para visitar Ricardo — o que na verdade significava que ela queria turistar em São Paulo e precisava de um lugar para ficar.

Para ele, estava ótimo. Era bom ter companhia e matar a saudade da irmã, sobretudo depois do ritmo frenético de escrita que o tinha dominado. A nova fantasia estava cada vez mais robusta, composta de toda a bagagem que Ricardo reprimira ao longo dos últimos anos. Ainda tinha momentos de bloqueio. Escrever um livro não era fácil e exigia comprometimento e dedicação diários, como qualquer outro trabalho. Porém, daquela vez, Ricardo sabia por que estava escrevendo e queria aquilo — o que fazia toda a diferença no processo.

Mantendo a tradição, levou Suellen para um café da manhã especial. As finanças seguiam sendo um problema, mas, se tinha se virado até ali, conseguiria dar um jeito até terminar o novo romance. Gabriel estava empolgado, acreditava no potencial do livro. Por isso também a dedicação reforçada:

Ricardo precisava ter um material sólido para que o agente apresentasse a proposta às editoras na Bienal, dali a um mês. E Aimée também estaria no evento.

— O que tá pegando, Rick? — Suellen perguntou ao perceber o irmão distraído na mesa.

— Pensando na vida.

— O que significa...?

Ricardo inspirou fundo e então contou de forma resumida a história com Aimée.

— E você gosta dela? — a irmã perguntou depois de ouvir tudo com atenção.

— Gosto.

— Gosta *gosta*?

— Gosto *gosto*.

— Então por que cacete você não disse isso pra ela?

Ricardo quase perguntou se sua irmã tinha conversado com Pedro, mas, como sabia que eles nem sequer se conheciam, aquilo só podia significar uma coisa: ele tinha pisado na bola. Feio. Outra vez. Aparentemente, não havia aprendido nada com Ruth.

— Tudo bem, eu deveria ter comunicado meus sentimentos. Mas que diferença faria? Ela terminou comigo. E a relação profissional não funcionava, uma hora ou outra afetaria o que quer que a gente tivesse. E eu nem queria uma namorada, para começo de conversa, ainda mais uma que não confia em mim. Já vi esse filme antes.

Suellen o encarou, cética.

— Em primeiro lugar, agora você não tem como saber que diferença teria feito. Pode ser que vocês ficassem em um impasse e terminassem do mesmo jeito, pode ser que qualquer outra coisa tivesse acontecido. Mas, fala sério, você realmente não quer namorar? Porque não é o que parece, te ouvindo falar dela.

— Não, não quero — respondeu ele, tão prontamente que foi impossível não se sentir na defensiva.

Tentou se justificar, explicar o quanto uma relação atrapalharia sua vida, mas quanto mais falava, mais os argumentos pareciam perder a força. Em sua mente, faziam muito mais sentido.

— Rick, olha só. Entendo que o término com a Jéssica ferrou sua cabeça. Mas o que vocês tiveram foi bom enquanto durou. Não foi?

— Foi — admitiu.

Suellen o encarou, presunçosa, antes de continuar:

— E, pelo que você me falou, a Aimée não tem nada a ver com a Jéssica. Se você decidiu não escrever mais aquele livro por ter percebido que romance não é sua área, e não que você seja um mau escritor, não existe a possibilidade de que as críticas dela fossem construtivas e seu ego enorme tenha sido incapaz de aceitar?

— Ei, meu ego não é enorme.

— É, e você não inspirou a Valentina em mim.

Ricardo suspirou.

— Por que eu perco meu tempo discutindo com uma advogada?

A irmã riu, satisfeita, e amassou os guardanapos sujos sobre a mesa, empilhando os pratos e talheres que tinham usado em seguida.

— Realmente acredito que nem todo mundo queira namorar ou se casar — ela continuou. — As pessoas são diferentes demais para todo mundo caber dentro da mesma caixinha de aspirações e formas de se relacionar. Mas, sinto muito, maninho, não acho que seja o seu caso. — Ricardo permaneceu em silêncio. — Eu sei que você é o único que pode saber o melhor para si. Só te peço para se perguntar uma coisa: você realmente não quer ou está com medo de falhar de novo?

Sua reação foi instintiva, e ele sentiu o "óbvio que não estou com medo" se formar em seus lábios junto de uma risada debochada.

E, justamente por isso, fechou a boca antes que dissesse qualquer coisa.

Porque, mais uma vez, ele havia reagido na defensiva.

Porque se sentira ameaçado.

Porque Suellen fora exatamente ao ponto.

Ricardo abaixou a cabeça.

A irmã esticou a mão direita sobre a mesa, dando tapinhas de conforto em seu braço.

Era incrível, ele percebeu, a capacidade humana de mentir para si, de criar uma verdade que justificasse os próprios interesses — a ponto, inclusive, de se trair. Porque Ricardo queria Aimée, mas o medo de fracassar, profissional e pessoalmente, falou mais alto, fazendo com que ele ignorasse um desejo até então adormecido. E acreditou na própria mentira, acreditou não querer algo que todo mundo podia ver o quanto queria.

Guardadas as devidas proporções, Ricardo agira exatamente como o pai, que se perdera nas próprias mentiras para não assumir as escolhas erradas. E, em decorrência, magoara Aimée para se preservar.

Não queria ser o pai, em nenhum grau. Para evitar isso, precisaria começar admitindo o erro. E, então, fazer algo para mudá-lo.

— Preciso falar com ela — deixou escapar o que era para ter sido apenas um pensamento.

— Mas você não disse que ela não viu suas mensagens?

— Sim, mas eu posso...

— Rick. — O tom de Suellen era tanto de advertência quanto de pena. — Eu sei que agora você teve um insight enorme sobre sua vida e quer bancar o herói romântico tentando reconquistar a mocinha no final de um filme. Só que, se ela não está vendo suas mensagens, talvez seja porque *não quer* contato. Talvez tudo isso esteja sendo demais e ela precise de um tempo.

Inferno, por que Suellen tinha que ser tão sensata? Ricardo conhecia o histórico de Aimée, fazia sentido que ela tentasse se proteger.

Se ele tivesse demonstrado o que sentia por ela, se tivesse lhe dado aquela segurança... Talvez ela não tivesse terminado.

— Concordo que vocês precisam conversar — a irmã prosseguiu. — Mas, se eu fosse você, iria com calma. Você já magoou ela uma vez. Não é justo chegar agora, do nada, mudando de ideia se não estiver certo do que realmente quer e pode oferecer.

Ele suspirou. Agora que tinha percebido o erro, a sensação de urgência tinha invadido seu corpo, enviando alertas de que precisava agir. Mas Suellen estava certa, ele não podia se precipitar.

Parte de assumir os erros era encarar as consequências, e Ricardo sabia que podia ter colocado tudo a perder. Ser precipitado podia piorar ainda mais a situação.

Precisava se acalmar e descobrir se ainda conseguia reconquistar a mulher que amava.

Capítulo 47

— Foi alarme falso — Aimée informou Gabriel, sentado à frente dela no escritório.

Tinham resolvido trabalhar juntos, mas passaram os cinquenta minutos anteriores sem conseguir fazer absolutamente nada depois de Taís avisar que estava indo para o hospital.

— Droga, estava querendo folgar o resto do dia — ele brincou ao tirar os óculos e massagear as têmporas.

Uma nova notificação fez a barriga de Aimée se contrair.

— O que foi? Tudo bem com a Tá?

— Calma, não é nada com ela. É só o Ricardo reagindo ao meu *story*. De novo.

A novidade no comportamento de Ricardo era que, nos dias anteriores, ele não se contentava em ver o que ela postava e tentava interagir. Era irritante que ele não percebesse que Aimée não estava pronta para contato, mas ainda pior eram os próprios questionamentos, se perguntando se não existia outra intenção por trás.

— Já pensou em bloquear?

— Não quero. Não gosto. Pretendo ter contato com ele depois, e bloquear é agressivo demais. A gente só queria coisas diferentes.

Ela deu de ombros, resignada.

— Concordo. Mas lembra também que você não tem que dar satisfação nenhuma sobre o que é melhor para você.

— Vou lembrar. — Aimée sorriu para o amigo, grata por ter apoio. — E como você está? De verdade.

Gabriel estivera aéreo na semana anterior, além de um pouco fechado. Conviviam havia tempo o bastante para Aimée reconhecer quando ele não estava bem, mas Gabriel desconversara quando ela perguntou.

Ele respirou fundo.

— Fiquei um pouco ansioso com a correria para a Bienal. Bateu o receio de não dar conta ou mesmo de não receber nenhuma proposta legal. E aí veio o medo de ter outra crise mais forte... Aquela bola de neve que você bem sabe.

— Sinto muito, Gabe.

Ela tocou a mão dele sobre a mesa.

— Obrigado. Mas estou melhor! São só angústias de um momento estressante.

— Se precisar de qualquer coisa, sabe que estou sempre aqui, né?

— Eu sei. — Foi a vez dele de sorrir. — A Amara continua sem falar com você?

— Continua.

Aimée revirou os olhos. A irmã a estava evitando mais do que o costume. Não concordava com a explosão de Aimée, apesar de ela e os pais terem conversado.

Pouco importava. Amara não tinha que concordar com nada, não carregava as bagagens de Aimée nem tinha o direito de destratá-la. Depois de ter falado com os pais, Aimée tentou falar com a irmã, que não deu abertura. Sua parte estava feita.

O celular voltou a acender. Ricardo enviara uma mensagem direta no Instagram.

— O que foi agora? — Gabriel perguntou ao ver Aimée com o celular na mão e a testa franzida.

Ela levou uns instantes para responder, lendo a mensagem.

— Ricardo. De novo. Veio oferecer o outro ingresso para o show. Ele ia comigo, então...

— Isso tem cara de desculpa esfarrapada para falar com você.

Ela era incapaz de discordar. E não sabia como se sentia a respeito daquilo.

Tentando abstrair, Aimée fechou o Instagram e abriu a caixa de entrada de seu e-mail. Na mesma hora, arfou.

— Pelo amor de Deus, Mê, se for esse homem de novo, eu juro que eu mesmo bloqueio ele por você.

— Não, Gabe. — Ela não continha o sorriso enorme estampado no rosto. — A Iolanda conseguiu. Olha isso!

E entregou o celular para que o amigo lesse o convite:

Prezada Aimée Machado,

É um prazer convidá-la para representar a Entrelinhas na mesa "Agenciamento e o Mercado Editorial", a ser realizada em 31/8, às 16h, na Arena Central da Bienal do Livro do Rio de Janeiro, que ocorrerá entre os dias 30/8 e 8/9. Estarão presentes, também, representantes de outras duas agências literárias, cujas presenças ainda serão confirmadas. A mediação será feita pela ex-agente Iolanda Alves, que sugeriu seu nome para esse painel.
Podemos confirmar sua presença?

Atenciosamente,
A organização
Bienal Internacional do Livro RJ

Capítulo 48

As tentativas de aproximação com Aimée, na melhor das hipóteses, não estavam sendo muito bem-sucedidas. Ela continuava sem visualizar o WhatsApp, e Ricardo não sabia se ela desabilitara a função que marcava as mensagens como lidas ou se nem abria o contato dele. No Instagram, as reações eram solenemente ignoradas. A única vez que conversaram um pouco foi quando Ricardo ofereceu o ingresso dele do show, que ela agradeceu antes de responder que ia ver se Hugo tinha interesse. Quando confirmou, passou o contato do irmão para que eles combinassem uma forma de Ricardo fazer a entrega — destruindo, assim, as esperanças dele de um possível encontro com Aimée.

Talvez devesse ser direto e dizer que queria conversar com ela, mas não parecia sensato, não depois de ter pedido o mesmo pelo WhatsApp e ter sido ignorado. Se ela não queria falar com ele, seria invasivo tentar por outros meios.

Ricardo não sabia o que fazer. Talvez devesse falar com Gabriel, mas não queria, de novo, misturar a vida pessoal e a profissional.

A única coisa que o confortava era que a Bienal do Livro seria em poucas semanas, onde, em última hipótese, um encontro seria inevitável.

Até lá, tinha outra pendência a resolver.

No dia combinado, Ricardo gostaria muito de saber onde estava com a cabeça quando concordou com aquela ideia. Talvez não se sentisse assim se o pai não tivesse remarcado o encontro — aliás, o real incômodo era o motivo da remarcação. A desculpa para se verem era o Dia dos Pais, mais de dez dias antes, mas Dalton, aparentemente, teve um imprevisto de última hora. Ricardo cometeu o erro de ver as redes sociais do pai e descobriu que o imprevisto havia sido almoçar com a família da nova namorada, em outra cidade, deixando bem explícitas suas prioridades.

Ricardo quase desistiu, mas lembrou que precisava daquilo por si.

Ao entrar no restaurante, se surpreendeu com a aparência do pai, degustando o que parecia ser vinho branco em uma mesa distante da saída do ar-condicionado. Dalton não estava muito diferente. Na verdade, parecia exatamente o mesmo. O estranhamento estava na súbita percepção de Ricardo de que nem se recordava mais de como era ver o pai, como se encontrasse um desconhecido.

— Que bom te ver, meu filho.

Dalton se levantou e puxou Ricardo para um abraço expansivo.

— Chegou faz muito tempo? — perguntou enquanto se acomodava de frente para o pai.

— Dez minutos no máximo. Aproveitei e pedi um Marsanne para nós. Você gosta?

— Ah, sim, está ótimo.

Era mais fácil concordar. Ricardo entendia um total de zero a respeito de vinhos. Não sabia se "Marsanne" era marca ou tipo de uva.

— Uma pena sua irmã não estar aqui.

— Seria complicado enfrentar mais de cinco horas de viagem para um almoço. E ela não pode perder o estágio — Ricardo suspeitava ter soado mais irônico do que desejava, mas ou Dalton não percebera, ou, como ele, estava se esforçando para praticar a política da boa vizinhança, porque disse em seguida:

— Quem sabe numa próxima oportunidade. Vamos pedir?

Conversaram amenidades enquanto aguardavam os pratos, ambos se esquivando de assuntos delicados. Em um acordo tácito, Dalton evitava mencionar a nova parceira, Ricardo não comentava sobre a mãe ou sobre como Suellen preferia uma noite rodeada de universitários bêbados perguntando que tipo de movimentos ela conseguia fazer com o punho a estar no mesmo ambiente que o pai. O trabalho dos dois, ao que parecia, era o único tema seguro — desde que Ricardo não comentasse sobre as preocupações financeiras. Seria exigir demais de sua boa vontade aceitar qualquer crítica de Dalton, que nunca compreendera a escolha do filho de se dedicar à carreira de escritor.

Porém, quando não havia nos pratos nada além de vestígios da comida, o assunto também acabou. Com um palito, Dalton retirava dos dentes resíduos do almoço. Ricardo achava que não devia encarar, mas não conseguia desviar o olhar da mão com pequenas manchas nas costas ou dos olhos castanhos mais opacos do que se lembrava. Diferente do filho, Dalton não usava barba, e Ricardo se perguntava se era isso o que dificultava que ele reconhecesse naquelas feições um vislumbre de seu próprio futuro.

— Vamos pedir a conta?

— Como está seu relacionamento? — Ricardo disparou, antes que perdesse a coragem e a oportunidade de fazer o que tinha se proposto ao concordar com o almoço.

Dalton o encarou surpreso, antes de aparentar um constrangimento que evaporou de sua expressão tão rápido que Ricardo teve dúvidas de tê-lo visto.

— Está ótimo, meu filho. A Lídia me faz muito feliz.

Ouvir o nome dela era pior do que a resposta em si, porque a tornava real. "Namorada", "ela" ou qualquer outro referencial eram abstratos demais para conferir os contornos que a denominação proporcionava.

— É bom mesmo que faça.

Do contrário, para que tudo aquilo?

Dalton suspirou.

— Sei que pode ser difícil de entender, Ricardo, mas meu casamento com sua mãe tinha muitos problemas. Ela não é uma mulher fácil de lidar e...

— Pode parar por aí, pai — Ricardo cortou, se controlando para não elevar a voz. — Não sou criança há muitos anos, eu *sei* que um casamento não é fácil.

— Você não entende.

— Não, não entendo.

Dalton balançou a cabeça, sem conseguir esconder a mágoa. Ricardo respirou fundo, olhando para baixo, uma parte sua tentada a se esforçar para compreender, disposta a reencontrar o cordão que um dia o tinha ligado àquele homem.

— Sempre soube que eu seria o vilão da história.

E nem as lágrimas tremeluzindo na retina foram capazes de levar um pouco de brilho àquele olhar.

Foi quando algo em Ricardo se partiu. Ou melhor, se recuperou. Porque ali, naquele instante, ele perdeu qualquer ilusão de que o pai fosse mudar — o que era libertador.

A única coisa que Ricardo queria era que o pai assumisse as próprias escolhas. Se era um erro ou não, cabia a Dalton julgar. Mas Dalton era covarde demais. Era mais fácil se colocar na posição de mártir, porque, caso contrário, jamais dormiria em paz novamente. Católico que só, era incapaz de confessar que violara um dos dez mandamentos e, para acobertar o próprio pecado, precisava acreditar ser vítima das circunstâncias.

Ricardo deixou escapar uma risada. Mal sabia Dalton que o filho o admiraria por sua coragem em se assumir humano, mas repudiava sua vã tentativa de ser santo.

— Aí é uma questão de ponto de vista — enfim respondeu.

— E pode acreditar que, de contar histórias, eu entendo. A conta?

Quando o garçom se aproximou, Dalton estava abalado. Ricardo, por outro lado, não podia se sentir mais leve. Havia uma inusitada satisfação em aceitar coisas que não podiam mudar.

O casamento dos pais acabou.

Dalton foi um babaca.

A relação com Jéssica deixou de dar certo depois de bons anos juntos.

Ricardo teve sucessos e fracassos com seus livros.

Nada daquilo era mutável.

Pretérito perfeito em cada situação.

"Sonhos vêm, sonhos vão, e o resto é imperfeito", lembrou-se do verso de Renato Russo. "Imperfeito" era tudo aquilo ainda não concluído, o único tempo com que Ricardo deveria se preocupar.

Se Dalton um dia deixaria de ser babaca, não cabia a Ricardo esperar.

O término com Jéssica... Por que aquilo importava? Não era um fracasso pessoal, relações acabavam o tempo todo. Ele, que fizera tanta questão de deixar o namoro no passado, percebeu o quanto ainda o trazia para o presente.

Assim como fazia com o fiasco de seus livros. Ricardo precisava aceitar que era provável que falhasse novamente, mas continuaria tentando ser bem-sucedido mais uma vez — ao menos enquanto as tentativas fizessem sentido. Se um dia deixassem de fazer, pensaria sobre quais rumos tomar.

Havia passado da hora de realmente parar de olhar para trás e aceitar o pretérito perfeito das coisas. Resistir quase o tinha feito perder de vista o que estava bem na sua frente. "Quase", se tivesse sorte.

Era a única circunstância em que Aimée não podia ser perfeita.

Capítulo 49

A

— Desta vez, não precisa se revoltar, ele é sua cara — Aimée falou embalando Mateus, sentindo o cheirinho de nenê que emanava da cabeça de cabelo ralo.

Taís, deitada na cama do hospital onde o filho nascera na noite anterior, encarava sorridente a amiga, apesar do semblante cansado.

— Devia ser proibido carregar uma criança por esses meses todos e ela ter a cara de pau de nem se parecer com a gente. O Diego ainda quis discutir que a boca é dele.

— Mas não mesmo! Essa curvinha aqui perto do queixo é cem por cento sua.

Taís nem disfarçou a alegria.

— Fala sério, sou uma ótima fazedora de crianças, né? — Não havia como descrever seu olhar para o filho que não como "apaixonado". Não era para menos. Se Aimée, a tia postiça, estava totalmente rendida, nem imaginava como deveria ser para Taís e Diego. — Não sei o resto, mas pelo menos esta parte eu fiz direito na vida.

— Você é uma ótima fazedora de crianças — concordou Aimée, devolvendo Mateus ao berço ao lado de Taís — e é ótima em tudo mais que se propõe a fazer também.

— Não fala assim que estou sensível. Sério, esses hormônios são insanos. — E riu, se ajeitando na cama. — Pelo menos esta noite ainda durmo aqui, o que é ótimo. Queria levar a equipe de enfermagem para casa.

— Sinto muito não ser útil nessas primeiras semanas — Aimée lamentou ao se sentar no sofá —, mas, depois da Bienal, conta comigo!

— Não esquenta, Mê, sei como está corrido. E meus pais e meus sogros estão por perto para ajudar. Aliás, animada para amanhã?

— Demais!

Ela mal acreditava que tinha chegado o dia do show. Hugo montara uma *playlist* com as músicas favoritas dos dois e tinham passado a semana escutando, enviando um para o outro áudios feito taquaras rachadas repletos de empolgação.

— Pelo menos nessa o boy mandou muito bem — Hugo comentou logo após ter encontrado Ricardo na estação de metrô, onde combinaram a entrega do ingresso. — E, por mais que eu prefira os mais altos, ele é bem gatinho, Mê.

Aimée evitou qualquer comentário. "Gatinho" não era bem a expressão que vinha à sua mente ao pensar em Ricardo nu, mas o irmão não precisava daquela informação.

Segundo Hugo, tudo foi muito rápido. Ele não demorou a reconhecer Ricardo, que o aguardava na catraca e acenou quando o avistou. Aimée não perguntou, mas Hugo percebeu que ela estava morrendo para saber se tinha sido mencionada e deu a informação mesmo assim. Ricardo se limitara a perguntar como ela estava e enviar um abraço.

— E o Ricardo, não falou mais nada? — Taís indagou, comendo um dos tantos bombons que ganhara pelo nascimento de Mateus.

— Sobre o show?

— Sobre qualquer coisa.

Aimée se remexeu.

— Ele segue reagindo a um ou outro *story*, curtindo minhas fotos... mas nada além disso.

— Já pensou em pedir para ele parar?

Sendo sincera, Aimée gostava das migalhas — e sabia que não deveria. Tinha se dado um prazo: usaria a Bienal para descobrir como se sentiria perto dele. Se falar com ele ainda fosse doloroso, pediria para ele se afastar.

— Só você sabe seus limites, amiga — Taís disse depois de ouvir a explicação. — O Gabe já falou para ele, aliás?

— Ia mandar um e-mail hoje.

A notícia da vez era que uma editora se interessara pela proposta de fantasia de Ricardo. Gabriel não dera tantos detalhes a eles, só o suficiente para que se empolgassem com a informação de que Ricardo Rios tinha voltado ao gênero que o consagrou. Marcaram uma reunião na Bienal com a presença do autor — o que era uma perspectiva muito promissora.

— Olha só a visita ilustre — Diego disse ao entrar no quarto com Luísa no colo.

— Chegou o papai do ano! Parabéns, Diego. — Aimée ficou de pé para cumprimentá-lo. — E cadê meu amor que foi promovida a irmã mais velha?

— Teu.

A pequena apontou para o berço com o dedinho rechonchudo que deixava qualquer um com vontade de mordê-lo.

— É, é o Mateus, filha! — Taís quase explodia de orgulho. — Espero que ela continue nessa fase de amar a novidade, já ganhei uns bons fios brancos só de pensar na possibilidade de ela ter crises de ciúme.

Taís estremeceu, fazendo uma careta.

— Falando em fios brancos, preciso ir. Dia de retoque. — Aimée apontou para o cabelo. — Mas vou visitar vocês de novo assim que voltar do Rio!

— Por favor, não deixe de me atualizar de toda e qualquer novidade, estarei ávida por elas. Não acredito que vou perder sua mesa!

— Você vai saber de tudo quase que em tempo real, prepare-se para muitos áudios, fotos e fofocas.

Ela se despediu e chamou um Uber a caminho da saída do hospital. Quando chegou na cabeleireira, aguardou uns instantes na recepção, mas conseguia ouvir as vozes das clientes na sala ao lado, o que a forçou a pegar o celular para se distrair. Odiava as conversas que geralmente rolavam em estabelecimentos do tipo. Lembrava-se de uma cliente mais velha, que falava sobre plásticas, e dissera que, quando Aimée fosse mais velha, entenderia — o que soou como uma praga. Esperava aceitar as transformações da aparência conforme envelhecesse, assim como ter discernimento de escolher o que fazia bem em vez do que a faria se sentir melhor.

Ao se sentar diante do espelho com o cabelo molhado e a capa de proteção ao redor do corpo, ela parou por instantes quando a cabeleireira foi ao armário de tintas, pegando o tom que Aimée usava havia anos.

A primeira vez que pintara o cabelo, ela já tinha mais de 20 anos. Desde pequena achava seu castanho médio sem graça, tão sem vida comparado ao acobreado de Amara. Cresceu desejando ser ruiva e foi no que se transformou quando adulta — e manteve a cor de forma automática, retocando todos os meses e tonalizando da mesma maneira que escovava os dentes.

Fazia muito tempo que não se perguntava se queria aquele cabelo — e, se sim, *por quê.*

Pensando bem, percebeu que não tinha desejado ser ruiva para descobrir uma diferente versão sua ou para brincar com as diferentes aparências e cores que sua vida poderia ter. Queria ser ruiva porque a irmã era, e o que vinha dela era sempre melhor.

— Espera — falou, em um impulso, antes de a cabeleireira preparar a tinta. — Hoje vou fazer diferente.

— Desculpa, moça estranha, mas estou esperando minha irmã — Hugo a cumprimentou na entrada do Allianz Parque.

Ela revirou os olhos.

— É, porque realmente estou irreconhecível.

— Você está linda, Mê! Não me lembrava mais da sua cor natural.

Voltara ao castanho comum, nem claro, nem escuro. Estava se readaptando, tentando se reconhecer quando olhava no espelho. Mas, além de ter adorado constatar como a cor caía bem, sentia-se mais ela mesma do que em muito tempo.

— Eu diria que beleza é algo inato aos filhos de Telma e Horácio — respondeu.

— E modéstia também, não se esqueça.

Não demoraram a entrar no estádio, já abarrotado, para fugir do clima chuvoso e frio, como tinha sido ao longo de todo o mês. Foram direto para a pista e não fizeram cerimônia para se sentar no chão. Os braços de Aimée se arrepiaram quando ela olhou em volta e se deu conta do motivo de estarem ali, o frisson de expectativa no ar.

O horário do show se aproximava com crescente ansiedade — e fadiga, que fazia Aimée ter certeza de ter passado dos 30. Como conseguia enfrentar horas de fila quando era mais jovem ou virar a noite em festas?

Porém, quando o estádio lotado se colocou em pé, as luzes se acenderam e os telões ao lado do palco imenso começaram a exibir uma retrospectiva de Sandy e Junior, esqueceu qualquer cansaço, subitamente energizada. Seus olhos não eram os únicos cheios de lágrimas.

— *Não dá pra não pensar em você...* — a voz feminina conhecida invadiu a pista e as arquibancadas cantarolando a cappella. A plateia se juntou à dupla entre gritos e uma energia única.

— *Tá cada vez mais difícil não poder te ver...* — a voz masculina se juntou ao coro.

Bastou o acompanhamento dos instrumentos começar para tudo explodir em sons, luzes e coreografias no palco, vozes e movimento na plateia. Aimée e Hugo pulavam, cantavam e choravam — bom, ao menos Aimée chorava —, assim como todos ao redor.

O show seguiu com emoção, independentemente de as músicas serem animadas ou românticas — acompanhavam a dupla em todas, com a mesma vibração. Era mágico o poder de uma multidão bradando unida, pulsando pela mesma causa. Pelo mesmo amor.

Porque era isto que Aimée sentia: amor em estado bruto, que vinha não só da admiração pelos artistas, mas de todas as memórias que crescer com suas músicas proporcionou. Amor que vinha da arte e de sua capacidade de criar conexões — entre eles, dentro dela. Quando ouvia as melodias e projetava a voz em acompanhamento, cada verso e nota ressoavam nela, contando histórias sobre sua vida e traduzindo suas emoções.

Mais de duas horas depois, entre fogos de artifício e uma multidão pulando unida muito mais alto do que qualquer um se julgaria capaz sozinho, ela estava em êxtase pelo que acabara de viver. E não teria conseguido não fosse Ricardo.

Não sabia se era a gratidão ou a catarse, mas não havia vestígios da mágoa, apenas o reconhecimento de ter vivido algo lindo e intenso, apesar de curto, e a felicidade por aquela experiência. Houve satisfação, amor e conexão enquanto cada minuto durou, e aquelas memórias, como outras similares, percebia, davam algum tipo de sentido ao caos de se estar vivo.

Aimée e Hugo decidiram esperar o estádio esvaziar. Sentados na pista, estavam concentrados em seus celulares. Enquanto Hugo alimentava as redes sociais com *stories* e posts do show, Aimée estava decidida a mandar uma mensagem para Ricardo.

O coração quase parou quando, pela primeira vez, ela abriu o contato na aba de conversas arquivadas.

Havia várias mensagens dele.

— Ai, meu Deus!

— Que houve, Mê? — Hugo perguntou, assustado.

— O Ricardo! Ele tentou falar comigo. Várias e várias vezes, e eu não vi!

Por que ele não tentara falar com ela de outra forma?

Mas ele tinha tentado. Tentativas sutis — para não dizer "tentativas de merda", porque quando é que tinha passado a ser aceitável encarar visualizações e reações em *stories* como demonstração de interesse, pelo amor de Deus? —, mas ela não podia negar que existiram.

Precisava falar com ele.

Meu Deus, Ricardo, só vi essas mensagens agora!, digitou ela apressada, torcendo para ter escrito tudo certo. A gente pode conversar?

Enviou.

Ele visualizou na mesma hora.

Capítulo 50

Com o celular trêmulo, Ricardo não conseguia acreditar no que estava vendo. Chegou a pensar se não seria um de seus sonhos traiçoeiros, já que estivera cochilando no sofá minutos antes. Entre o sono e a vigília, era comum sua mente projetar imagens que o faziam acreditar estar acordado, até perceber que não. Mas estava sentado, totalmente desperto, e a mensagem de Aimée era real.

Agora?, digitou com urgência e confusão.

Capítulo 51

Não tinha como ser naquele momento. Ela estava exausta, suada e demoraria para conseguir chegar em casa. Mas, se ele estivesse disposto, daria um jeito.

Era urgente assim o que sentia.

Enquanto hesitava, pensando no que responder, recebeu outra mensagem dele.

Estou em Mococa. Vou direto para o Rio daqui.

Decepção. Precisavam conversar cara a cara, mas teria que esperar mais uma semana.

Na Bienal?, ela digitou.

Capítulo 52

Na Bienal.
O sono que o acompanhara mais cedo naquela noite tinha evaporado, substituído por uma agitação que o fazia querer dançar pela casa.

Teve uma ideia. Podia empregar aquela energia em algo melhor.

Se teria uma nova chance de demonstrar seu amor por Aimée, precisava fazer isso direito, usar suas melhores ferramentas — e realmente se esforçar para aquilo.

E as palavras sempre foram suas armas preferidas.

Capítulo 53

A. mo. R

Aimée estava completamente inquieta na sala de embarque e nem mesmo a movimentação habitual do aeroporto conseguia distraí-la. Gabriel fora buscar café e a deixara responsável por cuidar da bagagem de mão. Ricardo estava no Rio desde o dia anterior, mas as passagens deles eram para a noite. O trabalho começaria cedo no dia seguinte com a abertura da Bienal, e a conversa com Ricardo teria que esperar mais um pouco.

Não queriam telas entre eles. Aimée precisava das expressões, hesitações e falas espontâneas para avaliar as intenções dele. O coração disparava ao pensar na possibilidade de voltar com Ricardo, mas ela só aceitaria aquela opção se estivessem em sintonia.

E, ainda que ele tivesse mesmo mudado de ideia, precisava entender por quê.

Pegando o celular em um gesto automático, havia uma notificação de e-mail de Ricardo. Ela franziu as sobrancelhas e clicou na tela, depois de desbloquear o aparelho.

Aimée,

Sei que desisti desta história. Aliás, aparentemente, desisti de mais de uma.

Em um dos casos, foi pura covardia. No outro, um gesto de coragem de assumir o que de fato quero — e eu jamais teria chegado a essa conclusão sem sua ajuda. Obrigado!

Apesar de ter descoberto que *Melodia ousada* não era solução para nada, foi o caminho para muita coisa. Foi, sobretudo, o que me levou até você. Achei que seria justo retornar a esse universo uma última vez, em uma tentativa de expressar algumas das minhas percepções da maneira que melhor sei fazê-las — e que eu não seria capaz não fossem suas valiosas instruções. Afinal, "preciso lhe falar com os meios dos quais disponho".

Te vejo no Rio, meu bem!
Ricardo

Trecho de melodia ousada

E então, enquanto tocava para o público que estava longe de ser uma multidão, mas que a ovacionava com a força de uma, Amanda entendeu.

A energia que saía da música que ela e seus companheiros de banda criaram era recebida pela plateia e devolvida com ainda mais intensidade, preenchendo cada espaço por entre as células, fazendo-a bater nos pratos com uma força inédita, seus pés tocando o bumbo no ritmo das batidas no peito.

Era um momento raro e grandioso — e seria seguido pela grandiosidade dos infinitos momentinhos triviais, compostos pela rotina de dias comuns. Mas aquilo não a assustava, não mais. Porque Amanda percebeu que o sentido de tudo não estava naquele momento — o sentido era simplesmente o momento. Não fosse a mediocridade de cada instante anterior àquele, cada manhã em que se levantou da cama disposta a encarar um novo dia — ou, ao menos, ciente de que não havia outra opção —, não poderia estar ali. Não só não teria base de comparação para distinguir um dia banal de um especial como não teria como ter adquirido a bagagem que a fez chegar naquele exato instante, daquele exato jeito. Se medisse sua vida apenas pelos instantes gloriosos, teria uma série de recortes desconexos, que só tinham sentido quando unidos por todos os outros "insignificantes".

Não havia por que esperar por uma grande virada, pelo "algo a mais" que tanto sentia faltar. O "algo a mais" estava a seu alcance todos os dias, se soubesse como encará-los.

E, talvez porque estivesse envolta naquela intimidade reveladora, olhou sem mágoas pela primeira vez em dias para Rodrigo, que tocava daquele jeito concentrado que ele não fazia ideia de como era sexy.

Era uma pena que as coisas entre eles não tivessem dado certo. Mas ela preferia o fim abrupto a nunca ter tido sequer um começo.

— Espera, a gente não vai voltar para o bis? — Amanda perguntou, confusa, quando o show acabou e seus companheiros se viraram para deixar o palco.

— A gente não.

Tadeu sorriu como se guardasse um segredo, retirando o baixo da correia.

Foi quando Amanda percebeu Rodrigo se posicionando de frente para o microfone. As luzes se apagaram, restando um foco sobre ele.

— Queria pedir licença para tocar uma música minha. Sou muito melhor nos riffs do que com palavras, mas, quando a gente faz merda na vida, o esforço pra reparar precisa ser maior do que o erro.

Amanda foi invadida por um frio na barriga antes mesmo de a música começar — e, quando começou, foi como se todos os sons além dos acordes da guitarra de Rodrigo tivessem desaparecido.

Ele estava de costas, mas ela quase podia sentir os olhos dele a perfurando pela nuca. Não sabia como, mas tinha certeza de que aquela performance se destinava a uma plateia formada por apenas uma pessoa.

Uma plateia que ainda estava no palco, oculta pelas sombras.

E a confirmação veio quando cada verso trouxe uma diferente referência à história dos dois, um apanhado das lembranças mais divertidas, bonitas e especiais que Amanda — e Rodrigo, pelo visto — guardava consigo.

Se qualquer dúvida ainda existisse, ela teria evaporado quando Rodrigo cantou sobre o nome que enunciava o que ela era: digna de amor, a sua amada.

Então, em um arroubo de coragem e inspiração, Amanda deu sua resposta. Entrando no compasso, passou a acompanhar Rodrigo com a bateria, improvisando notas e criando uma melodia tão única e ousada quanto a combinação entre eles sempre foi.

Rodrigo se virou e sorriu para ela, sem parar de cantar e tocar.

Estavam, mais uma vez, juntos.

E só precisavam sair do palco, escondidos de todos aqueles olhares, para dizerem um ao outro que era assim que queriam permanecer.

— E você conseguiria entregar o primeiro rascunho até março? — Ivan, o mais novo editor de Ricardo, perguntou enquanto anotava algo no tablet.

— Consigo.

Se tivesse perguntado se Ricardo conseguiria escrever o livro em aramaico, ele também teria concordado.

— Mas existe uma janela de flexibilidade, caso algum imprevisto aconteça? — questionou Gabriel.

E era por isso, afinal, que Ricardo tinha um agente. Gabriel estava ali para garantir o melhor para eles, assegurando os direitos de seu autor.

— Sempre existe. — Ivan sorriu, e Ricardo imaginou que ele estivesse acostumado a lidar com escritores e seus atrasos. — Mas seria bom manter o prazo, assim temos tempo de trabalhar o lançamento com calma para a Bienal do ano que vem, em São Paulo.

Quando Ricardo se deu conta, ele e Gabriel apertavam as mãos de Ivan e retornavam ao pavilhão. A reunião tinha acontecido em uma das salas de acesso exclusivo aos autores e editores na parte superior do evento, um lugar ao qual Ricardo temeu não retornar — escritores independentes não faziam parte do seleto grupo permitido naquela área. Era lá que muitas vezes descansava entre palestras e sessões de autógrafos, além de ser um lugar excelente para encontrar autores ainda mais renomados. Mal acreditara nas vezes que cruzou com Mia Couto e Maria Valéria Rezende em edições anteriores.

Ricardo tinha uma vaga percepção dos grupos de visitantes passando por ele no corredor, de volta ao pavilhão, mas ainda estava aéreo demais para se sentir realmente ali.

— Parabéns, cara.

Gabriel deu um abraço em cumprimento, que Ricardo retribuiu de forma automática.

Tinha conseguido.

Tinha uma editora de novo.

O contrato ainda seria enviado, bem como a proposta de adiantamento, mas o interesse em publicar Ricardo era mais do que explícito, e era difícil crer que estava tendo uma segunda chance.

Torcia para que aquela não fosse a única segunda chance a que tinha direito.

— Puta merda, a gente conseguiu mesmo, né?

A ficha começava a cair.

Sua vontade era gritar, dançar, pular, qualquer coisa que demonstrasse o quanto era um homem muito mais leve sem o peso das preocupações que o acompanharam por tanto tempo. A conquista, anos antes, teve um sabor certamente especial; mas, depois de ter experimentado a derrota, vinha acompanhada de gratidão e da noção de seu real valor. Ricardo não voltaria a dar o sucesso como garantido, assim como nada na vida.

— Um brinde na praça de alimentação? — Gabriel propôs.

— Só se for agora!

Por ser o primeiro dia de Bienal, os corredores ainda estavam relativamente vazios — mas Ricardo não tinha a ilusão de que seria assim sábado e domingo. O evento costumava lotar tanto que era até difícil circular. Não foi difícil encontrar uma mesa vazia, onde puderam se sentar e beber com calma.

— Amanhã vai ter o encontro com o pessoal da agência. Podemos comemorar apropriadamente, embora a gente ainda não possa divulgar sua novidade.

— Vai ser ótimo. — E aquilo significava que não poderia conversar com Aimée de forma adequada no dia seguinte, até porque também seria a mesa dela. Precisava falar com ela em particular. — Você por um acaso sabe dos planos da Aimée para hoje? — Ricardo tentou perguntar com despretensão, mas temia que seu olhar ansioso o tivesse entregado.

Pelo sorrisinho que Gabriel tentou esconder, também questionou o quanto da história o agente sabia.

— Ela não mencionou nada.

Ele concordou. Respirando fundo, tomou coragem:

— Será que você pode me ajudar com uma coisa?

Capítulo 54

— Só pode ser brincadeira — Aimée disse ao olhar para baixo e se deparar com um exemplar de *Persuasão* disposto na soleira do quarto de hotel.

Ouvira batidas na porta ao sair do banho e, secando o cabelo, pediu para que a pessoa esperasse, enquanto colocava a primeira peça de roupa que vira pela frente. Quando enfim atendeu, deu de cara com o corredor vazio, o que a forçou a olhar para os lados em busca do visitante enigmático, quase tropeçando no livro.

Intrigada, agachou-se e pegou.

Era uma edição em brochura, diferente das três que tinha — em sua defesa, eram de editoras e traduções diferentes. Quando ela abriu a folha de rosto, o choque congelou o corpo. Sorriu.

Aimée,
Você me dilacera a alma. Estou dividido entre a agonia e a esperança. Não me diga que é tarde, que aqueles tão preciosos sentimentos desapareceram para sempre...

Ricardo reproduzira as primeiras palavras da carta de Wentworh como dedicatória. Junto, deixou um bilhete: "Vire à esquerda".

Lembrou-se da citação de *Persuasão* no e-mail que recebera quando embarcava. Conforme Aimée devorava as linhas de *Melodia ousada* — Ricardo tinha finalmente conseguido fazer um bom trabalho —, suas suspeitas de que elas revelavam mais do que a história de Amanda e Rodrigo se confirmaram. Mesmo distante de Ricardo, ele conseguira traduzir as emoções e os pensamentos dela. Aimée comprovava, mais uma vez, o poder das histórias. Ao se ver nas conclusões da protagonista, encontrou um reforço — e um lembrete — das suas próprias.

Saiu apressada para o corredor segurando o livro e, obedecendo à instrução, encontrou outro exemplar, uma edição igual a uma das suas.

Ofereço-me a você com um coração que, não tenha dúvidas, é seu — se você ainda o quiser. Adoraria poder dizer que não fui inconstante, mas nós dois sabemos não ser o caso...

Ele continuou usando a carta de *Persuasão* como base, mas adaptando o texto de acordo com a situação. Com o coração disparado e sem conseguir parar de sorrir, Aimée avistou outro livro no chão — mais uma edição que já tinha — e correu até ele.

Óbvio que, assim como você, já amei no passado, mas nunca recebi tanto apoio quanto com você, nunca o sentimento foi tão natural e intenso — só fui covarde demais para perceber antes...

Como só existia uma possibilidade, ela virou à direita no fim do corredor, encontrando outra edição, que jamais tinha visto: era antiga, em capa dura e com páginas amareladas pelo tempo, com certeza comprada em um sebo.

Não pense que foi falta de amor, ou falta de interesse. Foi medo de o passado se repetir, foi falta de coragem em admitir o que sinto — porque, Aimée, o sentimento me assustou. Demorei para entender, mas finalmente percebi que seria loucura deixar tudo isso escapar, deixar VOCÊ escapar...

Ela indagou em que ponto da caça ao tesouro encontraria Ricardo, porque precisava igualmente dar na cara dele e enchê-lo de beijos. Em pensar todos os dias e noites que sofreu por eles enquanto Ricardo devia estar na mesma, quando poderiam estar felizes, juntos! Ao mesmo tempo, entendia que ele tinha as próprias limitações e precisara daquele tempo — na verdade, tinha sido importante para ela também. Não estaria pronta para uma nova relação enquanto não encarasse seus temores.

Estou ciente de que preciso de mais do que palavras para demonstrar o quanto estou disposto a estar a seu lado, então me despeço, incerto de meu destino, mas desejoso de te fazer se sentir tão amada quanto você merece — bastará uma palavra sua, um olhar, para eu saber sua decisão sobre entrar na sua vida esta noite ou nunca mais.

R. R.

O último exemplar, uma edição importada, estava de frente para o elevador. Ela apertou, trêmula, o botão para chamá-lo, imaginando ser a intenção de Ricardo. Quando as portas abriram, ele estava lá dentro. Finalmente estavam cara a cara.

Apesar de aparentar receio, ele também a encarava com espanto enquanto saía do elevador, e Aimée se deu conta de que Ricardo ainda não tinha visto o novo visual.

— Esse cabelo... É tão você. Está linda.
— Obrigada.

Ele ficou em silêncio, então apontou para o último livro da pilha nas mãos de Aimée.

— Espero que você saiba que o "esta noite ou nunca mais" foi só para manter a referência. Eu obviamente não tenho direito nenhum de te cobrar uma resposta apressada.

— Bom, considerando que te deixei no vácuo sem querer por um tempão, talvez a gente esteja quite.

Ele sorriu, e ela retribuiu o gesto.

Tanta coisa para ser dita. Mas o principal pairava entre eles. Aimée não conseguia enxergar outra coisa que não entrega na forma como Ricardo a encarava; ainda assim, tinham contas a acertar.

— Desculpa por ter desconfiado de você, Aimée. Você é uma profissional incrível e eu jamais deveria ter duvidado.

— Eu também deveria ter confiado em você, acreditado que aquele tuíte não era sobre mim.

— Acho que nós dois deixamos nossas bagagens interferirem, não é?

Ela assentiu.

— Tenho medo de me abrir de novo, Ricardo, e você se afastar quando o primeiro problema aparecer. Porque a gente não pode negar: *vai* haver problemas. Como posso saber que isto aqui — apontou para a pilha de livros e para o corpo dele — não é passageiro? Que não é você emocionado porque me perdeu? Como posso saber que, assim que você se sentir confiante de que me tem de novo, a empolgação não vai passar?

Ele abaixou a cabeça, constrangido.

— Justo. E o que posso dizer é que não existem garantias de que vamos ser felizes para sempre, que nenhum de nós vai mudar de ideia. Pode ser que eu continue apaixonado e, daqui um tempo, você não queira mais. Mas — ele levantou um dedo ao perceber que ela o interromperia — eu jamais faria tudo isso se não tivesse certeza do que sinto *agora*. Não é fogo de palha. Não é ego ferido. Não é desejo de conquista. Eu amo você deveras, Aimée, e tenho plena certeza de que quero construir uma relação com você.

Um bolo se formou na garganta dela, mas ainda não era hora de se render.

— O que mudou? Se você não queria um compromisso antes, por que quer agora?

— Minha percepção. — Ele deu de ombros. — Descobri que, na verdade, não querer uma relação era só uma mentira para mim mesmo, para não me machucar. Precisei me reconciliar com o passado para parar de sabotar o presente.

— E você tinha tanta certeza assim de que eu te aceitaria de braços abertos?

— Certeza? — Ele arregalou os olhos e riu. — Nunca senti tanto medo de ser rejeitado, meu bem. Mas precisava tentar, e tentar com o que estivesse à sua altura.

Talvez algo tenha mudado em sua expressão, uma barreira a menos, porque ele se aproximou e tocou o rosto de Aimée com carinho. Então, pegou os livros e colocou a pilha no chão, entre os dois.

— Você sabe o significado de Aimée? — ela deixou escapar, sem saber mais o que dizer. No fundo, sabia a resposta.

O sorriso dele se alargou e Ricardo se aproximou ainda mais, quase grudando o corpo contra o dela.

— Por que você acha que a Dalila virou Amanda? — disse ele com voz rouca, os olhos fitando os dela.

Então, os desviou para baixo.

E Aimée, que tinha esperado pelo próprio romance por tempo demais, se rendeu.

Envolveu o pescoço dele com os braços e permitiu que Ricardo a puxasse pela cintura. Quando os lábios se reencontraram, sentiu o gosto da saudade, da ausência e do retorno para o lugar conhecido de onde não queria ter saído. E ele a beijava com a confiança de quem não queria estar em nenhum outro lugar.

— A propósito — ela disse quando se afastaram, ainda abraçados —, eu também amo você.

Expressar a verdade em voz alta significava mais do que só informá-lo dela: significava que Ricardo a fazia se sentir segura o bastante para se abrir.

A fazia se sentir amada.

O nariz dele resvalou no dela, traçando caminhos.

— Aliás, parabéns, novo autor da Império.

Ela afastou o corpo, colocando as mãos no tórax de Ricardo, cujas mãos ainda rodeavam a cintura dela.

— Obrigado! Nada disso teria sido possível se não fosse você.

— A gente nem estava se falando quando você começou a fantasia, Ricardo.

— Mas foi graças a você que percebi que precisava escrevê-la.

— Se você diz, eu é que não vou discutir.

Ela sorriu.

— Parabéns também por sua mesa. — E o sorriso dela se abriu ainda mais. — Vou estar na primeira fileira te prestigiando. Aliás, você vai voltar a ser minha agente? — Ricardo perguntou, em dúvida, e Aimée percebeu que não tinha pensado a respeito.

— Melhor manter as coisas como estão, ainda mais quando a gente assumir que está junto. Sinceramente, quem sai ganhando é você: vai ter o Gabe te orientando e uma namorada palpitando... Se isso não for um problema — disse, insegura.

— O melhor de dois mundos — ele a tranquilizou. — Ah, tenho mais uma surpresa.

Ricardo a soltou, levando as mãos ao bolso traseiro.

— Você levou a sério o negócio de bancar o mocinho de história de amor, pelo visto — brincou ela para esconder o espanto.

— O que acha de a gente voltar para o Rio daqui a dois meses?

Ele estendeu dois papéis.

Aimée forçou os olhos, tentando ler.

— Mentira! Mas... como você já comprou? A venda foi antes do show de São Paulo!

Eram dois ingressos para o final da turnê de Nossa História, um show extra no Rio anunciado um mês antes.

— Achei que era melhor prevenir do que remediar. O máximo que podia acontecer era ter que revender.

— Não quer me dar um pouco dessa autoconfiança, não?

— E você vai me dar o que em troca?

Ela gargalhou e o encarou cheia de malícia.

— Tenho algumas ideias.

Enquanto caminhavam apressados para o quarto dela, Ricardo carregando a pilha do romance que o abriu para todos os outros, Aimée tinha a sensação de que algumas coisas eram mais fáceis — e prazerosas — na presença do amor. Talvez uma guerra nuclear eclodisse no futuro ou surgisse algum tipo de epidemia contagiosa — cenários malucos e improváveis demais para serem cogitados. A questão é que não sabiam o dia de amanhã, mas, naquele momento, enquanto a mão de Ricardo envolvia a dela e seu sorriso provocava outro em Aimée, estava tudo bem.

Epílogo

Ricardo não acreditava em sua sorte.
Bom, apesar das atuais circunstâncias.
Estavam trancados em casa fazia alguns meses, quarentenados, em uma virada do destino totalmente inesperada. Se tivessem lhe dito, um ano antes, que o mundo enfrentaria uma pandemia daquelas proporções, Ricardo teria rido e questionado se era o enredo de alguma ficção científica sensacionalista.

Mas era a nova realidade. E por isto ele se considerava sortudo: em meio a um cenário tão desolador, enfrentava a pandemia dentro das melhores condições possíveis.

O final de 2019 tinha sido agitado. O início de namoro na mesma época em que conseguiu o contrato com a nova editora foram as primeiras de uma série de boas notícias. A mesa na Bienal sobre agenciamento tinha sido tão positiva que não importava se ainda houvesse um ou outro rumor sobre a credibilidade profissional de Aimée, ela tinha provas sólidas de quanto era competente. Mais segura de si, aproveitou tudo o que tinha acontecido para levantar, em sua newsletter, a discussão sobre questões de gênero no meio de trabalho, o que fortaleceu ainda mais sua imagem. Quando ela e Ricardo anunciaram em suas redes sociais que estavam juntos, ambos declararam o direito de serem felizes sem que a relação ou suas carreiras fossem atacadas.

Com certeza haveria comentários a respeito, mas não mais importava para eles.

E 2020 começara no mesmo ritmo positivo. A produtora voltara a entrar em contato com a Entrelinhas e, daquela vez, fecharam o contrato para *A garota partida*.

Aí, a sorte mais uma vez virou. Não havia previsão para que o filme fosse produzido, e o lançamento do livro tinha sido adiado diante da incerteza do futuro. Sem a perspectiva de eventos ou mesmo noção do impacto financeiro que a pandemia acarretaria, os gastos foram cortados. Ricardo ainda não sabia quando sua fantasia seria publicada, mas não estava preocupado como antes. Aquele tempo extra tinha permitido a ele revisitar a história e aprimorá-la, o que, agora, era uma preocupação ainda maior. Para surpresa do meio literário, o Jabuti havia anunciado no começo do ano uma nova categoria de premiação: Romance de Entretenimento. Pela primeira vez, obras como as de Ricardo poderiam concorrer ao prêmio, e os olhos dele brilhavam só de cogitar receber uma honraria daquelas.

Financeiramente, Ricardo também podia se dar ao luxo de não se desesperar, porque os adiantamentos que recebera estavam sendo mais do que suficientes para mantê-lo. Até porque, agora suas contas eram divididas em dois.

Assim que a quarentena começou, o medo assombrou a todos. Com Ricardo não foi diferente, mas o impacto foi ainda pior para Aimée. Por conta da ansiedade, as crises de pânico se tornaram uma constante, e a única coisa que Ricardo sentia-se capaz de fazer para ajudar era dar apoio emocional.

Não demorou para que tomassem a decisão que, em qualquer outra circunstância, seria precipitada: foram morar juntos. Em primeiro lugar, era uma maneira de não ficarem completamente sozinhos. Nenhum dos dois tinha problema com a solidão, gostavam de seus espaços e de seus momentos de quietude. Contudo, aquilo não se aplicava àquelas condições, em que nenhum contato era permitido e uma das únicas coisas capazes de trazer conforto — um abraço — também era negada. Enquanto podiam circular pelas ruas, encontrar amigos e familiares e, depois, descansar no aconchego da própria casa, a solidão era bem-vinda. Quando as quatro paredes dos apartamentos se transformaram em caixas sem cadeados, a situação virou enlouquecedora.

O outro aspecto era prático: duas pessoas para dividir as contas facilitava, e muito. No início, cogitaram se mudar para o apartamento de Ricardo. Porém, como o aluguel de Aimée era mais baixo, pareceu mais lógico que ele se mudasse para o dela e alugasse o próprio para terem uma fonte de renda extra. Pagando as parcelas do financiamento, não sobrava tanto do valor recebido, mas já era alguma coisa.

Ao desviar o olhar da leitura atual e encontrar Aimée segurando o mesmo livro, enrolada no sofá com Tide a seus pés, não tinha como Ricardo não se sentir sortudo.

— Terminou? — ela perguntou com a testa franzida, revelando desconfiança.

— Ainda não, falta uma página.

Depois de tantos meses em casa, com todo o tempo ao dispor dos dois, as opções de atividades estavam se tornando escassas. Então, optaram por uma nova rotina: uma noite por semana, leriam ao mesmo tempo o mesmo livro, discutindo os capítulos em seguida. A escolha inicial não poderia ser outra: *Persuasão*.

Estava sendo uma ótima distração, sobretudo porque a releitura permitia a eles encontrar aspectos que, na primeira vez, tinham sido incapazes de perceber. Era mágico como os livros traziam significados inesgotáveis.

Quando ele se deu conta, vários minutos tinham passado sem que ele saísse do mesmo parágrafo. "Não poderia ter havido dois corações mais abertos, nem gostos tão similares, ou sentimentos tão em uníssono."

— Meu bem — falou ele depois de pigarrear.
— O que foi?

A voz dela saiu um pouco irritada pela interrupção, o que só o fez amá-la um pouco mais. Ele adorava o fato de conhecê-la tão bem e a cada dia mais, distinguindo as nuances de seus gestos e comportamentos.

— Só estava aqui pensando em como sou um cara de sorte.

A expressão cerrada dela se suavizou e ela conteve um sorriso, não querendo dar o braço a torcer de que tinha gostado daquela interrupção.

— Se fosse um romance, este seria o momento em que o mocinho reavalia a própria história e termina fazendo uma declaração de amor emocionante depois de superar os altos e baixos?

Ricardo riu. Aimée também já tinha se tornado capaz de ler as expressões dele e percebera que ele tinha divagado sobre os dois durante a leitura.

— Talvez — respondeu. — A perita em romances é você.

O que ele sabia era que, na vida real, antes do grande e único final, um capítulo era sucedido de outros e a única certeza era a de que haveria reviravoltas.

Não fazia ideia do que o futuro guardava para eles, mas estava mais do que satisfeito de poder desfrutar uma página de cada vez do romance que desejava continuar escrevendo juntos.

Agradecimentos

Vou começar agradecendo a oportunidade de estar aqui, escrevendo mais um agradecimento. Viver de escrita não é fácil até para alguém com o histórico de sucesso do Ricardo, então cada novo livro é uma demonstração concreta de um sonho alcançado e que um dia pareceu inatingível. Especialmente após o período tão difícil dos últimos anos, com a pandemia e um governo que desprezou a cultura — e a própria população —, estar viva e fazendo o que amo é tanto dádiva quanto ato de resistência.

Obrigada à Increasy, minha agência literária, que não só ajudou a fazer do meu sonho real como também me deu amizades preciosas. Eu não podia ter desejado uma família literária melhor! Mari, Alba, Guta, Grazi: espero ter feito jus ao trabalho incansável e admirável de vocês através da Aimée, da Taís e do Gabe. Saibam que eles carregam um pouquinho de quem vocês são!

Obrigada às minhas editoras. *Aquele Meu Ousado Romance* foi um livro escrito para mim, em primeiro lugar, durante a pandemia, o que significa ter colocado no papel o que eu precisava, sem que necessariamente fosse o melhor formato para quem viria a ler. Julia, obrigada por ter enxergado o melhor dessa história e também o melhor que ela poderia ser, me ajudando a lapidá-la com tanto carinho e competência. Raquel, obrigada por suas sugestões precisas, pelos elogios que me fizeram sorrir durante a edição e por acreditar no meu potencial. É uma honra poder trabalhar com mulheres tão profissionais e queridas como vocês!

Obrigada a toda a equipe que trabalhou neste livro: à Laura Folgueira, pela excelente preparação de texto — e por ter trabalhado logo após a virada de ano para atender ao prazo; à Lorrane Fortunato e à Isis Pinto, pela revisão, e à Abreu's System, pela diagramação. À Renata Nolasco, por mais um trabalho maravilhoso como capista; à Lola Salgado e à Babi A. Sette, pela amizade e pela leitura empolgada; à equipe de marketing, ao time comercial. Obrigada aos livreiros e livreiras, obrigada aos influenciadores literários. Cada uma dessas pessoas tem um papel fundamental na trajetória que um livro percorre até os leitores. E obrigada à Aimee Oliveira, pelo empréstimo do nome, e à Ingrid Benício, pelo talento e capacidade de registrar meu melhor em fotos.

Obrigada a você, que me lê. Obrigada ao pessoal do clube de membros do YouTube e ao fã-clube Aionetes. Obrigada a quem acompanha meu trabalho como produtora de conteúdo literário e como escritora. Todas as vezes que repenso meu caminho profissional, são os incentivos de vocês — que na maior parte das vezes chegam sem que vocês façam ideia do quanto eu precisava deles — que me dão forças para continuar.

Obrigada à minha família por me apoiar. Obrigada às minhas amigas e aos meus amigos por serem a família que eu escolhi; dessa vez, não vou nomear porque eu tenho a sorte de ter muitas pessoas que merecem ser chamadas de amigas — mesmo que eu saiba o quanto vocês adoram dizer "olha, eu sou amiga dela, meu nome está nos agradecimentos!!". Vocês sabem que é de vocês que estou falando. ♥

Por fim, obrigada, Rafa. Finalizei este livro sem imaginar que o destino também me reservava um R — embora eu tenha tido mais sorte do que a Aimée por não precisar experimentar as incertezas que o Ricardo entregou a ela. Obrigada por ter me feito sentir segura e amada desde que entrou na minha vida, e obrigada por segurar minha mão com tanta disposição, dia após dia, para mostrar que tudo está bem.

Este livro foi impresso pela Eskenazi, em 2023, para a Harlequin.
A fonte do miolo é Bembo Book. O papel do miolo é
pólen natural 70g/m² e o da capa é cartão 250g/m².